U0124350

中国人民大学国际关系学院东亚研究中心

东亚合作论坛

中国人民大学国际关系学院东亚研究中心

东亚合作论坛·第二辑

变化中的东亚与美国

东亚的崛起及其秩序建构

Changing East Asia
and the United States

黄大慧 / 主编

社会科学文献出版社

SOCIAL SCIENCES ACADEMIC PRESS (CHINA)

目 录
CONTENTS

第三部分　日本亚洲外交与日美同盟

第四部分　朝鲜半岛形势与美国

第五部分　东亚一体化与美国

以新视角审视变化中的
东亚与世界（代序）*

裘援平**

很高兴参加中国人民大学举办的东亚合作论坛国际研讨会，首先，对研讨会的召开表示衷心祝贺，对远道而来的外国朋友表示热烈欢迎。

这个研讨会的主题是变化中的东亚与美国。在我看来，主题中变化二字最为重要，变化的内涵尤其值得思考。近一个时期，国际形势发展之快，变化之深刻，令人瞠目。国际战略学界热议世界的变迁，基辛格博士更称之为"数百年来未有之大变局"。大变局大在哪里，这是一个大问题。

有人说是国际体系由资本主义世界体系转变为各种社会制度和发展模式的国家竞争共处的混合体系，世界和人类文明发展进程向多方参与、多元牵引方向转化。有人说是世界格局在经历以欧洲为主角的两个多极格局、苏美对峙的两极格局之后，形成"一超多强"的多极化趋势，旧格局以大国谋霸和对抗为核心，新格局将意味着霸权衰退和多元制衡。有人说是现存的霸权体系面临多极化进程的挑战，新兴发展中国家崛起和国际关系行为体多元化将改变传统国际力量对比和主导力量架构。无论怎么讲，都脱离不了一条最具全局性和根本性的变化主线和变化动因。这就是几次科技革命引领世界生产力跳跃式发展，推动世界突破地域和人为樊篱，从分散走向整体化，推动世界经济从国际化走向全球化，将所有国家纳入世界统一大市场和国际体系，编织起各国相互依存、利益交融的网络，造就了国际社会一损俱损、一

* 本文系作者在中国人民大学国际关系学院东亚研究中心主办的"东亚合作论坛2007：变化中的东亚与美国"国际学术研讨会上的致辞，标题为编者所加。

** 裘援平，中共中央外事办公室副主任，中国人民大学国际关系学院兼职教授。

荣俱荣的局面。这就不可逆转地改变着世界格局和国际秩序转换方式，改变着霸权兴替规律和大国崛起方式，改变着大国关系和国际关系的零和性质。

东亚就处在世界变化的源头，地区经济强劲发展，成为世界经济增长中心；一批国家快速兴起，形成东亚整体崛起势头；区域合作逐步深化，相互关系更加紧密，东亚地缘政治和地缘经济面貌孕育着深刻变化。

面对世界的变化，面对东亚的变化，如何应对全球性挑战，如何治理全球性问题，如何看待和对待别国的兴起，如何在急剧变化的世界中自强自保并争取有利地位，这是各国都在思考的问题，也出现了这样那样的观点、思潮和举动。

这里我特别想说的是，我们是不是到了应该对近代国际关系史有一个抚今追昔的反思的时候了，是不是应该对基于特定历史时期和传统强权政治体系的某些主导性国际关系理论和战略思维逻辑进行清理了。我们需要动态地而不是静态地、客观地而不是偏执地、务实地而不是教条地看待全球化和人类相互依存背景下的世界和东亚，解读人类社会发展的基本趋势和进步潮流，以人类共同利益的普世价值观，而不是其他什么价值观为基准，探讨处理当代国际关系的和谐、和睦、合作之道，探究促进东亚和平稳定、共同繁荣的有效途径。

同日益增多的全球和地区共同利益、共同问题相比，同国际社会和邻国之间寻求共同安全、共同出路和共同价值的迫切需要相比，意识形态、社会制度和文明文化的差异又算得了什么呢？正在失效的冷战思维和零和博弈规则，军事同盟、对抗性联盟和以意识形态画线的做法，又怎么能阻挡住世界多元化和其他国家的发展进程呢？我们是不是应该打破那些只会让历史车轮倒转、把人类引向灾难的政治逻辑的禁锢，从新的视角、新的境界来审视当今这个时刻处于变化之中的世界，研究思考国际战略和地区政策呢？

我期待中外的专家学者们在这次以及更多的研讨会上能够有所斩获。我相信互利合作、实现共赢一定是最终结论和最佳选择。

第一部分
东亚的崛起与东亚秩序建构

变化中的东亚与美国的作用[*]

〔美〕沈大伟（David L. Shambaugh）^{**}

一

现在，我们必须要问这样的一个问题，即美国是不是跟东亚地区的秩序一起在共同发生着变化？东亚所发生变化的性质是什么样的？美国《外交》杂志上刊登了乔治敦大学某位教授所写的一篇为布什政府东亚政策辩护的文章，如果大家希望知道有一些美国人是如何支持现行的美国东亚政策的，我想可以给大家推荐这篇文章。美国学术界也有一些人并不是很赞同现在美国政府的东亚政策，同时他们对于东亚所发生的变化有着深刻的见解。可以说美国现在主要的精力都放在了伊拉克和中东问题上，因此，在参与东亚事务的时候，其方式并不是集中的，既有双边主义的模式，也有很多的联盟关系。对美国政府而言，亚太经合组织（APEC）反倒成了美国参与本地区事务唯一的一个机制。所以，布什政府对于本地区的参与毫无疑问是非常狭窄的。

东亚共同体的讨论及多边框架的确立，以及本地区国际关系性质的变化，凡此种种，不仅是中国崛起的结果，也是中国推行周边战略的结果。与此同时，东盟在本地区所发挥的作用也越来越重要。对于这些，美国这届政府及美国很多的观察家、学者都没有给予足够的重视。但我

---

* 本文根据作者在中国人民大学国际关系学院东亚研究中心主办的"东亚合作论坛2007：变化中的东亚与美国"国际学术研讨会上的演讲整理。

** 〔美〕沈大伟，美国乔治华盛顿大学国际事务学院教授，中国政策研究项目主任。

还是坚信，当华盛顿开始真正地观察中国、观察东亚的时候，他们会对此给予足够重视的。

就我个人而言，我想借此机会就东亚的变化以及美国在其中的作用发表一点看法。

二

我认为美中关系是最重要的双边关系。美国可以说在所有的领域，包括经济、政治、文化等方面都在参与东亚的事务。美国的软实力也在这个地区非常明显地显现出来。我主要关注战略，我以为在东亚存在美国关键的战略利益。美国在东亚安全方面的存在，主要有这样几个构成因素：①美国的盟友体系；②除五个美国的盟友之外，还有一些非联盟性质的安全伙伴，主要包括印度、巴基斯坦、蒙古、印度尼西亚等国家，这是对五个联盟关系所作的补充；③美国同时还有一些军事关系，这些国家和它并没有盟国关系，如中国和越南。最近，美国的国防部长盖茨访问了中国，虽然美中关系的军事层面是一种非合作伙伴关系的领域，但也处于深入发展之中。不仅在东亚，南亚也同样如此，美国在不断地定义和加强它的存在。美日、美澳同盟关系不断加强，美韩的军事同盟在衰弱，美国与菲律宾、泰国的盟友关系也在重新定义。显然，美国在不同的层次参与了地区的安全事务，我想这对于维护地区的安全和稳定是作出了贡献的。

越战结束之后，美国一直在东亚地区做着类似的事情。我并不是说这是本地区唯一的安全的架构，这里也有其他的，比如上海合作组织、东盟地区论坛、亚洲内部的安全对话，以及可能在六方会谈基础上建立起来的东北亚安全机制。此外，中国与这个地区的很多国家之间存在军事对话机制。由此可见，美国不是唯一在本地区安全上发挥作用的国家。美国的安全架构并不是全面的，在其战略考虑当中，对于中国的崛起应该有足够的考虑。如果你阅读一下五角大楼最近作出的军事评估就可以看到，五角大楼把中国看成是一个战略的挑战，是美国的一个竞争对手。因此，美国应该对这种战略的挑战进行两面下注，与一些国家（如新加坡、印度尼西亚、越南等）建立安全的合作伙伴关系。为什么是这些国家？这并不是一个巧合，因为它们都有一个共同点，即都围绕在中国周围。这种战略也体现在了五角大楼的评估上，我们把它叫做"两面下注"。并不是所有美国的专家都同意两面下注，但美国的政府达成了共识，支持这个战略，因为美国在这个地区的安全存在是一个事实。

<h1 style="text-align:center">三</h1>

对于美国来说，需要关注的是中国近年来在变化中的东亚所发挥的积极作用，而不仅仅是中国的崛起所带来的问题。换言之，从平面上来讲，在这个地区，中国在各个领域都在广泛地建立与邻国的关系，中国也作出了很多的努力来不断地推动与邻国的关系。同时，中国也在重新定义与这些国家的邻国关系。在过去，中国与一些国家之间存在的只是一种非常对立的关系。但是，当前中国与邻国的关系都处在改善之中，如它和印度、越南的邻国关系。中日关系最近也在不断稳定发展，而且这种趋势还处在继续当中，这是本地区在过去 10 年当中非常重要的一点。东亚地区存在着一些两面下注的做法，持此战略的不仅美国一家。我想它们都关注到了中国在这个地区所发挥的作用。为什么出现了这样的安全合作伙伴关系的网络呢？这也是地区安全秩序的一个特点，中国的这种参与不仅体现在双边关系中，多边外交也是中国参与的一个重要平台，如六方会谈、上合组织、东亚峰会、地区论坛、亚欧会议、安全政策会议和 APEC 等。中国参与了很多这些新机制的建立，同时是一个非常积极的参与方。非常重要的一点是，这些机制如果没有中国的参与将是不完整的。无论是参与机制的成员，还是机制的参与度，如果没有中国都将是不完整的。同时，我们还要看到，中国只是参与而并没有要操纵，或者是要领导这些机制。中国一直在强调，由东盟在本地区的地区机制中发挥主导的作用，这是非常重要的一点。

中国的地区外交，可以说在整个地区得到了很高的赞许，只是美国并没有注意到这一点，或者说只是在最近才开始注意，这也改变了整个地区对中国的看法。如果说几年前在东亚其他国家可能会听到人们对中国存有某种可能的恐惧，他们担心中国会成为地区的霸权国家，那么现在这种声音已经基本消失了。至少在我看来，日本国内持这种说法的人越来越少，要知道在日本很多人都担心中国的崛起。印尼、越南也是东亚的一部分，这些国家已经体会到中国已成为本地区重要的国家。

我认为美中关系在这个地区、在整个世界都是最重要的双边关系，原因也非常清楚，大家也都很了解。这是一种复杂的、相互依存的关系，这个关系的一个特点就是美中在很多领域进行了合作，包括在双边、地区以及全球问题上。两国之间的确有一些疑虑，相互之间有一些怀疑，怀疑对方的意图，但是双方的合作是非常有深度的，可以说是前所未有的，不论在政府层面还是在社会层面上都是如此。可以说这是一种两分法，就是一方面互有疑虑，另一方面又进行了很好的合作。我的朋友就说过，这是一种双边互助式的相互接触和合作。双方都在防止双边关系的恶化，不仅美国如此，中国也一样如此。中国积极参与东亚和中亚地区的多边机制，甚至一定程度上包括中国的现代化的努力，都可以说是中国在采取两面下注的方法。因此，不仅仅是美国这样做，这是一个双边的做法。对于整个东亚来说都是一样，它们要防止与美国关系的恶化，甚至是与美国的盟友，包括澳大利亚、韩国的关系，也一样如此。它们不想损害这种关系。

可以看到在本地区有很多两面下注的做法。总体来说，我们对于美中关系还是很乐观的，我们也期待着未来的发展，当然总是有问题存在，一会儿我也会简单地说一下。人们对于中美双边之间的这种合作和互动的深度印象非常深刻，至少在政府层面来说，两国之间的关系是非常成熟的，能够解决双边之间的问题。这并非偶然，而是双方努力工作的结果。两国有共同的利益，在两国各自的社会当中也有很多的相互依存关系，两国的经济已经紧密地交织在一起，包括巨量资金的流动。现在中国持有超过一半的美国国债，中国的公司也在大量地收购美国的公司并进行与美国企业的合并。现在，有6万名中国学生在美国学习。在美国市场上我们可以看到很多来自中国的商品，双边的贸易总额2006年已经达到了2600亿美元。有很多的美国企业家来中国开展业务，另外有很多的投资集团、基金等在中国的市场上进行投资，中国的品牌在美国的知名度也越来越高。这些是我们所看到的两国之间在商业层面上非常紧密的关系。另一方面是战略上的关系，毫无疑问这是非常重要的，因为它构成了两国之间关系的一个基础，所以一旦双边关系中有了战略层面的互动，那么经济层面的紧密关系就可以成为一种解决两国间问题的缓冲区。当然，中美之间也存在着一些如何来看待另外一方的问题，也存在着一些模糊的做法。中国和美国之间缺乏了解，特别是美国人对中国的了解很少。我之所以讲了解得不够，是因为在我们的民意调查当中有很多人认为中国是一党制的国家，在某种程度上压制了人权，在军事上威胁台湾当局的存在，想要把美国从东亚排挤出去。我想这是在美国公众当中颇为常见的看法，他们认为中国可能会给他们带来很多的麻烦。

2006 年我们做过一个调查，调查包括一些很有趣的指标。其中有一个温度的指数，即将美国人对于其他国家的感受度用天气的气温指数来标出，这项指数是用华氏的。调查的结果是，美国人对中国人的感受度是 40℉，比对沙特和朝鲜这样的国家稍微高一点，坦率地讲这一点并不让人感到鼓舞。看到我们与中国关系的复杂性和复杂程度，令人感到高兴的一点是我们在很多的国际问题上，特别是在维持地区稳定、反恐等问题上，当然还包括在气候变化问题上，要作出协调。在台湾问题上，两国之间的趋同点也将越来越多，合作也会随之越来越多，所以这个合作是会深入的。中美两国之间确实有一些疑虑存在，但这也正是需要我们这样的专家和学者努力工作的原因。我们要让我们两国的人民更多地了解对方，使得我们的政府也能够更好地了解对方。

中美之间也存在着一些问题，对于美国来说主要是与中国的贸易逆差很大，进而带来贸易保护主义。中国的人权问题也是一个关键障碍。当然，中美之间也有一些机制来解决这些问题，比如说战略经济对话，这对于解决双边关系中经济上的问题是一个非常有用的工具。另外，中国的军事现代化也成为美国持续的一个关切，我们在这个问题上也在进行相互的沟通，如美国国防部长访华。两国在军事方面所进行的合作是很多的，即使美国国内军事上的一些强硬派也同意加强美中之间的军事交流，以解决两国之间存在的问题。事实上，美中两军也正在加强它们之间的交流与沟通，这无疑是一个很好的现象。

（韩爱勇　整理）

变化中的东亚与美国[*]

王嵋生[**]

一 东亚地区的总体形势

概括说来，当前东亚地区的总体形势要好于世界其他地区。

（一）政治和安全方面

首先，目前一个跨洋和一个跨洲的重要地区组织——亚太经合组织（APEC）和"亚欧会议"（ASEM），都直接与东亚有关，反映了东亚举足轻重的国际地位。APEC 从一开始就承认本地区的"巨大多样性"，有着比较大的包容性。ASEM 的欧洲成员，有不少过去是殖民主义国家，现在也都承认同亚洲国家的"平等伙伴关系"。这两个组织，一边有美国，一边有欧盟，还有俄罗斯，在不同程度上，起着引领"战略合作"方向的作用。特别是 APEC，1993 年领导人的《西雅图宣言》明确承诺，要共同努力深化"大家庭精神"，后来在《苏比克宣言》和《温哥华宣言》中又提出"APEC 方式"[①]，认为按照

---

　* 本文系作者在中国人民大学国际关系学院东亚研究中心主办的"东亚合作论坛 2007：变化中的东亚与美国"国际学术研讨会上的演讲。

** 王嵋生，中国前 APEC 高官，前驻外大使。

① 关于"APEC 方式"：在 1996 年苏比克 APEC 领导人非正式会议上，江泽民指出，APEC 成立以来，在实践中积累了一些经验，初步形成独具特色的合作方式，也就是人们所说的"APEC 方式"。这种合作方式的特点是：承认多样性；强调灵活性、渐进性和开放性；遵循相互尊重、平等互利、协商一致、自主自愿的原则；单边行动与集体行动相结合。这些原则和做法，照顾了合作伙伴不同的经济发展水平和承受能力，使它们不同的权益和要求得到较好的平衡。

这一方式深化大家庭精神，"对于 APEC 在本地区和全球发挥积极影响是至关重要的"；并且指出，"APEC 创造了国际经济合作的全新范式"。2006年，《河内宣言》又进而承诺，要共同努力建立"和谐的亚太大家庭"。APEC 十几年来的运作和实践，基本上否定和结束了过去国际关系不平等和不公正的现象，体现了新时代成员之间的平等伙伴关系和国际关系民主化，实际上也承认了本地区各成员发展模式的多样性。这是很不容易的，可以说具有一定的历史意义，而且具有世界性影响，也可以说是东亚同美国关系的一大"亮点"。

其次，在重大国际安全问题上，出现了不同于处理伊拉克危机的模式。在棘手而敏感的朝核问题上，"多边磋商"与"和谈方式"占了上风，"单边主义"和"战争方式"吃不开，行不通。经过几年的艰苦努力，六方会谈已取得一些重要共识，朝核问题出现了和解与良好的发展势头。这不仅有利于本地区的和平、稳定与发展，而且在国际上也不失为一种处理重大国际安全问题可借鉴的模式。这也是东亚同美国关系的一个不小的"亮点"。

（二）经济方面

"金砖"四国中，有两个（中国、俄罗斯）是 APEC 成员，一个（印度）是东亚峰会的成员。"远景"五国有两个（越南和印度尼西亚）在东亚。它们的发展速度和民族复兴步伐都是比较惊人的。中国、印度和美国已成为当今世界最具投资吸引力的三个国家。东亚国家的外汇储备绝大部分都在美国，同美国的贸易总量已超过了美国同欧盟和北美的贸易，实际上已经在诸多领域形成"你中有我，我中有你"的难分难舍局面，共同利益的汇合点正在不断拓宽。这也是我们看好东亚同美国关系的一个很大的"亮点"。

此外，以东盟、10＋3（东盟＋中日韩）和三个 10＋1（东盟＋中国、东盟＋日本、东盟＋韩国）为主的多边和双边经贸合作如雨后春笋，方兴未艾。不同层次的区域和次区域自由贸易协定正渐入佳境。这对美国也具有很大的吸引力。无论是东盟还是中国，都无意于排斥美国，更不要说日本和韩国了。美国无须担心自己被边缘化。

二　东亚与美国的关系

东亚同美国的关系存在一些不可忽视的深层次矛盾，东亚内部也存在一些不确定因素和潜在热点。

1. "价值观驱动"和"利益驱动"之间的矛盾以及互动性影响

这一点历史上早已有之，一直存在。现在，特别是近两年来，随着"中国速度"的发展和综合国力的增强，这两者之间的矛盾和斗争日趋明显，而且相当错综复杂。这种矛盾和斗争估计将延续一个历史时期，影响全局。

政治上，美国和日本，在一定意义和不同程度上，还有澳大利亚等国，它们的冷战思维并没有随着冷战的结束而消失，仍然死抱着它观察和处理问题，始终把中国看成"另类"国家。所谓"中国是处于战略十字路口的国家"，在对华关系上要"避险"；所谓对付以中国为主的"民主国家同盟"、"自由与繁荣之弧"、"价值观外交"等，无不与此有关。它们的战略目标首先是要把中国"融入"或"纳入"它们设想的轨道。如若不成，就要进行遏制和围堵，甚至扼杀。但在重大国际安全和热点问题上，它们现在又离不开中国，不能没有中国的合作和支持。更何况中国一直奉行和平与发展的民族复兴战略，主张合作和共同发展，它们不可能视而不见。

经济上，如前所说，相互依存度已大大加深，它们需要中国的市场，需要中国的投资，需要中国的合作。中国也需要它们。但经济上的矛盾和摩擦是客观存在的，有时（主要是中美之间）斗争还相当尖锐。

美、日对华所谓的"两面下注"，正是在这种情况下出现的。澳大利亚等国对美、日的图谋"若即若离"，也是在此情况下出现的。它们在这两个不同的"驱动"中不断晃来晃去，有时侧重这边，有时侧重那边，寻求"平衡点"。但"绝对平衡"是不存在的。在不同问题和不同情况下，总是有所侧重。这是不可否认的客观事实，也是影响全局的大事，是东亚合作内部、东亚同美国关系中的一个很大的消极因素，可能严重干扰东亚同美国的合作。

实事求是地说，现在要求美国和日本改变对中国"两面下注"的方针政策是不现实的，但并非不可以向它们晓以利害，使之逐步改变。这里有一点需要强调的是，中国如果也从"冷战思维"出发，以"意识形态"画线，采取针锋相对、以牙还牙的方针政策，情况就很可能恶化。但中国领导人十分清醒，没有"随风而舞"，而是采取因势利导的方针，坚持和平发展道路和睦邻方针，努力推动构建"和谐的亚太大家庭"（这是 APEC 领导人的庄严承诺，美国也是同意了的，至少没有反对）。我想，"上帝"迟早也会被感动，目前的"负面下注"终将逐步化解，"正面下注"有望逐步增加。

2. 当今东亚谁主沉浮问题

这实际上是一个历史课题，也具有现实意义。目前，争夺东亚地区"领导权"（主导权）的矛盾和斗争方兴未艾。如何应对东亚面临的问题，是"单边主导"还是"多边合作"，已成为东亚同美国的关系中一个不容忽视的问题。

为了实现"美国统治下的世界和平"，美国战略棋盘上一直有两条线。除了从中东经中亚到朝鲜半岛的一条线外，另一条就是沿中国东南面的"亚太版北约"。美国新保守主义理想家们一直试图推动"北约全球化"，搞一个"北约大家庭"。日本是这个战略图谋的积极参与者和帮手。具体说来，这条线就是以日本为基轴，以美、日、韩"铁三角联盟"为"北锚"，以美、日、澳"铁杆联盟"为"南锚"，经台湾海峡和东盟，直至南亚的印度。如果得逞，它们既可以巩固美国在太平洋前沿的第一锁链，又可以形成防范和遏制中国的"东南屏障"，并应对东北亚地区的潜在"热点"，发挥威慑作用。

一个时期以来，美、日冷战思维严重的右翼媒体不断声言，要组织以美、日、澳、印为基础的所谓"民主国家同盟"。美国在核问题上改变对印度的政策，美、日竞相与印度建立"战略关系"，以及美国加大与东盟的合作力度（包括军事上重返一些东盟国家），无不直接或间接与此有关。

但这完全是一厢情愿的。如果说韩国和澳大利亚现在都要同这条线保持某种距离，长期奉行不结盟政策的印度会是"零距离"吗？印度同中国正在推进战略伙伴关系，最近也一再宣称，它坚持"平衡外交政策"，不会参与任何联盟或"围堵中国"的战略平台。这难道不是很好的回答吗？韩、澳、印都如此，难道同中国友好的东盟还会成为它们的"知音"吗？

"领导权"争是争不来的。"强权政治"只能得逞于一时，这个世界绝不会接受一个单一的所谓"领导核心"。但遗憾的是，美国不会轻易放弃它的战略图谋，日本一时也难从根本上改弦易辙。目前日本正在酝酿外交政策的调整，福田要重视亚洲的"新福田主义"如何运作尚待观察。因此，在可预见的未来，寻求"单边主导"，还是相互尊重和关照，遵循"多边合作"解决本地区的重大问题，仍将是矛盾和斗争的一条主线。

其实，中国无意、也不能去争夺什么"领导权"。做头头有什么好处？邓小平早就说过，"绝不当头"，做第三世界的头头也不好。这是非常明智的，也是中国的国策。

最近美国有媒体放出试探气球，说什么中美可以"共管太平洋"，美国主管东太平洋，中国主管西太平洋。这既不现实，也不可能。中国没有这个实力，即使有这个实力也不会这么做——这是同中国国策背道而驰的。何况，美国也绝不会赞同，第三世界和欧盟、俄罗斯也都不希望出现这种局面。太平洋是太平洋地区国家的太平洋，东亚是东亚地区国家的东亚，应该共同管理，共商和平、合作与发展大计。

3. 朝核问题

朝鲜半岛的地缘政治状况既不同于当初的伊拉克，也不同于现在的伊朗，而且牵涉中国的核心利益。朝核问题这张"牌"，美国要利用，日本也想利用，巧妙各有不同。

美朝这"一对冤家"长期硬碰硬，一个拒绝与对方直接会谈，经常恶语相加，"大帽子"满天飞；一个超强反应，以牙还牙，誓死自卫。双方立场截然不同，"火药味"有时甚浓，朝核问题实际上是一个潜在热点。

近一两年来，由于双方各自新的处境和困难，以及周围环境的变化，加之中国苦口婆心的劝说和耐心的推进，逐渐出现了一些有利因素与和解势头。六方会谈几经周折，现已取得了一些公认的重要成果。

从国际战略上看，如前所说，它树立了一个不同于伊拉克危机的处理模式，通过对话而不是对抗和战争，探讨和寻求问题的和平解决。从问题本身来看，六方会谈几个共同文件确定的原则，以及"口头对口头，行动对行动"的承诺，正在逐步得到落实。美朝2007年初已开始直接对话。第六轮六方会谈第二阶段会议现在又取得了重大进展，通过了《落实共同声明第二阶段行动》共同文件。这不仅为朝核问题的解决奠定了新的基础，而且有利于美朝这"一对冤家"关系的正常化。新的共同文件说，它们将"加强双边交流，增进相互信任"。这在过去几乎是不可想象的。

与此同时，朝韩领导人2007年10月初在平壤签署了《北南关系发展与和平繁荣宣言》。这是朝韩在和平、和解、合作进程中，从七年前的"历史性握手"到现在的"历史性的跨越"，不仅有利于推动朝核问题的早日解决，更有利于朝鲜半岛形势的稳定、和平与发展。

目前，日本比较担心美国搞"越顶外交"，在美朝关系方面走在日本前面，从而使日本被"边缘化"。福田出任日本首相后，在日朝关系方面似乎已比过去灵活了一些，没有死抱住"绑架问题"不放。从日本对第六轮六方会谈第二阶段会议文件的态度上大体可以看出这一点。朝日关系正常化也有可能随着美朝关系的改善逐步提上议事日程。

从以上情况不难看出，朝核问题的消极因素正在下降和化解。如果有关各方能抓住历史性机遇，妥善处理有关问题和相互关系，乃朝鲜半岛和东北亚地区一大幸事。中国作为东北亚地区具有重要影响的国家和朝鲜停战协定的重要缔约方，在解决朝核问题以及促进朝鲜半岛和东北亚和平机制的建立过程中，可以预见，定将继续发挥重要的建设性作用。

4. "台独"势力的干扰

"台独"这张"牌"，美国要握在手里，日本右翼也想利用，各有各的用场。好在，第一，由于中国采取了正确政策，近一两年来，台湾岛内形势正在发生新的变化（42%的人反对"入联公投"，赞成的不到1/3）；第二，美国由于目前自身的困难处境，在稳定台海局势方面，客观上与我国的共同语言逐步增多。因此，"台独"这张"牌"的"可用性"正在相应减少，至少暂时是这样。

但陈水扁是个"麻烦制造者"，可能"破罐子破摔"。我们不能不做好各种准备，既灵活又十分坚定。一是要让台湾当局明白，千万不要玩火，"玩火必自焚"。二是要恰如其分地运用美国的正面影响，同时防止可能产生的"双刃剑效应"。三是要让美国明白，台湾问题涉及中国的核心利益，它千万不要做错误判断，干出今后后悔莫及的事。四是要让日本明白，台湾问题对中国意味着什么。日本右翼媒体常说，如果中国统一了台湾，就扼住了日本的"生命线"，所以日本要伙同美国把台湾海峡定为它们的"共同战略目标"。日本方面首先需要搞清楚下列几点。第一，台湾是中国的领土，不是日本的领土。第二，如果并不是日本领土的台湾竟然是日本的"生命线"，那么，是中国领土的台湾对中国意味着什么呢？这是不言自明的。第三，台湾问题涉及中国的核心利益，谁也休想挑战。美国和日本都需要有自知之明。由于历史原因，日本尤须自律。其实，中日关系搞好了，日本右翼所谓的"生命线"根本就不存在问题。一个友好的、统一的中国，对日本来说，难道不比所谓的台湾这个"生命线"更重要千百倍吗？

当然，在这个问题上，对我们国家来说，最重要的——正像邓小平生前所说——是要做好一件事，即自己家里的事（我想主要是指改革开放，提高综合国力）。这一件事做好了，台湾这个宝岛是丢不掉的。

东亚地区主义：可能性和形式

秦亚青[*]

东亚地区主义迄今为止大体上成功，在许多领域取得了显著的成绩。但是目前，东亚地区主义面临一个十字路口。尽管东亚地区继续表现出活力和进步，但东盟似乎缺乏一个强有力的领导者，"东盟模式"面临新的挑战，机制化进展落后于预期，三大主要国家需要进一步加强合作和对地区合作的支持。那么，前方存在着什么可能性？东亚地区主义将会或者应该采取什么形式？

可能性和形式是紧密相关的。有时，仅用一种地区主义的形式作为地区主义的标准形式是不合理的，因为可能性不一样。正如用美国作为标准形式来判断欧洲的地区一体化不太合理一样，用欧洲模式来判断东亚也是不合理的。在本文中，我会以可能性的选择为背景来讨论东亚地区主义的各种形式。

东亚地区主义直到 20 世纪 90 年代中期才开始发展，此时金融危机来袭，东盟扩容至 10 个东南亚国家并建立"东盟＋中日韩"的合作框架。过去十年，由一群小国领导的东亚地区主义以开放、非正式、舒适度和共识为特点，取得了前所未有的活力和发展。2005 年，澳大利亚、新西兰和印度参加了在马来西亚举行的东亚峰会，为地区合作进程注入了新的动力。

历史上，特别是在冷战的历史上，东亚一直是大国对抗的前沿。两次严重的战争在这里发生。今天，本地区既没有清晰的力量结构，也没有伴随迅速的合作进程的高阶段制度化。因此，东亚既不像美国一样有清晰的力量结

* 秦亚青，外交学院常务副院长、教授。

构，也不像欧洲一样有坚固的制度基础。这就是今天东亚所面临的可能性的基本情况。

那么，东亚地区主义能够并且应该有什么样的形式呢？我有如下几种看法。

一　以过程为导向的地区主义

东亚地区主义的目标在 2004 年的 10＋3 峰会中已经确定，即建立东亚共同体。十年间的不懈努力取得了一项重要成果——创立了东亚地区合作进程。诚然，该进程的最初活力实际上是经济方面的，并且本地区大多数可见的成就都是功能性的，但同时，这一进程造就了它自身的活力。合作的规范得到扩展，并逐渐涵盖到本地区的主要大国。

经过十年合作，东亚地区主义面临着新问题。对地区领导者的竞争的担忧，对东盟缺乏凝聚力的担忧，以及对中国持续快速发展的担忧将东亚地区主义带到了一个十字路口。

在此关键时刻，将地区化进程继续保持并推动下去就十分重要。如果进程得以保持，那么合作就会继续，发展共同利益和规范的新平台也会得以建立。否则，地区合作将会驶出正确轨道。因此，各方有足够的政治意愿和远见来继续推动东亚地区主义的进程是十分必要的。

为了使之成为可能，我们不应该将多重机制和渠道看做消极因素，而应该将其作为这一进程的重要部分，自然地存在于东亚地区主义的现阶段之中。如果我们用可能性的选择来看东亚地区主义的发展的话，10＋1、10＋3、东亚峰会等都是这一进程的产物，并且相辅相成。将现有机制简化和制度化以期达成更好的合作是十分重要的，但我们必须记住"欲速则不达"。保持所有渠道开放以及推动该进程前进——这也许是现阶段最重要的事情。

二　开放的地区主义

东亚地区主义进程是一个开放的进程，将之推动下去就意味着保持东亚地区主义的开放。事实上，东亚地区主义从本质上和必要性上说都是开放的地区主义。多种重要因素造成了东亚地区主义的开放性。

第一，东亚地区主义的开放性是由历史造成的。第二次世界大战后，美国与几个东亚国家建立了同盟关系，并形成了"中心—辐射"式的安全体系。这样一种体系使得本地区具有渗透性。因此，在政治和安全上，东亚与其他地区的国家紧密相连，特别是美国。当更多的国家加入时，开放性的程度还会进一步加强。

第二，东亚地区主义的开放性是由它以市场为导向的本质决定的。如果我们说东亚的经济腾飞是以四小龙开始的话，那么它们的成功是基于以出口为导向的发展战略，将本地区的经济体与外部世界相连。当东盟和中国开始在经济上发展时，它们的成功同样得归因于开放性，这也是它们经济的基本特征。因此，20世纪80年代四小龙的发展和中国近年来的崛起都遵循着以出口为导向的战略。虽然东亚地区内贸易已超过50%，但是东亚的增长仍在很大程度上依赖于美国的消费和其他地区的市场。东亚地区主义的以市场为导向的特征使得东亚不可能与世界经济体系分隔开来。

第三，以东盟为核心的东亚一体化的内部进程与本地区同外部世界的联系的发展是相似的。东盟被设计为一个开放的进程，并将继续致力于进一步的开放。东盟先是从5国扩大为10国，接着将这一进程向其他国家开放。10+1、10+3和其他的10+X都是这一开放性的例子。东盟同时向东南亚国家（越南、老挝、缅甸等）和东北亚国家（中国、日本、韩国）开放。在第一次东亚峰会上，东盟进一步向其他国家开放。东盟10+3已经被认为是东亚共同体建设的主要载体，东亚峰会也被认为将成为本地区战略架构的重要论坛。中国、日本、韩国以及澳大利亚、新西兰、印度的先后加入并没有降低东亚对外的经济开放程度，相反，这进一步扩大了地区的开放度。

三　东盟主导

许多人都在讨论东亚地区多边主义的领导者问题。一些人援引欧盟的例子，认为本地区的大国是自然的领导者。以这种逻辑，一些人已经开始谈论地区力量转移和中日为争夺地区进程的领导地位而产生的敌对关系。这种观点也能从一些国家的行为中反映出来。

诚然，中国和日本都是本地区重要的大国，但它们目前都不能领导东亚共同体的建设进程。过多的谈论中日敌对既不可行，也不可取。尽管中国发展极快并成为本地区的重要力量，但中国不可能领导本地区的一体化进程。中国是后来者，过去经常与许多东盟国家发生问题，在实行改革开放政策后才开始改善与它们之间的关系。中国最初以东盟客人的身份加入地区化进程，随后升级为对话伙伴，最终成为扩大后的 10＋1、10＋3 和东亚峰会的成员。所以，中国不处在领导这一进程的位置。除此之外，大国的自我克制是共同体建构的必要条件。随着一个拥有 13 亿人口的国家以历史上从未有过的速度崛起，本地区内外仍对中国抱猜疑和不确定的态度。中国现在需要做的是与本地区国家加强信任和双边关系，表明和平发展的意图，加入地区一体化进程以寻求更好的地区秩序，更为紧迫的是，随时牢记自己的国内发展战略。

日本也不处在领导者的位置。虽为本地区最大经济体和美国的紧密盟友，但日本仍不能领导地区一体化进程。这主要有三个原因。首先，同中国一样，日本是处于扩大后的东盟 10＋3 架构中的后来者。虽然日本曾经以雁行模式领导地区经济发展，但它仍是加入东盟倡导的地区一体化进程的追随者。其次，日本面临着某种程度上的"身份难题"。加入西方还是东方的辩论仍然存在，甚至今天的日本人还在继续讨论日本是否应该推动东亚共同体的建设。再次，本地区对日本缺乏信任。特别是近年来，日本与邻国的关系出现了问题。

现实地说，如果我们想让地区化进程和东亚地区一体化可能和可行的话，东盟是唯一合格的地区化进程的推动者。作为地区制度和规范结构的中心，东盟一直扮演着协调合作的枢纽角色。它已经与中日韩和地区外主要国家建立起广泛的联系。以非正式、共识、舒适度和相互尊重为特征的东盟模式已经扩展到 10＋3，在某种程度上像中国和日本这样的大国已经被融入了"东盟模式"。

中国和日本因为历史、领土和资源的争端而在过去几年中出现了麻烦的政治关系。这也为中日敌对理论增加了说辞。但是，我们不应忘记，两国和两国人民在建交后的三十多年中的大部分时间一直保持了友谊。中日关系很大程度上是以经济为基础的，两国在贸易和投资方面高度地相互依存。截至 2005 年 11 月，日本对中国的外国直接投资总额已达 528 亿美元。2004 年，中国（包括香港特别行政区）成为日本的第一大贸易伙伴。1993～2003 年日本一直是中国的最大贸易伙伴。日本的经济援助帮助了中国的改革，而中国的快速发展也帮助了日本的经济复苏。

因此，虽然一些人主张中日在东亚地区主义中的对抗性，但笔者却主张合作。中日两国间有许多合作的空间。例如，中国面临着环境问题和巨大的能源消耗，而日本有一流的环境保护和能源节约技术。同样，地区一体化和共同体建构需要中日的合作和共同努力。作为本地区两个最大的经济体，中国和日本在地区经济中占有压倒性的比例。因此很明显，东亚地区主义的成功需要两国的合作。

在这样的条件下，如果在多边地区一体化进程中出现中日争夺领导权的情况的话，该进程将注定失败。另一方面，中日关系的恶化同样将损害致力于和平和繁荣的地区化进程。

但是，我们也要意识到东盟的弱点。在20世纪80年代和20世纪90年代，东盟在地区事务中扮演了极端重要的角色，特别是最初的五国：印度尼西亚、马来西亚、泰国、菲律宾和新加坡。近年来，国内问题困扰着这些国家，此外还有诸如恐怖主义和自然灾害等非传统安全挑战增加了一些东盟国家的困难。结果，东盟的领导角色受到了挑战。

因此，尤其重要的是要意识到一个繁荣和稳定的东盟是地区一体化进程的一笔财富。特别是主要国家应该表达强烈的政治意愿以支持东盟继续扮演地区合作的领导角色，因为东盟目前能否扮演领导角色将在很大程度上决定地区合作进程能否继续下去。

四 美国因素

美国在东亚有重要利益。传统上，美国对东亚多边主义并不十分热心，而是寻求通过双边主义实现自己的利益，特别是通过和本地区的盟国和准盟国保持双边关系。事实上，美国在冷战的最初阶段没有采取支持东亚多边主义的政策。甚至在20世纪90年代初，美国也不欢迎日本前外相中山太郎建立讨论地区安全问题的论坛的提议和马来西亚前总理马哈蒂尔建立东亚集团的提议。在克林顿政府时期，美国稍微转变了态度，开始加入一些东亚的多边活动，其中引人注目的有亚太经合组织（APEC）和东盟地区论坛（ARF）。

当中国的崛起与东亚地区主义同时进行时，美国的一些人开始担心和思考中国取代美国在本地区的影响力的可能性。因此，对美国来讲，它现阶段的政策似乎不太明朗：尽管它不反对东亚多边主义，但它至少没有积极支持。美国的两个主要关切是：①东亚地区主义是否会取代或者威胁美国的双边同盟体系——"中心—辐射"体系；②这一地区的多边进程是否会被中国所支配，也就是出现一个地区性的支配者。美国的巨大担心就是这会削弱美国在东北地区的作用。

这些担忧使美国十分犹豫。这些担忧在某种程度上是可以理解的，特别是当我们想到东亚在很大程度上还是由威斯特伐利亚文化所支配的这一事实的时候。但进一步考虑后，这些担忧并不像一些人感觉的那样严重。首先，美国在本地区的利益是在历史上形成的，中国承认这些利益。中国在现阶段和未来很长时间内的最基本和最重要的任务是改善人民的生活水平和发展自己的国家。其次，中国没有能力削弱美国在本地区的源于军事存在和经济力量的影响力。中国正在崛起，但它的能力经常被高估。美国在传统和非传统地区安全和经济事务中仍扮演着关键角色。再次，东亚地区主义不是中美之间的零和博弈。中国的崛起并不是以牺牲美国利益为代价的，也不会自动地导致美国在本地区影响力的减弱。亚洲国家不需、不会、也不应该在中国和美国之间作出选择。

十年的实践证明，东亚地区一体化能给本地区带来稳定和繁荣，这也符合美国的利益。现在，是美国以这样或那样的方式加入到地区进程当中，并对地区一体化作出建设性贡献的时候。中国和美国合作使本地区更加和平、繁荣和进步是十分可取的。为达到这一目标，双赢心态是必须的。

五 结论

东亚地区主义的基本形式是以过程为导向的、由东盟领导的、开放的地区主义。东亚地区内外的现实决定了这一形式。东亚地区主义不能也不应该照搬欧洲地区主义和其他模式，虽然我们也应该从中学习有价值的经验，并且最终的目标可能也一样，即一个政治的、经济的和社会文化的共同体。

虽然东亚的地区秩序、制度安排和地区认同仍处在发展的初级阶段，虽然通往东亚共同体的道路是漫长和曲折的，但东亚地区主义已经显示出了它区别于其他模式的独特性。有一群小国扮演枢纽角色、创造规范、将之扩展到大国并使之融入，有东亚国家在过去十年所积累的成功经验，最理想的是主要国家相互合作，而不是争夺共同体建构进程的领导权。至少，我们需要集中足够的政治意愿来继续推动地区一体化进程，因为这一进程已经被证明是有助于地区和平、稳定和繁荣的。

（廖俊宇 译）

东北亚安全合作的背景变化

金灿荣*

当今的中国外交实践是由五个部分组成的，分别是大国外交、周边外交、发展中世界外交、多边国际组织外交和软实力外交。

在中国的周边，按顺时针方向，分别存在着四个次区域，即东北亚、东南亚、南亚和中亚。就与中国的利益关联而言，东北亚在我周边外交中目前是处于首要地位的。

从地理上看，东北亚由中国、日本、朝鲜、韩国、蒙古和俄罗斯远东地区构成。从地缘政治形势看，东北亚的重要性首先在于该地区大国林立，区域内大国有中国、日本、俄罗斯，区域外大国是美国，在美国的全球战略中东北亚与欧洲、中东是同等重要的，美国会坚持在本地区的存在。东北亚的重要性的另一个来源是这里存在现实的大国冲突点，主要是朝鲜半岛问题和台湾问题。

从和平发展理论和建设和谐世界的原则出发，中国在本地区积极推进安全合作和经济合作，总的目的是在东北亚方向为国内的经济建设和社会发展创造一个稳定甚至是良好的外部环境。总目的内还包括防止"台独"，为未来的和平统一创造条件等政策目标。

中国是东北亚地区稳定和发展的关键国家，是推进地区合作的主要力量，但是，东北亚地区的内外形势非常复杂，而且始终处在变化之中。本文将梳理东北亚内部形势的最新变化，然后重点分析与东北亚安全合作有关的几点背景变化。

* 金灿荣，中国人民大学国际关系学院副院长、教授。

一　东北亚内部形势的最新变化

就结构而言，中国的崛起是东北亚结构性变化的主要方面。2008年北京奥运会的成功举办向世人全面昭示了这个事实。

在美、苏两个国家启动现代化前，世界上几个现代化国家都是人口千万级的，美、苏两家是仅有的人口上亿级别的现代化国家，而这两个国家的现代化造就了两个超级大国并在很大程度上改变了国际格局。中国则是人类工业化历史上第一个10亿人口级别的国家（笔者认为印度的工业化还没有完全启动），其历史影响应该大于美、苏的崛起。中国的周边国家应该比世界其他地区国家更深刻地感觉到这一历史巨变。而东北亚国家将比中国周边其他次区域国家更敏感。

对于这些国家而言，它们对中国的视角将由俯视转变为平视，进而为仰视，这是一个痛苦的转变过程，将伴随着某种程度的冲突。

就形势而言，本地区当前的积极方面包括：两岸关系有所缓和；中日关系有所改善；随着美朝关系的改善，朝鲜半岛核问题有望在六方会谈机制内得到控制；中国与俄罗斯、蒙古、朝鲜和韩国的关系稳定；中国与主要区域外大国美国的关系比较稳定。

不利的方面有：由于受到国际经济形势下降的影响，本地区的经济发展态势有一定的问题；美朝关系的不确定可能影响朝鲜半岛核问题的解决；美俄关系恶化可能对本地区合作产生负面影响；朝鲜半岛的南北关系恶化；韩国民族主义高涨对其与中国、美国、日本关系的影响；针对中国崛起，美、日拉拢蒙古。

二　背景变化之一：东西方关系出现了
有利于东方的趋势

冷战结束后的很长一段时间，国际格局最主要的特点是美国为首的西方占据全面优势，特别是美国一家独大，同时多强并列，形成"一超多强"的局面。"西"主导了"东西关系"，"北"主导了"南北关系"，其中最重要的原因就是美国的超强实力地位和突出作用。当时国际形势大有美国一极化的趋势，但是进入21世纪特别是伊拉克战争以后，这种美国一极化趋势的国际格局逐渐出现转变，具体表现在以下四个方面。

首先，新兴市场经济国家的兴起，近代以来非西方国家第一次在实质意义上的兴起，国际关系正经历巨大变化。非西方国家的兴起并参与到国际机制和国际体系中，正逐渐改变着国际决策机制和西方对国际社会话语权的主导。

2003 年 10 月，高盛公司提出了一个"金砖四国"（BRICs）① 的概念，称巴西、俄罗斯、印度、中国四国正成为最具潜力的经济增长国。报告指出，在未来 50 年时间内，金砖四国将成长为世界主要的强大经济体②，而这四国都属于朝着市场经济转型的国家，但其政治制度不同。在西方看来，俄罗斯是典型的威权主义国家，中国是共产党专政的社会主义国家，另外两个是实行西方民主政治但民主质量并不高的资本主义国家。从文明属性的角度来看，中国和印度属于东方文明，而俄罗斯和巴西则是西方文明的边缘。但是，这四国在经济上具有同一性，都是典型的新兴市场经济国家。这些国家利用全球化的历史机遇，积极推进内部改革，取得了经济建设的巨大成就和不断上升的国际地位和影响力，成为冲击美国霸权的主要力量。所以，全球化提供的机会和新兴市场国家的内部改革是这些国家崛起的两大原因。2005 年底高盛公司又推出"新钻 11 国"，即成长潜力仅次于金砖四国的 11个新兴市场，包括巴基斯坦、埃及、印度尼西亚、伊朗、韩国、菲律宾、墨西哥、孟加拉国、尼日利亚、土耳其、越南。③ 2007 年日本学者又提出"VISTA"五国的概念，代指越南、印度尼西亚、南非、土耳其和阿根廷。

新兴市场经济国家兴起的直接后果就是导致美国领导下西方世界主导地位的动摇，其中最明显的体现就是 G8 会议向 G8 +5 会议的演变。很多全球性政治、经贸和环境问题已经不能在 G8 体制中得到解决，而必须邀请这些

---

① "金砖四国"是指巴西（Brazil）、俄罗斯（Russia）、印度（India）和中国（China），将它们的英文首字母组合起来为 BRICs（发音类似英文砖块）。最早提出"金砖四国"这一概念的是高盛公司。2003 年 10 月 1 日，高盛公司发表了一份题为"与 BRICs 一起梦想"的全球经济报告，高盛估计，巴西将于 2025 年取代意大利的经济位置，并于 2031 年超越法国；俄罗斯的经济状况将于 2027 年超过英国，并于 2028 年超越德国。到 2050 年，世界经济格局将会剧烈洗牌，全球新的六大经济体将变成中国、美国、印度、日本、巴西、俄罗斯。届时，现有的六大工业国将只剩下美国与日本。

② *Dreaming With BRICs: The Path to 2050*, Global Economics Paper No: 99, Goldman Sachs, 1st October 2003.

③ Jim O'Neill, *How Solid are the BRICs?* Global Economics Paper No: 134, Goldman Sachs, 1st December 2005.

新兴经济体参与决策。发达国家主导国际体系和国际议题并发号施令的时代一去不复返了。

其次，以美国为首的西方与俄罗斯和伊斯兰世界的矛盾出现尖锐化和长期化的趋势。美国与俄罗斯的地缘政治对立以及在安全上的矛盾由来已久，其中很大一部分是冷战时期美苏矛盾的延续。美国与伊斯兰世界的矛盾更是根深蒂固，根植于文明、信仰和价值观的冲突。现在出现的新趋势是俄罗斯与伊斯兰极端势力有可能结合，某种程度上形成对抗美国的合力。如果这一结合出现，必然导致美国与外部世界矛盾的进一步扩大，美国的国际环境将更加恶劣。

这种趋势的出现应该部分归结于冷战后美国对其对外政策的历史性错误认知。冷战的结束并不是美国以战胜国姿态战胜苏联的结果，而是苏联由于国内外矛盾主动放弃共产主义的结果，是从内部实现政权的更迭和国家性质的转变，美国只是无战而胜之。但是美国却将苏联的失败等同于美国的胜利，把原因和结果混为一谈。于是，美国由于盲目自信导致对俄决策失误，在冷战后像对待战败国一样对待俄罗斯。俄罗斯民族有根深蒂固的大国主义思维，随着经济的恢复和国力的增加，加上普京的强硬个性，其对西方的反击是必然的。美国与伊斯兰世界的矛盾根源更深，既与文明差异有关，又与冷战后美国的中东政策有关。美国在冷战后不仅不努力减缓伊斯兰的不安全感，反而极力袒护以色列，对伊斯兰国家动则采取各种压制和制裁手段，以羞辱式的方式对待巴勒斯坦精神领袖阿拉法特，造成了整个伊斯兰世界对美国的极端仇恨。

再次，以美国为首的西方同盟的内部关系发生微妙变化，表现出逆向演变的趋势。所谓逆向演变不是说双方将从盟友关系演变为敌对关系，而是指欧美加速渐行渐远、日渐松散分裂。美国的全球霸主地位有两大支柱，即强大国力和联盟体系。在美国的联盟体系中欧洲是最重要的部分，北约一体化组织是最主要机制。冷战结束后，由于外部共同的对手苏联的解体，欧洲对美安全合作的愿望下降，在主要的威胁认知上与美国的差异越来越大。特别是伊拉克战争后，美国与被布什称为“老欧洲”的矛盾更加尖锐。另外，随着欧洲一体化的进展，欧盟成为欧洲政治、经济、外交和安全的主导力量，对美独立性增强。欧盟正面临着扩大后的内部协调和其他复杂问题，欧洲国家将主要精力放在自身事务解决和加强欧盟内部团结上，不愿意过多地承担北约责任，受美国调遣。另外，美欧经贸矛盾有激化的趋势。欧元的崛起势必冲击美国霸权的基石——美元霸权，影响美国利益。

最后，整个世界的思想界精英和普通民众对于美国运用其实力在世界范围内推进民主的态度都在发生变化，而且这一现象在美国表现得最为明显。冷战结束后，美国乘势全力在世界推进美国式民主。21世纪特别是"9·11"以来，这种高涨的势头渐渐面临许多问题，如"哈马斯困境"。伊拉克战争后，美国的大中东民主化政策遇到种种挑战，措施难以施行，许多知识精英对美国这样强势并一意孤行地推行民主表示反思。2001年12月，《大西洋月刊》上发表了哈佛大学亨廷顿的采访文章《睁眼看世界》①，其主旨思想是世界需要有效的公共权威。亨廷顿在此次访谈中批评了20世纪90年代存在于美国和西方世界中的"民主浪漫主义"，并认为对大多数发展中国家来讲，现在更需要的不是什么美好的民主而是有效的公共权威。现在看来，曾经令美国感到高兴与自豪的第三波民主化浪潮绝大多数是失败的，至少是不成功的，美国需要对其推进民主的方式进行反思。2006年1月，在美国的大力推动之下，巴勒斯坦进行民主选举，结果以消灭以色列为己任的极端组织哈马斯获胜，以色列对美国天真盲目地推进民主也产生了疑问。总之，美国的知识界和思想界以及整个世界对美国到处盲目地推进民主的质疑声音正在增加；相应的，美国推进民主的动力正在减弱，民众对民主的激情也在减小。

总体上看，国际格局正经历从"一超多强"向多极化的转化，国际形势在朝着复杂的方向发展，其不确定性也在增加。

三　背景变化之二：中美之间出现了有利于中国的态势

"9·11"后的中美关系发展可以用四段话来概括。（1）中美之间的共同利益扩大了。这个事实非常简单，但非常重要，未来中美关系的稳定性就与这个简单事实有关。在反对国际恐怖主义、防止核生化大规模杀伤性武器扩散、控制地区热点问题、保持世界（特别是亚洲地区）经济和金融稳定、保持世界石油和其他重要资源的稳定供应、联合国改革等多种问题上，中美

---

① Robert D Kaplan, "Looking the World in the Eye," *The Atlantic Monthly*, Dec 2001, Vol. 288, Iss. 5.

两国或者有了新的共同点，或者加深了原有的合作。

（2）过去七年，美国对中国的需求上升了。从存量的角度和静态的角度看，迄今为止仍然是美国的综合国力远超过中国，中国对美国的需求大于美国对中国的需求。但从增量的角度和发展的角度看，美国对中国的需求的增长速度非常快，而中国对美国的需求相对来讲提升不多。所以从趋势上看，中美的相互需求在走向平衡。由于美国在冷战后成为世界上唯一的超级大国，它自然成为当今世界各种矛盾的焦点，需要处理的问题或面临的挑战要比别的大国多得多。中国不仅国内发展迅速，而且由于新外交的推进，其国际影响也在迅速扩大。因此，美国在越来越多的具体问题上必须赢得中国的合作才能达到其政策目标。相反，由于国内外的发展势头良好，目前中国对美国唯一的要求就是不要添麻烦。总之，在中美关系中，中国正在获得越来越大的主动性。

（3）在中美关系最敏感的台湾问题上，2003年以来中美展开了有限的合作，主要是在政治上共同制约"台独"。当然，在此期间，美国在军事上仍然在支持台湾，甚至力度有所加强，特别是指挥、情报、训练、人员培养和体制等软性合作已经达到准军事同盟的程度，呈现政治、军事政策两面化的趋势。但无论如何，中美在政治上共同遏制"台独"对稳定两国关系是非常有利的。

（4）对于中国过去几年的成功，美国国内对中国的战略怀疑上升了。从美国的视角看，在过去几年，中国经济上了一个台阶，军事现代化有飞跃式的发展，外交影响力有极大的扩展。对此，相当一部分美国人特别是美国的右翼保守派的警惕感上升。

应该说前三点是正面的，第四点是负面的。正是上述第四种发展，即美国国内对于中国成功的战略怀疑增加了，构成了美国方面就中美关系存在许多政治噪音的背景性原因。

中美两国外交部门进行的战略对话和两国财政部门主导的战略经济对话，其背景也是我们上面所提到的第四点。这些对话的目的就在于消解战略怀疑，培植战略互信。应该讲，对话机制非常成功。

中美战略对话是由中方主动提出来的，对话的实现可以看成是中国对美国政策进行塑造的成功案例。

随着中国的崛起，外界的疑虑自然会有所上升，其中也包括美国。中国的现代化可能是人类历史上最大规模的现代化。在中国现代化进程开始以前，西方最大规模的工业化和城市化是美国19世纪70年代到20世纪20年代的现代化，那时美国的人口只有 1 亿人。其他西方国家现代化的规模就更小了，英国 17 世纪后期和 18 世纪推行现代化时，其人口不到 1000 万，德国 19 世纪后期推行现代化时，其人口只有 6000 万，日本 19 世纪末 20 世纪初推行现代化时，其人口不过 8000 万。拥有 13 亿人口的中国推行现代化，而且速度是如此之快，对世界的冲击一定是史无前例的。所以，外部世界产生一定的疑虑是可以理解的。但是，如果不化解这种疑虑，让这种战略怀疑长期存在，不努力将其转成战略互信，将对中国与外部世界的关系造成很大的障碍，将使中国与外部世界陷入"安全困境"（security dilemma）。就中美关系而言，如果战略怀疑不能化解，从长期视角看，其破坏性将大于台湾问题。

有鉴于此，2004 年 11 月 APEC 首脑会议期间，中国国家主席胡锦涛主动向美国总统布什提议展开中美战略对话。对此提议，美方一度予以拒绝，其理由是美国只与其盟国展开战略对话（另一个理由是内部政治原因，即与克林顿寻求与中国建立战略伙伴关系的政策有区别）。但是值得高兴的是，白宫最终接受了中国的提议。此后，美方又提议展开战略经济对话，从而使中美关系有了两个战略对话机制。

关于未来中美关系的走向，有几点趋势值得注意。

首先，中美关系的整体重要性上升。美国前国务卿布热津斯基在其 1995 年出版的《大棋局》（*The Grand Chessboard*）一书中预测，2015 年的世界将由"三强"主导，一是美国（USA），二是欧洲合众国（USE, the United States of Europe），三是大中国（greater China）。我们不知道他的预测最后能否变成现实，但就目前的时间点看，美国维持其世界首强地位是最确定的，中国发展的势头也非常积极，只有欧洲联合的前景相对最不确定。因此，中美关系很有可能成为决定 21 世纪国际关系基本性质的一对双边关系。这对关系将走向何方？现在没有答案。就中国方面看，中国希望与美国合作，走向一个双赢的局面。在此过程当中，多一些对话，特别是开诚布公、相互交底的战略性对话，将有助于消除误解，减少突发性的摩擦。

其次，中国在双边关系中的地位改善。中美关系的状态越来越不是由美国的政策单方面所决定的了。根据购买力平价（PPP——purchasing power parity）理论计算，2004 年中国的国内生产总值已接近 8 万亿美元，是美国的 2/3，日本的 2 倍。中国拥有世界上最完整的产业链条，既可以生产纳米材料、"神舟"系列太空飞船、每秒 10 万亿次以上的超级计算机等高技术产品，又可以生产占世界市场总量 95% 的打火机等低端产品。中国的研究与发展（R and D——Research and Development）投入，按购买力平价已经是世界第三位。中国在校大学生人数超过 2000 万，而美国是 1500 万，其中，中国毕业的工科学生的数量是美国与日本之和的 3 倍。中国的城市化速度自 20 世纪 90 年代初以来一直是世界城市化平均水平的 2 倍，城市化在带来社会问题的同时，也在以乘数效应加速国家财富的积累（目前中国农村一亩土地的年产值是 500 元人民币，而城市同样土地的产值是 2800 元人民币）。中国的军事力量正在迅速现代化。中国的发展模式已经被某些西方媒体称为"北京共识"。中国与周边国家关系的改善使任何遏制中国的战略不可能成功，而只会导致推行遏制战略国家的自我孤立。事实上，去年 11 月和今年 3 月，美国在西太平洋的两个主要盟国澳大利亚和韩国先后表示，如果中美围绕台湾问题发生冲突，这两个国家不一定会帮助美国。中国与欧洲主要国家、与俄罗斯、与印度、与包括拉美国家在内的发展中国家关系的发展，使中国的国际空间扩大和外交回旋余地增加。当然，中国还面临着众多问题，如国家统一（主要是台湾问题）、内部发展不平衡、能源和环境制约等。但是，总体而言，中国把握外部形势，包括中美关系的能力是大大加强了。

再次，中美关系的复杂性凸显。今年以来，布什总统两次提到中美关系非常复杂，不能用一个简单的词语来定义。这种认识非常正确，非常接近于事实。现在和未来的中美关系就是近代国际关系历史上最复杂的大国间关系。这两个国家规模巨大、潜力雄厚、软硬力量兼备，在综合国力方面都属于"全能冠军型"国家（相比而言，日本就是一个典型的单项冠军型国家）。与美国过去遭遇的竞争者相比，中国一方面积极致力于国际贸易，努力适应美国领导制定的国际规则，避免意识形态对抗，外交上推行合作双赢政策，内部社会也在走向利益多元化和开放化；另一方面，中国是一个具有不同核心价值的文明体系，政治上坚持走共产党领导下的社会主义现代化道路，在地缘政治和国际事务中也持有与美国不同的立场。在美国看来，中国的性质难以确定，中国的走向不明朗，因此美国对中国的战略定位也就无法确定，需要在变化中不断调整。

最后，美国的对华政策正在走向新的现实主义。就在今年中美关系遭到来自美国国内的政治噪音干扰的同时，人们看到美国主流社会对中国的重视增加了。美国主流媒体对中国的报道加强了，更多的美国国会议员访问中国，两国议会的交往增加了，两国贸易继续以世界贸易平均增长率3倍的速度向前发展。另外，在朝鲜半岛核问题、联合国改革等问题上，双方也有良好的合作。以刚结束的中美首次战略对话为标志，美国国内的对华政策新现实主义正在成型。其主要内容是承认中国崛起的事实，寻求在核时代和全球化时代条件下与中国的合作。

美国对华政策新现实主义提出的标志是2005年9月21日副国务卿佐利克在美中关系全国委员会上的讲话。在此次讲话中，佐利克认为过去七届美国总统一直寻求的政策目标是将中国融入国际社会，现在这个目标已经实现，中国已经成为国际社会的正式成员，因此他提出了一个新要求，即要中国成为一个"负责任的利害相关人"（responsible stake holder），承担大国责任，并与美国一起行动。

美国对华政策新现实主义的具体内容主要有：承认中国的崛起是一个事实；承认中国不是苏联，中国是可以合作的，而且美国无法用遏制的办法对付中国；承认中国社会的复杂性和中美关系的复杂性，也就是中美关系发展存在多种可能性；通过将中国定义为"利害相关人"，要求中国承担大国责任，塑造未来中国的性质和行为模式，将中美关系推向美国所希望的方向。

四 背景变化三：中国责任论的出现

在中国面对的国际舆论环境中，存在着四种基本的论调：中国威胁论、中国责任论、中国机遇论和中国崩溃论。其中，机遇论和崩溃论始终是比较边缘化的，占主导地位的是中国威胁论，中国责任论次之。但是，伴随着中国自身国力及其在国际体系中结构性位置的不断提升，关于中国责任的话题在国内外持续升温。国际上的表现是，近年来"中国责任论"逐渐兴起，未来大有压倒"中国威胁论"而成为中国面对的主要国际舆论的势头。国内的表现是中国坚持构建负责任大国形象的努力。随着2008年北京奥运会的成功举办，责任论很可能成为主导性的国际舆论环境，国际责任问题日益成为未来中国外交战略的首要议题。

本文首先梳理、分析国际上的"中国责任论"与国内责任大国建构的得失困境，然后就中国在未来的外交战略中如何谋划和定位中国的国际责任战略提出一个方向性框架。

（一）"中国责任论"将取代"中国威胁论"构成中国所面临的主要舆论环境

"中国威胁论"在冷战结束后的很长一段时间内一直主导着西方尤其是美国的对华思维，并深刻影响着美国的对华战略。但是，在"中国威胁论"以各种形式或隐或显盛行的同时，对中国的责任期待作为中国未来预期的另一方面也一直存在。早在1994年10月，时任克林顿政府国防部长的佩里在中国人民解放军国防大学发表演讲时就指出："冷战的结束为亚太地区敞开了大门……当今美中两国面临的挑战是确保这一地区未来几代人享有充分的稳定与繁荣。在这一方面，美中两国负有共同的特殊的责任。"①1995年10月，佩里在华盛顿州的西雅图发表演说阐述美国对中国的接触政策时说："不得不承认，中国正在成为世界上一个主要大国。我们确信接触是最佳战略，可确保在中国实力增强之时，它是作为国际社会一个负责任的成员这样做的。"②1997年美国《国家安全战略报告》和美国国防部出台的《四年防务评估报告》都曾提到对中国成为"国际社会负责任成员"的期待及其意义。2001年5月，前国务卿凯利在向国会对外关系委员会提交的证词中也以温和的现实主义语气说："我们要看中国怎样对我们作出回应，我们鼓励中国作出能够反映其社会地位和国际社会责任的选择。"③但由于克林顿政府对华战略一直没有明确的战略方向，加之小布什上台后曾经一度把中国视为战略对手并进行预防性遏制的对华战略，所以，处于正面的"中国责任"呼声常常被"中国威胁论"压倒。

在2005年小布什第二次上台、美国继续调整了对华战略定位和政策后，与"中国威胁论"伴生的"中国责任论"才逐步凸显出来。2005年，布什本人提出"要以建设性和坦诚的方式与中国接触"，国务卿赖斯提出，"希望中国成为全球伙伴，能够并愿意承担与其能力相称的国际责任"，副国务卿佐利克则在"中国向何处去"的著名演讲中呼吁，中国应成为国际社会中负责任的"利益相关者"。此后，负责任的"利益相关者"又被写入了美

---

①　刘连第：《中美关系重要文献选编》，第391~392页。

②　刘连第：《中美关系重要文献选编》，第451页。

③　James A. Kelly, testimony before the Senate Foreign Relations Committee, Subcommittee on East Asian and Pacific Affairs, Washington, DC, May1, 2001. available at http://www.state.gov/p/eap/rls/rm/2001/2697.htm.

国 2006 年《国家安全战略报告》，正式成为美国官方对华的新定位。此外，2006 年 9 月 27 日发表的反映美国各界精英主流意见并可能对美国国家安全战略产生深远影响的《普林斯顿项目报告》声称："美国的目标不应当是阻止或者遏制中国，而应当帮助它在目前的国际秩序范围内实现其合理的抱负，成为亚洲和国际政治生活中的一个负责任的利益相关者。"此后，美国所带动的"负责任"的"利益相关者"成为国际社会谈论中国时的一个时髦用语。美国各界继续推波助澜，世界其他国家和地区纷纷跟进。在这一形势下，"中国威胁论"销声匿迹，"中国责任论"压倒性地构成了中国所面临的主要国际舆论环境。

准确理解这一新近兴起的"中国责任论"的本质及其具体含义，把握这一国际舆论蕴涵的机遇和挑战，对于我们找出应对之策和制定中国的责任外交战略具有重大意义。

美国的"中国责任论"的含义可以概括为一句话：中国正在崛起，但还不是个充分负责的国家，中国应该承担与其实力相称的责任，从而成为国际社会负责任的一员。这句话包含了三层含义。第一，认可中国实力上升的事实，并把中国列为大国。美国认为，中国"浓缩了亚洲引人注目的经济成功"，[1]"中国的崛起是 21 世纪初划时代的事件之一"。[2] 但是，未来的道路是融入美国主导的国际体系还是相反，中国还没有作出明确的选择。正是在这一意义上，美国认为，中国还是处于"战略十字路口"的国家。第二，认可中国已经表现出的一定合作迹象。2006 年美国《国家安全战略报告》声称，"在二三十年里，中国已经摆脱贫穷和孤立，日益融入国际经济体系。中国以前反对全球机构；如今它是联合国安理会和世贸组织的永久性成员"，"美国对保持和平发展承诺的中国的崛起表示欢迎"。[3] 2007 年美国对外关系理事会提交的研究报告认为，中国在与世界接轨的过程中越来越遵守国际规则、机制和准则，尤其是在国际贸易和安全领域，并成为国际社会中不可分割的一部分。[4] 第三，中国还不是一个充分负责的国家，"中国的过渡还不完全"，还没有真正融入国际社会。中国还必须努力"像负责任的利

---

① 2006 年美国《国家安全战略报告》。
② 2006 年《普林斯顿项目报告》。
③ 2006 年美国《国家安全战略报告》。
④ Carla A. Hills and Dennis C. Blair, *U. S. -China Relations: An Affirmative Agenda*, *A Responsible Course*, Washington: Council on Foreign Relations, April, 2007.

益攸关方那样行事，履行其承诺并与美国和其他国家共同努力，促进为其成功提供条件的国际体系"。

美国对中国的责任期待内容很多，具体包括：经济上开放市场，增加内需，改变中美贸易逆差关系；政治上加速推进政治改革，实现政治自由化和民主化；军事上增加军事透明度；外交上帮助解决地区安全问题及热点问题，如朝鲜、伊朗和苏丹达尔富尔问题；环境上减少废气排放量使之符合国际排放标准；等等。就其本质而言，美国的"中国责任论"就是要以美国模式来塑造中国，并要求中国与美国合作来共同维护美国领导的国际体系。尽管这表现出美国的天定命运的傲慢，但是，与"中国威胁论"相比，"中国责任论"表现出美国的合作意愿和姿态。这既是一种机遇也是一种挑战，把握得好可以乘势加强中国责任大国的形象从而促进中国的和平发展，把握不好则可能或损失自身的形象、实力，或超出自身能力的责任范围，从而不利于中国的和平发展。

（二）中国责任大国形象的建构及其挑战[①]

20世纪70年代末、80年代初之后，伴随着国内改革开放政策的实施，中国开始了融入国际体系的进程。随着中国实力的逐步积累，到20世纪90年代中期，中国的发展已经开始引起国际社会的普遍关注，"中国威胁论"就是这种关注的反应之一。与此同时，希望中国做国际社会负责任一员的呼声也开始出现。在这一国际环境下，中国以1997年亚洲金融危机为契机开始了构建负责任大国形象的历程。在战略理念上，中国先后提出了"新安全观"、"睦邻、安邻、富邻"、"和平崛起"、"和谐世界"等体现国际社会发展趋势的先进观念，体现出中国的负责任姿态和维护国际秩序的良好意愿。在实践层面，中国更是积极承担国际责任，努力维护世界的和平与发展。这表现在以下几个方面。首先，中国以更加积极的姿态参与国际制度。从参与政府间国际组织看，1994年中国参与的数量是50个，与1982年相比增加了26个，但是到2002年，中国参与的数量达到163个，几乎涵盖了所有重要的政府间国际组织，成为少数几个参与国际组织数量最多的国家之

---

① 从中国外交历程看，中国一直自我定位为一个责任大国。不过，由于中国国家身份的不同，目前所说的负责任大国与冷战前中国的责任大国有着根本不同的内涵，前者是指融入和维持国际体系的责任，后者是则是指作为体系反对者和革命者的责任。本文所说的责任大国仅指前者。

一。其次，中国积极参与朝鲜半岛、伊拉克和伊朗等地区危机的解决，并努力发挥应有的作用。尤其是在朝核问题上，中国的积极斡旋取得了良好的效果，得到了包括美国在内的国际社会的高度赞誉。再次，在反对恐怖主义问题上，中国积极与美国合作，对美国在物质和道义上给予大力支持和配合。在周边关系上，中国积极实践新安全观，倡导成立上海合作组织、亚洲博鳌论坛，发展与东盟的安全与经济合作机制。在发展中国家关系上，中国积极减免发展中国家的债务，同时积极发展对外经济与技术援助，带动发展中国家共同发展。

总之，从理念到实践，在实力提升的基础上，中国已经在树立责任大国形象方面取得了很大的成绩，并且得到了包括美国在内的国际社会的一定认同。可以说，目前兴起的"中国责任论"正是在对中国实力与责任某种认同的前提下才出现的。但是，与此同时，中国树立责任大国形象的努力也正面临着诸多挑战。

这些挑战包括以下几个方面。第一，体系大国与责任大国的冲突。① 作为体系大国，中国外交的任务就是维持大国的地位，为此，必须以保护和发展经济、科技和军事实力为中国外交的核心目标，以维护主权独立下的经济与军事利益为核心利益。而负责任大国的身份要求中国以维护国际秩序为外交目标，而不是仅仅考虑综合国力的得失和相对利益。两种身份要求存在着矛盾。第二，维护体系秩序与修正体系秩序的冲突。在过去的 25 年中，中国的主要工作是低调融入国际体系，并逐步成为现有国际体系与国际秩序的受益者和维护者。但是，中国的责任定位不仅是要维护现有的国际秩序，而且是要改进和完善现有的国际秩序。那么维护和修正之间如何找到恰当的结合点，而不至于与现有的国际体系发生对抗性冲突呢？这需要掌握非常复杂和微妙的平衡术。当然，这种平衡术的运作不是中国单方面的责任，美国更是发挥着决定性作用。第三，在价值观与利益再分配层面，美国能在多大程度上真正接纳中国加入国际秩序。美国在对中国的责任要求方面，表现出强硬的单一价值观诉求。这种价值观诉求是美国不可妥协的"十字军东征"精神的真正体现还是隐藏着深刻的现实主义权力政治逻辑，这一点很难区分。

---

① 中国大国身份定位与大国外交可以分为三种类型，即体系大国、责任大国与挑战大国。中国外交中三种身份类型同时存在，相互交错，随事态不同而表现出不同身份特征的组合。参见张登及《建构中国：不确定世界中的大国定位与大国外交》，台北，扬智文化事业股份有限公司，2003，第 254～269 页。

但是，无论是哪一种逻辑，如果美国不能在这两个方面对中国表现出某种程度的妥协，而单方面要求中国对美国负责，对美国妥协，这将是中国构建责任大国形象的最大挑战。

（三）中国的国际责任战略框架

无论是从当前外部"中国责任论"的压力看还是从中国自身构建责任大国形象的需要与挑战看，我们都迫切需要进一步深入思考中国的全球责任定位问题。根据以上国际、国内压力与挑战两方面的分析，中国的国际责任定位需要遵循以下几个原则。

第一，与美国积极沟通和磋商，争取双方达成更多相互谅解与必要的妥协。"中国责任论"的外部压力主要来自美国，中国崛起所面临的主要结构性矛盾也在于中美之间的安全困境。而缓解安全困境的唯一途径在于多沟通、多协商，通过种种场合的互动，逐步在相关问题领域达成共识或谅解，甚至建立战略互信。美国希望中国成为负责任的大国，中国本身也在积极构建责任大国的形象。在这一原则性框架上双方是一致的，问题在于双方在对责任大国的定义上存在着差别。这就需要中国利用一致性原则框架的一致性，在具体问题上与美国展开积极对话、沟通、磋商和必要的相互妥协。在这方面，中美双方已经取得了一定成绩，但还不够，仍需继续努力。

第二，体系大国优先于责任大国。责任能力往往以体系大国为基础，只有自身实力强大才能更好地成为责任大国。在此要注意两个事实。一是中国本身还很落后。所谓的中国 GDP 冲入世界第四，外汇储备世界第一，很大程度上只是个数字游戏，而不能真正反映中国与其他强国的实力对比。以外汇储备为例，西方国家普遍实施"藏汇于民、藏汇于物"，而中国实施强制性结汇的金融制度，企业在海外赚的大部分外汇得卖给中国银行，国家定期公布外汇储备金额。所以，与西方相比，中国的外汇储备主要在官方，民间很少。2006 年，日本和美国的民间外汇储备分别是 3 万多亿美元和 9 万多亿美元，政府对这些外汇是不予过问的。同期中国的民间外汇储备只有 1600 亿美元。到 2006 年底，我国官方外汇储备为 10663 亿美元，而截至 2006 年 9 月，日本的官方外汇储备为 8486 亿美元。表面上看中国的外汇储备多于日本，但是，算上民间储备，美国和日本实际的外汇储备要比中国多得多。第二个事实是，美国的"中国责任论"反映了美国的利益需求。美国的利益在于通过转移责任降低其霸权成本，从而更长久地维持其霸权周期。从目前看，作为一个体系大国来说，中国还非常虚弱。中国的主要责任在于发展，强壮自身实力的国内责任大于分担体系运行成本的国际责任。如果陶醉于美国送给中国的"责任大国"的荣誉光环，过早过多地承担中国目前实力所不济的责任，势必影响发展，从而最终影响中国的责任追求。

第三，地区责任大于地区外的全球责任。经营好周边是中国的安全之基。这可能是指导中国国际战略的一项长期原则。首先，中国还面临着国家统一的难题。而台湾问题能否顺利解决，主要看中国与周边国家能否建立良好的关系，而必要的地区责任有利于中国改善自己的周边关系。其次，从中国的实力看，中国只能算作一个地区大国。再次，从中国的地缘环境看，中国很难成为海上强国，这就从根本上决定了中国只能谋求地区大国地位，承担地区性责任。最后，从地区现状看，中国周边还潜藏着很多矛盾与冲突。台湾问题、朝核问题、南中国海问题、南亚次大陆的紧张对峙等，这些地区潜在冲突都与中国有直接关系，关系到中国的主权及安全利益，考验着中国责任大国的智慧和能力。这些问题的解决是中国构建责任大国形象的根基。

第四，慎言慎行，不主动承担责任，更不要去抢美国人的责任。历史经验表明，不承担责任受到指责的危险要远远小于主动承担过多责任的风险。第一次世界大战前的德国因主动和过多地承担责任被视为野心勃勃而遭到欧陆国家的围堵。20 世纪 80 年代的日本因经济腾飞急于承担责任而被美国视为一个可尊敬的敌人来制定其行动纲领。美国是一个需要敌人的国家，由于其霸权地位，它对其他国家实力的增长非常敏感。当它意识到有任何一个国家有可能赶超自己时，它就会尽可能夸大该国的能力与潜力，使其成为假想敌而凝聚美国的力量。所以，中国必须时刻意识到美国的这种霸权心理，避免因主动承担责任而招致美国对中国的敌人意象。

第五，多谈维护体系的责任，少谈塑造体系的责任。维护国际体系表示中国要进一步融入美国主导的国际社会。这是美国所欢迎的。塑造国际体系，表示中国要改变国际秩序，这势必继续刺激美国对中国的疑虑。少谈不等于战略上放弃中国的理想追求。从实际效果看，融入与塑造是密不可分的。一方面，塑造就在充分的融入过程中不知不觉地发生；另一方面，只有先充分融入并成为国际社会的成员后，才能以和平的方式塑造国际社会。在融入过程中，结合中国实际循序渐进地进行政治改革。在普适性价值观与美国保持一致的前提下，具体道路选择要保持自己的特色，不能照搬模式，避免造成内部动荡和混乱。

东亚秩序建构：一项研究议程

冷战结束迄今，尤为中国建设性崛起和亚洲金融危机所触发，东亚进入全面接触时代，东亚政治、经济、安全版图发生根本性变化，东亚秩序因之处于震荡之中。

秩序建构是一个共同利益汇聚及其制度化的过程，本文即探求东亚如何通过共同利益的汇聚和制度化建立起一个稳定的秩序。"共同利益"一词于1997年9月第一次出现在党的政治报告中。十五大政治报告提出与发达国家"寻求共同利益汇合点"；十六大政治报告提出"扩大与发达国家的共同利益"；十七大政治报告提出，"扩大同各方利益的汇合点，在实现本国发展的同时兼顾对方特别是发展中国家的正当关切"。随着中国进一步融入东亚地区合作，扩大与周边国家的共同利益成为中国必然的战略趋向，共同利益也将在中国战略中占据更重要的地位。鉴于此，通过共同利益的汇聚与制度化建立稳定的东亚秩序，不仅符合秩序建构的内在逻辑，体现国家利益与国际利益相结合的必然要求，也代表着中国地区战略优化的主导方向。

一　研究东亚秩序建构的战略意义

东亚地区合作进程历史久远，冷战结束以来呈现加速趋势，具体表现在：经济合作的制度化框架正在逐步建立和完善，政治驱动开始与经济驱动并驾齐驱；从低政治领域起步的政治对话与安全协调不仅确保了东亚总体的

和平、稳定，而且开始在战略层面发挥主动效应，战略层面的政治考虑成为东亚一体化进程的重要推手。东亚进入全面接触的时代，东亚共同体被接受为东亚秩序的愿景。如何建构一个稳定而富有建设性的地区秩序已是摆在东亚诸国面前的重大战略议题。

20世纪90年代中期以前尤其是1997年亚洲金融危机爆发之前，东亚缺乏地区性的、正式的政府间合作协议，有亚太合作而无东亚合作，市场力量是东亚一体化的天然推手。亚洲金融危机及其深刻教训触发了东亚的全面经济合作；而中国经济崛起的战略效应也开始全面展现，并成为东亚一体化的首要推动力。以此为标志，东亚经济合作开始进入快车道，目前已经实现了实质性的经济一体化，但相关制度性框架尚待完善。

与此同时，东亚政治对话和安全协调取得了显著的进展。"10＋3"机制开始从市场驱动向制度驱动演进，成为东亚合作的主渠道；东盟十国建立了相对成熟的次地区秩序，中日韩等东北亚三大国初步建立了对话协商机制，并承诺加强政治互信；东亚峰会顺利召开，开放地区主义确保了东亚未来的战略走向。当然，源于东亚经济社会发展水平差异大、各方利益不易协调的现实，东亚的政治对话、安全协调从低度政治领域起步，取得的成就也主要体现在非传统安全领域，当前的政治合作只是消除甚或缓解昔日政治对抗的后果，尚缺乏更积极层面的合作框架，缺少战略驱动的高度。

东亚一体化在经济、政治诸领域均遭遇质量提升的难题，但这并没有妨碍东亚进入全面接触的时代。寻求合作与共同发展成为东亚的共享理念，也成为东亚合作制度建设的逻辑起点。东亚共同体是一个有着明确而宏大目标的地区秩序愿景。地区秩序建构是超越现有经济合作范畴同时又能容纳各种因素、建立战略框架的命题。第二次世界大战结束迄今，鉴于东亚的历史遗产和外来霸权主导地区事务的事实，东亚秩序并非常用的概念。东亚大国（尤其是中国、日本）惯常探讨国际秩序或全球秩序，避免使用易引起历史联想的地区秩序概念，东亚秩序之错综复杂也使得战略家望而却步。伴随着冷战的结束，地区主义浪潮席卷全球，不仅为地区经济一体化开辟了广阔的道路，也为地区政治对话和安全合作提供了新的动力。东亚被地区主义裹胁其中，东亚秩序处于剧烈变动乃至重构之中，地区秩序的探讨开始浮上台面。

东亚地区一体化以经济力量的自然驱动为开端，加上地区内外各种力量的折冲，明显体现出政治经济相分离的特征。然而，经济相互依赖的溢出效应和地区主义的推动力是不可阻遏的。经济的相互依赖以及既有的规范和制度起到了缓解地区内权力失衡的冲击和防止安全困境泛化的效用。[1] 与此同时，一系列双边同盟、安全对话、多边论坛、部长级会议、第二轨道接触及其他特定机制逐步建立起来，并发挥着越来越重要的作用。[2] 尽管政治误解和安全不信任依旧阻碍着全面合作的展开，但绝大多数国家明确意识到，未来东亚秩序建构的中介不会是霸权战争，而是基于共同利益、以国际制度为主要方式的国际协调。如何认识地区秩序建构的逻辑、如何理性看待秩序遗产以及如何利用秩序驱动力促进东亚秩序建构，已经成为摆在各国面前的重大战略议题。

二   地区秩序建构的逻辑

国际秩序是国际社会中主要行为体尤其是大国权力分配、利益分配、观念分配的结果，而其主要表现形式就是国际制度的创立与运行。具体地说，第一，国际秩序是某一时段各主要行为体基于实力造就的格局，是建立在各行为体尤其是主要国家力量对比基础之上的，国际秩序是权力分配的结果；第二，国际秩序是某一时期国际社会各行为体围绕一定的目标，在利益基础之上相互作用、相互斗争而确立的国际行为规则和保障机制，国际秩序是国家间尤其是大国之间利益分配的结果；第三，一定时期的国际秩序是否稳定，往往取决于主要大国在核心观念上能否达成和保持一致、默契或必要的妥协，国际体系内的观念分配是决定国际秩序能否建立、可否保持稳定的关键性变量；第四，国际制度既约束着国家权力又促成了国家权力的延伸，是建构和维持国际秩序的决定性变量。基于以上认识，国际秩序的建构和维持是共同利益的汇聚及其制度化的过程。

国际秩序一直处于变动之中。第二次世界大战结束以降，尤其是冷战结束以来，随着全球化和地区化的浪潮汹涌，国际社会中出现了促成国际秩序变革的新动力，笔者将之概括为权力转移、问题转移和范式转移。[3]

---

① Amitav Acharya , " Will Asia's Past Be Its Future," *International Security* , Vol. 28 , No. 3 , Winter 2003/2004 , pp. 149 – 164.

② G. John Ikenberry and Jitsuo Tsuchiyama, "Between Balance of Power and Community: the Future of Multilateral Security Co-operation in the Asia-Pacific," *International Relations of the Asia-Pacific* , Vol. 2 , 2002 , pp. 69 – 94.

③ 门洪华：《权力转移、问题转移和范式转移——关于霸权解释模式的探索》，《美国研究》2005 年第 3 期，第 7 ~ 31 页。

　　所谓权力转移（Power Shift），即行为体及其权力组成发生了巨大的变化。全球化和地区化是当前并行不悖的两大潮流。伴随着全球化浪潮的进一步深入，独立自主不再被视为唯一的选择，地区经济一体化成为发展主流，融入地区合作被视为大国必然的战略选择，地区主义成为一种重要的权力资源。从国内层面看，国家、市场和市民社会之间正在进行权力再分配，国家实力变得富有渗透性，软实力越来越被视为衡量国家实力的重要方面。从国家层面看，新一波权力转移浪潮促成了美国霸权地位的维持，也促成了中国、印度、俄罗斯、巴西的经济崛起；从地区层面看，地区一体化成为国家发展的依托，地区经济集团化及其溢出效应导致了大规模的地区权力转移；从全球层面看，最为突出的表现就是国际制度如火如荼的发展及其刚性的展现，以及多边主义受到更多重视。

　　上述权力转移导致了具有重大战略意义的问题转移（Problem Shift），也导致了国家战略的必然调整，生存不再是国家唯一的关注核心，发展和繁荣在国家战略中的重要性进一步提升。第一，全球性问题激增，国际议程愈加丰富。全球性问题不可能通过单边方式来解决，其解决导致国内事务和国际事务的传统分割不复存在，对所有国家形成了一种战略约束。① 第二，安全趋于泛化，应对非传统安全使得国家安全与整个国际社会的和平、安全的关系越来越密切，各国需要通过加强合作扩大共同利益，提高应对威胁和挑战的能力与效率。第三，国际制度的民主赤字问题成为国际议程扩大的衍生因素。②

　　上述权力转移和问题转移导致处理和分析国际关系的范式转移（Paradigm Shift）。全球化和地区化成为大国的战略紧身衣，各国追求的国家利益不再绝对，且融入了更多相对性含义。国家之间的权力关系不再完全是零和游戏，也会出现积极成效（Positive-Sum）乃至双赢。从地区层面看，开放地区主义受到普遍接受，地区结构及其运行机制因之有可能造就更加稳定的秩序，协调、妥协、合作被视为大国在秩序建构中的重要战略趋向。

　　传统观点认为，国际秩序常常是军事暴力的副产品，而基于国家间集体

---

① Jean-Marie Guehenno, "The Impact of Globalization on Strategy," *Survival*, Vol. 40, No. 4, Winter 1998/1999, pp. 5 – 19.

② Robert O. Keohane, "Governance in a Partially Globalized World," *American Political Science Review*, March 2001, pp. 1 – 13.

认同的非暴力国际秩序具有不确定性。① 然而，地区主义及其溢出效应改变了这一常规定论。实际上，地区秩序建构不仅基于权力关系和国家自我利益的追求，而且基于观念创新、集体认同和制度建构等进程性因素。

在地区秩序建构中，经济一体化常常被视为地区合作的温床。在一体化进程中，合作、协调和相互妥协成为处理国家间关系的主流，某些规则、规范、原则和决策程序逐渐被所有参与者接受，并通过制度化成为地区的软性法则。这些制度化的要素至少包括：互惠，即各国不仅追求自我利益，而且着眼于地区共同利益的维护；渐进性，即宽容并对达成共识抱持耐心；开放性和包容性，即接受和欢迎地区外力量的参与；多边协调和传统双边主义并存并行；保险性安排，包括但不限于从低度政治领域起步的合作安全安排。这些要素都体现了共同利益的追求。实际上，共同利益被视为"共同体的原理性问题"。

鉴于权力分配往往是不均衡的，小国或弱国倾向于组织联盟制衡大国权力，而大国的妥协、协调和合作对地区秩序建构至为关键。大国常常通过提供地区性公共物品、寻求达成战略信任来缓解小国或弱国的疑虑。在当前的状况下，共同利益的汇聚和制度化是创立建设性地区秩序唯一的可行途径。在这里，共同利益不仅指共同收益（Benefits），还包括共同面临的挑战和威胁。在层出不穷的全球性问题上，各国利益密切相关。共同利益和共同威胁呼唤各国之间的合作，并导致建立国际利害共同体的实践。国际利害共同体就是将全球化背景下各国一荣共荣、一损俱损的认识付诸实践，予以规则化、制度化的过程。数个世纪以来，许多国家都曾致力于建立利害共同体，传统的结盟、新兴的自由贸易区和地区一体化都是建立利益共同体的体现。概言之，未来地区秩序的建构应以地区内各国间共同利益的汇聚为基础，并通过地区意识的整合实现共同利益的制度化，因而必然带有利害共同体的基本特征。

三　东亚秩序的历史遗产

东亚秩序的追求有着久远的历史，也有着丰富而沉重的历史包袱。正确认识东亚秩序的历史遗产，是探究东亚秩序建构的基础。

---

① Janice Bially Mattern , " The Power Politics of Identity," *European Journal of International Relations*, Vol. 7, No. 3, 2001, pp. 349 – 397.

东亚有三个传统的地区秩序，即中国主导的宗藩朝贡体系、美国寻求的门户开放体系和日本主导的大东亚共荣圈。在古代东亚，中国是地区秩序的主导建构者。周边邻国定期派遣朝贡使向中国皇帝称臣纳贡，成为天朝藩属；中国向接受"诰谕"的各国提供政治承认、优惠贸易、安全保证等公共物品。朝贡秩序是儒家学说在处理中华帝国对外关系时构建的理念原则和理想框架，是中华中心主义的文化秩序和贸易交流体系，是华夏伦理性政治秩序的自然扩展，其背后隐含着一种超越民族、种族畛域的包容性的天下概念。① 当然，天朝的至高无上不仅体现在文化上，还体现在政治结构和贸易往来上。作为一种同心圆式的等级秩序，朝贡体系有着内在的不平等性。19世纪中叶，朝贡体系因西方工业国家的殖民入侵而瓦解，美国在19世纪末20世纪初提出"门户开放政策"，日本则在20世纪三四十年代追求大东亚共荣圈，这两种秩序均属不平等的殖民主义安排。门户开放体系是一种均势性的殖民秩序，地区外大国在秩序建构和维持上扮演主导角色，它在一定意义上代表了东亚秩序的可渗透性。自此，美国在东亚秩序中一直扮演着强权角色，从而使得开放地区主义成为东亚秩序建构的必然特征。

总体而言，中国的朝贡体系和日本的大东亚共荣圈均具有不平等性，前者以文化优势为主导，后者则以军事征服为路径。中国朝贡体系留给东南亚诸国的历史遗产，与20世纪80年代以来中国经济的繁荣结合在一起，增强了东南亚国家对中国崛起的疑惧心理。当然，朝贡秩序在一定意义上是自然形成的，而日本的大东亚共荣圈则更具有主动追求的刻意，体现了日本的战略攻击性。这种历史遗产也使得日本慎言地区秩序。鉴于此，中日两国均提出明确的全球秩序图景，却很少言及东亚秩序，尤其是日本更把东亚秩序倡议视为帝国主义禁忌。② 因而，两国均同意东盟在东亚秩序设计及实践中扮演领导角色。

第二次世界大战结束以来，东亚出现了三个部分性地区秩序安排，即美国主导的安全体系、日本主导的雁行经济秩序、东盟主导的次地区共同体秩序。美国领导的东亚安全体系具有霸权稳定的性质，依旧被某些成员国视为东亚稳定的柱石；日本领导的雁行秩序则体现了日本的经济强势和战略谋划

---

① 何芳川：《华夷秩序论》，《北京大学学报》（哲学社会科学版）1998年第6期，第30～45页。

② Yonosuke Hara, *New East Asia Theory*, Tokyo: NTT Press, 2002, pp. 32 - 33.

能力。在一定意义上，雁行经济秩序和东盟次地区共同体秩序在新一波全球化、地区化浪潮中确立并成长为与美国安全体系并行的秩序形态，体现了东亚秩序的变动性。

近年来，中国的全面崛起、日本的政治崛起、东南亚的规范性崛起、美国霸权安排的持续成为东亚秩序变动的新要素。东亚权力结构趋于均衡，某种地区均势正在型构之中。与其他地区不同的是，东亚均势导致了对大国的战略约束，或可被视为进一步合作以及地区秩序建构的前提条件。与此同时，经济一体化的溢出效应正在重塑地区安全关系，所有国家都在享受着地区合作的红利。

东亚是世界政治经济的中心之一，也是全球力量消长最巨的地区；东亚拥有全球最具活力的经济形态和市场，也拥有全球最具变数的经济转型和社会转型；东亚集中了世界上几乎所有类型的经济体制和政治体制，也体现出世界上最为多样的矛盾和冲突。东亚是冷战结束以来矛盾冲突最多的地区，中国的台湾问题、日本的北方四岛问题、朝鲜半岛危机、南中国海争端等均是潜在的冲突之源。鉴于其历史遗产的复杂性，迄今为止，东亚所有的秩序建构倡议均缺乏长远性和明晰的路线图，东亚合作缺乏强有力的制度网络，传统安全困境依旧是大国进一步合作的障碍。① 另一方面，东亚安全情势也表明，各国无意获取入侵或占领邻国的军事能力，而是着眼于防止他国恐吓和惩罚造成的破坏性后果。② 未来一段时间里，东亚将介于均势秩序和共同体秩序之间，处于中途站，亦徘徊在战略十字路口。

四　东亚秩序的演进动力

东亚各国积极应对全球化和地区化两大并行不悖的世界潮流，在拥抱全球化浪潮的同时全面融入地区一体化，开始将东亚共同体视为未来东亚秩序的愿景；东亚各国奉行开放地区主义，使得地区外大国尤其是美国继续在东亚秩序建构中扮演重要角色。这些因素构成东亚秩序建构的主要动力，其互动在一定程度上决定了东亚秩序的未来路径。需要说明的是，此处所讲的动

① Joseph S. Nye, "China's Re-Emergence and the Future of the Asia-Pacific," *Survival*, Vol. 39, No. 4, Winter 1997/1998, pp. 65 - 79.

② Dennis C. Blair and John T. Hanley, Jr., "From Wheels to Webs: Reconstructing Asia-Pacific Security Arrangements," *The Washington Quarterly*, Vol. 24, No. 1, Winter 2001, pp. 7 - 17.

力为中性词，既包含促进动力，亦包含消极动力，但各种动力的影响作用却均不可忽视。

第一，经济一体化及其溢出效应。迄今为止，东亚经济一体化经历了三个主要发展阶段。20世纪60年代到20世纪90年代中期，东亚经济一体化处于市场或投资驱动阶段，日本经济复兴、"四小龙"经济奇迹和中国经济崛起成为东亚发展的助推力量，但东亚经济增长主要依靠各自的经济和贸易政策，而非多边框架下的经济合作。1997年的亚洲金融危机触发了东亚的紧密合作，东亚经济一体化进入经济、政治双轮驱动阶段。各国在贸易、投资、金融等领域的合作取得重大进展，共享增长成为东亚一体化的主要推动力。2001年中国加入WTO并倡议建立中国—东盟自由贸易区，为深化东亚经济一体化注入了新的动力，东亚经济一体化进入经济、政治、制度、战略四轮驱动阶段。中国—东盟自由贸易区建设触发了地区自由贸易区热潮，东亚已经成为FTA区，尽管全地区性的FTA协议难以在近期内签署。

地区经济一体化是东亚稳定和繁荣的基础，其溢出效应反过来加强了政治、安全、社会、文化等领域的地区合作，一些制度框架开始建立起来，东亚共同体理念被接受为地区合作的愿景。东亚领导人明确认识到本国的前景与地区的未来变革密切相关，共同应对挑战和潜在威胁、共同发展和繁荣成为东亚合作的积极推动力。共同利益的汇聚和制度化逐步成为东亚合作的主导要素。

第二，中国的全面崛起。1978年至今，中国经济保持了9.7%的年均增长水平，其经济规模2007年将升至世界第三位，对外贸易位居世界第二位，成为世界经济的核心发动机，并被视为国际体系的一个负责任的、建设性的、可预期的塑造者，在国际社会中积极作为、建设性作为的意愿逐步展现。中国崛起与新一轮全球化浪潮、国际秩序的转型几乎同步，中国的发展前景在一定程度上成为影响全球未来的决定性因素之一。[①] 作为东亚一体化最强大的推动力，中国崛起的战略效应正在全面展现开来。中国致力于塑造一个和平、繁荣、稳定的国际环境，全面融入国际体系和地区体系，以实现现代化的宏伟目标。以此为基点，中国与东亚诸国全面展开合作，经济紧密度稳步加深（见表1）。中国在地区一体化中发挥着积极而富有建设性的作用，成为世界经济的发动机、地区宏观经济的稳定器和东亚一体化的加速器。

---

① 门洪华：《构建中国大战略的框架：国家实力、战略观念与国际制度》，台北，财团法人两岸远景基金会，2006，第13~15页。

表1　中国与26个周边经济体的贸易关系

	1995 年	2000 年	2005 年
第1大贸易伙伴	中国香港	蒙古、中国香港、朝鲜	中国香港、中国澳门、中国台湾、蒙古、朝鲜、韩国、日本、吉尔吉斯斯坦、越南
第2大贸易伙伴	阿富汗、中国澳门、哈萨克斯坦、吉尔吉斯斯坦、日本、蒙古、中国台湾、朝鲜、缅甸	日本、中国澳门、中国台湾、巴基斯坦、缅甸、老挝	哈萨克斯坦、印度、老挝、缅甸、巴基斯坦、菲律宾、俄罗斯
第3大贸易伙伴	韩国	哈萨克斯坦、韩国、吉尔吉斯斯坦、尼泊尔、俄罗斯、塔吉克斯坦、越南	新加坡、马来西亚、尼泊尔、塔吉克斯坦、泰国

资料来源：IMF, *Direction of Trade Statistics 2006*, CD－ROM。

冷战结束以降，许多学者对亚洲的未来抱有悲观心态，认为亚洲必成争夺之所，其主要理由在于对中国成为所谓的"修正主义国家"的预测。[1] 然而，中国与其邻国通过融入地区一体化的战略路径逐步缓解了这些担忧。中国积极参与了一系列基于合作原则和共识的多边制度，并成为东亚地区制度的建设者之一和东亚负责任的利益攸关方。中国逐步并明确进行了基于共同利益的战略调整，与地区内国家达成了以共同利益为导向的建设性合作，并积极寻求共同利益、共同存在、共同发展、共同安全。[2]

第三，日本加速迈向政治大国的步伐。日本是东亚地区经济合作的先锋，也是东亚投资的发动机之一。20世纪60年代到20世纪90年代，日本政府开发援助（ODA）、对外直接投资、产业转移促进了东亚一波波的崛起浪潮，在地区经济发展中扮演着相对主导性的角色。雁行经济秩序在一定程度上代表了日本盛极一时的经济强势。经过近10年的经济停滞，最近日本经济复兴势头强劲，迈向政治大国的国内运作频繁，这意味着日本将在东亚乃至全球舞台上发挥更加主动的作用。当然，日本经济的强势是以全球为舞台，以东亚为基础的。作为亚洲第一个全球化者（Globalizer），日本与美国形成了经济相互依赖关系；[3] 作为东亚一体化的先锋，日本与中国的经济相

① Alastair Iain Johnston, "Is China a Status Quo Power?" *International Security*, Vol. 27, No. 4, Spring 2003, pp. 5 – 56.

② 黄仁伟：《新安全观与东亚地区合作机制》，《世界经济研究》2002 年增刊，第 24～29 页。

③ Joseph S. Nye, Jr., "Asia's First Globalizer," *The Washington Quarterly*, Vol. 23, No. 4, Autumn 2000, pp. 121 – 124.

互依赖在不断加深。

自 20 世纪 80 年代以来，日本把成为"普通国家"视为战略目标，追求与其经济实力相符合的政治大国地位。日本热望在全球和地区事务中扮演更为显著的角色。在全球舞台上，日本寻求更大的国际认可、成为世界秩序的主导者之一，将联合国安理会常任理事国席位作为孜孜以求的目标，并为此不遗余力近 20 年；在地区舞台上，日本寻求界定未来东亚共同体的理念、框架和主要特征的领导权。

东南亚对日本经济繁荣至关重要，日本与东盟国家签署双边或多边经济伙伴协定，以进一步巩固合作关系。对日本而言，自由贸易区在东亚经济一体化中发挥着富有成效的作用，不仅促进经济增长，而且有助于政治和社会稳定，也会对日本带来积极的影响。① 当然，这些调整必然影响中日经济关系。日本不会甘心在自由贸易区建设、地区秩序建构上落于中国之后，纵观日本近年来一系列的政治、安全举动，制衡中国在东亚影响力扩大的意图不言自明。

第四，东盟方式及其战略连带效应。东盟是一种地区合作的方式，也是地区联盟的方式。其发展经历了一个长期的演变过程，也逐渐形成了富有次地区特色的决策模式。阿查亚（Amitav Acharya）将东盟处理成员国之间关系的一系列基本原则和规范概括为东盟模式（ASEAN Way），其中最主要的两个原则是非正式性和协商一致。在非正式性原则下，地区合作保持较低的制度化程度，很少建立西方式的由严密法律体系保证的制度。在协商一致原则下，地区合作的决策机制回避了多数表决和强制执行，而是满足地区合作参与者的舒适感。② 东盟所有成员国，不论大小和国力强弱，在东盟事务的决策、执行过程中绝对平等。东盟采取协商一致的决策方式，任何议案只有在全体成员没有反对意见时才能通过。在对外事务上，东盟合作以各国政策的独立为前提，允许单边主义在多边主义的框架内发展，允许国家的决定与地区的追求并存。③ 以东盟方式为准绳，东南亚各国有效地和平解决了一系

---

① Shujiro Urata, "Japan's FTA Strategy and a Free Trade Area of Asia Pacific" in Takatoshi Ito, Hugh Patrick and D. E. Weinstein, eds., *Reviving Japan's Economy*, Cambridge: the MIT Press, 2005, pp. 71 – 86.

② Amitav Acharya, "Ideas, Identity, and Institution-Building: From the 'ASEAN Way' to the 'Asia-Pacific Way'?" *The Pacific Review*, Vol. 10, No. 3, 1997, pp. 328 – 333.

③ Masahide Shibusawa, *Pacific Asia in the 1990s*, London: Routeledge, 1991, p. 101.

列双边和多边争端。相比东北亚而言，东南亚更具有文化多样性和民族多元性的特征，但却逐步建立了稳定的次地区秩序。

亚洲金融危机以来，东盟方式逐渐扩展到东亚一体化进程中。迄今为止，东盟在东亚合作进程中的作用堪称富有成效，东盟在经济一体化进程中的领导地位得到了地区内外国家的认可和尊重，在东亚合作的制度化以及东亚秩序建构中发挥关键性作用，并寻求在所有地区合作倡议中扮演中心角色。然而，东盟方式所秉持的低制度化、避免承诺和义务的做法不仅导致东盟内部整合缓慢，也在一定程度上放缓了东亚一体化的进程。显然，东亚秩序建构不仅需要东盟的规范性效应，也需要新的整合发动机。

第五，美国的战略调整。美国的重要利益遍布东亚每一个角落，并为此建立了维护其战略利益的正式或非正式制度安排。在安全领域，美国与日本、韩国、菲律宾、泰国等建立了正式军事联盟，与中国台湾保持着实质性的准同盟关系。20世纪90年代中期以来，美国采取了一系列战略举措，调整并重新确立了以美国为轴心、由五对正式的双边同盟和若干非正式的安全关系构成的、涉及军事合作各个领域、辐射整个东亚的轮辐体系。另一方面，冷战结束后不久美国即减少了在东亚的军事存在，甚至在1992年撤出了东南亚。美国撤军导致东南亚出现巨大的权力真空，激发了东亚多边安全合作机制的萌芽。为保持本地区的安全稳定，东盟引入了多边主义，主导建立了东盟地区论坛。2001年"9·11"事件之后，美国重返东南亚，积极参与东盟地区论坛的活动，凭借其强大的力量持续影响东亚安全。

在经济领域，美国是东亚所有经济体的重要伙伴，东亚在美国贸易中的比重长期稳定在37%～38%，美国在东亚的对外直接投资占其总量的比重近年来有所增长，从15%上升到18%左右。美中、美日经济关系往往吸引着全球的目光，并在一定程度上被视为衡量双边关系的标尺。自20世纪90年代早期，美国就在亚太经合组织——东亚唯一的跨地区性经济合作机制中发挥领导作用，并且成功地把非经济议题纳入非正式领导人会议的议程。美国还致力于加强与中日之外的其他经济体的合作，寻求与某些东亚国家建立双边自由贸易协定。

总体而言，美国在东亚的安全制度安排得以持续，其战略利益得以维护和拓展，美国将继续在东亚秩序建构中扮演关键角色。但另一方面，美国不是东亚霸主，它与东亚其他大国形成均势格局，将均势视为东亚和平的主要标杆,① 并寻求与东亚国家关系的重新定位。在美国的东亚战略中,调整最剧者莫过于中美关系。冷战结束以来,美国对华战略一直在遏制和接触之间摇摆。经过十数年的犹豫,美国终于以较为平衡客观的眼光看待中国的崛起。2005 年 9 月,副国务卿佐利克(Robert Zoellick)用"负责任的利益攸关方"表达对中国的预期,此后美国呼吁中国承担起世界经济领袖的必要责任,在一定意义上锁定了美国对华奉行接触政策的战略趋向。中美通过制度化渠道稳定了双边关系,为战略互动和多边领域的对话奠定了坚实的基础。

综上所述,正在形成中的东亚秩序是地区一体化的溢出效应,东亚的权力结构决定了东亚秩序的开放性,其中东盟以其独特方式发挥着规范性作用,中日关系具有决定性影响,而外部霸权的强大决定了共同利益的汇聚和制度化是东亚制度建构的唯一可行路径。进一步说,在东亚秩序建构进程中,美国和东盟在东亚秩序建构中扮演着制衡角色。随着中国的经济崛起、日本的政治崛起、东盟规范性影响的扩大和美国霸权地位得以维持,东亚权力关系进一步趋于平衡,为东亚秩序建构提供了重要的前提条件。但另一方面,东盟作为推动者不敢融入东亚,日本、中国作为大国不敢当头,东亚秩序建构尚处于弱势,需要新的整合发动机。

五　东亚秩序的未来与中日关系

型构之中的东亚秩序体现出开放性、可渗透性、双边主义与多边主义并行、大国提供地区公共物品、相对较低的制度化水平、国家间制衡以防止地区霸权崛起等主要特征。东亚秩序建构的特殊性在于,地区内外的大国均未发挥领导作用,而东盟的规范性影响是东亚秩序建构的主要推动力。中日韩与东盟建立了积极的互动合作关系,但这并非仅仅加强了与东盟国家的共存共荣和生命共同体意识,也在一定程度上引起了东盟诸国的不安和疑惧。

设若纳入软实力因素,则东亚权力结构处于历史上最为均衡的状态。如前所述,均势是东亚秩序建构的前提条件之一,在一定意义上,进程,而不是权力结构在一个稳定而富有建设性的东亚秩序建构中扮演决定性角色,参

---

①　阎学通:《东亚和平的基础》,《世界经济与政治》2004 年第 3 期,第 8 ~ 14 页。

与各国遵循着协商、一致、合作、舒适度、关系密切和开放性的原则。①

迄今，东亚合作在低度政治为主要特征的功能性领域取得了丰硕的成果，但在政治和安全合作上依旧荆棘密布。当然，即使在经济领域，各国不同的自由贸易区构想及其实践也有可能导致"意大利面条效应"（Spaghetti Effect），并在无形中增加了地区一体化的成本。东亚安全安排逐步从轮辐结构向网状结构的方向演化，东亚越来越能够通过共享地区规范、加深经济相互依赖、增进制度化联系等方式应对安全挑战。② 但东亚自身的多边安全制度安排依旧处于对话阶段，东盟不过是一个提供对话的场所而已，缺乏防务安排的"牙齿"。③ 对着眼于自助的民族国家而言，多边安全机制的匮乏并非严重问题；但对进一步的地区一体化而言，安全威胁却不啻是梦魇和障碍。

为什么在全面经济一体化进程中，安全困境却挥之不去？在笔者看来，其答案在于东亚地区存在的诸多失衡。第一个失衡之处在于东南亚和东北亚堪称对照的情势。换言之，东南亚和东北亚的次地区秩序建构是不均衡的。东南亚的文化多样性和种族多元性甚于东北亚，却建立了稳定的共同体秩序。东北亚国家尤其是中日韩三国早已为市场力量的驱动而实现了经济一体化，且共享更多的文化遗产，然而迄今未展现出类似的共同体意识，传统的安全困境依旧是笼罩在东北亚上空的乌云。解决当前的安全困境，需要更多的观念创新、政治远见和战略勇气。

第二个失衡之处在于东盟、中国、日本在东亚秩序建构中扮演的角色。迄今，东盟在东亚秩序建构中发挥了领导作用，但是东盟对大国的疑惧及其倡议的低制度化性质已经在一定程度上阻碍了东亚经济一体化，遑论推进东亚秩序建构。东亚需要另一个秩序建构的发动机。中日合作可以构成东亚秩序建构中一个强大而富有建设性的发动机。然而，两国均意识到不可能由单一国家主导建立东亚秩序，却还没有感受到全面合作的压力和必要性。

第三个失衡之处在于中国、日本和东盟的双边关系。迄今，中国、日本均与东盟国家之间通过寻求共同利益，并采取提供公共物品、让渡非战略利益的方式进行了积极而深入的合作，并分别建立了牢固而稳定的合作框架。

①　吴建民：《形成中的东亚认同》，见 http://www.neat.org.cn/chinese/hzdt/contentshow.php?content_id=39.

②　Amitav Acharya，"Will Asia's Past Be Its Future，" pp. 149 - 164.

③　Chong Guan Kwa and See Seng Tan，"The Keystone of World Order，" *The Washington Quarterly*，Vol. 24，No. 2，2001，pp. 95 - 103.

但双边却没有采取类似的战略行动乃至战略态度寻求共同利益，反而陷入了传统困境而不能自拔。

以上三大失衡，其核心是中日关系。中国和日本被普遍视为东亚秩序建构的核心力量。中日关系堪称世界上最具复合性的双边关系，历史遗产、政治不和、战略不信任的存在导致了两国之间的复合安全困境；紧密的经济合作、共同的安全忧虑表明双方也存在某种相互依赖。从双边关系的角度看，双方在经济上已形成密不可分的互利共赢关系，经济相互依赖在不断加深。对中国而言，来自日本的资本、技术和贸易依旧不可或缺，而中国经济崛起则为日本提供了不可替代的机遇。与此同时，中日之间缔结了233对友好城市，2006年人员往来超过480万人次，各层次往来频繁有加。如此密切的相互依赖一旦打破，两国必然要付出高昂的代价。因此，相互依赖已经成为防止两国恶性冲突的重要杠杆。毋庸讳言，在政治和安全领域，双方均对彼此存在根深蒂固的不信任乃至敌意，而钓鱼岛和东海问题进一步加深了双方的政治争端。鉴于中国持续崛起在日本引起的忧虑，日本并非简单地追随美国，主动利用和借助美国的一面在加强，从而导致中日战略竞争的加深。然而，将中日关系视为零和博弈将是错误的，任何忽略事实上的经济相互依赖和政治调适均是短视的。实际上，中日均处于强势进程之中，双边战略态势呈现某种动态均衡，必然伴随着心理和战略的调适过程，某些看起来竞争的层面实际上是相互调适的反映。

从地区关系上看，中日两国都期望在地区秩序塑造和建构中发挥更大的作用。日本担心出现中国主导东亚的情势，而中国对排他性的美日同盟有可能损害其核心利益也充满忧虑。日本认识到难以遏止中国崛起，希望加强双边合作；同时又对中国心怀戒备，刻意阻止中国影响力的扩大。另一方面，中日均与东盟国家通过寻求共同利益分别建立了稳定的制度性合作框架。中日不乏通过寻求与他国的共同利益来实现自身战略利益的经验，却没有在双边关系中采取类似的战略行动甚或战略姿态。在一定意义上，中日能否抓住战略驱动的制高点、促进东亚地区实现共同利益的汇聚和制度化，不仅决定着两国关系的稳定，也攸关东亚秩序的未来。

六 构筑东亚基于共同利益的战略框架

东亚迄今已经在次地区、地区和超地区层面建立起颇具效用的制度框架,如东盟、"10+1"、"10+3"、东盟地区论坛、东亚峰会等。这些都是共同利益汇聚和制度化(或处于制度化进程中)的结果。东亚各国将继续秉持开放精神促进合作,追求共同获益的双赢结果。随着东亚进入制度建设和寻求认同的时代,共同利益成为地区各国思考问题的基础和出发点。各国认识到,只有以共同利益为基础,才能防止或制止大国将其个别利益置于多数国家之上。在一定意义上,东亚秩序的核心发展动力来自本地区面临的共同利益、共同威胁和挑战,它基于各国的战略利益考虑,又超越狭隘的国家利益,并以追求共同利益、应对共同挑战和威胁为路径。本质上,地区秩序建设就是一个利害共同体建构的进程。我们认为,应确立东亚各国基于共同利益的基本战略框架,并逐步丰富之,以奠定东亚秩序建构的基石。

表2　东亚基于共同利益的战略框架

	国家层面	双边层面	地区层面	全球层面
政治维度	东亚各国坚守"一个中国"政策。	建立高层对话、互访的常规机制。	加强政治对话与协调;秉持开放性地区主义。	加强磋商,共同在全球事务处理上发挥建设性作用。
安全维度	中日均坚持和平发展道路。	保持并加强战略对话;加强军队之间的交流,建立安全互信。	共同努力促进朝鲜核危机等地区热点问题的解决,预防地区冲突。	合作应对各种非传统安全问题。
经济维度		经济贸易关系良性发展,扩大经济共同利益。	促进地区的宏观经济繁荣和金融稳定。	保持世界经济稳定态势。
文化维度		加强文化、学术交流,尊重文化多样性。	加强文化、学术交流,尊重文化多样性。	加强文化、学术交流,促进世界的文化繁荣。
社会维度		促进旅游等民间交往,加强青年人之间的交流机制。	促进民间交往,加强青年人之间的交流机制。	促进民间交往,加强青年人之间的交流机制。

上述东亚共同利益的战略框架是一种理想模式(Ideal Type),需要随着地区关系的深化而有所调整和拓展。换言之,当我们剖析东亚共同利益时,不仅要看其结构性,更需关注其进程性,结构性共同利益是东亚关系的基础,而后者未来将扮演更为关键的角色。在上述东亚共同利益的战略框架中,国内和双边层面是该战略框架的基础,更多体现了双边互惠的含义;地区层面是该战略框架的重心,东亚共同利益不仅体现在互惠利益上,更重要的是体现在共同威胁和潜在威胁的应对上;全球层面则表明,作为世界三大

经济区之一，东亚国家的战略视野并不局限于东亚，各国必然将其全球利益纳入战略思考之中。

如何通过共同利益汇聚及其制度化建构一个稳定而富有建设性的地区秩序，是摆在东亚诸国面前的重大战略议题。东亚各国可遵循的基本原则是，通过在双边、地区和全球事务中的协调增进战略互惠和战略互信。从实践的角度看，要在观念上大胆创新；通过领导人定期互访、负责级事务官员常规磋商、加强战略对话、增加透明化等措施深化地区交流机制；全面加强社会、文化领域的交流，在民间层面加强地区意识；积极推动在各方都关心的重大国际议题上采取必要措施逐步建立事先磋商、事后通报机制，在各个层面积极启动战略互信建设。东亚秩序建构取决于地区内外因素的互动与整合，确立和逐步丰富东亚基于共同利益的战略框架，恰其时矣！

对东北亚经济合作的思考

〔韩〕 成克济*

一 引言

我们今天讨论的主题是"变化中的东亚与美国"。严格地讲，这一主题主要关注政治领域，而我却是一位经济学者。由于这一限制，我的讨论将主要集中于经济问题。

就我理解，"东亚"这一名称没有普遍公认的定义，但它主要是指东北亚和东南亚。然而，我得再次指出，我对东南亚的知识和理解有限，因此，我的思考将主要集中于东北亚，包括中国、朝鲜、韩国和日本。但是，我觉得很有必要进一步包含蒙古和俄罗斯，因为它们位于邻近地区，并且它们的经济相关性在我的论证中十分重要。

二 动态变化的经济体

（一） 崛起的中国

毫无疑问，东北亚是世界上经济最具动态变化的地区，我所指的不是最具动态的地区之一，而是最具动态的地区。主要原因，或者说是最重要的因素是，中国是在和它面积相当的国家中最大和发展最快的经济体。中国经济在过去的 20 年中以接近年均 10% 的速度增长，这是相当了不起的。一般的

---

* 〔韩〕成克济，韩国庆熙大学国际关系学院教授、院长。

经验认为，一个发展中国家最多能以超过年均10%的速度发展10~15年，但这一规律已经被打破，并且我相信这样的记录会被中国一年又一年、一次又一次地打破。

（二）储蓄和投资

我为什么能如此肯定呢？我通常通过考察一个国家的宏观经济数据，主要是储蓄率和投资率数据，来推断经济发展的长期趋势。正如你们中的许多人已经看到的，中国的这两个比率在十多年前就已经以超过30%的速度增长，目前这两个数字已超过40%，甚至已接近50%，并且我没有看到任何减速的迹象。

当韩国经济在20世纪80年代和20世纪90年代快速增长时，这两个数据保持在30%以上，但从未超过40%。目前，韩国的这两个数字略低于30%。当然，随着经济的成熟，一个国家不可能永远投资。在美国和大多数欧洲国家，这两个数字在20%左右。从这点来说，日本的数据是令人惊异的。日本的数据并不如韩国的高，但与美国和欧洲国家的相比仍然很高，达到20%以上。

我认为本地区的这些高得出奇的投资数字使我们能够预测到，中国、韩国和日本的经济增长将高于世界上的其他国家。当然，这三个国家也表现出很高的储蓄率，这意味着——正如你们已经猜到的——这三国拥有贸易顺差，这些顺差将转化为巨额的外汇储备。

（三）外汇储备

本地区外汇储备的总额是一个天文数字，如果包括外汇储备增长很快的俄罗斯的话，这一总额将大大超过两万亿美元。如果再包括中国香港、新加坡和中国台湾，总额可能会超过三万亿美元，这一数字将接近世界外汇储备的60%。这是一笔巨大的流动资金。当然，没有国家以现金形式持有这些外汇储备，但它们具有高度的流动性。如果我们注意到世界范围内的对冲基金，也就是热钱的总额少于两万亿美元的话，这流动性的三万亿美元并不是一个容易超过的数字。

（四）日益增长的贸易依赖

东北亚三国的另一特征是贸易依赖。过去，美国是韩国、中国和日本的最大出口市场，现在对中国和日本来说仍是这样，而韩国现在的最大出口市场则是中国。但从很大程度上说，美国仍是三国的最大出口市场。

更重要的是区域内贸易。三国间的贸易依赖已呈稳定增长的态势。同样重要的是贸易结构，日本向韩国出口机械和零件，韩国则向中国出口同样的东西，日本则从中国进口许多制成品。当然，近年来，日本甚至对中国也开始出现贸易顺差。尽管存在这些变化，但主要事实仍是这三国在生产链上紧密相连，多数的最终产品的目的地是美国市场。

（五）巨大的潜力

我们可能会顺便注意到，虽然这些数字令人印象深刻，但中日韩三国的经济总量仍然只占世界的 1/5，而欧盟和北美各自占有 1/4。但我们必须特别注意到的是近年来的变化率，本地区的增长很快。本地区还拥有巨大的人口，接近世界总人口的 1/4，他们中的多数，尤其是年轻人都受过良好教育。

三　地区经济体的弱点

（一）能源资源的短缺

尽管有坚实的基础和抢眼的经济和贸易表现，但本地区的经济体仍然存在若干弱点，最重要的是能源短缺。三国以世界标准看，专长于制造业，而在制造业中，又专长于能源高度密集型的产业，诸如钢铁、汽车、造船和石化等。当然，三国也制造许多 IT 产品，但它们多数的具有竞争力的产业都是高度消耗能源的。三国消耗世界石油产量的约 20%，预计在未来 20 年将占不断增加的石油需求量的近 1/3。

然而，三国并没有足够的能源来源。中国有一些资源，但这些资源甚至不能满足自己的需要。对韩国和日本来说，它们能源来源的 90% 以上来自进口。此外，三国严重依赖中东的石油，并支付所谓的"东亚溢价"（East Asian Premium），该溢价接近一美元一桶，是一个很大的数额。

一个有趣的事实是本地区并不是没有能源资源，而且本地区在地理上接近能源丰富的俄罗斯远东地区和蒙古。目前,由于许多经济和政治原因,这些能源资源还没有被充分开采和利用。这向我们提出了本地区合作的一个可能选项。

(二) 物流系统的低效率

另一弱点存在于本地区物流系统的低效率。根据一项估计,中国的物流成本是 GDP 总额的 18%,而这一数字在韩国和日本则分别为 12.7% 和 11%。相比之下,美国的物流成本只有 8.6%。这是一个严重的数据,因为物流的高成本就像在空气中燃烧汽油一样,是一种纯粹的资源浪费。想想物流成本 10% 的差额吧,它首先意味着 10% 的成本竞争力,但它还意味着更多。它可以意味着收益率上 10% 的差额。但事实上,还不只这些。为了获得 10% 的利润,你必须研发新产品,进行营销和生产管理。此外,总存在着你的企业可能不会成功的风险。但这 10% 是确定的损失或者收益,取决于你从哪个角度来看,这就像减税一样。

为了降低物流成本,需要作出许多安排,包括兴建新的交通基础设施,如公路、铁路、港口和机场,以及通信网络及电脑系统。降低物流成本不仅需要硬件,还需要软件,比如信息系统、企业资源计划(ERP)、供应链管理(SCM)和更为重要的规范系统。当然,这样一个综合的系统不可能在一夜之间建成。

(三) 低效率的金融行业

最后一个,但不是最不重要的弱点是本地区的金融行业。毫无疑问,韩国的金融行业非常脆弱,这主要是由于大量的政府干预。众所周知,这个弱点是 1997 年金融危机的主要原因。由于房地产行业的泡沫,日本已经历了长时间的经济减速,这些泡沫与日本低效率的金融行业并不是毫无关系的。在过去的 15 年中,许多日本金融公司已经破产。关于中国,我不肯定金融行业有多么健康和可靠。但我怀疑,中国有许多国有企业和国有银行,所以,中国在不远的将来很有可能不能幸免于金融行业的危机,除非中国采取相当多的预防性监管。

现在,只举一个金融行业的弱点的例子,就是对外汇储备的管理。除了购买美国长期国债,我们还听说过更有效的管理两万多亿美元的方法吗?

四 东北亚能源、物流和金融共同体（NACELF）

考虑到所有的这些困难，我想提出一个本地区合作的新方案，特别是在我提到的三个领域，即能源、物流和金融。能源方面，在俄罗斯远东地区、蒙古，甚至中国和朝鲜还有大量未开发的能源。当然，解决方案既不简单，也不容易。首先，大量的投资应该用于资源开发和交通系统。根据一项估计，这样的基础设施可能需要数千亿美元。谁应该承担这样巨额的投资呢？我不认为某一个国家可以负担，这样做也不符合它的利益。

我们需要多边的方案。第一候选者当然是亚洲开发银行（ADB）。但亚洲开发银行能否为一项集中于广袤亚洲中一个地区的工程提供资金还有相当的疑问。所以，在过去的 15 年中一直有建立东北亚发展银行的提议，但还没有得以实现。近来，中国和韩国对此显示出了热情，但日本还是有所犹豫，日本认为通过亚行融资更为合适。

建立一个新的政府间银行需要很长时间，其中牵涉很多敏感问题，包括管理和选址。所以，更加实际和务实的方案是最理想的，比如第一步先建立一个基础设施发展基金，成立一家银行将会是一个长期的目标。同样作为长期目标，我们可以设想在外汇储备管理方面的合作，保持汇率的稳定，甚至建立一种共同货币。当然，建立一种共同货币是非常长期的目标。

在能源合作方面，我们可以以建立共同能源市场为目标，可以建立以相同价格采购石油的同盟，在黄海海域建造共同石油中转库，并建立国际财团来发展可持续和/或可再生能源。作为短期目标，消除"亚洲溢价"会带来利益，但这远远不够。

这一基金同样可以资助东北亚物流发展工程。东北亚占有世界集装箱运输的30%以上，并有望在 2015 年占有世界份额的47.6%。2006 年，世界上五大集装箱海港有四个在东北亚。尽管有这些令人印象深刻的统计，但我的理解是地区内的海港间的合作没有得到良好的组织，海港间没有形成网络、得到协调。

除了海港间不断加强的合作以外，再想象一下如果跨西伯利亚铁路（TSR）和跨中国铁路（TCR）得以积极修建和利用的话，我们能够共同享受到的经济机会吧：一条新的丝绸之路——"铁绸之路"将从日本横穿中国直达欧洲。跨西伯利亚铁路目前没有被充分利用，而跨中国铁路仍在修建。

假设 TSR 和 TCR 连接韩国和日本的话，这条铁路网带来的利益将是巨大的。

怎样将 TCR 和 TSR 连接到韩国和日本呢？当然，如果朝鲜开放大门的话，这样的连接将变为现实。但朝鲜的开放和一条跨越朝鲜的新铁路的建设将花很多时间。我们可以来点创新，就是利用韩国和中国间、韩国和日本间的火车轮渡。这不是一个梦，如果我们有此意愿的话。从地理上看，三国非常邻近，这样的火车轮渡在经济上是可行的。这条新丝路将开启新的物流通道，像传送带一样连接亚洲和欧洲。这条丝路也将为自然资源丰富但地理位置闭塞的中亚国家打开大门。上面提到的东北亚基础设施发展基金，无疑能为这样的物流网络建设提供资金。

五　为什么是现在

如果东北亚国家已展现出巨大经济成就，并拥有巨大潜力，但受制于这些弱点的话，那么我所提议的是克服这些弱点的首要和唯一的方法吗？我认为这样的思考和提议已经有很多，但现实是，大多数这样的努力都是徒劳的。其中有经济原因，但大部分是政治因素。从韩国的角度来讲，我们被朝鲜核问题绑架，和中国、日本的外交关系虽然应该友好，但并不总是友好。对中国来说，它对经济发展的强调主要集中于南方两个沿海地区：深圳和上海。对日本来说，它的经济与世界的整合度更高，它和中国间还存在一些政治敏感问题。俄罗斯到目前为止还没有显示出这方面的兴趣。

在过去的 10 年中，韩国提议并设法推动东北亚合作，但没有取得可观的成就。我认为这种提议是正确的，但时机不对，环境还不够成熟。但现在，情况已经改变了许多。关于朝鲜核问题的六方会谈开始出现成果，朝韩间的紧张程度正在减弱，一些人也推测美国和朝鲜将在不远的将来建立外交关系。就我理解，中国更加注意东北三省，并重点投资滨海新区，而俄罗斯则反复强调远东地区的重要性。据说，俄罗斯即将投资超过 600 亿美元于远东综合基础设施计划。韩国为了将来的经济发展也需要投资计划。

同样，油价近年来飞速上涨，最大购油国——中国、韩国和日本之间的合作是一个好的选项。而和最大产油国之一——俄罗斯的合作变得趋向融洽，在经济意义上也很合理。

我们不需要以大场面开始，让我们以务实的工程起步。欧洲国家花了近半个世纪才从欧洲煤钢共同体（ECSC）开始形成一个联盟。我们可以从它们的经验中学到许多，一步一步来。但我认为现在已经是我们走出第一步的时候了。

六　怎样开始？谁先开始

尽管情况发生了许多有利的改变，但东北亚能源、物流和金融共同体（NACELF）却并不容易启动。第一个问题是谁当领头羊。这就带来了政治考量，但这不是我的专长。我的直觉是，如果两到三个国家，包括俄罗斯，先启动这一计划，那么其他国家可能没什么选择，只能加入这一俱乐部。所以，最好的候选者是韩国和中国。磋商最好在最高层开始，我是说峰会。我认为启动磋商的最好时机和地点是 2008 年的 8 月，北京奥运会开幕式之后。但是，我必须就此打住，因为我已经跨过了作为一名经济学者的红线。

七　美国的参与和近来的韩美自由贸易协定

当这样的合作得以安排时，我们应该牢记，所有的东北亚国家的经济都与美国经济紧密相连，正如我上面提到的，这种联系主要是在贸易和金融方面。所以，美国最好参与到合作计划里面。这种参与的一种可行方式是美国加入基础设施发展基金。同样，我认为美国应该受邀参加我上面提议的峰会中，形成 6+1 的格局，即中国、日本、俄罗斯、蒙古、韩国、朝鲜，加上美国。美国的参与也会减少来自本地区外的怀疑。

八　东北亚自由贸易协定

除 NACELF 之外，中日韩三国可以开始多边自由贸易协定（FTA）的谈判，以进一步促成本地区的经济共同体。当然，这样一个三边的 FTA 会引起世界其他国家的巨大反应，因为三国将形成一个巨型经济集团。另外，谈判也会耗费相当长的时间。所以，我们可以考虑中心—辐射式的 FTA。即韩国已经启动——虽然目前搁置——与日本的 FTA 谈判，并且完成了对与中国 FTA 的初步共同研究，现在正进行三方共同研究。而韩国已经与美国签订了 FTA。因此，一个以韩国为中心的 FTA 的网络是可能的，这样的方案将自然把美国包含到本地区的经济合作中。

九　结语

　　综上所述，我想再次强调东北亚是世界上经济最具动态变化的地区。根据宏观经济学的基本原理，这一现状在未来也不会改变。但是，本地区在经济合作上还存在着弱点，特别是在能源、物流和金融方面。如果我们以创新精神启动合作的话，我们也许能够在本地区建立一个经济共同体。这种合作将不仅使东北亚地区，而且使整个世界更加繁荣。

（廖俊宇　译）

东亚地区合作机制的力学关系

刘军红[*]

东亚地区合作机制，是由地区多种力量共同构建的推动地区合作谈判的外交舞台，也是构建地区共通制度的外交工具，堪称各国展开地区战略对话、政策协调、制度安排，寻求共同利益的平台，具有鲜明的力学机制属性。由此，考察其力学关系及其变化态势，或有利于把握地区合作的动态发展趋势。

一　东亚地区合作的时空背景

在国际关系体系中，力量的分布决定力量的结构；而不同的力量结构决定国际关系体系的不同属性和功能。

东亚地区合作历经 10 余年的探索，事实上形成了多重动态变化的地区合作机制，反映了地区合作体系的力量分布与力量结构的多变性与复杂性和大国地区战略的动态协调与对立关系，堪称冷战结束后全球化时代与世界政治经济格局裂变在东亚的时空聚焦。

1989 年柏林墙倒塌，冷战结构瓦解，以往以意识形态划分的世界市场重新统一，世界经济迎来了全球大竞争的时代，国际关系格局发生了新的变化，这也为东亚地区合作浪潮的涌动提供了背景条件。

一是 20 世纪 90 年代初，欧盟启动，北美自由贸易区结成，世界经济在地理空间分布上形成了欧美两大经济体共主的格局。作为世界经济中最具活

---

　* 刘军红，中国现代国际关系研究院日本研究所研究员。

力的区域，东亚则因尚未形成制度相通相融的地缘经济区域，在世界经济格局中未能鼎立一极地位。尤其是面对欧美各自主导地缘经济圈、展开全球大竞争的新形势，作为世界经济第二强国的日本失去了以往的全球竞争优势，面临被淘汰出强国之列的现实风险。

二是作为国际关系体系结构性剧变的货币表现，1999 年欧元诞生，2002 年欧元现钞流通，国际货币体制的力量结构呈现欧元、美元的两极化雏形，日元面临沦为"三流货币"的时代风险。

三是随着市场经济在全球展开，新兴经济体快速成长，积极追赶，日本又面临新兴经济体的激烈竞争。尤其是，2001 年中国加入世界贸易组织（WTO），外来投资涌入，贸易、经济大发展，在成为世界工厂的同时，也成为世界市场的一部分，开始扮演世界经济的引擎角色，日本的世界级经济强国地位备受现实挑战。

由此，日本能否回归亚洲，主导地区产业分工体系，构建全球竞争腹地，并通过展开地区金融货币合作，构建日元主导的"地区汇兑本位制"，则成为日本国家战略的时代课题。

另一方面，冷战结束后，东亚地区同时步入了经济改革，产业调整，社会、文化大进步的时代，民间企业主导的地区商业网络、产业分工体系渐趋形成，经济相互依存关系加深，地区市场相互融合，彼此渗透，客观上要求政府主导推动地区政策、法律制度走向相通相融，进而构建地区共同市场。

而 1997 年东亚危机爆发，以地缘经济为纽带，以东亚文化和危机意识为特征的"东亚人的东亚意识"上升，"东亚地区主义"渐趋形成，东亚地区经济合作的主观条件日臻成熟。不能忽视的是，东亚新兴经济体历经"奇迹"、危机与复活，快步迎来"从发展到发达的历史转型阶段"，中产阶层壮大，社会文化进步，社会意识趋同，地区与国际政治安全诉求上升。区内利益趋同的国家和地区率先展开经济、安全合作，探索制度相通、风险均担、利益共保的共同体道路。东盟扩大及其内部合作的展开就是典型代表。

在此背景下，1997 年底，"东盟首脑会议"特邀中日韩领导人列席，形成了"东盟＋中日韩"合作机制的雏形。1999 年柬埔寨加入东盟，东盟最终完成了 10 国扩张，"东盟＋中日韩"机制（10＋3）具备了"广泛覆盖性"，演变为地区合作的主渠道。同时，经过 10 余年的发展，"10＋3"坚持平等、共赢的基本理念，以构建东亚共同体为长期战略目标，主张和平、合作、发展，追求地区共同利益，进一步演变为符合东亚地区特点的合作模式。

二　地区合作机制的力学关系

从地区合作机制上看，"10＋3"虽然是地区合作的主渠道，但东亚地区合作并未单纯地在"10＋3"的轨道内展开，而是以"10＋3"为主要框架，以东盟为支点，又形成了若干组"10＋1"，以及多重交错的两国间的小双边机制。例如，2001年中国和东盟决定启动自由贸易区建设谈判后，日本、韩国也相继与东盟展开自由贸易区谈判，由此，在"10＋3"框架内，至少形成了三个东北亚国家与东盟的双边谈判轴。而在此基础上，作为地区合作的主导力量，日本又分别与东盟核心国率先展开两国间的小双边谈判，并将与东盟构建地区合作的核心圈，作为推动地区合作的基本模式。与此同时，作为东亚地区合作的主要工具，各国主导的自由贸易区以及自由贸易协定谈判并未仅限于地区内展开，而是出现了积极的跨区域合作动向。东亚地区合作一开始就表现出多辅多轴的复杂性和兼跨区域的开放性特征。

东亚地区合作机制的复杂性与开放性的并存，不可避免地使地区合作进程带有强烈的主导权博弈色彩。尤其是地区合作范围、核心机制、地区基本制度与规则等的安排权，日益成为大国主导地区未来秩序的核心目标。由此展开的大国主导权之争，构成了地区合作机制上的力学关系。

地区合作范围迄今基本上表现为三种框架。一是"10＋3"主渠道框架，即规定东盟＋中日韩等13国为地区合作的基本范围。这也是1997年东亚金融危机后地区形成的基本共识。"10＋3"也已上升为地区合作的基本模式。

二是日本主导的"10＋6"模式。2004年东亚地区合作领导人万象会议决定，将"10＋3"领导人会议升格为"东亚首脑会议"，并确定以构建"东亚共同体"为最终目标。对此，美国方面提出质疑，认为"东亚首脑会议"缺乏"民主"，要求东亚各国整改。日本率先提出让澳大利亚、新西兰和印度加盟，添加"民主元素"，并主张由"日式民主引领东亚地区合作"，构建"价值观共同体"。但事实上，日本否定了"民主等于美国"的基本逻辑，因此也引起美国不满。美国认为"这是对跨太平洋自由贸易圈的割裂"，遂重新重视APEC，并提出了在APEC框架内构建自由贸易区的设想，公开声称"容忍APEC框架内的任何形式的双边自由贸易协定"，但拒绝与日本谈判自由贸易协定。事实上，"10＋6"模式面临被"太平洋体制"淹没的现实风险。

三是"日本—东盟轴模式"。虽然在地区合作中,这一机制并未被公认为一种正式的模式,但日本政府却将其设定为争夺地区合作主导权的阶段性模式。其背景有三:第一,日本认为美国对东亚地区合作不再保持"善意的忽视",而是转变为"积极介入",并对"东亚共同体"施以强大的压力,日本主导地区合作的战略面临被瓦解的风险;第二,中国和韩国在"10 + 3"框架下,取得了积极进展,占据相对优势,继续坚持"10 + 3",无异于放弃地区秩序主导权;第三,日本已经与东盟核心国展开全面的双边合作谈判,具备率先构建"事实上的东亚共同体"的条件。基于此,2006 年初,小泉政府制定了"快攻东盟、牵制中韩,构建事实上的东亚共同体,确保主导权"的阶段性战略,主张将与东盟的谈判进程提前五年,力争 2008 年框定东盟,构建地区合作的核心圈。事实上,2008 年底日本如期与东盟核心国全面签订了经济伙伴关系协定(EPA),并与东盟整体达成自由贸易区协议,该协议于 2009 年初正式生效。自此,日本在地区合作上率先抢占了核心圈,捷足先登,占据了"海洋地缘政治圈"要塞,开始推动"10 + 6"模式。

地区合作范围直接关乎地区合作的力量分布与力量结构。在各国地理位置相对固定的条件下,圈定哪一种范围展开具体合作直接决定力量关系的变化。而从东亚地区合作的基本方式上看,无论是在"10 + 3"框架下还是在"10 + 6"框架下,事实上展开的实质谈判依然以双边为主。由此,在地区合作进程中形成了"边"对"点"、"边"对"边"的影响关系。也就是在地区合作框架内,任何一组"双边关系"发生实质性变化,都会对框架内的其他主体的政策以及合作态势产生影响,也会对其他"双边谈判"产生影响。在这样的力学关系下,"速度"成为抢占主导态势的关键。这就是日本面对中美韩的竞争态势,决定"争时间,抢速度",快攻东盟的根本考虑。

实际上,正是在 2008 年日本初步框定了东盟,构建了事实上的制度一体化关系后,福田政府才大胆提出了"太平洋内海化"的战略构想,即以"日美同盟"和"日本—东盟"为双轴心,展开跨太平洋自由贸易区建设构想,使太平洋成为"内海"。

而中韩两国自 1997 年以来,在东亚地区范围内则始终坚持"10 + 3"主渠道,与东盟展开地区合作的双边谈判。在双边谈判没有达成实质性结果之前，任何合作范围、形式的改变，比如由"10＋3"转为"10＋6"，或者转为 APEC，都意味着中韩将被迫调整地区合作战略和政策，由此很有可能导致过去 10 年的努力半途而废，它们所构建的地区合作态势上的相对优势也将被瓦解。从这一点上看，现阶段能否坚持"10＋3"主渠道，积极落实中国—东盟自由贸易区建设，直接关乎中国地区合作战略的成败。

三　地区合作的制度安排决定秩序属性

从地区制度、规则建设上看，地区规则、制度的相通相融直接关乎能否推动民间主导的地区相互依存的商业网络、产业分工体系走向政府主导的制度一体化方向，其根本是能否实现公平、平等、互惠、互利和共同繁荣的大问题。

迄今，围绕东亚地区合作的制度建设，基本上有两种工具：一是 WTO 原则下的自由贸易协定、自由贸易区（FTA）；一是日本首创并主导的"经济伙伴关系协定"（EPA），以及由此形成的"经济联携区"（EPA 网）。根据 WTO 关于 FTA 的例外条款规定，发达国家与发展中国家进行 FTA 谈判时，必须将所有的贸易领域纳入谈判，通常需要保证 90% 以上的贸易实行零关税，并废除非关税壁垒。在"10＋3"框架内，除了日本和韩国，其他国家均不是 OECD 成员，均属于发展中国家范畴。如此，日本要展开 FTA 谈判，则无法保护农业、服务业等低生产率部门的利益，同时，也无法发挥日本资金、技术，以及投资乃至制度安排权，特别是日元的优势。为此，日本创造性地设计了"经济伙伴关系协定"的概念。在此框架下，一方面可以堂而皇之地将部分农产品排除于谈判之外；另一方面，更可以理直气壮地将投资规则、技术标准、人员移动规则、金融交易规则、环保规则、安全标准，甚至日元结算规则等纳入谈判，从而确立主导优势。

事实上，FTA 与 EPA 的根本区别是：FTA 仅仅废除了关税、非关税贸易壁垒，实现的是简单的"贸易转移"的静态效果；而 EPA 则是通过制度构建，形成政策、法律制度的相通相融。尤其是在构建过程中，日本基本上扮演谈判蓝本的"编剧"角色，并辅之以 ODA 政策，甚至主张用"日式民主"引领合作。其所产生的效果，则带有较强的"外交上的动态效果"。由此，EPA 与 ODA 事实上成为日本推动地区战略的两个支柱。在小泉执政时期，这也一度被认为是"首相官邸外交"的基石。

如果说"地区合作的范围"框定的是地区合作体系中的力量分布与力量结构，将决定未来地区秩序的基本架构，那么地区规则、制度的安排则将决定地区秩序的根本属性。从日本与东盟各国的谈判过程看，谈判蓝本"首发权"的严重不对称直接导致谈判结果的不公平，由此规定的制度体系也带有较强的"日本化"特征。而日本主导完成的、以"日本—东盟"为核心圈的"事实上的东亚共同体"，自然也就带有不可忽视的"日式制度属性"。

由此，一个不容忽视的现实问题是，东亚地区的多辅多轴的合作机制，不可避免地将产生"边与边"、"轴与轴"的不相容性。如何协调地区合作进程中的新矛盾和构建相互兼容的制度体系，则成为未来东亚地区合作中不容忽视的问题。

与此同时，地区化与全球化并行不悖。在地区合作的制度构建上，如何确保地区制度与全球制度的相通相融，特别是地区制度与 WTO、IMF 等规定全球制度框架的体系构建合理的兼容性，直接关乎东亚地区与世界市场的兼容性。事实上，这也关乎东亚地区合作能否真正保持面向全球的开放性，维护全球发展大空间。任何形式的画地为牢、"闭关锁区"的制度安排，不仅不符合地区合作的根本宗旨，也不符合东亚地区的开放文化，更不利于东亚开拓世界空间、共享世界资源的共同利益。

第二部分
中国的和平发展与中美关系

中国的和平发展和中美关系的
战略形势及挑战

时殷弘*

中美关系问题的根本形势蕴涵了一项战略"秘密"：中国的发展压倒性地依靠和平的经济力、外贸力、外交力等广义的"软权势"。就此而言，美国显著侧重于军力部署、军力增进、军事同盟构建和强化的对华防范战略很不适切，或者简直是"牛头不对马嘴"。自 1996 年克林顿政府与日本制定《美日安保新指针》以来，哪年哪月美国不在主要针对中国加强其西太平洋军力和军事同盟，但与此同时哪年哪月中国不在成功地增长自身的国力和国际经济、政治、外交影响？在一定意义上可以说，中美之间在总体上处于一种"不对称竞赛"，亦即中国近年比较见长的经济/外贸/外交影响竞赛对美国见长的军事能力"竞赛"。中国大概正在这种"不对称竞赛"中逐渐取得相对领先的优势，尽管这种优势并非全无逆转可能，也尽管由于中国正在遭遇的种种内外麻烦以及美国某些成功的"外交反攻"，或许已出现局部的逆转。

近两年来，美国政府的许多对华言行显示，它已开始倾向于在中国持续和平发展的前提下，接受或多少无可奈何地迁就中国的发展。与此相关，它在继续对华军事防范和政治指责、增进贸易保护主义压力以及尝试加强对华外交竞争的同时，致力于增大和拓宽对华协商和协调，并且将此置于对外和对华政策议程中的更显要的位置。与先前相比，美国政府在某些重要问题上较大幅度地迎合了中国的立场或要求。当前，它在台湾"入联公投"问题和防止法理"台独"方面与中国的协商、协调和协作特别引人注目和令人

---

* 时殷弘，中国人民大学国际关系学院教授，美国研究中心主任。

赏赏。总之，即使有可能发生变更，美国仍已开始形成其对华态度和政策的一种新的、也许是首要的方面，那就是将中国当作至少目前在和平地崛起、今后一段可预见的时期内大概仍将如此的一个未来很可能的世界强国对待。

然而另一方面，中美两国间中长期的"结构性矛盾"正在变得比过去更为深刻，也许有如远处的地平线上正在集聚的乌云。例如，中国经济总量和对外贸易持续高速增长；中美经贸矛盾越来越具有结构性的、独立的和愈益增进的重大意义，并且在弥漫着"中国是世界工厂"和"中国大搞不公平贸易"的美国公众意象中越来越被"政治化"；中国在世界多个地区的经济、政治和外交影响扩展和增强；中国由经济必需驱动而在全世界广泛争取战略意义重大的能源；中国抵抗美国政治压力（首先是对中国自主确定和优化国内发展模式的压力）的自信心愈益坚定；中国持续和加速地进行军事现代化，在某些关键的军事能力领域已开始真正触痛美国的过敏的神经。

在这些事态发展中，尤其重大的是：①中国对美贸易的持续的巨大出超已成为美国国内政治中的突出议题之一；②中国持续和加速的军力发展已成为（或接近成为）美国军事战略家和保守派特别耿耿于怀的一大忧心事态；③中国外交影响的广泛扩展和迅速增进已引起美国所有各派对外政策精英的不快和忧惧。从长远看，军事领域的未来前景最值得予以长远的首要战略关注。超级强国美国决心维持自身最重要、最显赫的战略资产，即美国的军事优势，中国则从根本和起码的国家利益和尊严出发，决心实现军事现代化。这一矛盾损毁中美关系的未来并非全无可能。

鉴于中美关系的上述所有基本形势，中国可以也应当一方面继续快速增长国力，积极扩展国际影响，另一方面更认真地注意控制变得更深刻的中美结构性矛盾，增进合理的和可以接受的"责任"承担，扩大中美之间的磋商范围，增进其磋商深度，保护中美之间互惠的经济交往，发展中美之间有选择的战略合作，继续争取美国舆论对中国的未来的较多的放心。甚至比所有这些更重要的是，鉴于中国当前很大部分国内外基本麻烦的某种共同来源，中国要更加着重于国内，争取在"科学发展观"的引领下大力改善颇不平衡的现有成长模式，富有成效地缓解或逐渐解决已经非常突出的经济平衡、社会公正、环境保护、国家高效和道德健康问题，由此在中国方面将中美关系置于一种更为健全的根本基础之上。

至少在今后几年内，关于中美关系，中国最需要重视的是正在变得更重要更突出的中美经贸矛盾，明了经贸问题上美国国内政治气氛的变化趋向，懂得争取在治标和治本两方面缓解中美经贸矛盾的头等重大意义。这关系到保护中美关系和中国发展的外部有利环境，并且为中国国内经济成长模式在"科学发展观"引领下的转换争取足够的时间。需要在护卫中国紧要的经济安全的同时，主要以积极、慎重、有限和渐进累积性的柔性努力，防止美国国内对华保护主义压力发展到异常严重的地步，防止（也许极而言之）西方主要经济体愈益倾向于断定根本的自由贸易原则须予废弃或逆转。

为此，关于某些最重要问题的适当认识和判断至关紧要。国外许多人认为，中美贸易矛盾的最重要的结构性原因是中国多年来的不平衡的经济成长模式。中美贸易矛盾这一经济问题确实是处在一个近乎决定性的和愈益宽广的政治环境之中，就此而言纯粹的经济论辩效用不大。第一，什么叫"近乎决定性的"政治环境？这就是指政治远不只是由经济学家、大公司和商人所决定；特别在美国，政治在一定意义上是由投票选举美国国会和总统的那些人决定，而在中国也有愈益重要的广义的公众舆论。第二，什么叫"愈益宽广的"政治环境？这主要指中美贸易关系在美国被广泛地"政治化"，即出现了一种非常广泛的意象——几乎绝大部分美国人都将中国简单化地设想为世界工厂，大搞不公平贸易。持有这种意象的美国人太多了，要他们听从复杂的经济道理至少一时少有可能。集体的民族意象甚或跨国意象愈益具有决定性。第三，对中美目前的贸易关系（一种仍包含"谁得到较多"这一问题的互惠互利的关系）要有一项常识性的理解：哪个获益相对较多？哪个有着相对最为听似有理的抱怨？中美贸易关系的当前状态是否跻身于中国当前和平发展的最重要的环境之列？

在军事能力发展问题上，中国既要坚持军事现代化和发展中远程权势投射能力，又要坚定不移地继续将军力发展置于国家大战略的总体框架内，更仔细地平衡主战略与次战略的关系、增长军事实力与消减不利反应的关系，较多地以柔性方式在中国军事透明度问题上与美国周旋，争取促使五角大楼和美国防务知识界内的对华温和势力逐渐增强，并且准备在未来开始与美国进行有关军事领域的战略性谈判（包括军备控制谈判）。中国还需要高度关注和努力缓解在环境保护问题上逐渐突出的与美国和其他西方国家的重要矛盾。与此同时，中国应当高度重视美国在亚洲晚近得到加强，并且很可能继续加强的对华外交竞争，更积极、更精明地从事这主要是关于造就朋友、赢得善意和加强柔性影响的比赛。中国还需要面对"全球公民社会"发展的现状和趋势，着力优化和积累在应对与此相关的各种非国家行为体方面必需的政治机能、政治文化和政治经验。

对于中国的大战略及其实践来说，特别是在中国与美国和其他许多国家的关系中，存在一个新近浮现的有长远影响的问题，它在近期甚至可以变得更为显著。在一定意义上，中国关于和平发展的不断重申的保证现在开始变得局部地"不相关"，因为它依靠言行两者业已如此有效，以至于西方大多数"知情听众"（包括美国政府）实际上显然在内心相信中国现在是和平的，而且在可以较明确地预见的未来仍将如此；对它们来说，愈益需要的是中国关于自己"负责任的崛起"或发展的保证——同样依靠言行两者的保证。美国和其他许多国家政府在多少赞扬中国增长中的多边主义和国际合作的同时，相当不满在它们看来的中国的一些单边行为，例如中国的某些军力发展领域、境外能源追求、非洲外交、对中西贸易矛盾和环保矛盾的某些立场、对"不良国家"的所谓过度姑息等。与此同时，"韬光养晦"现在已变成美国和其他西方国家领导人最不愿听的中国话语之一，因为这在他们的耳朵里越来越像"免费搭车"战略，规避当今中国应当也有能力承担的"责任成本"。总之，在越来越大的程度上，"国际责任"而非"和平发展"正趋于成为中国对外政策问题的首要关键词。

多半与中美关系密切相关，在种种重大成就和有利因素之外，中国当前的对外政策形势出现了一个挑战性的新特征，那就是重要的新麻烦迅速多样化增生，并且分散化表现。例如，中美以及中欧之间的贸易矛盾和争端已变得比先前几年严重，晚近又凸现出新的"中国产品安全"问题；在世界上不少非政府及政府势力那里，中国要办好2008年北京奥运会的强烈愿望被视为中国新增的重要"易受伤害性"，它们已经并可能更起劲地通过对华施加政治乃至经济压力去利用之；在新增的世界政治重大议题——气候变化问题（乃至更广泛的环境保护问题）上，对中国的广泛期待或压力迅速增进；美国近一两年来发动和进行其东亚"外交反攻"，在朝鲜问题和与一些东亚重要国家的关系领域有颇大进展，与此同时中国的东亚外交却在先前多年的一系列重大成就之后，近一个时段以来大致处于多少"停滞"甚或局部受挫状态，虽然中日关系显著改善这一非常重要的成果例外，但它在"破冰"、"融冰"之后更上一层楼现在看来殊为困难；还有诸如缅甸和苏丹达尔富尔之类的问题，连同达赖集团问题，已经并将继续给中国带来压力——出自非政府和政府两重势力的压力；此外，中国近年新取得的非洲外交和能源外交虽然进展不凡，但也带来了比较显著的不利反应。

　　无论如何，在日益复杂的中美关系和全球政治中，愈益需要构建旨在维护和发展基本稳定的"中美关系体制"，以适应和调控复杂的形势。可以从国际体制理论界定的四要素——原则、规范、规则和程序——出发谈论这一体制。在"原则"范畴内，除了最一般的规定中美关系的可取的根本性质外，首先需要界定中美关系体制直接涉及的各基本问题领域（经贸关系、军事关系、地缘政治、国际安全、"全球治理"、国内政治等），然后需要笼统地确定两国各自在这些领域内的可被对方接受的根本利益，并且同样笼统地宣示绝不侵害对方的此等利益。此外，还需要确定关于中美争端处置和危机处理的最一般原则。在"规范"范畴内，首先需要界定上述每个基本问题领域包含哪些较具体的分支性问题，然后笼统地确定各方在每个这样的领域内的基本利益、主要意图和应有的基本行为规范。

　　至于"规则"范畴，其内涵一般要求足够具体和尽可能细致，它们在中美两国间为之打交道已久并相当深入的一些问题（例如台湾、经贸、朝鲜等问题）上相对而言较易成就，而在其他问题上需要耐心地逐渐争取形成，唯在危机处理规则的形成方面需要尽快进行。最后，在"程序"范畴内，愈益频繁的中美最高级会晤、"热线"联络、其他高层会谈、周期性的战略和经贸对话等已形成了颇好的基础，现在首先需要充分发挥中美战略对话和战略经济对话的功能，将已有的"程序"进一步予以整合，同时拓展中国与美国国会、五角大楼和在野党等实体的对话渠道和机制。应当强调，在原则、规范、规则和程序中间，构建前两方面的共识是首要的互信建设措施。中美关系、全球政治和中美各自的国内政治都日益复杂，因而两国确实需要一种较明确的双边关系体制，以有利于稳定、可预见性和高效的调整。

冷战后的中美关系：以日本的视角

〔日〕 高木诚一郎*

准确地把握中美关系的变化是日本处理对外关系中最重要的因素之一。对日本的国家安全而言，美国是唯一的也是至关重要的盟友。中国是日本的最大邻邦，寻求与中国建立和平关系的努力可以被认为是一种"地缘战略上的命中注定"（geo-strategic preordainment）。在冷战的前半个阶段，中美关系的纷繁变化是日本所谓"同盟困境"的清晰实例，日本寻求与中国建立更紧密关系的努力因为美国的对华敌对而胎死腹中，这清楚地表明了日美同盟的"缠结效应"（entanglement effect）。然而，理查德·尼克松总统1971年宣布他第二年将要访问中国的声明，被许多日本人看做是美国对华敌对突然结束的信号，同时也在日本人民当中造成了广泛的被抛弃的担心——当时普遍使用的术语"尼克松冲击波"（Nixon Shock）清楚地说明了这一点。冷战的后半个阶段是毫无困境的罕见时期，因为中美之间的"准同盟"与日美同盟是互不排斥的。冷战的结束使得中美关系对日本来说成为一道完全不同的难题，这比"同盟困境"带来的单纯挑战要更加复杂。

一 冷战后中美关系的基本动态

冷战后中美关系复杂性的主要方面在于它的持续不断的波动。但是，两国严重对抗和紧密合作的极端周期都很短，两国关系一直在一个相当狭窄的范围内波动。这是因为促使两国合作或者冲突的诸多因素中，没有一个能够

---

* 〔日〕高木诚一郎，日本青山学院大学国际政治经济学部教授。

一直占据主要地位，这些因素之间的相对平衡会受到两国国内政治和突发事件的影响。

对美国而言，与中国合作对于寻求作为美国国家战略三大支柱中的安全和繁荣都是必要的。对于美国的全球安全关切来讲，美国不能忽视中国既是联合国安理会常任理事国，又是核不扩散体系中的"核武器国家"的事实。从美国寻求的亚洲稳定的战略来看，中国的合作是不可或缺的。中国是朝鲜半岛问题中关键的第三方，同时也是台海问题和南中国海问题中的当事方。当1992年邓小平南方谈话后，中国激发出两位数的经济增长率的时候，中国作为美国出口商品的庞大市场的重要性终于成为现实。中国被1993年带着复苏美国经济的使命上台的克林顿政府认定为"重要新兴市场"（Big Emerging Markets，BEM）之一。中国快速的经济增长使其日益成为美国投资的首选目的地和美国市场低价消费品的主要供应国。

对中国而言，与美国合作——或者至少避免与美国的严重对抗——至关重要，这主要是基于以下原因。首先，美国在冷战后成为唯一的超级大国，与美国的严重对抗无论如何不符合中国的国家利益。此外，经济增长已成为中国现政权合法性的基础，而美国无论是作为中国产品的市场、中国所需资本和技术的提供方，还是作为中国的管理和研究人员的深造地，都是不可缺少的。由于中国外交战略对追求三角关系的偏爱，与美国的和睦关系也是中国在可能的与日本的摩擦中向日本施加压力的筹码。随着中国的开放，中国同样接受美国作为地区稳定的关键因素而在亚太地区存在，因为中国在追求经济发展的过程中需要地区稳定。

影响双边关系的因素不仅限于上述几点，双方还都存在冲突和顾虑的因素。对美国来说，从它的国家战略的三大支柱来看，中国的行为是存在敌意的，或者至少是有疑问的。中国的大规模杀伤性武器扩散、快速增长但缺乏透明度的军事开支，以及一再出现的反美倾向都是美国安全目标所严重关切的问题。从追求繁荣的角度看，与中国贸易的巨大逆差已成为美国挫折感的持续来源。许多问题造成了来自美国的制裁和抗议，其中包括妨碍美国进入中国市场的社会和行政程序（虽然这类问题在中国于2001年底加入世界贸易组织后显著减少）、对知识产权和商标权的猖獗侵犯、法治体系的总体薄弱，以及两国在对待人权与民主（美国国家战略的第三支柱）方面的分歧等。

然而，当我们考察这些因素对美国对华政策的影响时，我们不应该忽视中国的存疑行为并不总是导致摩擦这一事实。在美国人对这些问题采取纠正性的而不是惩罚性的方式范围内,上面提到的冲突因素有时会导致合作,虽然程度有限。例如,对大规模杀伤性武器扩散的担忧促使美国采取合作的方式以改善中国的出口管制体系。

在中国看来,美国在处理世界事务时对单边主义偏爱有加,并与中国倡导的基于多极化的世界秩序根本对立。中国认为这种单边主义倾向强化了美国的"霸权主义"和"强权政治"。这一引起中国反对的倾向的一个方面就是,美国旨在通过和平手段将中国共产党统治转变为民主社会的"和平演变"企图。美国的导弹防御计划被认为是追求绝对安全,同时也达到巩固单边主义的效果。美国也被认为在奉行"遏制中国"的政策,以阻止中国崛起为世界强国。美国国内频繁出现的经济保护主义也经常针对中国。对中国统一台湾的努力而言,美国因为其对台军售和对"台独"的容忍而被看做是最大的绊脚石。

这些问题也不会总是导致中国的对抗性行为,中国明显是较弱的一方。中国对美国"霸权主义"能否采取超过口头谴责的反应程度取决于中国能否成功地建立一个可靠的反制同盟,然而这种同盟几乎不可能出现。甚至台湾问题也有考验中国人的审慎性的一方面。如果中美双边冲突变得严重,以至于激化了美国国内的"中国威胁论"论调,那么美国方面有可能重新认识到台湾的战略重要性,这将使得中国的统一变得毫无可能。

这些因素的真实表现经常受到两国国内政治变化的影响。在美国,政府的对华友好政策经常受到是向中国"磕头"的指责,尤其是当国会由在野党控制时情况更是如此。强大的利益集团介入双边关系的人权和经济事务,它们的活动水平和相互平衡,时常使得对华政策在合作或者冲突之间变换方向。各政府机构经常以同时牵涉国家战略的两个或三个支柱为由,因某一对华政策陷入严重的官僚政治。媒体和公众意见时常将对华政策推向对华不利的方向。虽然外交政策在和平年代的总统选举中通常并不是至关重要的问题,但现任总统的对华政策总是反对党总统候选人攻击的首要目标之一。

虽然并不太为外界所知晓,但中国的对美政策似乎也受到中国国内政治的深刻影响。从更加具体的政策层面来说,认为对美国过于友好的中国的谈判者在政治上也是存在危险的。随着政治自由的逐步扩大,公众意见日益成为外交决策中强有力的因素。虽然中国领导人小心翼翼地处理中国公众的民族主义情绪——因为任由中国人民排外本性蔓延将破坏重要的对外关系——但是，他们不能承受完全忽视它的后果，因为这一情绪能够转向反对中国领导人的方向。1999 年美国误炸贝尔格莱德中国使馆就是一个明显的例子。除了政策制定阶段以外，中国的国内形势有时也会使对美承诺的执行复杂化，比如中国在控制侵犯知识产权上的失败，在一定程度上是由于中央对地方权力掌控的减弱。

综合运用这些因素和动态，有利于唯一超级大国和以惊人速度发展的最快国家之间对于行之有效的两国关系的相互探索。在更为基本的层面上，两国关系的走向构成了正在形成中的世界新秩序的必不可少的方面。

二　小布什政府任内中美关系的演变

（一）初始阶段

当布什政府于 2001 年 1 月上任时，许多人预测中美关系将会恶化，因为新政府将执行对华更为强硬的路线。作为总统候选人时的布什和他的顾问批评克林顿寻求对华"战略伙伴关系"和对台湾问题的"战略模糊"。他们把中国界定为"战略竞争对手"并倡导对台湾安全更明确的承诺。这一预测料想将在 4 月份对台军售的决策中首次成为现实。

中国试图以灵活和克制处理这一情况。1 月份，钱其琛副总理批评了中美冲突不可避免的说法，显示了中国对台湾政策的考虑。钱其琛 3 月份访问华盛顿时希望美方在对台军售上保持克制。当中美关系在军售定案之前面临撞机事件的棘手问题时，中国的友善政策更加明显。虽然中国的积极回应来不及制止美国的敌对行为，但中国接受了美国大使含糊的"表示遗憾"，将其视之为中国要求的道歉后，将机组人员释放遣返。

布什政府于 4 月底宣布的对台军售的决定，只是反映了对中国努力的微弱反应。这是自 1992 年老布什批准 150 架 F－16 战斗机销售案后最大数量的对台军售。这一军售案包括驱逐舰、潜艇和反潜机，这些装备都会显著提高台湾的海上防卫能力。未向台湾销售宙斯盾级驱逐舰可以被看做是对中国灵活性的回应，但这也意味着美国保留着促使中国进一步妥协的王牌。第二天，布什总统表示他将"不惜代价帮助台湾自卫"，进一步加重了中国的忧虑。尽管他随后表示支持"一个中国"原则，但中国的担心却未停止。当月晚些时候，美国政府向李登辉签发了多次入境签证，并允许陈水扁"总统"在前往中美洲途中在美国停留几日。

尽管美国的这些行为显然不能被中国接受，但这并不反映它对中国的公开敌对，而是表明布什政府不愿意对中国的关切给予充分的考虑。这一点在美国的导弹防御政策上得到最清楚的体现。5月1日，在导弹防御计划的首次重要演讲中，布什承认有必要与盟国和对该计划有忧虑的国家进行协商。他多次提到与俄罗斯协商，但只有一次提到中国。俄罗斯是《反弹道导弹条约》缔约方，频繁提及它是十分自然的。但是，考虑到美国追求的导弹防御系统可以抵消中国——而不是俄罗斯——的对美威慑能力，对中国的低度关注只能意味着对于严肃对待中国的关切缺乏兴趣。当副国务卿在5月被派往亚洲解释这一计划时，他首先到访日本然后转往印度，而不是中国。美国只向中国派出低两个级别的高级官员——负责东亚和太平洋事务的助理国务卿。

中美关系在2001年前三个季度的平静主要归因于中国的灵活和克制，但这并不意味着美国方面没有积极的行动。遵循共和党的传统，布什政府没有忽视在中国的经济利益。布什政府循往届政府之例，在6月1日延长对华"正常贸易关系"（最惠国待遇），并支持中国加入世界贸易组织。布什政府同时也避免与中国在其他方面敌对，不反对北京申办2008年奥运会，并在宣誓就职后有意识地避免使用"战略竞争对手"的表述。然而，布什对于与中国的积极关系的热情要明显低于1994年之后的克林顿政府。

（二）"9·11"事件的影响

问题在于"9·11"之后上述情况发生了多大的改变？随着美国寻求建立反对基地组织和阿富汗塔利班政权的全球同盟，中国清楚地看到了机会，并提醒美国它的重要性，从而以对中国更有利的方式改善双边关系。在袭击世界贸易中心和五角大楼的恐怖事件发生后，江泽民主席立即致电布什总统，表达中国对于美国反恐斗争的支持。9月12日，中国在联合国安理会投票支持1368号决议，该决议承认在回应恐怖袭击时"个人和集体防卫的固有权利"。

中国指望加强在美国全盘计划中的重要性的一个因素，是它作为安理会常任理事国的地位。9月中旬，中国在阐明对于美国对阿富汗军事行动的立场时特别强调，联合国安理会应该扮演适当角色。但是这一估计并未奏效，因为美国领导的联军在 10 月初就援引安理会第 1368 号决议，在没有专门授权决议的情况下，开始了军事行动。中国的一些行为给了美国寻求对等交换的印象，即以支持美国军事行动来换取美国减少对台军售的承诺和（或者）对于中国打击新疆伊斯兰分裂主义分子的理解，因为其中一些已经涉嫌恐怖主义。但是美国方面并未给予积极回应。

当然，也有一些积极的发展。中国提供的情报支持并促成了 9 月底的反恐对话，随后美国国务院反恐事务协调员访问北京，中国也批准美国联邦调查局（FBI）向美国驻北京使馆派驻人员。虽然 10 月份布什总统借亚太经合组织（APEC）峰会之机进行的包含访问北京计划的东亚之行被取消，但美国政府宣布布什仍然会按原计划出席峰会。这次峰会对中国来说是年度最重要的事件，然而，这些事件对于美国对华政策的影响相当有限。2002 年 2 月，美国国防部发表的关于反恐战争的国际贡献情况说明书中没有提到中国。布什总统 10 月中旬赴上海出席 APEC 峰会时公开表示"中国是一个大国"，并表达了与中国建立"建设性关系"的愿望。但他同时表示反恐战争决不能够成为迫害少数民族的借口，这显示美国对于中国在新疆伊斯兰分裂主义问题上的立场没有任何同情心。

中国这些合作行为的效果的局限性在 9 月 30 日发表的美国国防部《四年防务评估报告》中显露无遗。该报告在将亚洲作为一个地区的表述中称，存在着"一个以丰富资源为基础的军事竞争对手出现"的可能性，这清楚地表达了美国对于未来中国的忧虑。该报告主张美国应该明确对付"依靠奇袭、欺骗和不对称战争的敌人"的能力，并将这种能力称为美国倡导的以能力为基础的国防计划的必要条件。尽管这种以能力为基础的路线否认明确潜在敌人所具有的能力，但最近发表的美国国防部关于中国军力的报告清楚地表明中国包括在敌人范围内。该报告认为奇袭、隐藏意图和使用非对称方式构成了中国人民解放军目前的行为准则。中国政府对台湾的关切在报告的"东亚沿海地区"部分被忽略，这一明显包含台湾的地区在报告中被定义为需要防止"敌对力量控制"的关键地区之一。

2001 年底，布什政府开始展现更高水平的对华友善。美国于 12 月初宣布单方面退出《反弹道导弹条约》时，国务卿鲍威尔明确表示，导弹防御系统——该系统的研发因美国退出反导条约而更加容易——不会威胁中国的战略威慑力量。布什本人在宣布退出前几个小时打电话给江泽民，并提出举行高层战略对话。2002 年 2 月，布什在访问东京和首尔后转往北京。他重申美国致力于与中国建立"建设性、合作性"关系，但同时他使用"坦率"一词来描述中美关系，并继续其在台湾问题上令中国失望的表现。中国方面则十分积极，特别是在加强高层战略对话的协议方面。

然而，此后美国方面的动向表明，这些变化更多地意味着分歧而不是根本性的转变。一方面，这一基本上热忱的态度继续运用到 4 月份胡锦涛副主席对美国的访问中。6 月，美国国防部副部长罗德曼访问北京重启高层战略对话。美国国务院 2002 年 5 月发表的全球恐怖主义形势报告中，关于亚洲的部分有八页半，用整整一页的篇幅详细介绍了中国对反恐战争的贡献，并同情地描述中国自身的恐怖主义问题。8 月，美国副国务卿阿米蒂奇访问北京，为即将进行的江泽民主席对布什总统在德州克劳福德农场的访问做准备。在此期间，他告诉中国官员说，美国政府已将一个维吾尔分裂组织"东突伊斯兰运动"添加到国际恐怖主义组织名单上。

另一方面，台湾"国防部长"被允许参加 3 月中旬在佛罗里达州举行的一次"私人"会议，并与美国国防部副部长和助理国务卿会面。几乎与此同时，美国国防部《核态势评估报告》中将中国列为美国核武器七个潜在目标之一的部分被泄露给媒体。7 月中旬，美国国防部发表了中国军力报告，其中针对中国在台海的导弹部署而严重质疑中国和平解决台湾问题的公开态度。同时，于 2000 年成立的美国国会美中安全评估委员会发表了关于对华经济关系对美国国家安全的影响的报告，报告称中国向诸如朝鲜、伊朗、伊拉克、叙利亚、利比亚和苏丹等支持恐怖主义的国家提供大规模杀伤性武器的技术和元件以及运载系统。

白宫于 2002 年 9 月发表的《国家安全战略报告》将这种明显自相矛盾的对华政策进行了某种意义上的综合。该报告将反恐战争放在国家安全战略的中心，并明确表示了与"大国"和盟友合作的必要性，中国和俄罗斯与印度一起被列为潜在大国。报告将与中国的关系描述为美国地区战略的"重要部分"，并欢迎"一个强大、和平和繁荣的中国的崛起"，但是仍对中国缺乏民主发展表示不满，并对中国的未来表达了模糊的态度。中国的军事能力现在被认为只对它的"邻国"构成威胁，因此该报告表达了"与变化中的中国寻求建立建设性关系"的意愿，并将反恐战争和朝鲜半岛问题作为正在进行的合作的例子，报告也提到了中国加入 WTO 对于两国的积极影响。报告确也提及在台湾和人权问题上和中国存在的"根本分歧"，但立即又说"我们不允许"这些分歧"妨碍在我们相一致的领域进行合作"，这清楚地否定了将各问题挂钩的做法。

在江泽民 10 月份访美的同时，中国采取了另外一系列行动来缓解美国的忧虑。在访问进行的前几周，中国政府发布了一系列有关军民两用生物制剂、相关化学品、军事装备和军工企业的出口控制的规范。中美峰会开始前，两国政府宣布美国联邦调查局（FBI）驻北京联络办公室开始工作。在克劳福德农场，江泽民向布什通报了中国加入《集装箱安全倡议》（Container Security Initiative）的决定。根据中国媒体的报道，布什以在台湾问题上向中国立场走向重要一步作为回应，他在私人交谈中说，他"反对"而不是"不支持"台湾独立，然而这并没有得到美国方面的证实。

（三）胡锦涛时代

2002 年 11 月的中共十六届一中全会和 2003 年 3 月的全国人民代表大会，选举产生了中国新一届领导集体。在这次领导层交接前不久，中国在又一次重新出现的朝鲜核问题上与美国进行了通力合作。在 2003 年 2 月国际原子能机构（IAEA）理事会会议上，中国投票赞成将这一问题提交联合国安理会。为预先制止联合国制裁，中国在寻求多边解决方案上扮演了积极的领导角色，主办了 3 月的三方会谈和 8 月的六方会谈。尽管中国的立场与美国不尽相同，其中包括中国要求美国更严肃地对待朝鲜的安全需要，以及阻止美国提出的谴责朝鲜重启核武器项目的声明。但是，中国反对朝鲜核计划的毫不含糊的立场、对朝鲜的有效施压以及和美国的经常交流都得到了美国政府的高度赞赏。

两国在反恐战争上的合作更加顺利。2 月在北京举行的有关反恐合作和切断恐怖分子的资金链的会议上，美国代表团团长将这种合作描述为"高度成功"，特别指出了中国对联合国反恐机构和对阿富汗重建的帮助。

中国对美国领导的伊拉克战争则不太合作。当伊拉克问题还在联合国安理会讨论时，中国和美国一道要求伊拉克解除武装并遵守以前的联合国决议。但当 2 月初美国军事打击伊拉克的意图愈发明显时，中国明确地站在法国、德国和俄罗斯一边反对美国的单边主义。由于法国和德国更加有力和持续的反对，中国相对低调的反对立场成功地避免了美国的反制。

在其他一些问题上，中国更为明显地挑战和背离美国的行为模式。尽管在 2002 年 8 月颁布了一系列出口控制规范，中国在不扩散方面的记录还是令美国沮丧。2003 年 5 月，美国政府以向伊朗负责导弹生产的政府机构出口导弹技术为由，对中国兵器工业集团公司——中国北方工业集团（Norinco）实施严厉制裁。2003 年 3 月发表的美国国防部 2002 年年度人权报告继续将中国的记录列为"劣等"，尽管如此，美国政府决定不支持联合国人权委员会 4 月的一份反对中国的决议。财政部长斯诺于 2003 年 9 月初访华时，将对华 1030 亿美元的历史最高贸易逆差归罪于故意低估的中国货币——元，并要求人民币升值。中方拒绝采取任何短期方案使人民币升值，仅表达了允许汇率完全由市场决定的长期意愿。中国的对知识产权的猖獗盗版等不正当贸易行为以及要求中外合资企业强行进行技术转让的行为，继续让美国感到沮丧。现在美国国内已经有了质疑中国是否遵守 WTO 规则的声音。

然而，这些挑战和背离的例子，并没有导致双边关系的严重恶化，至少到目前为止是这样。事实上，通过明确指出中国在朝鲜核计划上和反恐战争中的合作行动，国务卿鲍威尔在 9 月初甚至宣布"美国对华关系处在自尼克松总统首访中国以来的最好时期"，这一表态在中国听来十分悦耳。新任总理温家宝 2003 年 12 月访问华盛顿时，美国方面通过在中国认为最严重的问题——台湾"总统"陈水扁企图在 3 月即将进行的"总统"选举中搞公投——上向中国立场靠近，强化了中国的乐观感觉。布什总统表示："我们反对中国或台湾改变现状的任何单方面决定。台湾领导人的言行表明，他可能乐于作出单方面决定以改变现状，这是我们所反对的。"

如果上述描述恰当的话，这可能预示着中国新领导集体在对待美国时非常擅长选择性合作和非对抗挑战的艺术。当然，现在下结论还为时过早。

（廖俊宇　译）

中美日三角关系的不对称性与应对之策

肖　刚[*]

建立一个持久和平、共同繁荣的和谐世界是新时期中国外交总的价值目标。在这个总目标之下，中国外交已建立起自己的若干话语体系，即外交范围的全球性、外交结果的共赢性、外交方式的开放性、外交气质的包容性和外交特点的自主性等。为此，中国完全有信心十分从容和超然地处理好众多的双边关系和多边关系，其中也包括各种层次的三角关系，使之协调平衡地发展。但有一个明显的例外就是，中美日"三角关系"尚处在操作十分困难的严重不对称状态。改革开放以来，中国以双边方式很好地处理了中日、中美关系，但以三角关系这一多边方式来运作中日美关系时，遇到很多难以跨越的障碍。日本坚持以美日同盟为核心的外交政策，在许多重大外交问题上均唯美国马首是瞻，因此，通常情况下的三角关系概念不适用于中美日关系。

一　中美日三角关系的不对称性

中美日三角关系的不对称性主要表现在三个方面：美日强大的军事同盟与中国独立防务的不对称性；美日不断提高声调，鼓噪以促使中国和平演变为目标的"西方自由民主价值观"对中国社会主义价值观形成意识形态压力；在东亚多边政治机制中，美日的强势存在与中国相对示弱的存在形成实力对比的不平衡。

首先，中美日三国防务关系的不对称性是明摆着的。2008年度美国的

---

* 肖刚，广东外语外贸大学国际问题研究所教授。

军费总额为 6231 亿美元①，中国国防预算为 4177.69 亿元人民币（按照 2007 年底人民币兑美元汇率约合 572.29 亿美元），美国的军费是中国国防预算的 10.9 倍。日本 2008 年军费预算为 414 亿美元②，人均军费预算约为中国的 8 倍。美日两个军事大国结成军事同盟后，其总体军事实力大大强于中国，中国与美日之间防务关系上的不对称性极为突出。由美日同盟切入可以看出，中美日三角关系实质上是超强的"美日"一边对严重弱于美日的中国一边的关系。因为日本一角几乎与美国一角重合，通常意义上的中日美三角关系并不存在。由于美日军事同盟关系的延续和加强，加上美国主导的其他双边排他性军事同盟关系，东亚地区多边安全机制形成对美日倾斜的特点，中国在其中明显受到孤立。只有在排他的军事同盟结构演变为开放、包容的多边安全结构情况下，中国才有可能找到出路。美国民主党总统参选人奥巴马公开表示，如果当选美国总统，"就如强化北约一样……我将努力铸造超越双边层次的更加有效的框架。只有建立能够使更多国家参与的基础结构（inclusive infrastructure），我们才能促进东亚国家的稳定与繁荣，帮助应对从菲律宾的恐怖主义网络到印度尼西亚禽流感的跨国威胁"③。奥巴马似乎看到了全球性问题日益成为首当其冲的安全威胁与美日同盟之间的不和谐关系，他希望自己如有机会入主白宫，将在东亚建立一个开放的多边安全制度，但是他肯定忽略了日本在此问题上的强烈抵制将会给他的决策造成多大的障碍并最后葬送他的美好愿望。因为长期以来，日本视"美日同盟"为其国际战略的最大财富，要想轻易地改变之将是天方夜谭。即是说，短期内要想改变美日盟友关系及由此而来的中国与美日之间防务上的不对称性是非常困难的。

其次，美日坚持挥舞人权和价值观外交大棒，中美日三角关系中存在着外交上的不对称性，中国必须承受美日施加的人权、价值观外交压力。美国一直没有放弃对华单边"人权外交"。近几年来，日本也跟着凑热闹，神气活现地张罗针对中国的所谓"价值观外交"，即所谓"高举自由、民主、人权、法律之支配的普遍价值，以团结共有这些价值观的国家和人们为目的的外交"。④

---

① "The President's 2008 Budget," http://www.whitehouse.gov/omb/budget/fy2008/defense.html.
② 《我が国の防衛と予算——平成 20 年度予算の概要》，http://www.mod.go.jp/j/library/archives/yosan/yosan.html。
③ Barack Obama, "Renewing American Leadership," *Foreign Affairs*, Jul/Aug, 2007, p.2.
④ 《価値観議連／'安倍 A 援団'の危うさ》，日本，2007 年 5 月 20 日《朝日新闻》。

美日以"民主自由国家"自居，在中国早已将放弃意识形态的对抗作为对外政策基本内容的情况下，对中国大打价值观牌。中国基于"和平发展"与"和谐世界"理念，没有因美、日对华发动"人权外交"和"价值观外交"攻势而以牙还牙，因而免于重新卷入新的意识形态对抗旋涡之中。然而，美日等西方国家认为，共产主义价值观已经死亡，中国不搞意识形态外交是因为坚持共产主义理想的中国不敢面对强大的西方价值。因此，它们的"价值观外交"会变本加厉地继续下去，并将对亚洲其他"民主"国家的对华政策产生传染效应。正如英国有人所言，"印度尼西亚外长如是说，大亚洲民主政治正在构建以价值导向为基础的战略伙伴，因为他们了解和平与民主是不可分割的一个整体；印度总理说他的国家只有生活在一个民主的地区才会安全；日本领导人想要在整个亚洲建立一个自由与繁荣之弧；东南亚领导人宣布，地区的稳定有赖于国内外的民主。这里存在一个与中国领导人的想象千差万别的亚洲世纪。"① 这就形成了以意识形态为牵引的外交博弈态势：一方面，美日持续加强反华的"民主人权外交"和"价值观外交"；另一方面，中国为国际关系和谐发展而奉行一种避免意识形态对抗的外交政策。由此，中美日三角框架中博弈关系的不对称更加清晰可见。

冷战时期的中美苏三角关系有一个很明显的特点，那就是美国无法在意识形态方面与其他任何一角形成对另一角的压迫之势。中苏虽然处于对抗状态，在意识形态上存在重大分歧，但是一致坚持马克思主义价值观，中苏之间这种价值观上的一致性反而对美国构成一定压力。因此，美国在处理中美苏三角关系时，完全回避了价值观因素，难以在对中苏关系上打"民主"和"自由"牌，而只能从现实主义牌的立场出发强调非意识形态的战略利益。所以，当时的中国在中苏美三角关系中几乎感受不到"价值观外交"的重压，显得比较主动。如今，中美日三角关系则不同，2007 年日本《外交青书》就声称，"美日同盟"的思想基础是"两国共同之价值观"②。媒体就此津津乐道："日本最近决定要发展一个建立在支持普遍价值观基础上的外交政策是一个重要步骤，这表明日本所追求的国家利益思路更加清晰和更具有战略性。新政策似乎是为了使

① "The new Asian Order's Challenge to China," *Financial Time*, Sep. 26, 2007, p. 15.
② 日本外务省主编《外交青书》，2007，第 58 页。

之和美国的合作更加顺畅，同时使东京在东南亚得以专心致志努力与中国竞争影响力。"① 美国也有舆论指出，"美日同盟近年来已经历悄然转变，它超越特定的'同盟管理'（alliance management），以建立基于共同价值和战略利益的坚固的合作基础。"② 西方国家也有与美日的反华"价值观外交"唱反调者，认为"美日不应该拉拢澳大利亚和印度追求价值同盟，因为这在很大程度上是一个漫无边际的、不可能撼动中国的反华行为，也无助于改善地区安全"。③ 但是出于意识形态"对抗利益"的需要，美日肯定不会轻易放弃其对华政策的意识形态牌。

再次，东亚多边安全机制向美日倾斜，使中国在中美日三角关系中处于不利地位。东盟 10 + 3 机制在政治与安全方面严重向美日倾斜，其中的日本和韩国是美国的军事同盟国，朝鲜被排除在机制之外，这是东亚地区主义潜在紧张和不对称发展的深层次原因。如果从对等的原则出发，东盟合作机制应该是 10 + 4，即在 10 + 3 的基础上增加朝鲜，但是这一"应然"在短期内不会成为必然。而且，为了更进一步削弱中国在东亚政治与安全事务中的影响力，美日加大了掺沙子的力度——把和它们拥有具有共同价值观的澳大利亚（与美国有同盟关系）、印度、新西兰三国拉入东亚安全机制之中。对此，中国似乎处于两难之中，如果接受就会令自己在机制中的孤立地位加剧；如果公开反对就容易使自己与这三国的关系受到不利影响。因此，首届东亚峰会召开时，也吸收了地理上不属于东亚的印度、澳大利亚、新西兰等国家参加。日本则把东亚事务看成西方利益的延伸，而不是东亚自己的事情和利益。有外国学者指出："日本不准备危害其与美国的关系，它不太可能愿意放弃西方取向去建立东亚地区共同体。"④ 在如此严重不对称的前提下，中国要投入外交资源去推动东亚从政治上建立共同体，显然是力不从心和代价巨大的。⑤ 更何况，"部分亚洲国家相信，如果美国要脱离东亚，中国对东亚的霸权欲望将出现"。⑥ 在一

---

① David Fouse, "Two - edged Sword of Values," *The Japan Times*, March 23, 2007.

② Michael Green, Nicholas Szechenyi, "Common Values: A New Agenda for U. S.-Japan Relations," *Georgetown Journal of International Affairs*, Summer 2006, p. 47.

③ Morton Abramowitz, "The Globe's Most Important Relationship: China, Japan and the US can Better Solve Regional and Global Problems Together Than Alone," *Yale Global*, 8 January 2008.

④ Yeo Lay Hwee, "Japan, ASEAN, and the Construction of an East Asian Community," *Contemporary Southeast Asia*, Aug. 2006, p. 270.

⑤ 郑先武：《"东亚共同体"愿景的虚幻性析论》，《现代国际关系》2007 年第 4 期，第 60 页。

⑥ Neil Francis, "For an East Asian Union," *Harvard International Review*, Fall 2006, p. 77.

些亚洲国家看来，美国的存在不但不是威胁，而且还是"安全感"的来源，而中国反倒成了"潜在的威胁"。东亚的安全合作机制 10 + 3，对于中国的外交平衡而言，原本就相当不对称，10 + 6 就更是向美日战略利益倾斜。在此条件下以传统方式谋划中美日三角关系，难度系数就更大了。

由于存在上述三个方面的不对称性，中美日关系并非通常意义上的三角关系，而只是超级强大的几乎完全重叠的美日一边对相对弱小的中国一边的关系。这种情形有如中国先秦《逸周书》所谓"恶"中之一恶："闲于大国，安得吉凶。"① 中国面对美日这两个结成同盟的亚太超强国家，如不采取相应的对策，其祸福就可能只好听任美日决定。

二　传统不对称性解决方式的非现实性

在解决中美日三角关系不对称性的传统方式中，有两种方式常被提及并运用于操作：一是加强中美双边关系，以平衡美日对华关系的不对称性；二是加强中日双边关系，以平衡美日对华关系的不对称性，但它们可能或者已经产生了不良后果。

加强中美关系以平衡美日对华关系的不对称性是不现实的，因而不可能如愿。中美两国目前在各个方面的合作呈现日益深化的趋势，美国在华商业利益超过其在日本的商业利益，中国在一系列政治、安全问题，如六方会谈和伊朗核问题、全球反恐等问题上都积极配合美国。同时，"小看日本"（Japan-passing）论则在美国占据一定市场。② 日本的战略是尽量把中国纳入到美国和日本监控的框架之中，③ 以使日美关系不至于严重滑坡。美国民主党总统参选人奥巴马不久前发表文章，其中没有谈论美日同盟关系的重要性，相反却警惕日本的"不买账"（assert themselves），其亚洲政策的主要关注点是，"鼓励中国作为一个'正在成长中的大国'在帮助领导解决 21 世纪的共同问题上发挥负责任的作用"④。日本有学者对此表示担心，认为奥巴马如果当选美国总统真有抛弃日本之意。⑤《朝日新闻》不无醋意地评

① 见《逸周书·酆保解》第二十一。

② David Ranson, "Protectionism and the Falling Dollar," *Wall Street Journal*, (Eastern edition) Oct. 30, 2007, p. A. 19.

③ Takahiko Kajita, "Expert Urges 'Proactive' Diplomacy with U. S.," *The Japan Times*, March 11, 2008.

④ Barack Obama, "Renewing American Leadership," *Foreign Affairs*, Jul/Aug 2007, p. 2.

⑤ 田久保忠衞：《米大統領選》，2008 年 2 月 15 日《产经新闻》（政论）。

论说，奥巴马的"变化"、"梦想"、"希望"完全是抽象概念，毫无价值，在日本的政治家看来是非常陈腐的东西。① 已经退出总统大选的民主党人希拉里似乎看到了中美关系的巨大潜力，她曾经表示，如果当选将把美国亚太外交的重点放在中国，而不是日本。② 美国驻日本大使因此还专门对日本朝野做安抚工作。日本媒体甚至注意到，"共和党已提名的总统候选人麦凯恩虽然也在美国《外交》杂志上发表文章，表达欢迎日本在国际事务中发挥领导作用，但在大选中麦凯恩几乎没有提到过日本，同样显示出对日本的轻蔑之态"。③ 与此同时，日美关系确实在经济、安全这样的关键领域出现了不确定因素，比如日本自民党在参议院的选举中输给民主党，中断了日本在印度洋配合美军海上反恐的加油使命，一度使日本与美国的安全合作变得困难重重；由于日本市场的长期封闭和狭小，美国与日本的经济关系停滞不前。日本前驻泰国大使冈崎久彦对此形容说，在美国国内亲日派受到打击，亲华派、反日派得势……历代政府好不容易发展起来的日美信赖关系之根底受到伤害。④ 日本强烈要求："必须在朝鲜绑架日本公民事件圆满解决的前提下，美国才能考虑把朝鲜从发动恐怖主义的国家名单中删除。"⑤ 而美国对此不予理会。这些都使日本朝野担心，中美接近之时就是美国抛弃日本之日。然而，上述种种表现并不意味着美日关系发生了根本变化。

新中国诞生后，美国一改在世界反法西斯战争中与中国建立全方位友好关系的做法，转而扶持曾经是世界人民的共同敌人——战败的日本。美国出于意识形态对抗的需要，加紧重新武装日本，并通过在日建立军事基地和与日建立军事同盟，把日本牢牢地捆绑在美国的战车上，让日本发挥遏制中、苏两个社会主义大国的桥头堡作用。苏联解体后，美日同盟变成了实际上仅仅针对中国的双边同盟体系。历届美国总统都视美日关系为美国在亚洲的重要关系，都将美日同盟视为美国在东亚地区霸权利益的核心保障。共和党总统候选人麦凯恩最近就发誓，"美日同盟是亚太的和平与繁荣不可替代的支柱"，只有加强它，"才能使崛起的中国以负责任的国家融入国际社会"。⑥ 由

① 日本 2008 年 2 月 14 日《朝日新闻》社说。
② Reiji Yoshida, "U. S. - China Ties Won't Mar Japan Bond: Schieffer," *The Japan Times*, Oct 25, 2007.
③ 《米大統領選：分歧点の選に注目する》，2008 年 2 月 8 日《世界日报》。
④ 日本 2007 年 8 月 30 日《产经新闻》。
⑤ 《日米首脑会談になる過重な"宿題"》，2007 年 11 月 18 日《东京新闻》。
⑥ 日本 2008 年 6 月 5 日《读壳新闻》社说。

此看来，无论中国在中美关系中投入多大的资源，无论中国怎样地希望通过加强中美关系来冲淡美日对华关系的严重不平衡性，都似乎难以达到目的。中美的接近确实造成了日本的心理紧张，但是不会从根本上打乱日本的阵脚。因为，美日军事同盟体系不会消失，反而有可能会大大强化。如果中国实现统一（无论是否以和平方式）的步伐加快，美日同盟的作用就会马上表现出来。美日曾在2005年4月共同"呼吁"和"鼓励"中国和平解决有关台湾海峡的问题，并将之作为美日共同战略目标。① 最近，《日本时报》更是很露骨地表示，"中国进攻台湾的能力面临诸多制约因素，其中之一是受制于美日卷入冲突以保卫台湾岛的可能性，美日把台湾的安全列为其共同的安全关注并由此使美日两国组成了一个强有力且紧密的安全联盟"。② 对中国来说，维护国家统一关系到最根本的国家利益，而对美日保持密切关系则相对次要许多；如果非要在两者之间做出选择不可，中国只能选择捍卫对台湾的主权、维护国家统一。美日则把维持台湾海峡两岸的分裂局面视为其关键利益，如果非要在维持对中国的关系与台海两岸的永久分裂之间做出选择的话，它们很有可能会选择后者，而牺牲与中国的正常关系。这也就是说，在美日的战略棋盘上，相对于其心照不宣的目标——使海峡两岸永久分裂，维持与中国的关系则次要得多。中国要想与美日发展等边三角关系，唯一可能的选择就是牺牲自己的根本利益，这显然是不能成立的。可以设想，一旦中国把国家完全统一列入具体的日程之中，唯一与美国一起公开阻挡中国的国际势力，无疑会是日本。③ 因此，无论中国与美日的关系如何加深，只要面对涉及其根本利益的问题，美日马上就会联合起来共同对付中国。④ 可见，在中美日三角中，无论中美全方位合作发展到何等地步，都不可能改变美国的对日结盟关系。

同样道理，想要通过加强中日关系以平衡美日对华关系也是不现实的。一方面，日本视与美国的同盟关系为其最重要的外交资产，依靠美国、加强日美同盟是日本最重要的外交政策选择，任何在日美同盟关系中引入"干

① Jim Yardley and Keith Bradsher, "China Accuses U. S. and Japan of Interfering on Taiwan," *New York Times*, Feb 21, 2005, p. A. 3.

② Max Hirsch Taipel, "China's Taipei Envoy Pick Said Potential Tokyo Foil," *The Japan Times*, June 11, 2008.

③ Gerald L. Curtis, *The Logic of Japanese Politics*, New York: Columbia University Press, 1999, p. 13.

④ Lam Peng-Er, "Japan - Taiwan Relations: Between Affinity and Reality," *Asian Affairs*, Winter 2004, p. 249.

扰变量"的企图都会严重触动日本敏感的神经。尽管日本长期以来和美国维持的是一种美主日从的、不平等的关系，但只要美国不抛弃日本，只要美国继续维持与日本的同盟关系，哪怕美国玩弄"越顶外交"甚或美国大兵在日本领土上污辱日本少女等有伤日本民众感情的事情不时发生，日本仍会坚信自己能从日美同盟关系中获取政治和安全的"红利"，为日本在东亚称霸和遏制中国的崛起发挥重大作用。① 因此，日本绝对不允许它与美国的同盟关系演变为开放的、东亚国家均平等参与的多边安全机制。另一方面，日本并不看好中国积极改善中日关系的期望和努力。日本领导人日益频繁地表示日本与美国的关系具有压倒一切的重要性。② 日本退休的著名外交官冈崎久彦就曾露骨地说："亚洲的未来将由中国和美日同盟的双边平衡来决定，而不是由美日中这三个国家之间的三边平衡决定。日本未来的中国政策是什么？加强美日同盟；有关朝鲜日本能做什么？加强美日同盟。"③ 他还神经过敏地曲解中国的对日政策，认为"中国对日外交的最大的目标是什么？是离间美日关系。因此，日本的外交很明确，就是强化美日同盟。这就是我们的对华政策"④。冈崎一直是日本政府的对外政策顾问，他的言论很大程度上能够映射日本政府的真实立场。也就是说，中国如果想搞中美日三角等边平衡关系，那不过是一厢情愿而已。这等于是提醒我们，简单地认为中日关系只要放在两个国家的框架之内就能搞好的想法，是极其天真的。此外，中日关系围绕台湾问题形成了双边困境。战后日本历届政府在对外政策上均以强化日美同盟为核心。正如日本学者所指出的，日本以日美同盟稳定为最优先目标，以支持美国为基本方针，这种战后日本对外政策决策之基轴，从来都未曾动摇过，日本外交虽然标榜"国际协调和对美支持并举，但实际上根本不存在一个国际协调的路线，而是支持和坚持美日同盟"⑤。因此，中日关系改善得再好，也不可能改变日美关系在日本对外政策中的重要地位。

---

① 曹筱阳：《美日同盟：面向21世纪的全面调整》，《当代亚太》2006年第9期，第35~37页。

② James Brooke, "The Dragon for Trade, the Eagle for Safety," *New York Times*, 〔Late Edition (East Coast)〕, Feb. 6, 2005, p. 8.

③ James Brooke, "The Dragon for Trade, the Eagle for Safety," *New York Times*, 〔Late Edition (East Coast)〕, Feb. 6, 2005, p. 8.

④ David Pilling, "Tanigaki Urges Japan improve China Relations," FT. com site, Aug. 23, 2006.

⑤ 〔日〕田大造、伊藤刚：《比较外交政策》，明石店，2004，第59页。

三　中美日三角关系不对称性的应对之策

国内、国际关系学界，对中美日三角关系存在乐观主义和悲观主义两种情感。其中，乐观主义甚于悲观主义，前者认为中美日关系"正在朝三角关系的方向演变"，[①] 中美日三边合作的发展是历史的必然，[②] 甚至认为"三国之间不再构成直接的军事威胁和武装对峙，而是处于相互依存与矛盾、协调与制约、合作与竞争、对抗与对话的多种样态并存的结构框架之中"。[③] 悲观论者少见，即使可见也带有乐观的期待，比如有学者认为，"出于权力、威胁、利益关系因素的考虑，美日同盟会继续防范中国，日本将走在美日同盟的前沿，推行较美国更为强硬的对华政策。与此同时，日本的对华政策将会受到美国的牵制。最近的将来，中日关系不容乐观，很难好于中美关系，但由于美国对日本的牵制，中日关系也不至于走向完全恶化"。[④]

乐观论者的基本假设是，中美日三角关系"有解"，有办法应对之。其实，国际关系的很多问题，尤其是重大的国际问题，要想找到一劳永逸的解决办法是不可能和不现实的。如此认识问题，是不是就意味着本文对中美日三角关系持悲观的立场？不是的。本文的立场大概介于"乐观"与"悲观"之间。这样一种中间状态不是随心所欲的，理由有以下几个方面。首先，三角外交实践很少能够成功。美国在尼克松时期与中国、苏联成功地开展了三角外交，但是这一三角关系随着冷战的结束也告终结。据美国解密档案显示，尼克松时代还企图用三角外交将 1971 年印巴战争转变为中苏对抗，但以失败而告终，因为尼克松及其助手简单地认为巴基斯坦是中国的代理，印度是苏联的代理，只要美国站在巴基斯坦一边，就等于美国和中国站在一边，这样，中苏两大国必然互斗。[⑤]

---

①　贾庆国：《中美日三国关系：对亚洲安全合作的影响》，《国际政治研究》2000 年第 2 期，第 33 页。

②　杨伯江：《从总体趋势中把握中美日三边关系》，《现代国际关系》2002 年第 3 期，第 20 页。

③　林晓光：《中日关系与中美日三角关系的利益结构分析》，《和平与发展》2004 年第 4 期，第 18 页。

④　韩召颖、杨银厂：《美日同盟对中国防范的加强与中日关系走向》，《国际论坛》2007 年第 3 期，第 36 页。

⑤　United States Department, *Foreign Relations of the United States*, *1969 - 1976*: *South Asia Crisis 1971*, Volume XI, Washington DC: United States Government Printing Office, 2005; United States Department, *Foreign Relations of the United States*, *1969 - 1976*: *South Asia Crisis 1971*, Volume E - 7, Washington DC: United States Government Printing Office, 2005.

但是，结果并没有出现美国所期望的局面。这至少说明，三角外交并非普遍有效的外交模式。其次，任何事物都是变化、发展的，中美日三角关系的不平衡总有一天会趋向平衡，只是其发展过程将是漫长的。只要中国坚持致力于建构开放的东亚安全机制，不断"输入能量"（如中国在"六方会谈"中所发挥的主导作用），中美日三角关系就会朝着相对均衡的方向发展。再次，中国的国际地位决定中国必须"守中"。中国虽然是发展中国家，但也是一个政治、经济文化等硬实力和软实力不断增强的社会主义大国，中国的发展打破了西方有些人所谓"中国崩溃"的预言。①同样，中国的发展并不会得到美日的欣然接受，相反，正是中国不可阻挡的崛起，让美日等国的不少人视中国为威胁，进而促使其政府从政治、军事上加强对中国的遏制。中国永远不称霸，也永远不会和超级大国争霸，而是坚定地走和平发展的道路，同时努力构筑强大的物质和精神堡垒，准备应对一切霸权主义者对中国的侵略或干涉，并与世界一切爱好和平的国家发展全方位的关系。最后，国际形势的发展趋势要求中国"守中"。整个世界政治的基本态势是传统安全和非传统安全问题交织，而非传统安全问题日益突出，传统安全问题则相对稳定。也就是说，国家与国家之间的矛盾在某种意义上已经让位于合作，以共同应对恐怖主义等非传统安全问题。在未来的中美日三角关系中，在应对非传统安全问题时加强合作成为三国关系的重中之重。

客观地说，面对中美日三角关系的不对称性，既不可乐观也不必悲观，完全可以坦然相对，无所谓憎恨，也无所谓善意的期待，而是应该在保持适度的危机意识和防范意识的前提之下，学会适应，必要时再寻求办法加以应对。这大概可以称之为"无为"的方式。唯有如此，我们才会作出理性、冷静的思考和科学的分析，进而推行适宜的对策，从而达到"无不为"的境界。正如《纽约时报》所理解的那样，"老子的'无为'从字面上看，可以被理解为'不作为'，但其真正的意思是不以强制的方式采取行动"。②换言之，中美日三角关系能否向积极方向发展，关键并不取决于愿望，乐观精神和悲观态度都无济于事，而是取决于三国实力对比的消长、外交决策的科学性与策略的灵活性。

---

① See Gilbert Taylor, "The Coming Collapse of China," *The Booklist*, Jun 1/Jun 15, 2001, p. 19; Gordon G Chang, "Halfway to China's Collapse," *Far Eastern Economic Review*, Jun. 2006, p. 26; Dan Johnson, "Will China Collapse?" *The Futurist*, Jan/Feb. 2002, p. 10.

② "What T'ai Chi is Dong For Dang," *New York Times*, Sep. 21, 1980, p. A. 8.

中美竞争性相互依存关系探析

王　帆[*]

中美关系自建交以来正呈现缓慢的嬗变，中美之间不再是敌手，也不再是非此即彼的对手，"非敌非友"也难以界定中美关系的性质。中美关系正呈现涵盖对手与朋友的复合性质。作为中美关系新的阶段性发展，其未来前景仍存在不确定性，即既可能退为对手或敌手关系，也可能提升为真正的伙伴关系。

以往看待中美关系，往往采用单一视角，难免出现片面性，而这种片面性又常常导致观点的左右摇摆。从今后看，中美关系的变化取决于竞争与相互依存这两个变量的变化，冷战后的中美关系发生了如下变化：其一，竞争的性质在变化，非零和竞争在上升；其二，相互依存中的安全依存在实践中已经得到证实，但在理论和政策上还没有充分体现；其三，竞争与相互依存互动关系的特征和趋势还有待于深入研究和把握；其四，必须避免对立与相互分割的两个极端看法，从竞争与相互依存的复合视角来审视中美关系，竞争与相互分割的视角均不足以全面把握中美关系，必须从竞争与相互依存的有机联系中认识中美关系的发展脉络。

一　中美两国关系中的竞争变量正在出现变化

我们可以从两个方面来看中美两国关系中竞争变量的改变，分别表现为竞争性质的变化和竞争模式的转变。

* 王帆，外交学院国际关系研究所所长、教授。

（一）中美之间竞争的性质和内涵均在出现嬗变

说到竞争，所谓"竞"是互争高低，竞争是"为了自己或本集团的利益而与人比赛"①。韦氏词典关于这个词的解释有两层含义：第一层含义是有意或无意地为了一个目标而进行斗争（如职位、利益或者奖励）；第二层含义是处于敌对的状态②。从概念上看，竞争具有多重性，既可能是良性的也可能是恶性的，既可能是零和博弈也可能是非零和博弈。中美之间存在竞争，但出现两种倾向。其一，不影响别国发展的自我竞争在加强。许多大国关注国内自身发展，立足于内部挖潜和完善内部机制。这种自我超越式的发展不会激化与别国的矛盾和冲突。其二，随着沟通、交流以及协调机制的逐步增强，各国间的竞争正在规避零和博弈模式，向着双赢或共赢的合作模式发展。在以上两种趋势下，中美之间的竞争也经历着历史嬗变，呈现多样化的特征。

特征一：中美竞争是现实存在，历史造成的结构性因素仍在发挥作用。作为最大的发达国家和最大的发展中国家，两国的利益都在拓展，中国的"走出去"战略使得美国面临着前未所有的利益竞争局面。

特征二：中美之间的竞争存在不对称性，也即所谓潜在的战略竞争是由美国引发的，是由于霸权主导国对于可能出现的未来大国的防范所引起的。而中国一直试图避免这种竞争的出现，避免成为美国战略竞争的对手，一直努力将这种竞争限制在合作与依存的主流之下，使得竞争不至于出现失控。正因为如此，中美之间虽然存在各种不同类型的竞争，但结构性的战略竞争格局并未真正形成。目前中美之间的竞争，不是全球战略竞争，不是争夺主导权的竞争，中美之间的竞争虽然在广度上得到延伸，却远远没有上升到战略竞争层面。中国不仅没有挑战现存体制，反而成为积极参与和维护现存体制的重要力量。西方舆论认为，"与前苏联不同的是，中国根本没有兴趣同美国争夺在世界上的政治和意识形态控制权，中国关心的是建设一个21世纪的经济发动机。国际形势的不稳定是不利于贸易发展的。换句话说，中国

---

① 中国社会科学院语言研究所词典编辑室编《新华大字典》，商务印书馆，2004，第627页。

② Stuart Berg Flexner and Leonore Crary Hauck, eds. , *The Random House Dictionary of the English Language*, New York: Random House, 1987, p. 417.

正在迅速成为一个维护现状的大国"①。中国不是冷战时的苏联，也不是冷战时的中国，中美之间的竞争关系随着时代背景的改变而出现了改变。

特征三：中美战略博弈更多地是在多边猎鹿博弈的框架下展开。中美之间面对共同威胁的严峻性使得中美互为对手的现实可能性减小。双方的博弈正呈现新的双重博弈的特征，有交叉与重叠，也有相对立的区域。中美战略博弈呈现的特殊性包括两点。第一是更趋理性，竞争中的理性博弈正在成为共识。第二是中美竞争处于多重博弈之中。中美之间既有多边猎鹿博弈中的合作与协调，也有双边博弈。中美之间的双边博弈正在越来越多地被多边猎鹿博弈所取代。一方面，竞争中有合作；另一方面，中美之间在传统和非传统安全领域均出现了由竞争向合作的新的合作增长点，比如防核扩散问题、地区安全稳定、能源安全合作等。

特征四：中美之间的竞争呈现多元性，总的趋势是由过去单一的军事竞争转向多元化的竞争。"尽管民族国家仍然在互相'竞争'，但那种竞争已经离开军事领域（政府在这个领域占支配性地位），而转向经济领域了，在经济领域，国际组织在协调和谈判方面日益占据支配性地位，例如发达经济体组成的'G8/G7 集团'或世界贸易组织。那就是说，传统经济力量和竞争向上转移，或者说从国家转向了系统。"②

总之，在中美竞争中出现了非对抗性竞争和对抗性竞争交织的状况。所谓对抗性竞争，是指可能引发直接军事冲突的竞争，而非对抗性竞争，更多涉及经济、环保等领域，引发直接军事冲突的可能性不大。从中美关系的竞争来看，非对抗性竞争，即在无形领域的竞争越来越多，非对抗性冲突成为新的冲突形式。

（二）从权力竞争模式的视角来看，中美关系已由权力竞争模式向软权力竞争模式转化

软权力竞争更多体现为影响力的竞争，影响力更多体现为吸引力，而不直接等同于强制力和控制力。同时软权力竞争也体现在制度构建领域，即面

---

① 布雷默（Ian Bremmer）认为，美国需要关注的是中国国内问题，而不是中国的国际实力。参见〔美〕伊恩·布雷默《看不见的冷战》，载西班牙 2007 年 4 月 15 日《国家报》，转引自 2007 年 4 月 20 日《参考资料》。

② 〔美〕托马斯·巴尼特：《五角大楼的新地图：21 世纪的战争与和平》，王长斌等译，东方出版社，2007，第 54 页。

对如何维护与完善现有制度，或不同制度间如何共存等问题，而这些问题更需要合作与沟通来实现。国际制度是一项软权力资源，而软权力资源要转化为软权力的关键在于一个国家在国际制度建设中所能提出的理念、议题、感召力和动员能力。软实力竞争具有较强的互补性与共存性，软实力竞争也为合作找到了新的生长点。

以上变化带来了中美之间竞争观的改变。多元竞争分散了矛盾焦点，竞争中的合作减少了原有竞争的对立成分。中美关系具有竞争性，却向着良性竞争转变。中美之间有对抗，但对抗程度大大降低。这应该成为理解中美战略关系的一个关键性因素。竞争不可避免，但竞争不会轻易失控，亦可称为"竞而不破"（我个人感觉"竞而不破"比"斗而不破"更好，也更符合中美关系的发展趋势）。这已经成为中美之间竞争关系的一个新特点。

与此同时，中美关系中军事安全领域的潜在竞争仍存在变数并有可能带来双方关系的恶化。现在美国有些人仍强调中美意识形态对立，视中国为潜在对手，特别是按照实力政治原则，视中国为最具潜力的军事竞争者，强调对中国的防范，对于中国国防自卫能力的每一个变化都会作出应对反应[①]。正如米尔斯海默所言，"当一国考察它的环境，以决定哪些国家对自己构成威胁时，它主要关注潜在对手的进攻'能力'，而非意图，因此出于对生存的忧虑，国家必须对对手意图作出最坏估计。然而，实力不仅可以得到测量，而且决定了他国能否成为一个严重的威胁。总之，大国制衡实力，而非意图"。[②]

在军事上的防范和竞争表明中美关系并没有消除对手或敌手的担忧，还存在成为对手或敌手的可能性[③]。由此产生的另一个问题是，美国一些人仍然相信传统的国家威胁从长远看比非传统安全威胁更能够威胁到美国的世界地位和生存。两国实力差异的缩小强化了美国的防范意识，它认为中国一旦实力增长可能会改变和平政策。"至早到 2015～2020 年，至迟到2020～2025 年，中国可能开始新的安全战略"，"到那时，中国可能会变得不是更愿意合作，而是更自负，要求更多的利益，甚至企图修改现行的

---

① 比如，中国研制成功歼十飞机以及导弹击落服役期已过的卫星，美国都会从军备竞赛的角度加以应对。
② 〔美〕约翰·米尔斯海默：《大国政治的悲剧》，王义桅、唐小松译，上海人民出版社，2003，第 58 页。
③ 美国现在有"中国幻灭论"，认为中国未按美国希望的方向发展。

国际游戏规则"。①

简而言之，一些美国战略决策者仍以中国战略未定论来看待实施和平发展战略的中国，视中国处于"战略十字路口"，这使得中美竞争关系仍存在不确定性。②

二　中美两国关系中相互依存变量的新特征

中美之间具有竞争性，却不再像冷战时期美苏关系那样具有对抗性，而呈现新的非零和特征。原因就在于中美之间的相互依存达到了前未所有的程度。同时，正是因为竞争性质的转变，才使得相互依存关系进一步加深。而新世纪以来的中美相互依存也呈现出一些新的特征。

笔者对于相互依存的理论假定是：首先，中美间的相互依存是复合相互依存；其次，中美相互依存虽然具有不对称性，但相互影响程度很高，在经济与安全上形成了命运共同体的意识。中美相互依存可以体现为以下几点认识。第一，美国已经意识到无法孤立中国。在国际事务中，美国无法排斥与中国的合作。美国在全球范围内的维持现状的行为离不开中国的协调。第二，中美相互依存是全球相互依存普遍加深的体现③。在一定程度上，中美关系既是双边关系也是多边关系，出现了双边与多边相交织的情况。第三，国际经济全球化也导致了国际安全全球化甚至是国家安全的外化。

由于中美经济间的相互依存论已较为详细，笔者在此更多从中美安全相互依存角度来加以分析。

首先，安全上的互助与互利正在发展，在一定程度上抑制了自助与自行其是的行为。安全困境的基本前提是国际社会的无政府状态，而中美之间以及全球化所带来的世界范围的相互依存正在化解无政府状态，相互依存本身

---

① Michael D. Swaine, Ashley J. Tellis, "Interpreting China's Grand Strategy: Past, Present, and Future," *RAND Report*, 2000, www. rand. org/publications/MR/MR1121/index. html.

② 近一段时间，一些美国官方人士强调中国是其利益攸关者，承认中国正在越来越负责任，但对于中国防范的一手从未因此减少或停止。

③ 美国前助理国防部长约瑟夫·奈曾表示，在他20世纪70年代所撰写的关于相互依存的著作中，未必是从全球的角度来审视相互依存的。全球化实际上带来了世界范围内的相互依存。约瑟夫·奈认为"全球化就是世界范围内的相互依存"，转引自陈舟编《美国的安全战略与东亚》，世界知识出版社，2002，第1页。

正在有效地制约自行其是的行为。随着新时代的到来，"大国之间敌对的传统模式不可能无限期地继续下去，这不仅是因为先进技术的传播使社会面临更大的危险，而且也因为经济活动的全球化改变了安全问题的性质。他们认为，暴力的扩散比传统的大规模侵略构成了更大的威胁，驱使各国不得不为了共同的保护而进行复杂的合作。甚至那些最不情愿的国家也不得不如此。通过军事部署保持力量均势的传统概念将不得不被更为微妙的合作概念所取代"①。

阿瑟·斯坦（Arthur Stein）认为，博弈论强调利益的相互依赖，也体现为决策的互动影响，形成了一种限定性合作，即没有合作，自己的利益也无法独自获得②。这使得中美之间的利益冲突更多地表现为协调性或协作性博弈。利益相关者的概念是认识中美关系的另一个新的角度。中美两国在制定政策时都不得不从新的角度来看问题。"9·11"事件后，美国更加重视"大国协调合作"（concert of powers）对付各种新型威胁的重要性，为中美关系的改善提供了安全环境上的"机会之窗"。③传统现实主义强调的国际社会"自助体系"之说，已经在一定程度上演变为互助体系。

其次，安全上的复合相互依存促进了中美安全合作。非传统安全问题的性质强化着中美之间的安全合作。传统安全与非传统安全相交织的领域是中美安全合作的重点。包括经济安全、能源安全、卫生安全、信息安全等在内的非传统安全问题具有跨国性、相互制约性、综合性，一国无法单独应对和解决。"美国与中国的关系将塑造 21 世纪世界的未来。在经济增长、地区安全、反恐、防扩散、人权、公共卫生以及环境等关键领域，与中国的紧密、坦率和合作的关系将使美国有机会在其全球议题上取得重要进展。毫无疑问，只有在中国的建设性参与下，美国才能最好地驾驭它所面临的核心国际公共政策挑战。"④中美在这类领域的合作才刚刚开始，尤其在亚太地区范围内，这种合作表现出十分迫切的势头。同时，中美在共同创立新的安全机制和制定安全规则上正在开展程度不断加深、范围广泛的合作，合作的依

---

① 〔美〕约翰·斯坦鲁纳：《全球安全原则》，贾宗谊译，新华出版社，2001，第 1 页。

② 〔美〕阿瑟·斯坦：《协调与合作：无政府世界中的制度》，转引自〔美〕大卫·鲍德温主编《新现实主义和新自由主义》，肖欢容译，浙江人民出版社，2001，第 34～40 页。

③ 陈东晓：《"复杂性"与中美关系结构的新变化》，《美国研究》2006 年 2 期，第 36～37 页。

④ Carla A. Hill and Dennis C. Blair, "Engaging the New China," *International Herald Tribune*, April 27, 2007, http://www.iht.com/articles/2007/04/26/opinion/edhill.php.

存度在深化①。马丁·怀特认为，大国之间关系能否超越实力政治，主要是看大国在多大程度上可以具有共同利益②。中美之间安全利益的扩大正在一定程度上导致中美之间超越传统权力政治的对立与分割，形成安全共存与互利的有机关系。

再次，中国主动融入国际安全体制，强化了中美之间在安全制度层面的相互依存。中国加入了包括核不扩散机制在内的一系列国际安全机构，在国际安全问题上的责任意识和责任能力均得到了空前的加强。冷战结束前夕，中美合作的意识和形式日益模糊，仅仅局限在妥善处理大国关系以避免地区形势的不稳定和潜在冲突，尽管中美双方在安全议题上没有重大矛盾，但双方缺乏在一些地区冲突中寻求合作的意愿和迫切性③。但冷战之后，中美之间在地区以及全球层面合作的意愿及现实可能性都大大增强。国际安全制度层面的合作使得双方的信任度得到加强，合作的效益更大，也为双方可持续合作提供了机制上的保障。

最后，中美之间不仅仅存在安全相互依存，而且处于安全复合体之中。巴瑞·布赞（Barry Buzan）认为，如果以太平洋区域为界，中美之间应同处于一个"安全复合体"之中。在这个复合体中，中美之间形成了安全相互依存。"无论这个所定义的'安全相互依存'是被敌意还是被友善所驱动。这个消极的末端存在着冲突的形式，相互依存从恐惧、竞争以及共享威胁的认知中产生。在其中包含着安全机制，国家仍然将彼此当作潜在的威胁，但是为了减少他们之间的'安全困境'，已作了保障性安排。"④"安全相互依存"的模式尽管不是永久性的，但肯定是持久而影响纵深的（例如，远远多于一次性互动）。⑤ 在这个安全复合体之中，中美安全合作有两个突出特点。其一是两国安全合作的日益机制化，显示了依存程度的加强。这种日益机制化是使得两国关系不可能轻易引向对抗与对立的保障。由于突发事件引发中美关系戏剧性变化的可能性大大减少，中美关系经受住了中国驻南

---

① 中美安全合作经历了一个逐步发展的过程，当中国在 9.11 事件之后与美国结成反恐统一战线时，美国将信将疑，当中国在朝核问题上坚持半岛无核化原则，并坚决谴责朝鲜核试验时，美国方面对中国作为负责任的大国的认知度在上升。

② 〔英〕马丁·怀特：《权力政治》，宋爱群译，世界知识出版社，2004，第 208 页。

③ 刘学成、李继东主编《中国和美国：对手还是伙伴》，经济科学出版社，2001，第 28 页。

④ 〔英〕巴瑞·布赞、奥利·维夫、迪·怀尔德：《新安全论》，朱宁译，浙江人民出版社，2003，第 16 页。

⑤ 巴瑞·布赞、奥利·维夫、迪·怀尔德：《新安全论》，朱宁译，第 21 页。

联盟大使馆被炸事件、中美撞机事件以及中国台湾海峡危机的多次考验。美国在安全上开始意识到中国核心利益之台湾问题的敏感性，尽量避免事态的扩大。2007 年 5 月美国和日本公开将"协防台湾"从其联合计划中删除[①]，2007 年 12 月 21 日，美国国务卿赖斯在记者执行会上明确表示反对中国台湾所谓的"入联公报"，并称"入联公投"是一项"挑衅性的政策"。[②] 其二是在热点问题上达成了更多安全共识，有些甚至是全球战略共识。比如在台海稳定问题上、在针对台湾"入联公投"的立场上中美双方保持了高度一致。在朝鲜半岛无核化问题上中美双方均达成高度共识，意识到中美双方已经形成不可分割的安全上的相互依存关系。中美在安全领域已形成安全合作惯例和危机处理惯例，针对非国家威胁和跨国威胁的合作不断增强。中美决策者都清楚，中美冲突是最危险的一项选择，其危险性使得这一选择缺乏理性选择的可能性。另外还要看到，中美之间在全球范围内的合作广度和深度正在超越一些局部问题所带来的困境。

从目前看，由于中美需要共同面对的威胁不断增大，中美之间的依存度已经达到了历史上从未有过的高度[③]。历史上，中美冲突不断，但自抗美援朝战争之后，虽然中美之间的军事对抗没有完全消除，但中美成功避免彼此直接发生军事冲突的时间长达 50 多年（越南战争中的中美军事力量对抗与朝鲜战争有着本质的区别，中美在这场战争中只能算是间接的冲突）。

诚然，安全上相互依存的国家并不必然会进行合作，有广泛共同安全利益的国家也不会自然而然地进行合作。国家间进行安全合作必须有合作的意愿、途径及可能性。安全上相互依存的国家间，既存在一定的共同利益和交叉利益，又有利益的冲突和矛盾，同时也存在着合作中的主导权争夺问题。当双方利益一致时，合作会成为主流，反之，利益冲突的可能性会上升。

总之，由于中美之间在安全上已经形成事实上的休戚与共的关系，虽然中美两国之间还面临着美国遍布全球的传统联盟导致的结构性障碍，但我们

---

① 邱江波：《美日同意删除共同战略目标中有关台海问题的内容》，http://www.china.com.cn/military/txt/2007-05/02/content_8203312.htm。

② 严锋：《赖斯重申美国反对"入联公投"》，http://news.xinhuanet.com/newscenter/2007-12/22/content_7293686.htm。

③ 从美国国内政治看，中国因素已经不再是政党政治热炒的话题，原因在于中美关系必须稳定的大局难以改变。

仍然不应错估或低估两国安全相互依存的作用，中美安全相互依存不仅存在，而且正在进一步深化。中美关系进程表现出强烈的不可逆性，其合作趋势呈缓慢的梯形递进势头，见图1所示。

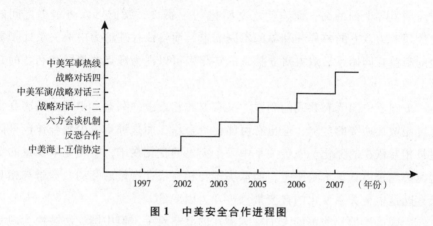

图1　中美安全合作进程图

双方有识之士均相信安全合作上的倒退将导致安全成本的巨大损失。中美之间曾出现多次有可能爆发更大危机的突发性事件，但没有像冷战时期那样引发更大程度的裂变效应。这一方面是由于中国的不懈努力，另一方面也是由于中美安全依存关系的制约使然。无疑，美国正在防范与遏制中国①，但接触与合作也在增加，而且随着接触与合作面的扩大，冲突有可能被抑制，竞争面有可能被缩小。

三　竞争性相互依存——对立统一视角下的中美关系

中美之间既具有竞争性，又具有相互依存性。竞争不可避免，但又彼此依存，这就造成了中美关系之间竞争性相互依存关系的出现。

中美之间的竞争性相互依存是一种新型的对立统一，这种新型对立统一关系的最大特点是中美之间相互依存的程度已经大大提升，相互依存关系对竞争的制约作用也大大提升。中美之间的这种对立统一可以用共同目标合作理论来加以解释。共同目标合作理论是国际政治心理学界的热点。心理学家多伊奇等是这一理论的代表，他们认为，只要冲突双方进行共同

---

① 比如在亚太范围内举行美、日、澳、印等国参加的外长与国防部长的"2＋2"会议，谋划"亚洲小北约"等，但澳大利亚等国明确表示并不是针对中国。

目标的合作，加强对相互依存关系的认识，就能形成某种无形的"统一整体"，而在这"统一整体"的范围之内，冲突自然会得到抑制。多伊奇认为，冲突在社会生活中是不可避免的，甚至是必要的。重要的是"不要强行压倒世界上的冲突，而应使之文明化"①。据此，我们可以将中美之间的对立理解为双方的差异和利益的不同需求，而将依存理解为中美关系处于更大的利益共同体系，双方对立关系的转化则可以视为观点的趋同和利益的共赢。

美国与中国既有共同的利益，又有彼此相竞争的利益。中美之间的竞争有可能增加冲突的危险，但也有可能促进合作，而这种竞争中的合作也可以促进相互依存的深化。中美关系中一个突出的变化在于，中美竞争变量的变化无法完全由竞争本身决定，而取决于与相互依存变量的互动。竞争与相互依存既是中美关系变化的自变量，也互为因变量。

中国虽然被一些美国人士视为潜在的战略对手，但中国无法被视为现实的战略对手②。这是因为中美关系所具有的复合性。从竞争与相互依存两个变量来看，首先出现了竞争与相互依存变量互为因变量的情况。相互依存无法消除竞争，反而可能使竞争频度增加。随着中美合作的增多，竞争的领域与范围也增加，这可以从双方首脑和战略对话讨论的议题得到证明。然而，相互依存强化了机制建设，促使竞争的范围和性质发生转变，从而使竞争限制在良性循环的轨道内。相互依存有可能激发竞争但同时也对竞争产生抑制作用，而竞争既可能削弱相互依存也可能进一步强化相互依存。目前来看，相互依存在一定程度上减少或抑制了恶性竞争的势头，而两国间的竞争基本没有对相互依存的发展造成重大负面影响。竞争趋向良性，依存在加深。两国关系在向好的方向发展。由于相互依存的加深，两国看待和处理问题的态度和方式有所改变，比如美国国内拿中国问题为政党利益服务的事件减少。而贸易与安全依存度的提高，强化了彼此对对方的关注。

其次，竞争性相互依存关系的存在，在一定程度上规避了更大风险的发生，促进了两国关系的机制化安排。我们以安全依存度和竞争度来综合说明

---

① 〔美〕M.多伊奇：《国际冲突的心理研究》，载斯贝拉罗主编《心理学与国际关系》，第1页。转引自朱永新、袁振国《政治心理学》，知识出版社，1987，第298页。

② 2007年3月7日，美国国防部长罗伯特·盖茨在回答记者提问时公开表示，尽管北京增加了军费，但他并不认为中国是美国的战略敌人。参见丰帆、林梦叶等《美国国防部长盖茨：中国不是战略敌人》，2007年3月11日《环球时报》。

竞争性相互依度的变化。如果安全依存度高，竞争度低，则竞争性相互依存度高，若竞争度高，则竞争性相互依存度降低。

表 1　中美竞争度与相互依存度关系表格

竞争性相互依存度	年代	安全依存度 （以机制化合作安排为例）	竞争度 （以冲突事件为例）
低	1989	低	高 （战略敌手）
低	1996	低	高 （台海危机、中国威胁论）
高	1997	高 （中美海上军事互信协定）	低
低	1999	低	高 （中国驻南联盟大使馆被炸）
低	2001	低	高 （中美撞机事件）
高	2002	高 （反恐合作）	低
高	2003	高 （反核扩散六边机制启动）	低
高	2005	高 （第一、第二次战略对话）	低
高	2006	高 （中美军演、第三次战略对话）	低
高	2007	高 （中美军演、第四次战略对话）	低

从表 1 中可以看出，竞争度与依存度是相对立而存在的，几乎很少出现竞争度和依存度双高的情况。但自 2002 年出现相互依存度持续走高而竞争度下降从而造成竞争性相互依存度走高的状况。中美安全合作的机制化安排从 1997 年开始，但随后由于中美两次危机事件而中断。2002 年开始，中美安全相互依存关系保持高水准，并且抑制了冲突事件的发生，其中中美撞机事件促进了中美安全合作的机制化安排[①]。竞争与相互依存变量中的相互依

---

① 布什对华政策由强硬转向务实早在"9·11"事件爆发前半年即已开始，双方理性处理撞机事件的过程已显示出中美关系所具有的韧性和弹性。此后美官方已经公开放弃将中国继续称为战略竞争对手。鲍威尔多次举例说明，在处理撞机事件的过程中，他看到了中美关系正走向成熟的因子。2001 年撞机事件至今，中美关系保持六年多稳定而未出现大波折。

存变量的作用越来越大。从以上变量关系分析，可以得出以下结论。

第一，未来竞争不可避免，但竞争并不必然带来冲突。从对立统一的角度来看，中美之间的竞争是市场竞争利益分歧的必然，但这一竞争并不必然外溢为安全利益的竞争。如果我们明确了安全利益的相互依存之后，再来分析中美之间的安全关系，就会发现，中美安全上的竞争体现为一种责任上的竞争。在一些热点问题和安全问题的解决上，中美之间的分歧是解决问题的方式、思路和策略的不同，而不必然带来利益上的争夺与分割。这类竞争不会引发权力争斗和国家间对抗。中美之间的分歧与冲突将是不可避免的，但不一定会必然引发对抗。中美关系有许多危机边缘性因素，但竞争与相互依存的复合关系使中美关系具有更大的弹性和包容度。

台湾问题与朝核问题实际上都是中美齐抓共管的典型案例。而且由于中美之间安全上的相互依存，中美之间由一个热点问题引发为中美直接对抗或战争的可能性已经大大降低。"到 2020 年，中国几乎将成为其所有邻国的主要进口国，或许还将成为对外投资的主要国家，因此几乎不容怀疑中国将实现自己的目标。可以预见的是，在这一过程中，中美两国之间将出现一段战略抗争期。不过，这种抗争不大可能演变成公开冲突。"①

中美之间不是盟友，无法保证中美之间避免战略与安全层面的竞争，但中美之间又正在形成一种大国间的新型合作伙伴关系，在某些重大问题上可以说已经形成了类似于因事联盟或专项联盟的关系，即在某些共同关注的国际安全问题上强化了协调一致、彼此负责，而不是相互拆台、相互对立。美国的有识之士强调，在重视盟友的同时，不能忽略中国②。

中美之间打不起来或打不起决定了中美必须保持理性的、良性的竞争与对话，必须从地区和全球角度更多地负起责任保持稳定。中美之间既承受不起战争，也承受不起对抗带来的风险。尤其是第二点强化了中美关系的战略意义。可以说，中美关系的重点已经不是避免战争，而是避免对立或对抗的问题。中美关系风险的警戒线不是升高而是降低了。中美关系的复合性已经较大地改变了中美关系在对立与合作两个极端摇摆的状况，稳定性大大增

---

① 〔英〕维克托·托马斯：《2020 年，世界将有中美两个超级大国》，2007 年 1 月 23 日第 16 版《参考消息》。

② 〔美〕戴维·芬克尔斯坦：《二次大战后的一个教训就是别在亚洲打地面战》，转引自陈舟主编《美国的安全战略与东亚》，世界知识出版社，2002，第 172 页。

强。"中国目前不是敌人，将来也不应该成为敌人。美国的主要任务是防止与中国为敌。""只有双方犯下大错时，中美之间才会变成战略对手。"①

当然，美国对中国未来发展不确定性的认知仍然存在，双方均存在不同程度的战略疑虑。虽然美国对华战略不确定性的认知正在随着中美全方位合作尤其是军事领域的合作而逐渐减少，但意识形态分歧等因素还远没有消除。也有人认为竞争和冲突只是被抑制。卡内基国际和平研究所所长马修斯直言，"9·11"事件并"没有改变美中之间最基本结构和意识形态冲突源，只是把它们暂时搁起来罢了"。中美之间围绕台湾问题、核不扩散、人权、导弹防御及美军在亚洲的存在等主要分歧和相互猜疑依然存在，"仍可能出现（中国）与美国进行战略竞争的一天"。②

第二，竞争性相互依存关系要求中美双方辩证地看待中美关系，更加全面务实地理解对方政策。中美关系之中，竞争与依存并存是一个重要特点，突出地体现为不可分割性和全面性，不是有的领域竞争，有的领域依存，而是在多数领域均出现竞争与依存关系，是个矛盾复合体，具有很强的辩证色彩，竞争必须置于依存关系的基础上来理解。竞争性相互依存从传统上是指政治安全上竞争，经济上相互依存，而现阶段中美间的竞争与相互依存却适用于所有领域。

竞争与依存之间形成有机联系，无法中断。中美两国在全球范围内合作的深入客观上要求中美两国联在一起。由于全球化的深入发展，这个世界再难出现在世界政治、经济上毫不相干的大国共存局面。而且相互依存带来双边关系的互动与相互促进，不再是一方有求于另一方。

辩证看待中美关系有助于理解美国对华政策的变化。美国对华政策一度在接触与遏制间徘徊，从遏制、遏制加接触到接触、接触加遏制、有限接触等。遏制是传统竞争意识的体现，而接触是相互依存现实的必然选择。目前美国关于对华政策接触、借重、威慑还是遏制等手段的讨论仍在继续，"两面下注"和"防范性融合"就是这种讨论的体现。这些词汇本身表明美国事实上承认中美之间存在竞争与依存的复合关系。起码在现阶段美国无法将

---

① 美国前助理国防部长艾什顿·B. 卡特认为预防性防御意味着美国今天没有任何敌人，转引自陈舟编《美国的安全战略与东亚》，世界知识出版社，2002，第50页。

② （US）Jessica T. Mathews，"September 11, One Year Later: A World of Change," *Policy Brief*,（这是卡内基国际和平基金会定期出版的政策简报，是赠阅读物，网上也可以查到）Special Edition 18,（Carnegie Endowment for International Peace, 2002），pp. 4 – 5.

中国视为敌对的国家，也无法将中国列为孤立或打击的对象。从未来一段时间来看，接触与合作将会明显占据上风，而且如果这种势头得以继续，对抗与对立的可能将会进一步降低。

在竞争与依存这两个变量的共同作用下，政治决策与经济决策既联系又分割。由于经济依存，政治决策的门槛提高，底线不断上移。另一方面，经济冲突可能十分激烈，却不大可能影响政治决策，即所谓政经分离。未来的中美关系将围绕这一竞争性相互依存框架而展开。

竞争依存模式强化了利益共存与利益分享的意识，也改变着对抗的结构。双方都意识到如果竞争失去限度，将会共同受损，因而双方的风险意识都在增强，趋利避害成为理性决策的必然选择。结构性对抗的因素正在逐渐消解于合作竞争结构之中。

四 结语

中美竞争的性质已经改变。相互依存条件下的竞争趋向于可控的良性竞争。相互依存条件下引发的竞争很难导致尖锐的冲突，因为任何一方都会不堪重负。相互依存促进了竞争性问题的解决。中美之间的竞争变成了相互依存条件下的竞争。竞争不会引起单纯的对抗，有些竞争性问题也有可能促进合作，也要求双方进行合作。"中国威胁论"由来已久，可中美之间的合作却不断加深，就是因为现在中美之间的竞争在很大程度上受到无法割舍的复杂利益的控制与约束。长期以来，由于对中美关系的复合性缺乏正确认识，使得双方对彼此利益的共存互利的一面认识不足。相互依存所带来的利益的相互渗透与延伸在世界范围内得以拓展，客观上要求中美双方避免非黑即白的思维模式，充分把握中美复合关系性质的变化。认清这一关系性质的变化，将有利于把握机遇促进中美关系的发展。

中美矛盾将继续，但合作空间可能增大。中美关系已经更趋成熟与理性。相互依存无法消除竞争，但会发挥减压舱的作用①，抵制恶性竞争，使之趋于良性。

---

① 虽然有观点认为，中美关系中原有的压舱石和绊脚石出现了变化，台湾问题由绊脚石成了中美关系的压舱石，而经济问题有可能由压舱石变成绊脚石，但这没有改变中美关系中竞争性相互依存的复合关系的定位。

　　现实主义设想的世界是无法实现真正长久的合作的，而自由主义又坚信合作可以化解权力之争。而从目前的实践来看，合作与竞争在并行发展。现实主义忽视相互依存的重要性和巨大影响力，而相互依存又认为权力政治会自动让位。因此这两方面的认识都存在片面性。在看待中美关系时，应避免对立两分法，而强调辩证统一与多元共存论。两个国家之间的关系如此错综复杂地交织在一起，这是以前未有过的现象。也许是一种阶段性的现象，但却是可能长期存在的现象，或许也是当今时代国家间关系的真实反映。从未来看，相互依存与竞争两个因素很难分割存在，或出现一方占绝对地位的情况。虽然此起彼伏的情况难以避免，但这两个矛盾因素仍将长时期地交织在一起。

　　未来的研究需要关注的问题是竞争对相互依存的负面影响以及如何利用相互依存的局面更为有效地化解竞争中的冲突。

观察中美关系发展的三个维度

倪 峰*

　　中国国内在议论中美关系的时候，无论是在学界还是在普通的民众中都会得出一个接近于常识的判断或者共识，这就是"中美关系好也好不到哪儿，坏也坏不到哪儿"。这个判断对于冷战结束后中美关系的总体状况来说无疑是正确的，也是这些年来中美关系发展的一个经验总结，但人们普遍又感到这样的一个判断过于笼统，显然不能穷尽有关的认识。与此同时，在这种大的认识背景下，国内有关中美关系的认识存在着分歧，存在所谓的"乐观派"和"悲观派"，而且两派的认识都有自己深刻的理由。① 这就牵扯到一个问题，即是不是应该在观察中美关系的时候设定一个相对客观的、比较完整的、可以加以参照的指标体系，使有关的判断与具体的事实相衔接？这样既可以使有关判断更加具体，又可以使有关"乐观"或者"悲观"的原因变得更清晰一些，具有更多的对应性，同时又能深化我们对中美关系的认识。

　　影响中美关系发展的因素众多，其中既有许多常量，也有不少变量。但

---

* 倪峰，中国社会科学院美国研究所研究员。

① 2005 年，美国国内又展开了一次对华政策大辩论。按照笔者的观察，中国学者在此期间对中美关系的认识存在着两种判断。例如，中国人民大学国际关系学院美国研究中心主任时殷弘教授认为："中美两国中长期'结构性矛盾'正在变得比过去更为深刻，甚至潜在的更为强烈，有如远处的地平线上正在集聚的乌云甚至风暴。"可参见时殷弘《中美关系面临新波动　两国结构型矛盾更加深刻》，2005 年 6 月 13 日《国际先驱导报》；中国社会科学院美国研究所陶文钊研究员认为："我们可以对中美关系的继续稳定和发展抱有信心，又要对两国关系中的问题有充分准备。在中国发展的长时期内，美国对华政策都会有分歧和辩论，只是有时激烈些，有时缓和些，这应该看做是中美关系的常态。"可参见陶文钊《中美分歧是可以管理的》，2005 年 9 月 5 日《环球时报》。

是，如果把这些因素做一个归纳和分类，笔者发现这些因素大体上可划分为三类，分别是外在因素、内在因素和美国国内政治。结合这三类因素，我们可以建立一个观察中美关系的三维坐标，将有关的因素放在坐标中加以比照，这样不仅能化繁为简，或许还能就此建立起一个判断中美关系相对客观、统一的参照体系。

一　外在因素

所谓外在因素是指双边关系发展的外部环境，说得具体一点就是在国际上能把中美这两个国家撮合到一起的事务是多还是少。由于指标具有高度浓缩的抽象和具象意义，因此，我们在观察中美关系的外在因素时，在考虑总体大环境的情况下，需要将主要的注意力放在一些具体的事件上。在中美关系的发展过程中，外部因素曾经发挥了巨大的作用。1972 年尼克松访华，中美关系实现突破，其最重要的因素是由于中美两国当时都面对着一个共同的对手——苏联。中美三个联合公报的签订背景都与当时两国如何应对苏联这一客观形势有着某种直接的联系。① 可以说 1972～1989 年间的中美关系主要是一种外力驱动型的双边关系。冷战结束后，内在因素（如经济交往、两国在社会制度和意识形态上的差异）在塑造两国关系的形态方面越来越发挥突出甚至可以说是主导的作用。这正如人们所常说的，经贸关系是两国关系的"压载舱"，外部因素的作用不像以前那么重要了，但外部因素仍在关键的时刻发挥了关键的作用。其中，1991 年的海湾战争、1993 年的第一次朝核危机、1997 年的亚洲金融危机都对当时中美关系的改善发挥了重要作用。从表1② 可以看出，这些事件与中美关系之间看似相互独立，但是两者之间显然存在某种内在的逻辑联系，而且这些事件与中美关系的改善呈一种正态分布的形态。

如果我们对布什执政以来的中美关系作一个观察，也会发现"9·11"事件是布什任内中美关系的一个分水岭。布什上台之初，中美关系曾一度跌

---

① 在这方面国内外有许多研究成果，可参见资中筠主编《战后美国外交史——从杜鲁门到里根》（下卷），世界知识出版社，1994，第 625～626 页、第 815 页、第 852～853 页。

② 其中部分内容参见刘连第编著《中美关系的轨迹：1993～2000 年大事纵览》，北京，时事出版社，2001。

表 1　冷战后的一些重大国际事件与中美关系

国际事件	中美关系
1990 年 8 月 2 日,伊拉克入侵科威特 1991 年 1 月 17 日,美国发动名为"沙漠风暴"的对伊军事行动	1990 年 11 月,中国外长钱其琛应美国国务卿詹姆斯·贝克的邀请访美 1991 年 11 月,美国国务卿贝克应邀访华。两国外长实现互访标志着自 1989 年以来冻结的中美交往基本恢复
1993 年 3 月 12 日,朝鲜宣布退出《不扩散核武器条约》,第一次朝核危机爆发	1993 年 11 月 19 日,中国国家主席江泽民出席在美国西雅图举行的亚太经济合作组织(APEC)领导人非正式会议期间,同美国总统克林顿举行了首次正式会晤
1997 年,泰国货币铢大幅度贬值,随即菲律宾、马来西亚、印度尼西亚货币也出现巨幅波动,东南亚金融危机爆发,并扩展到日本、韩国、中国台湾地区和俄罗斯	1997 年 10 月底至 11 月初,应美国总统克林顿的邀请,中国国家主席江泽民对美国进行了国事访问,这是中国国家元首 12 年来对美国进行的首次国事访问。中美双方于 10 月 19 日发表了《中美联合声明》。双方在声明中确认,将在中美三个联合公报的原则基础上处理中美关系,共同致力于建立中美建设性战略伙伴关系。1998 年 6 月 25 日至 7 月 3 日,应江泽民主席的邀请,美国总统克林顿对中国进行国事访问

入深谷,而"9·11"事件之后,两国关系大幅度改善,以至于 2003 年底,当时的美国国务卿鲍威尔称:"中美关系处于自尼克松总统第一次访问以来最佳的状态。"[1] 笔者进一步观察发现,尽管"9·11"事件后,中美关系大幅度改善,但布什政府上台以来在中国台湾问题上的政策并没有立即松动,布什政府在这方面立场的转变是在 2002 年 10 月的第二次朝核危机爆发以及 2003 年 8 月由中国主导下的第一次朝核问题六方会谈之后。2003 年 12 月,温家宝总理对美国进行了正式访问,在温家宝总理与布什会晤后的记者招待会上,布什以十分清晰的语言强烈反对陈水扁搞"统独公投",布什的这一表态被认为是布什政府对台政策的转折点。[2] 由此可以看出,第二次朝核危机与布什政府对台政策的转变显然存在着某种联系。

与此同时,我们也应看到,外在因素中也存在对中美关系产生消极影响

---

① Colin L. Powell, " Remarks at the Elliott School of International Affairs," http://state. gov/secretary/former/powell/remarks/2003/23836. htm.

② 陶文钊:《布什当政以来的中美关系》,《同济大学学报》(社会科学) 2004 年第 2 期,第 7 页。

的事件，例如 1989 ~ 1991 年间的苏联解体和东欧剧变、1995 年 9 月美军介入波黑内战、① 1999 年 3 月的科索沃战争等都对当时中美关系的发展产生了巨大冲击。

从目前的情况来看，对中美关系最具影响力的外部因素主要有三个，它们分别是以中东为重心的反恐、朝核问题和伊朗核问题。

"9·11"事件改变了冷战后美国对外战略游离不定的局面，"反恐"成为美国对外政策的第一要务。布什政府不仅通过发动阿富汗战争、伊拉克战争进行军事反恐，而且还实施所谓的"民主反恐"。2004 年 6 月，美国正式推出了"大中东民主改造计划"，似乎这样才能铲除恐怖主义。可以说以反恐为中心的美国对外战略构成是最近这些年中美关系改善最重要的外部环境。而从目前的现实情况来看，不论是美国的"军事反恐"还是"民主反恐"都遭遇到前所未有的瓶颈。在伊拉克，尽管美国走完了它许诺的所有民主程序，但在那里建立的"民主政权"不仅没有形成有效的治理，安全形势反而不断恶化，甚至已经接近内战的边缘。目前，美国已在伊拉克扔下了数千亿美元，据美国国防部 2006 年 6 月 15 日公布的最新数据，美军在伊拉克的死亡人数已达 2500 人，受伤人数达 18490 人。②

正当伊拉克的安全形势变得越来越像是"霍布斯式的丛林"的时候，美国又不得不面临中东地区的一个新变局，即巴勒斯坦的激进力量哈马斯在 2006 年初的立法选举中获胜并出面组阁。"哈马斯现象"无意中为布什的"民主工程"做了一个具有讽刺意义的注脚，就连对布什"民主反恐"产生重要思想影响的夏兰斯基也发表文章忧心忡忡地说，美国的民主计划带有严重的误导性：理论上十分美好，但实际上却是灾难性的，它使该地区最危险的反对民主的分子通过民主的手段取得了权力，这是令人担忧的形势变化。③

面对这种情形，美国国内的孤立主义思潮开始抬头。公众对油价暴涨感到不满，对国会山的腐败丑闻感到失望，对卡特里娜飓风之后新奥尔良等地

---

① 美国于 1995 年介入波黑内战，对中美关系的冲击主要表现在心理层面，当时正是台海局势高度紧张的时刻。1995 年 2 月，美国国防部发表了《东亚安全战略报告》，美日两国加强军事合作的举措也在紧锣密鼓地实施、美国国内"中国威胁论"甚嚣尘上等这些现象叠加在一起，加剧了中国对美国试图遏制中国的担心。

② 《五角大楼称已有 2500 名美国士兵在伊死亡》，http：//news. sina. com. cn/w/2006 - 06 - 15/21199213859s. shtml。

③ 转引自阮宗泽《美外交向现实主义回摆》，2006 年 3 月 28 日《环球时报》。

重建缓慢感到不满，更开始质疑布什政府在伊拉克扔下数千亿美元的必要性。从目前的状况来看，尽管布什在策略上做了一些退让，但仍坚持反恐的基本战略，因为这直接关系到布什政府的政治前途，同时国内的反对力量也拿不出什么有效的替代方案。由此看来，在未来一段时间内，"反恐"仍将是美国的对外战略重点，同时会麻烦不断。

如果说反恐与中美关系没有太多的直接联系的话，那么美国在伊朗和朝鲜的核问题上则需要中国的"直接协助"。随着伊朗核问题的不断激化，美国上下已将此看成是目前美国面临的最严峻的挑战。① 而对这个问题，美国可谓是进退维谷，打不得又压不垮，不得不面对所谓的"第三种选择"，即除任由伊朗拥有核武器和美国采取军事行动之外的方案。②在这种情况下，寻求其他的协助和合作是必不可少的，而中国在其中发挥着不可或缺的作用。在伊朗核问题上，安理会五大常任理事国和德国达成了有关伊朗核问题的共识，这本身就体现了美国与包括中国在内的其他大国协商、合作的重要性。关于朝核问题，中国出面主持的六方会谈可以说是在目前条件下解决朝核问题唯一现实的途径，尽管美国国内对这一机制存在各种各样的非议，但布什政府仍将主要的希望寄托在中国的积极斡旋上，以便第五轮六方会谈第二阶段会谈能够早日举行。

因此，从中美关系发展的外部环境来看，目前的形势对双边关系的稳定发展还是相当有利的。

二　内部因素

所谓内部因素主要指双边关系的内在动力及问题，其中包括两国关系的内涵、相互打交道的方式以及两国关系中面临的各种问题的现状，这主要体现在以下三个方面。

第一，中美关系的内涵在不断深化。在经济领域，经过30多年的发展，两国已形成了紧密、深厚的相互依赖。两国的经济交往目前正在经历一个由量变到质变的累积过程。按照中国方面的统计，2005年中美双边贸易额超

① 2006年3月16日公布的美国《国家安全战略报告》称，伊朗"支持恐怖主义，威胁以色列并阻挠伊拉克民主进程"，对美国的威胁"可能比任何一个国家都严重"。

② David E. Sanger, "Bush's Realization on Iran: No Good Choice Left Except Talks," *New York Times*, June 1, 2006, http://select.nytimes.com/gst/abstract.html.

过了 2000 亿美元，中国已成为美国第三大贸易伙伴和增长最快的出口市场，美国则是中国第二大贸易伙伴和最大的外资来源地。而且这种关系正呈现出越来越多的对称性，不光中国需要美国，美国也离不开中国。例如，中国用出口顺差所积累起来的巨额外汇储备购买了大量美国债券，是美国国库券第二大外国持有者。这弥补了美国国民储蓄与总投资之间的缺口，使美国经济能顺利运行。总之，这种紧密的联系使得任何一方都难以承受两国关系严重受损的代价。对美国来说，"遏制中国"是不可能的使命。

与此同时，中美两国的实力对比发生了一些重要而微妙的变化。从存量、静态的角度来看，仍然是美国强、中国弱，美国的综合国力迄今为止远超过中国，中国对美国的需求大于美国对中国的需求；但是从增量、发展的角度来看，中国的发展速度比美国快，美国对中国的需求增长快。这样，中美之间的实力对比和相互需求正在走向一种相对平衡。2005 年中国的国内生产总值（GDP）已经超过 2 万亿美元，跃居世界第五位，成为世界第三大贸易国。随着中国实力的增长，中国在地区以及全球的影响力不断增长，并正在推动美国对华政策范式的转变，因为在美国人眼中，"中国问题"已经变为"中国崛起问题"。[1]

在外交领域，随着两国之间相互依赖的不断加深以及中国实力的增长，彼此之间的联系变得日益紧密、日益广泛，双方的利益和摩擦超越了双边的范畴开始走向全球。例如，贸易逆差和人民币汇率问题，表面上是两国双边贸易和人民币与美元关系的问题，但实质涉及中国经济增长方式和与国际金融体系全面接轨、中美在全球性金融体系的分工问题，因而具有全球性、战略性的影响。与此同时，全球化时代的各种全球化问题，如反恐、防止大规模武器扩散、防治禽流感、联合国改革、环境保护、开发清洁能源、打击跨国犯罪、防止人道主义灾难等又为中美两国提供了新的、广阔的合作领域。正如胡锦涛主席在 2006 年访美时指出的那样，在当前国际形势下，中美关系的重要性不是降低了而是提高了，两国的共同战略利益不是减少了而是增加了，两国的合作领域不是变窄了而是拓宽了。中美双方不仅是利益攸关方，而且应该是建设性合作者。[2]

---

[1] David M. Lampton, "Paradigm Lost: The Demise of 'Weak China'," *National Interest*, Fall, 2005, pp. 73–80.

[2] 罗辉、陈鹤高：《李肇星谈胡锦涛访美》，http://news.sina.com.cn/c/2006 – 4 – 22/20548765235s.shtml.

第二，从两国相互打交道的方式来看，中美关系正在日益机制化。布什政府任内，中美关系取得的一项重要进展就是两国政府之间已经建立了比较顺畅的工作关系，两国关系的机制化程度有了很大提高。例如，在2005年，胡锦涛主席与布什总统有五次会面，美国政府重要的内阁成员悉数来华访问，两国展开了富有成果的战略对话。如果选取2005年下半年作为一个时间段，我们可以清楚地看到这种机制化所达到的程度。如表2①所示，这种比较顺畅的工作关系有助于更好地处理和管理两国关系中面临的各种问题。

第三，从双边关系面临的主要问题来看，与2005年底的情景相比，中美关系发展的不确定性有所增加，其主要表现是长期困扰中美关系平稳发展的四类主要问题和矛盾都有所抬头。它们分别是战略互信问题、经贸问题、台湾问题和人权问题。

1. 战略互信问题

2005年美国国内展开了中国问题的大辩论，在这场辩论中，尽管以佐利克为代表的对华接触派的声音占了上风，但美国国内对中国的战略疑虑远未消失。2006年2月，美国国防部发表的《四年防务评估报告》称中国为"处于战略十字路口的国家"，其最近新出笼的《国家安全战略报告》再次对中国军费增长、国际能源外交和民主状况表示关注。另外，美国在中国周边的战略部署也在加紧进行。总之，中美关系的战略定位问题还远远没有解决。②

2. 经贸问题

2005年，美国的贸易赤字达8000亿美元，占其国内生产总值（GDP）的6.8%。按照美方的说法，贸易赤字占GDP的3%对美国经济是黄牌警告，占5%是红牌警告。而按美方统计，2005年中国对美贸易顺差达2000亿美元，占到美贸易逆差总额的1/4。因此，两国经贸摩擦有可能再度升温。另外值得关注的是，最近美国的贸易保护主义正在与世界范围的反全球化运动合流，随着美国国会中期选举的临近，民主党已将经济议题作为攻击布什政府的主要武器，而共和党议员也在贸易政策上与布什政府拉开距离，因此经贸问题有可能成为2006年中美两国关系中最突出的问题。

---

① 其中的内容参考 Bonnie Glaser, "U. S. -China Relations: China Welcomes Bush and Ponders a U. S. Invitation to be a Responsible Stakeholder," http://csis.org/images/stories/pacfor/0503Qus_ china. pdf。

② 王缉思：《浅谈中美关系的大环境和发展趋势》，《美国研究》2006年第1期，第96页。

3. 台湾问题

台湾问题始终是中美关系中最敏感、最重要也是最可能引发军事冲突的问题。自 2003 年底温家宝总理访美以来，两国逐步在此问题上形成了有限但重要的共识，这就是维持中国台海地区局势的稳定符合双方的利益，也有利于地区的稳定。目前，美对台政策的重点是防止陈水扁采取挑衅行动破坏台海地区和平稳定的局面。但美国对台政策的基本逻辑仍是维持台海地区"不统、不独、不战、不和"的局面，其与中国政府在台湾问题上的局部合作是迫于形势所需，是半推半就的，可以用"你不推他就不走"来形容。

4. 人权问题

与克林顿时期相比，布什执政以来中美在人权问题上的摩擦有所降温，但是，布什为了迎合其国内的主要支持者——宗教右翼，不断在所谓"宗教自由"的问题上指责中国并对中国施加压力。2005 年 5 月 11 日，布什携副总统切尼、总统安全事务助理哈德利等重要官员在白宫家庭客厅会见所谓"中国宗教人士"。这表明，美国借"宗教自由"对中国施压的行动又进一步升级。另外，美国还加大了对所谓"媒体自由"的关注，尤其是网络监控方面。过去，美国国内曾一度认为信息自由化必然导致中国的政治民主化，而中国最近在这方面的发展却让美国人"大失所望"，他们甚至认为信息自由化在实践上反而被中国"利用"，甚至美国的网络公司都被中国所"利用"，为其"服务"。①

表2　2005 年下半年中美两国行政部门之间交往的情况

7月7日	美国国务卿赖斯访华,并受到中国国家主席胡锦涛、国务院总理温家宝和外交部长李肇星的接见
7月11日	第16届中美商贸联委会在北京举行,中国国务院副总理吴仪与美国商务部长古铁雷斯、贸易代表波特曼、农业部长约翰斯共同主持会议
7月16日	由中国广州军区司令员刘镇武将军率领的中国人民解放军代表团访问夏威夷,并与美军太平洋司令部司令法伦举行会晤
7月27日	中国国务委员唐家璇访问美国,美国总统布什、国务卿赖斯、总统安全事务助理哈德利、财政部长斯诺接见了唐家璇,唐家璇还向布什转交了胡锦涛主席的信

① 陈之罡：《美四大互联网巨擘国会陈情为在华行为辩护》，2006 年 2 月 17 日《第一财经日报》。

8月1日	美国副国务卿佐利克访问北京,并与中国副外长戴秉国举行了中美第一次例行战略对话
8月3日	李肇星外长与赖斯国务卿通电话。同日,中国驻联合国大使王光亚表示中美两国同意就联合国安理会改革问题保持合作
8月16~17日	中美纺织品贸易谈判在旧金山举行
9月4日	胡锦涛主席与布什总统通电话,同日,中国宣布向遭受卡特里娜飓风的灾民提供500万美元援助
9月5日	应中国广州军区司令刘镇武邀请,美军太平洋司令部司令法伦访问中国
9月13日	胡锦涛主席与布什总统在纽约会晤
9月19日	布什政府邀请中国财政部长金人庆、中国人民银行行长周小川参加8国集团会议
10月11~17日	美国财政部长斯诺、联邦储备委员会主席格林斯潘到北京参加20国集团财长和央行行长会议,并与中方共同主持了中美经济联委会会议
10月18~20日	美国国防部长拉姆斯菲尔德访问中国,并受到中国国家主席胡锦涛、国防部长曹刚川的接见
10月20日	中美签订双边航行安全协议
10月30日	新一轮中美纺织品贸易谈判在华盛顿举行
11月1日	中国外交部与美国国务院就军控、防扩散问题进行磋商。同日,中美可持续发展商务委员会签署协议,加强两国在经济、社会、环境保护等领域的合作
11月5日	中美就纺织品贸易问题达成协议,同日,中美建立环境合作联委会,并在华盛顿举行了第一次会议
11月15日	中国外交部相关部门与美国国务院政策规划局就全球和地区事务进行磋商
11月17~19日	美国司法部长冈萨雷斯访华,与中国国务委员周永康举行了会晤,就"反恐"和加强在执法领域的合作进行了磋商
11月19~21日	美国总统布什访华并与胡锦涛主席、吴邦国委员长、温家宝总理举行了会晤,两国宣布将在防治禽流感以及双边、地区、全球事务上加强合作
12月7~8日	中国副外长戴秉国与美国副国务卿佐利克在华盛顿举行中美第二次例行战略对话
12月9~10日	中美两国国防部官员在北京就两军军事交流和海上军事安全问题进行磋商

从以上这些分析可以看出,中美关系的总体框架还是相对稳定的,两国关系内涵的变化为这种关系的发展带来了新的机遇和挑战,两国间存在的各种问题处在可控和可以管理的范畴内,但是摩擦点有所增加,摩擦力度有所增强。

三 美国国内政治

冷战结束后，美国国内政治对中美关系的影响变得日益突出起来，双边关系经常因为美国国内政治的风吹草动而出现某种波动。总之，美国的国内政治已成为观察中美关系时不得不加以考虑的一个重要因素。

美国的国内政治在这方面最突出的表现就是所谓的中美关系"周期律"。如果我们对冷战后中美关系的历程作一个回顾，会发现这是一个在波浪中艰难前行的过程。而在这一过程中，有两个周期律对中美关系产生了十分明显的影响。一个是所谓的"大周期"，即4年一度的美国大选，几乎每次大选都会多多少少地出现一些"中国问题综合征"，中国成为美国各种政治势力辩论的议题。还有一个就是"小周期"。这个"小周期"在20世纪90年代表现为每年6月份之前有关中国正常贸易关系地位的审议。借这样一个议题，美国国内的各种势力尤其是反华势力都要上台表演一番，就所谓"人权"、"劳改产品"、"知识产权"、"贸易不平衡"、"政治献金"、"间谍案"等问题对中国横加指责，掀起一个个反华小高潮。然而随着中美达成有关中国"入世"的协议，美国各种势力有关中国的这个话语平台便消失了。为此它们便积极寻找一些新的平台。一个便是美国国会2000年财政年度国防授权法。根据这个法案，国防部应每年"就中华人民共和国当前和未来的战略提交一份报告。该报告应当讨论中国人民解放军当前和未来可能的军事技术发展以及今后20年里中国的总战略、安全战略、军事战略及军事组织和作战观念等方面的原则和可能的发展"。另一个就是2001年美国国会众议院"对华永久正常贸易待遇法案"的附加条款。该条款要求美国国会成立美中安全评估委员会，该委员会要就中美经贸关系对美国安全的影响提交报告。①由于国防部和国会美中安全评估委员会的报告一般都是在每年的年中发表，因此在2001年之后，每年的这时候就成了各种反华势力聚集力量，充分表演的一个演出季节。

从目前的情况来看，中美关系受"周期律"的影响不大。因为"大周期"显然还没有到，而从"小周期"的情况来看，虽然现在正是美国国内

---

① U. S. Congress，"Bill to Grant Permanent Normal Trade Relations（PNTR）Status to China," http：//thomas. loc. gov. cgi% 2Dbin/bdqnery/Z%3Fd106：h. r. 04444.

政治力量对中美关系消极影响上升的时候，但由于 2005 年的"中国问题大辩论"使这几年积攒下来的反华能量已经得到了一定的释放，因此 2006 年不会形成像去年那样规模的所谓"中国热"。

与此同时，中美关系除了"周期律"之外，还受到其他因素的影响，如府院关系、总统的威望、经济形势、各种政治议程，等等。通常来讲，当总统、国会由一个政党控制时，中美关系比总统、国会由不同的政党控制时稳定；总统的威望高时，中美关系比总统的威望低时稳定；经济形势好的时候比经济形势坏的时候稳定。

目前，影响中美关系最直接的国内政治因素是布什总统的"跛鸭化"以及 2006 年 11 月即将举行的国会中期选举。自"卡特里娜"飓风之后，布什的政治威望持续走低，其支持率一直在 40% 左右徘徊。总统权威下降将直接导致美国党派政治上升，而中期选举将使美国国内的党派斗争再度白热化，这两者叠加在一起无疑有可能使中美关系再次成为美国党派政治的"牺牲品"。事实上，民主党为了赢得选举已经将贸易问题列为对布什政府的主攻方向之一。而共和党方面，由于布什总统的威望下降，一些共和党议员也在港口安全、移民、开支、窃听和贸易等问题上与布什拉开了距离。这使得最近一段时间美国国会各派势力攻击中国的声音再度合流。目前，国会中酝酿或讨论的有关对华实施贸易限制和关税惩罚的议案或修正案至少有 15 个。① 另外，面对国会的压力，美国行政当局也在贸易、人权等问题上对中国采取了更强硬的态度。由此可见，美国国内政治仍是对中美关系的稳定发展产生持续干扰的因素，根据美国国内政治的具体发展，每年都会出现一些新的问题和情况。

四 小结

通过上面的分析，我们可以看到，建立外在因素、内在因素和美国国内政治这样一个观察中美关系的三维坐标，可以让我们对中美关系的判断建立在一个更加全面和综合的基础上，同时又能对影响中美关系的众多纷繁复杂的因素作一个比较清晰的分门别类的归纳。有了这样一个分析框架，

---

① Neil King, J. r., "U. S. Tensions Rise over China: Trade Deficit, Yuan Preoccupy Washington before Hu's Visit," *The Wallstreet Journal*, March 16, 2006, Page A4.

我们对中美关系进行实时监测就会变得方便许多，只要把最新的情况按照这三种归类放在坐标中加以对照，就可以得出一些基本的判断。例如，关于最近的中美关系，把各种最新的发展情况放在这个坐标中，我们可以大致得出这样的结论，即目前中美关系的基本情况是：两国关系发展的外部环境总体趋好，内在发展总体稳定但不确定性有所增加，国内因素继续对双边关系形成干扰但侧重点有所不同，2005 年主要炒作带有宏观性质的"中国威胁论"，目前主要放在微观层面的经贸问题、人权问题。当然，这只是一个初步的分析框架，还有许多地方需要完善和深化，这需要相关研究界群策群力。

中国崛起：对周边国家是威胁还是机遇？

〔韩〕李正男*

一 导论

在经济急速增长的基础上，中国正在从军事和政治影响力方面崛起为强国。与此同时，国际社会出现了有关中国崛起的"中国威胁论"、"中等国家论"、"中国机遇论"和"责任大国论"等多种观点。

关于"中国威胁论"。在权力转移论观点基础上，"中国威胁论"强调，在强有力的军事力量和经济急速增长基础上，中国将有可能挑战美国的主导地位，继而可能威胁到国际秩序。从长远看，强大中国的出现将会导致亚太地区的不安。像这样的展望主要是以美国和日本为中心形成的。

关于"中等国家论"①。这一观点是反驳中国威胁论的，主张中国只是具有威胁的中等国家。其依据是：根据1997年的统计数字，中国国民生产总值（GNP）只占世界总额的3.5%，人均国内生产总值（GDP）居世界第65位。从中国政府发表的统计误差、中国金融机构的不完善、国际贸易投资等方面看，中国经济虽处于急速发展中，但未来并非那么乐观。中国在军力方面也只是二流水平。与美国或其他东北亚国家相比，中国军费并不高，因此中国没有能力占领钓鱼岛和统一台湾。总之，对西方国家而言，中国从任何方面看都并非50年代苏联那样的竞争对手，而只是地区性强国，因此

---

* 李正男，韩国高丽大学和平研究所副研究员。

① David Shambaugh, "China Engage Asia," *International Security*, 29 – 3, Winter, 2004/2005; Robert Sutter, "Why Does China Matter," *The Washington Quarterly*, 27 – 1, Winter, 2003/2004; Gerald Segal, "Does China Matter?" *Foreign Affairs*, 78 – 5, September/October, 1999.

是可以遏制的。

关于"中国机遇论"①。这种观点认为中国在国际上不追求霸权，支持通过渐进性改革和国际关系民主化来实现新的国际政治秩序，强调中国的发展能够促进世界和平与发展。因此，"中国机遇论"强调，中国市场是世界的市场，能够为国际社会提供更多机会。

关于"责任大国论"。这一观点是基于批评"中国威胁论"和"中国机遇论"这样的二分法而提出的。此观点由美国提出，是有关中国自 20 世纪 90 年代后半期以来在经济、环境安全等领域试图与国际社会接轨情况的评价。它在承认中国是重要伙伴的同时，要求中国扮演负责任的大国角色。

然而，这些观点都只是集中于中国是否具有威胁亚洲和世界安全的能力，缺乏对中国如何评价自身崛起以及有无威胁周边国家意图的分析，也没有分析中国周边国家对中国崛起的认识和应对。本研究依据对中国及其周边七个国家的舆论调查资料，② 比较分析它们对中国崛起的认识，并由此来证明有关中国是威胁或者是机遇等观点都太过片面。

二　研究意义

中国的崛起在权力转移中会引起更多矛盾还是会带来相互依存和合作呢？苏联解体后，在美国不存在战略性竞争对手的情况下，现实主义学者提出中国的富强可能引起国际体制的本质性结构变化，并由此产生了霸权竞争论；而自由主义学者强调东亚民主化的进展和经济上相互依存的扩大，希望能够通过和平方法解决竞争和矛盾。由此来看，现实主义者和自由主义者都认为中国的崛起对东亚乃至国际体制的和平与合作具有重要作用。然而，从现实主义和自由主义的观点来说明目前的东亚地区秩序，是有一定局限性的。中国高举和谐世界的旗帜，强调和平崛起，把自己所具有的军事和经济实力与日本相比，指出一些国家对中国崛起表示过分的警惕和威胁感并无必

---

① Zheng Bijian, *Peaceful Rise -China 's New Road to Development*, Beijing: Central Party School Publishing House, CPC, 2005; Wang Jisi ., " China's Search for Stability With America," *Foreign Affairs*, pp. 84 - 85, September/October, 2005；徐镇英：《21 世纪中国外交政策》，首尔：politeia 出版社，2006。

② 本研究材料是 2006 年韩国东亚研究院（EAI：East Asia Institute）和美国芝加哥国际问题协会（CCGA：Chicago Councils on Global Affairs）共同对韩国、中国、美国、日本、印度、澳大利亚和印度尼西亚等七个国家国民进行舆论调查的结果。

要。美国感到中国崛起至少在亚洲地区范围内是其潜在的威胁，而韩国好像沉浸于如何能变中国崛起为机遇。这就显现出国际结构和国家行为体认识之间的差异。

本研究采用建构主义方法，通过比较各国的认识来探讨中国崛起。建构主义认为国际政治的现实并非"赋予"而是通过行为体和结构之间的相互作用来建构以及再建构①。建构主义认为，对国家之间的互相作用，要注重把握各个行为体的行为指标及其理由。为此，建构主义要求对主体的习俗形态与国际体制组织原理进行历史性理解。② 从这种观点看，对于中国崛起所带来的是威胁还是机遇，中国及其周边国家的认识将成为重要变数。

按照建构主义逻辑，对于中国崛起，如果存在威胁的认识居主导地位，那么国际秩序就会陷入不稳定状态；反之，国际秩序能够维持稳定。而且，如果包括美国在内的主要国家和中国国内对中国崛起的认识存在不同的话，那么东亚秩序将会出现相当不稳定的局面。由此，研究中国国内与其主要周边国家对中国崛起问题的认识就非常必要。而建构主义的方法有利于我们分析现在的国际秩序和展望未来的国际秩序。

三　中国及其周边国家对中国崛起的认识

（一）关于中国及其周边国家国民对中国崛起的认识

（1）中国是否已经崛起？为了分析中国及其周边国家对中国崛起的认识，笔者研究了他们对中国影响力的评价，主要包括对目前中国在世界和亚洲的影响力评估、对中国今后 10 年间影响力增加的认识以及对未来中国经济规模和成长的认识等。

首先，中国及其周边国家国民对目前中国在世界和亚洲影响力的认识。除中国外，美国、日本、韩国和澳大利亚等六国国民都认为目前中国的全球影响力低于美国。但差异是：美国国民认为中国和日本的影响力相当；除了印度认为日本的影响力更大外，韩国、日本和中国国民都认为中国的影响力

---

① 申旭熙：《建构主义国际政治理论的意味与界限》，《韩国政治学会报》2002 年 32 集 2 号，第 148 页。

② F. Kratochwil, "Why Sisyphus Is Happy：Reflections on the 'Third Debate and on Theorizing as a Vocation," *The Sejong Review*（Seoul），Vol. 3, No. 1, 1995, pp. 14 - 16.

更大。

从在亚洲的影响力来看，周边国家国民均认为美国的影响力大于中国，而中国国民认为中国的影响力与美国相当；除了印度外其他国家国民均认为中国的影响力比日本更强。

未来10年，中国的影响力即便增加也无法与美国抗衡，但会超过日本（参见表1）。

表1　中、美、日在世界和亚洲的影响力 *

	美国	中国	印度	日本	韩国	澳大利亚
在世界的影响力						
中　国	6.4	7.8	6.0	5.6	6.7	—
美　国	8.5	8.6	7.3	8.5	8.5	—
日　本	6.4	6.7	6.2	5.3	6.5	—
在亚洲的影响力						
中　国	—	8.0	5.9	6.3	—	7.5
美　国	—	8.0	7.1	7.5	—	6.6
日　本	—	6.8	6.0	6.0	—	6.6
10 年后的影响力						
中　国	6.8	8.3	6.2	6.0	—	
美　国	8.0	8.3	7.2	7.8	—	
日　本	6.6	6.7	6.2	5.7	—	

* 影响力最高 10 分，最低 0 分。

但在"50 年后美国霸权的展望"这一问题上，除了中国外，周边国家国民 50% 以上认为中国可能超过美国或可与美国抗衡。长期来看，中国的影响力将可以抗衡美国。

其次，中国及其周边国家国民对中国经济影响力的认识。对于未来中国的经济规模，美国和韩国分别有 95% 和 98% 的人认为，未来中国的经济将和美国相当或强于美国；但中国自身只有 88% 的人持上述看法；在周边国家中，印度仅有 58% 的人持上述看法。对于中国需要多长时间才能赶上美国，韩国和印度分别有 50% 和 46% 的人认为 10 年后的中国将会达到美国的经济水平，但中国只有 24% 的人这样看（参见表 2）。

与对中国经济规模成长展望的积极评价所不同的是，在对"中国的商品开发和技术开发先导作用"评价中，中国和印度各以 7.2 分和 6.2 分作出

表2　对未来中国经济规模的展望

单位：%

	美国	中国	印度	日本	韩国	澳大利亚
中国未来经济规模与美国比较						
中国和美国一样	60	50	22	—	61	—
美国一直强于中国	35	38	36	—	37	—
不知道/无回答	4	12	42	—	2	—
中国经济规模达到美国水平所需时间						
1~5年	18	5	21	—	—	—
6~10年	32	19	25	—	—	—
10~20年	31	24	24	—	—	—
20年以上	16	52	7	—	—	—
不知道/无回答	3	0	23	—	—	—

了相对较高的评价，但美国、日本和韩国则以5.5分、4.3分和5.1分给出了较低评价。而从中国及其周边国家国民对未来10年商品开发和技术开发的先导作用的评价来看，与中国和印度得出的答案"会先进于日本"的结果所不同的是，其他国家的国民认为日本仍会先进于中国。换言之，在这个领域对中国的评价结果是，所有国家都认为虽然10年后中国会有较大进步，但仍无法与美国相比；而对于未来10年中日在此方面的作用，却出现了较大的差异。最值得注意的是，与日美所作的评价相对比，中国在这方面对自身的评价较高（参见表3）。

表3　中、美、日商品开发和技术开发的先导作用[*]

	美国	中国	印度	日本	韩国	澳大利亚
在新商品开发和技术开发方面的先导作用						
中　国	5.5	7.2	6.2	3.4	5.1	—
美　国	7.6	8.5	6.8	7.3	7.3	—
日　本	6.9	7.5	6.3	6.6	7.0	—
10年后的先导作用						
中　国	6.1	7.9	6.5	4.6	—	—
美　国	7.3	8.6	7.1	6.9	—	—
日　本	7.0	7.7	6.4	6.5	—	—

*作用最大10分，最小0分。

（2）中国影响力增强是否构成威胁？中国及其周边国家对中国的影响力有何看法？所有国家的应答者都认为：向世界强国崛起的中国，对本国利益具有决定性威胁。持这种看法的人所占比例是：美国36%，印度43%，日本45%，韩国49%，澳大利亚25%。或者，虽然不是决定性威胁，但也绝对是严重威胁。持这种看法的数据是：美国54%，印度31%，日本47%，韩国42%，澳大利亚52%。

需要关注的是，从中国的经济和军事崛起看，90%以上的中国人作出了积极评价，但中国周边国家在对其经济崛起作出积极评价的同时，却依然对其军事崛起持消极评价。也就是说，对中国经济上的崛起，韩国（59%）、美国（47%）和印度（46%）作出了积极评价；但在军事发展方面，印度（40%）、韩国（31%）和美国（19%）则作出了相当低水平的肯定性评价（参见表4）。

表4　对未来10年中国影响力的评价

单位：%

	美国	中国	印度	日本	韩国	澳大利亚
中国崛起对本国国家利益的威胁程度						
决定性的	36	—	43	45	49	25
重要但不是决定性的	54	—	31	47	42	52
不重要	8	—	18	8	8	22
不知道/无回答	2	—	9	0	1	1
对中国经济强势发展的评价						
总体看是积极的	47	91	46	—	59	
总体看是消极的	46	7	39	—	41	
不知道/无回答	7	3	15	—	1	
对中国军事强势发展的评价						
总体看是积极的	19	90	40	—	31	
总体看是消极的	75	6	46	—	68	
不知道/无回答	7	3	13	—	1	

从上述结果看，对于中国崛起，所有的周边国家都感觉到了威胁。但是，它们在对中国军事崛起作出相当高的否定性评价的同时，却对其经济发展给出了相当高的肯定性评价。

（二）关于中国及其周边国家对“崛起中的中国”的认识

上面的调查结果意味着，中国及其周边国家国民承认中国在当今国际政治、经济、军事上影响力的增强。那么，对于“崛起中的中国”，中国及其周边国家国民的普遍认识和评价如何？为了解这一点，要观察“中国在国际社会上的作用”、“对中国的好感”及“中国对国际规范的接受”的认识与评价。

（1）中国在国际社会的作用。为了分析中国及其周边国家对中国在国际社会所起作用的评价，笔者还研究了“在国际社会中国的行动是否具有责任感”和“在解决亚洲问题上中国所起的作用”的评价。对中国行动是否具有责任感的评价，按日本（83%）、韩国（61%）、美国（58%）、印度（49%）、澳大利亚（38%）的顺序，得出了绝对不是或不是的答案。可以看出，周边国家的评价虽存在程度上的差距，但都有着强烈的否定性。特别是美国（22%）、日本（36%）、印度（19%）国民中的一部分，认为在国际社会中中国的行动完全没有责任感。在对“美国的行动是否具有责任感”的回答中，日本与澳大利亚各以65%、60%的高水准认为美国的行动具有责任感，而韩国（53%）、中国（59%）、印度（52%）则认为其行为不具有责任感，其中中国、印度、澳大利亚分别有20%、27%和19%的人认为美国的行动是完全没有责任感的。与对中国的评价相比，对美国的消极评价相对较少（参见表5）。

表5　中、美在国际上的行动具有责任感吗？

单位：%

	美国	中国	印度	日本	韩国	澳大利亚
中国具有责任感吗？						
绝对不是	22	—	19	36	6	11
不是	36	—	30	47	55	27
有一定的可能	33	—	30	14	37	53
基本可以	4	—	12	2	1	7
不知道/无回答	5	—	9	0	1	2
美国具有责任感吗？						
绝对不是	—	20	27	7	11	19
不是	—	39	25	27	42	20
有一定的可能	—	30	22	50	37	41
基本认可	—	5	17	15	9	19
不知道/无回答	—	7	9	0	0	1

　　但从对"中国在解决亚洲问题上所起作用"的评价看，除美国外，印度、日本、韩国等国家都有 50% 以上的人作出了积极或比较积极的回答，中国则有 80% 的人对自身作出了积极评价。总的看法是，中国在亚洲所起的作用低于美国（参见表 6）。

表 6　中、美在解决亚洲问题上的作用

单位：%

	美国	中国	印度	日本	韩国	澳大利亚
中国的作用						
相当积极	6	55	22	14	4	—
较积极	38	25	40	38	49	—
不太积极	39	7	13	30	39	—
相当消极	8	3	8	18	5	—
既不消极也不积极	3	3	9	—	2	—
不知道/无回答	6	6	8	0	1	—
美国的作用						
相当积极	25	35	35	28	7	—
较积极	52	24	31	48	51	—
不太积极	13	17	9	20	31	—
相当消极	2	12	8	4	9	—
既不消极也不积极	2	3	10	—	2	—
不知道/无回答	6	8	7	—	1	—

　　（2）周边国家对中国的好感。国家好感度及其显示出的意识是测验一国软力量的重要指数之一。具有很高好感度的国家，通过主动的合作与物理的力量能够较为容易地实现自己的利益，继而弱化周边国家的威胁感。所以，中国在实现 21 世纪国家大战略中，不断强调在东亚地区及与周边国家关系上强化自己的软力量，并为此作出了不懈努力。[①] 根据舆论调查，周边国家"对中国和中国人的好感"显示出多样的具有分散度的指数。印度对中国人的好感度居美国和日本之后的第 3 位；日本的情况是，在问卷列出的16 个国家中中国排在澳大利亚、美国、德国、法国、印度尼西亚、印度、墨西哥、沙特阿拉伯、韩国、伊朗、伊拉克等国之后，名列第 14 位；韩国

---

　　① 李来英、Hanul Jung：《通过国际舆论来看对中国威胁论的评价与展望》，《中苏研究》（首尔），2007 年 114 号（夏），第 22～23 页。

的情况是，中国在澳大利亚、英国、德国、法国、美国之后，排名第 6 位；澳大利亚将中国排在英国、日本、美国、印度之后的第 5 位。另一方面，美国对中国人的好感排在英国、澳大利亚、日本、德国、以色列、法国、印度、印度尼西亚、韩国之后的第 10 位；而中国则将对美国的好感排在韩国、朝鲜、法国、德国、澳大利亚、英国、墨西哥、印度、沙特阿拉伯、伊朗、印度尼西亚、伊拉克、以色列之后的第 14 位。这意味着，韩国、澳大利亚和印度的国民对中国有较高的好感度，但日美对中国与中国对日美的相互好感度较低（参见表 7）。

表 7 对不同国家的好感度 *

单位：%

	朝鲜	德国	墨西哥	以色列	英国	中国	沙特	法国
美 国	23	57	47	54	71	40	34	46
中 国	72.6	68.2	62.5	54.7	64.9	—	59.8	68.3
印 度	53.2	54.4	48.4	46.5	52.8	53.5	48.7	50.5
日 本	6.7	59.3	48.7	34.9	58.4	30.3	44.3	56.2
韩 国	48.6	61	54.2	51.1	63.1	56.9	54.1	60.3
澳大利亚	42.8	—	—	55	74	61.1	—	—

	韩国	印度	日本	美国	澳大利亚	伊朗	印尼	伊拉克
美 国	44	46	58	—	69	21	41	27
中 国	73	61.6	36.04	50.6	65.1	58.2	57.4	55.9
印 度	47.5	—	53.5	56.9	51.8	45	43	42.5
日 本	40.7	49.4	63	63.8	33.9	50.1	31
德 国	—	56.3	39.0	58	65.1	46.9	52.2	42.6
澳大利亚	56.1	62	64.1	62.1	—	43.1	49.5	43.9

 * "一般" 为 50% ， "很友好" 为 100% ， "很敌对" 为 0% 。

（3）中国对世界经济规则和国际规范的接受。现今中国在主动接受世界经济规则和国际规范的同时，是否实现了国家的自身利益？或者像一部分研究者所评价的，其并非顺应国际规范，而是对其进行战略性的使用呢？[①]这表明，分析崛起的中国是否能与其周边国家和平共存具有重要意义。

首先，对于全球化问题，87% 的中国人认为它对中国的国家利益起了积

① 韩硕熙：《中国的崛起和责任大国论：以西方和中国的认识差异为中心》，《国际政治论丛》，2004 年第 44 集 1 号，第 191～209 页。

极作用，日本（92%）和韩国（86%）也有同样看法。但是，主导全球化的美国只有60%的国民作出了积极评价。在印度尼西亚、澳大利亚和印度分别有61%、60%、54%的国民认为全球化对本国有积极影响。

其次，中国国民对国际机构的意见或决定的必要性作出了较高评价，也对国际机构的决定作出了相对主动的支持。表8就"国家在处理国际问题时，无论在何种情况下，都必须在联合国框架下制定政策"这一主张对五个国家进行了调查。其中，同意率最高的中国为78%，日本是65%，美国为60%，接下来为韩国（48%）、印度（44%）。同时，对于"国内法与WTO决策相冲突时，要服从WTO的意志"这一问题，和美国（73%）及日本（64%）相比，中国则只有58%的较低同意率，但可以看出它比韩国（37%）和印度（37%）更加主动地遵守国际规范。

并且，中国国民认为，中国政府应改变对国际社会的被动性态度，要对国际事务发挥主动性作用和负责任国家的作用。87%的中国应答者认为在世界舞台上的积极应对和参与，对中国的未来是有必要的，也是恰当的（参见表8）。

表8 针对下列问题不同国家民意调查结果

单位：%

	美国	中国	印度	日本	韩国	澳大利亚
国家在处理国际问题时，无论在何种情况下，都必须在联合国框架下制定政策	60	78	44	65	48	—
国内法与WTO决策相冲突时，要服从WTO的意志	73	58	37	64	37	—
本国应主动参与全球性问题的解决进程	69	87	56	74	81	—
国家崛起应顺应国际规范的发展	65	—	40	72	—	—

从上述观点可以看出，中国在遵守国际规范并因此获益的同时，也愿意承担相应的义务。这意味着崛起的中国愿意与国际社会保持共存合作关系。

四 评价与展望

对于"中国的崛起"与"崛起中的中国"，中国及其邻国国民的认识是很具有复合性的。也就是说，中国与邻国国民之间以及中国邻国国民之间的反应显现出不同点，在不同领域也显示出认识的偏差。

首先，中国及其周边国家的意识比较。对于中国在国际社会与亚洲的影响力和今后展望的评价，中国自身的评价高于其周边国家；但对于中国未来经济规模的展望，中国自身的评价则较低。对于中国军事影响力的增强，中国人自己作了积极评价，周边国家则作出相对较低的积极评价；对中国在国际社会所起作用的评价，中国人自己作了较积极的评价，但周边国家则作出相对较低的评价。

其次，周边国家之间的偏差。对于"中国的崛起"和"崛起中的中国"的认识，周边国家间互显偏差。①从周边国家对中国的世界和亚洲影响力的评价看，韩国和美国作出较高的评价；但日本给出中国的亚洲影响力 6.3 分的较高评价的同时，却作出中国的世界影响力 5.6 分的较低评价；印度对中国的世界影响力评价为 6.0 分，对中国的亚洲影响力的评价为 5.9 分。对于中国今后影响力的增加，印度和日本的评价低于美国。对于中国经济规模的展望，美国和韩国作出较积极的评价，印度则作出较低的评价。②对于中国影响力的强化，澳大利亚和印度认为并无威胁感，但美国、日本和韩国产生了相对较高的危机感。对于中国的经济增长，韩国作出 59% 的较高水准的评价，美国与印度分别以 47% 和 46% 表现出较低的评价。对于中国军事实力增强的趋势，美国和韩国各以 75%、68% 作出极端消极的评价，而印度以 46% 作出相对积极的评价。③对于中国在国际社会中的作用，日本（83%）、美国（58%）、韩国（61%）以"绝对不是"或者"不是"作出消极评价，但印度与澳大利亚各以 49% 和 38% 的比率作出相反的评价。对于解决亚洲问题，印度 62% 的国民作出积极评价，日本 52% 的国民和韩国 53% 的国民持中立观点，美国则以 44% 作出相对较低的评价。④从对中国的好感来看，韩国、澳大利亚和印度对中国的好感度较高，日本与美国则较低。

再次，领域偏差。①对于中国在世界和亚洲政治影响力的增强，周边国家预测未来 10 年中国仍无法与美国相抗衡。对于中国经济规模 10 年后超出美国的可能性，印度和美国各以 46% 和 50% 的数据作出预测。这意味着对中国经济增长的评价比政治影响力的评价更为乐观。②对中国经济影响力和经济总量规模增长等方面都作出了较乐观的评价，但在中国技术开发及商品开发的领先作用上作出了较低的评价。③中国周边国家对中国军事影响力的增加作出了消极评价，但对中国经济影响力的增加作出了积极评价。④对中国在亚洲所起作用的评价远远高于它在国际社会中所起作用的评价。

最后，对美国的认识和比较。在各个领域，周边国家对中国的评价都明显低于美国。①与中国对世界及亚洲所具有的影响力相比，美国的影响力不但现在高于中国，未来10年也会如此。而且，人们预测50年以后，即使美国的霸权受到其他国家的挑战，但中国和印度超过美国的可能性也只有27%和23%，其他国家则均低于20%。另外，虽然对中国未来经济规模作出了积极展望，但这并不是说中国的经济会超过美国，而是说在商品开发和技术开发上，中国比美国更具有领先作用，以后可能起到更突出的作用。②对在国际社会中的作用，相对于中国，美国受到更为积极的评价。也就是说，对于"国际社会具有责任感的行动"，美国所得到的评价高于中国，在亚洲问题的解决上，对于美国所起作用的积极评价也高于中国。③对中国的好感度，韩国、澳大利亚、印度、日本等所有周边国家（美国除外）对美国的好感均高于中国。

五 结论："崛起中的中国"是威胁还是共存对象？

从分析结果可以看出，中国及其周边国家都不同意现实主义或自由主义所提出的威胁或机遇这样的片面性观点。具体来说，对中国及其周边国家舆论的调查结果比较符合折中主义观点，即存在着两面性和复合性。也就是说，对于"中国的崛起"以及"崛起中的中国"，中国及其周边国家以及周边国民之间都存在认识上的偏差，而且在各个领域也显示出不同的观点。

根据对中国国民的舆论调查，"中国威胁论"的说服力并不那么高。因为相对于向军事大国化发展来说，中国国民更加支持和希望中国与国际社会接轨。他们认为，中国应具有对各种国际事务的责任感以及对国际秩序的容纳态度。并且，除了日本和美国之外，中国人对周边国家均表示出友好态度。对中国来说，虽然希望将来能赶上美国的能力，但这是比较长期的愿望，从现在来看，大部分中国人都承认中美之间所存在的实质性差距。

但是，与此同时，中国及其周边国家对中国崛起认识的不同使"中国威胁论"有一定市场。首先，多数中国人认为，中国在经济和军事上都要提高自身的实力，但周边国家对中国成为军事强国存在忧虑，从这点可以看出国家之间存在明显的认识差异。其次，虽然周边国家之间存在着认识上的差异，但对中国都作出了比较低的评价。也就是说，大部分周边国家对中国在国际社会中所起作用的评价是比较低的。而且美国和日本等一些国家对中国的好感度也显得较低。这就意味中国还未获得周边国家对其足够的信任和好感。再次，中国及其周边国家的国民都承认中国和美国之间存在着国际性影响力的差距，因此短期内并不担心中美之间的霸权竞争，而是担心中美国民的互不信任和不太友好的意识。

因此，我们可以说中国的崛起在给美国和中国周边国家带来很大机遇的同时，也会产生相对的威胁。在这种条件下，把崛起中的中国简单定义为"威胁势力"或"机遇"是不妥当的，也是不可能的。周边国家对中国的意识及态度相当程度上是由其所处的时代特征和中国的行为决定的。

第三部分

日本亚洲外交与日美同盟

21 世纪日本对美、对亚外交的抉择

金熙德*

21 世纪初期，日本外交依然面对着 19 世纪后期以来的基本问题——如何对待亚洲和西方的问题。如何看待美国和中国，是其最新表现形态。本文拟对近代以来日本外交的几次重新抉择过程进行梳理，然后就其最新动向及其未来趋势作一展望。

一 "西方冲击"下的主动抉择——"脱亚入欧"

19 世纪中叶，面对英国击败清朝、美国"黑船"来航、俄罗斯日益北上的"西方冲击"，日本发生了以"王政复古"为形态、以维新改制为实质的明治维新。

1885 年 3 月 16 日，福泽谕吉在《时事新报》上发表了"脱亚论"。其中曰："国内无论朝野，万事皆采用西洋近代文明，不仅要脱去日本旧习，而且还要在全亚细亚洲中开创出一个新的轴心，其主义所在唯'脱亚'二字。""作为当今之策，我国不应犹豫，与其坐等邻国的开明，共同振兴亚洲，不如脱离其行列，而与西洋文明国共进退。""与恶友亲近者也难免成为恶友。我们要从内心谢绝亚细亚东方的恶友。"①

与此相对立的是各种类型的"亚洲主义"（"亚细亚主义"），其基本

---

* 金熙德，中国社会科学院日本研究所副所长、研究员。

① 福泽谕吉《脱亚论》，日文原文见 http：//www.chukai.ne.jp/~masago/datuaron.html。当今日本最大面额纸币一万日元上印着福泽谕吉，足见其在日本的重要地位。

类型有"亚洲盟主论"式的亚洲主义和"儒家共同体"式的亚洲一体化论。

在这一时期，日本确立了以"亚洲对西方"的模式看世界的思维模式，并选择了以"脱亚入欧"为核心理念、以军事崛起和称霸东亚为目标、以武力扩张为途径的外交路线。这一路线引领日本由弱到强，再走向恃强凌弱，直至惨遭战败。① 在这一过程中，亚洲主义以编造"东方人对西方人的战争"逻辑的方式为日本侵略亚洲的路线服务。

对上述进程和结局，第二次世界大战后的日本政界主流并没有真正从深层加以总结而达成共识，日本社会也没有真正从深层进行民族反省而吸取历史教训。这突出地表现在对日本发动的那场侵略战争的态度上。② 例如，不少日本人认为，那场战争是输给了美国而不是亚洲，输在战争能力上而不是输在非正义性上。在这种未能或未来得及进行总体深层反思的情况下，日本外交匆匆迎来了第二次抉择。

二 "美国占领"下的被动抉择——"脱亚入美"

第二次世界大战后，日本被美国单独占领七年。在此期间，日本接受了美式的战后改造，在被动抉择和主动抉择的合力下确立了以"日美基轴"和"经济外交"为两大支柱的战后外交体系。"脱亚入美"是其理念基础，"经济崛起"是其价值追求。

战后数十年来，日本通过身居"美主日从"的日美同盟框架而获得了安全和发展，同时在外交和理念上受到美国因素的强烈影响和制约。

日本对美国的态度，是现实利益与意识形态重塑相结合的过程，同时也是其结果。在这一过程中，日本出现了大量为日美关系的正当性进行论证的理论，从而形成了日本人自我束缚而难以自拔的话语体系。"日本是太平洋两岸国家"、"日本是海洋国家"、"日本与大陆势力为伍必然失败"、"日美

---

① 五百旗头真（现任日本防卫大学校长）认为，如果从学习西方的观点看，"脱亚入欧"本身不应受到责难，问题在于"实现现代化以后的日本染指了亚洲"。"日本并不希望中国、韩国等亚洲各国走与自己相同的道路。"（五百旗头真主编《新版战后日本外交史 1945～2005》，吴万虹译，世界知识出版社，2007，中文版序。）

② 《读卖新闻》总裁渡边恒雄写道："日本……从来没有以日本国家或者日本人民的名义自主追究过战争责任。"（日本读卖新闻战争责任检证委员会：《检证战争责任：从九一八事变到太平洋战争》，新华出版社，2007，序。）

同盟最适合日本利益"等说法，是其中的一些代表性表现。

对日本而言，"以日美关系为基轴"的外交其实是一把双刃剑，有利也有弊，有得也有失。在这一外交框架下，日本得到了安全和发展，但在很大程度上失去了外交自主性。

日本地处东亚。第二次世界大战后，恢复、改善和发展与东亚各国关系，是其营造真正具有安全感的周边环境和获得地缘经济利益的必由之路。从战后初期到 20 世纪 70 年代初期，亚洲各国在美苏冷战格局下处在被分割的状态。在交往对象国家范围受到限制的条件下，日本在历史因素与现实因素的强烈影响中，逐步推行了以东南亚、南亚部分国家和韩国为重点对象的亚洲外交。

三　"东亚腾飞"下的重新抉择——"入美入亚"

20 世纪 70 年代初期到 20 世纪 90 年代初期，随着日本经济的腾飞和中日关系的发展，日本政界主流开始重新审视自身的外交路线。其主要背景是，美国亚洲政策的调整特别是中美实现和解、日本经济成为世界第二以及东亚经济依次实现"雁行"式的腾飞。

这一时期日本确立的新战略目标是"从经济大国走向政治大国"，其基本外交理念是"入美入亚"，其途径是开展平衡外交，促进国际社会多极化。为此，日本先是推动"日美关系对等化"和"对美、对亚关系平衡化"，继而主张"日美欧三极论"，直至提出"日美关系和日中关系同等重要"。

然而，1994 年以后，日本外交的钟摆重新摆回依靠美国的一边。日本制定了"借船出海"、"挟美制亚"、"协美抑华"的外交路线。这种大幅度的战略回摆与日本"泡沫经济"破灭、"1955 年体制"崩溃、美国景气的恢复和中国经济的腾飞等内外环境的巨变有着密切关联。

20 世纪 60 年代以来，日本一直在孤独地推动着区域经济合作。1997 年亚洲金融危机以后，东亚经济合作进程加速，特别是中国也从更加偏重双边主义转向越来越重视区域合作。对此，日本既喜又忧。喜的是，其一直推动的区域合作正在从理想变成现实；忧的是，区域合作开始超出日本所能掌控的范围，特别是中国在其中的影响日益增大。日本的亚洲外交开始出现微妙的变化，表现为既要推动区域合作，又要处处围堵中国。

在新的内外条件下，日本外交表现出了"战略贫困"和"战略困惑"，其第三次外交抉择进程勾勒出了一进一退、迂回曲折的复杂轨迹。

四 "中国冲击"下的艰难抉择——"亲美入亚"

有的日本学者认为，目前日本正在受到"中国的冲击"，表现出对"中国地位上升、日本地位下降"的现实尚不适应、"尚未摆脱日本＝优者、中国＝劣者的固定观念"。[①]

面对中国的崛起，日本学者认为："近代以前的'大中华世界'重建的潮流正在出现。日本是挡回这一潮流呢，还是被这一潮流卷入呢，抑或保持孤高呢？但有一点很明确，那就是日本无论如何也要作出抉择。"[②]

日本何时将作出抉择？将作出何种抉择？21世纪初期登场的几任内阁首相分别作出了不同的回答。

2001年4月上台的小泉首相采取了"从美轻亚"或"对美追随，对亚强硬"的政策，在大力强化对美协调的同时，以六次参拜靖国神社等强硬姿态严重恶化了与中韩朝等邻国的关系。小泉常说"只要日美关系稳定，其他对外关系就会迎刃而解"。如此极端的随美姿态，在战后日本外交史上亦不多见，比20世纪50年代末期岸信介内阁的外交路线有过之而无不及。经过五年半的小泉执政期，日本各界出现了"小泉疲劳"、"参拜疲劳"、"随美疲劳"现象。连美国也对日本在亚洲地位的下降感到担心，开始对日本在历史问题上的强硬做法进行"轻度敲打"。

2006年9月上台的安倍首相部分修正了小泉外交，改善了与邻国的关系，特别是打破了日中之间的"政冷"僵局，启动了两国共同构筑"战略互惠关系"的进程。但同时，安倍首相又大力提倡"价值观外交"，推动构筑"日美澳印价值观联盟"和欧亚大陆"自由与繁荣之弧"，意在中国周围构筑一堵意识形态围墙。这种"两面下注"战略，自然引起了中国学界和舆论的高度关注和严厉批判。

---

① 〔日〕沟口雄三：《中国的冲击》，东京大学出版会，2004，第15页。
② 〔日〕家近亮子：《日中关系的现状》，载〔日〕家近亮子等编《站在十字路口的日中关系》，晃洋书房，2007，第5页。

2007 年 9 月上台的福田康夫首相，因其父亲福田赳夫首相曾于 1977 年提出"福田主义"①，其本人又一贯注意把握对美关系和对亚关系的平衡，因而备受亚洲各国的关注和期待。福田上台之前就声明，如当选首相，在任内不会去参拜靖国神社，上台后又宣布将首访美国，从而向亚洲邻国和美国都发出了友善的信号。福田曾主张要在坚持"福田主义"基本精神的前提下，推动东亚合作进程。如今，福田是否将提出超越"福田主义"的新的外交构想体系——"新福田主义"，已经成为一个世人关注的焦点。

福田首相能在日本外交抉择上留下何种印记，将在很大程度上取决于其执政前景。面对在野党"逼宫"的存亡危机，福田"临危受命"，肩负着维护该党政权、实现绝处逢生的重任。福田将如何应对朝野各执众参两院牛耳的"拧劲国会"，能否提出振奋人心的内政方针，近期内能否在国会通过新的《反恐特别措施法》，明年初能否通过新的财政预算？就执政时间而言，只有赢得一场众议院大选，福田才有望成为长期执政的首相。

在这一前提下，呼之欲出的"新福田主义"将是对小泉、安倍路线的适度调整、向"福田主义"和"外交三原则"②的某种回归以及对日本外交新方向的小心探索。

就日美关系而言，福田不会改变重视日美同盟的路线，将继续推动日美军事一体化。目前，日美关系面临着一场考验。2007 年 11 月 1 日《反恐特别措施法》将到期，在印度洋支援美军的日本舰艇将不得不在一周内返航。如果新的《反恐特别措施法》不能在目前的临时国会通过，日本将面临难以在印度洋继续支援美军的局面。③虽然日美关系不至于因此而发生根本性变化，但日本国内政局的动荡局面可能给日美关系调整进程增添不确定因素。

在日中关系上，福田首相将为"中日战略互惠"赋予哪些新内涵，提

---

① 福田赳夫在首相任内曾有两项重要建树：一是 1977 年 8 月 18 日在马尼拉发表《我国的东南亚政策》中提出的"福田主义"，其要点是"日本不做军事大国"、"与东南亚国家建立心心相印的信赖关系"、"积极提供经济合作"；二是于 1978 年 10 ~ 11 月间与中国缔结《中日和平友好条约》。

② 日本 1957 年第一版《外交蓝皮书》提出的"外交三原则"是：与西方国家保持一致；坚持亚洲一员的原则；坚持联合国中心主义。

③ 美国政府正在不断向日本政府、自民党乃至民主党施加压力。如美国驻日大使希弗曾多次面见日本政府高层人物以及民主党党首小泽一郎等人，表示日本如不能继续在印度洋向美军提供支援，美日关系将受到损害。

出何种更高、更新的概念，对安倍推行的"价值观外交"将采取何种态度，这将是影响中日关系发展进程的重要变数。随着"历史问题"得到缓解，两国间的"利益问题"将进一步得到突显。这将是中日关系发展进程中的一个必经阶段，其中也将难以完全避免新的震荡和局部倒退。

在区域合作和一体化问题上，福田内阁将提出何种新的构想和措施？2007 年 11～12 月的亚太经合组织领导人非正式会议、10＋3 会议和东亚峰会以及伴随这些会议的双边访问，将是人们一睹"新福田主义"是否亮相的时机。

五　21 世纪的抉择——如何对待美国和亚洲？

日本有无战略，或有无清晰的战略，这是日本学者时常议论的话题。一些日本官员和学者中的一种代表性意见认为，中国学者往往过高估计了日本的战略规划能力，因而试图在日本外交行为背后发现精心策划的战略。另一种具有代表性的意见则是，由于第二次世界大战后日本外交从战败地位重新起步，因而形成了以追求经济发展为主，在政治外交上含蓄和不张扬的风格。① 不管怎样，冷战结束以来日本外交正在经历缓慢而艰难的重新抉择过程，这一点是十分清楚的。

20 世纪 90 年代上半期以来，日本各界精英经过一番战略论争②，主张继续"脱亚入美"的一派意见战胜了主张"脱美入亚"或"入美入亚"的另一派意见，依靠美国的支持来"借船出海"的思路成为日本执政势力的主流见解，"远交近攻"、"挟美制亚"、"协美抑华"成为其基本外交方针。

21 世纪初以来，日本决策层及其智囊们的主流见解是：其一，在可预见的将来日本在外交和防卫方面不可能完全摆脱对美国的依赖；其二，如何应对日益强大的中国将是 21 世纪日本外交面临的最大挑战。③

目前，日本决策层和主流政治势力推行的外交战略主要包括：第一，继

---

① 五百旗头真认为："如果说战后日本外交有些缺憾的话，它所欠缺的是建立国际新秩序的理念和构想以及为此而奋斗的实力、震撼世界的理论和话语以及国际共鸣的斗士的风格和威信。"尽管如此，日本"要对自己的外交风格抱有自信，而且给予其恰当的表现能力"。（五百旗头真主编《新版战后日本外交史 1945～2005》，第 241 页。）
② 金熙德：《冷战后日本对外战略论争》，《世界经济与政治》2001 年第 11 期。
③ 金熙德：《战略创新乎，战略贫困乎——评小泉咨询机构的〈21 世纪日本外交基本战略〉》，《日本学刊》2003 年第 1 期。

续加强日美同盟，加快日美军事一体化步伐；第二，稳定和改善与中韩等邻国的关系，特别是要避免对华关系出现"硬着陆"和迎头相撞的局面；第三，向中国周边欧亚大陆各国展开扩大其影响的"价值观外交"。

就外交战略的宏观思路而言，当前日本各界精英围绕对美、对亚关系问题存在着若干不同思路。第一，"脱亚入美"派，一部分亲美派、右翼势力以及对亚强硬派持这种立场。第二，"脱美入亚"派，一些左翼人士、新亚洲主义者以及经济界人士持这种立场。第三，"亲美入亚"派，一部分知美派和稳健派持这种立场。① 第四，"入美入亚"派，各派中的现实主义者持这种立场。② 第五，"脱美脱亚"派，一些极端民族主义者和海洋国家论者持这种观点。

从日本决策层的动向、各界精英的主流见解看，在可预见的将来，日本强化日美同盟的趋势还将继续。在此前提下，日本的目标是要以自己的意志改造第二次世界大战后形成的亚洲秩序和联合国体制，成为亚洲主导性国家和联合国安理会常任理事国。

在坚持对美关系第一的条件下，日本外交始终面临着追随美国与开展亚洲外交的矛盾，其突出表现是：在东亚地区合作进程中受到美国的强烈牵制；在处理日美关系与日中关系时也陷于一种死结，如日本在台湾问题上的立场处在美国立场的限制范围之内；在对朝关系上则总是比美国的步伐慢一拍。

在"美主日从"的日美关系框架下，日本的"政治大国"或"普通国家"路线与结盟外交之间也存在着深刻的矛盾。就日本而言，要想真正成为"普通国家"，实现军事独立是其前提条件之一。而美国能否容忍日本脱离美国、实现军事独立还是一个未知数。近年来，日本各界人士纷纷要求重新审视对美关系，主张应与美国保持一定距离，建立更加对等的日美同盟关系。日本一些政要主张在外交上要有独自的坐标轴，不做"第二个英国"，而要求建立"世界之中的日美同盟"。

近年来，日本执政势力选择的走向"普通国家"的途径与方式，在历

---

① 五百旗头真主张，"未来的日本外交在坚持日美同盟的同时，还应该坚持日中协商，使日美、日中关系成为两个基轴。""对于中国来说，在今后相当长一段时间内，建立与维持日美中合作框架，不失为明智之举。"（五百旗头真主编《新版战后日本外交史 1945～2005》，中文版序。）

② 自民党议员加藤纮一等推动建立"中美日正三角关系"的主张，属于这一类型。

史与现实两大领域引发和加深了中日间的结构性矛盾。从长远的观点看，日本放弃对华防范战略而彻底转向对华友好合作战略，有赖于中美战略合作关系的稳定与发展、中日战略互信与合作的不断深化、中国"和谐社会"建设与"和谐外交"的进一步成功以及东亚区域一体化的长足进展。

2001 年以来，日本在与韩国、蒙古、东盟各国、印度的关系上明显加大了与中国竞争的力度。这不能不是一种重新分裂亚洲，使之在新形势下向 20 世纪 70 年代以前倒退的政策。在这一局面下，中日美加上其他亚洲国家形成了复杂、微妙的四边互动关系。中美日亚四边关系向何处去，这将取决于多种双边和多边因素的变化。

近年来日本对中国"崛起"的过度反应，既有夸大中国威胁、为其走向政治与军事大国制造舆论的"虚"的成分，也有对中国的未来感到不确定的"实"的成分。中国则并没有把日本视为主要威胁，也没有一个对抗日本的政策，而只有视日本为重要邻国和合作伙伴的方针。鉴于日本的上述政策，中国一方面应作出合理的反应，另一方面应继续推动与日本历史和解和战略合作的进程，同时致力于推动中美日亚四边关系朝向和谐与合作的方向发展。就日本而言，如何为 21 世纪的对美、对亚外交定位，特别是为对美、对华外交定位，将是其在一定时期内不可回避的课题。

试析美国因素对中日关系的影响[*]

于铁军[**]

从历史上来看，美国因素在中日关系的发展过程中一直是一个挥之不去且影响重大的因素。在日俄战争结束之后到日本发动侵华战争之前，日美在中国的争夺是中日关系展开的主要背景。在第二次世界大战中，中美携手最终击败了暴虐的日本军国主义。冷战期间，美苏的争霸又为中日关系的发展设定了主要的框架。虽然在此期间，中日关系也体现出某些独自的发展动力，如中日经济关系和中日民间外交的开展等，但只是等到1972年尼克松访华之后，中日邦交正常化的进程才开始启动，从中可以看出美国因素对于中日关系之制约。

冷战结束之后，美国成为世界上唯一的超级大国。尽管由于"9·11"事件之后美国对外政策中的很大一部分精力为反恐所占据，并且现在深陷于伊拉克战争和阿富汗战争之泥潭，其对世界上其他地区的关注程度有所下降，但其强大的综合国力仍然对世界上各个地区产生着巨大的影响。无论从政治、经济还是军事等各个方面来看，美国目前仍是对东亚影响巨大的国家。要深入研究和理解中日关系在冷战后的发展状况，撇开了美国因素，便无法获得一幅完整的图像。

中日美三国关系之联动，在近几年国际政治实践和智库及战略家关于未来东亚安全的战略思考中，也是随处可见的。2006年9月14日，美国众议院国际关系委员会就日本的历史问题举行了一次题为"日本与邻国的关系：退回未来？"的听证会。听证会的主题是讨论因小泉参拜靖国神社而恶化的

* 本文得到北京大学中国与世界研究中心的资助，特此致谢。
** 于铁军，北京大学国际关系学院副教授。

中日关系。这是美国国会首次因担心日本与中国之间的紧张关系而举行听证会。虽然该听证会只限于美国国会中的讨论，并不代表政府的对外政策，而且也并没有得出什么确定的结论，但它在中、日两国当中都引起了相当的关注，这再一次表明美国因素对于中日关系的重要性。

2006 年 9 月发表的旨在为新时期的美国大战略建言献策的《普林斯顿报告》一方面认为，"美中关系可能是 21 世纪最重要的双边关系"，并称"美国的目标不应当是阻碍及遏制中国，而应当是帮助中国在目前的国际秩序中实现其正当合理的抱负，成为亚洲政治和国际政治中负责任的利益攸关方"。但与此同时，报告又对中国政治、经济和军事力量及其在东亚地区影响力的上升表示关注，其所建议的应对之策是加强美国在东亚地区的双边军事同盟，特别是美日同盟，并筹建一种包括中国、俄罗斯、日本和韩国在内的地区安全制度，共同商讨本地区的事务。[1] 2007 年 2 月发表的第二份《阿米蒂奇报告》主要是讨论美日关系，但其中的很大一部分篇幅也是围绕中国而展开的。[2]

有鉴于中日美三边关系的联动性，本文将对当前以及未来 10 ~ 15 年美国因素对中日关系所可能产生之影响进行讨论。由于美国因素未来对中日关系的影响很大程度上取决于中日美三国在各自国家安全战略中对彼此的定位以及美国对当前中日关系的认识与判断，所以本文将主要围绕以下几个方面展开：①中美日三国在各自国家安全战略中对彼此的定位；②美国政府及精英层对当前中日关系的看法；③未来 10 ~ 15 年美国因素对中日关系的影响；④中美日三国协调与地区安全机制并行，是保障未来东亚安全与稳定的现实可能的途径。

一　中国和日本对美国的战略定位以及
美国对中日两国的战略定位

由于美国庞大的国力及其在东亚地区乃至整个世界上的影响力，美国在

---

①　The Princeton Project on National Security, *Forging a World of Liberty Under Law: U. S. National Security in the 21st Century*, The Woodrow Wilson School of Public and International Affairs, Princeton University, September 27, 2006, available at http://www.wws.princeton.edu/ppns/report/FinalReport.pdf.

②　Richard L. Armitage and Joseph S. Nye, "The U. S.-Japan Alliance: Getting Asia Right through 2020," *Center for Strategic and International Studies*, February 2007, available at http://www.csis.org/media/csia/pubs/070216_asia2020.pdf.

中国和日本两国的国家安全战略中均占有头等重要的地位。虽然中国和日本没有类似美国那样明确的国家安全战略报告，但通过两国一些重要的政府文件、国家领导人的讲话和思想库的报告等，仍可大致了解美国在两国国家安全战略中的定位。

中国在未来 10 ~ 15 年当中的中心工作是在国内建设小康社会，为此需要确保中国有一个安全稳定的周边环境，以使国家的总体发展目标得以顺利完成，这成为中国对外战略的中心任务。作为维持现行国际体制运行的主要国家，美国不仅是我国商品出口的主要市场和投资、技术的主要来源国之一，更是对中国国家安全影响最大的国家。在中国和平崛起和完成国家统一大业的过程中，美国无疑是最重要的外部制约因素。

对于日本而言，美国更是头等重要的国家。第二次世界大战结束以来，美日同盟一直是日本国家安全战略的基石，这是日本历届政府都坚持的立场。20 世纪 90 年代中期，日美两国进行了冷战后美日同盟的重新界定。小泉在其执政的五年期间，积极强化日美关系，在阿富汗战争和伊拉克战争及战后重建中都给美国提供了重要的支持。近年来，两国正在紧锣密鼓地进一步强化美日同盟，尤其是在合作开发及部署弹道导弹防御系统和军事指挥一体化方面，都取得了相当的进展。作为具有"与强国为伍"外交传统的日本，与最强大的国家美国保持密切的关系仍将是未来 10 ~ 15 年中日本国家安全战略的核心组成部分。这一点并不会因为日本首相的更替而发生大的变化。

中国和日本是两个近邻大国，它们之间的双边关系自然是非常重要的，其发展也有着自身独立的逻辑。中日关系中的许多问题，并不是美国所能决定的。但由于对美关系在中日两国领导人的总体战略议程上都占据主要的地位，所以它们必然会影响到中日关系。在许多情况下，中日领导人在思考中日关系时，美国作为一个或明或暗的背景，都是一个不能不考虑的因素，美国因素对中日关系的影响主要是通过这种方式而体现出来的。

在美国的国家安全战略中，中国一直是一个被给予重点关注的国家。在过去的 15 年中，无论是民主党还是共和党当政，美国的对华政策变化并不大，基本上包括两个要点：首先，在经济、政治和社会各领域内奉行一种与中国交往的政策；其次，对中国保持防范，即通过保持和加强在亚洲的传统同盟关系，其中最重要的就是依靠美日同盟，保持美国在东亚的军事存在和前沿防御，以应对未来可能出现的紧急情况，包括与一个日益强大的中国关系出现恶化的情况。美国的近期和中期战略目标是：创造条件，鼓励中国成为前副国务卿佐利克于 2005 年 9 月所提出的当前国际体系的"负责任的利益攸关方"，使中国成为一个维持现状国。就长期目标而言，美国领导人希望交往政策会使中国现政权的性质发生根本性的变化，逐渐迈向西方式的自由民主制度。

当前的中美关系有喜有忧，既包含合作的方面，也包含竞争的领域，是一种非敌非友的关系。一方面，两国的经济关系日渐加深，给双方都带来了巨大的利益；外交关系总体而言也是好的，双方首脑及高级官员经常互访，并设立了副部长级国家安全磋商机制，就各种彼此关心的问题，如汇率、知识产权保护、反恐，以及伊朗与朝鲜的核问题等经常性地相互交换意见；2007 年 11 月，美国国防部长盖茨访华，两国军方建立了"热线"；两国人民包括留学生、商务人员和学术界人士之间的交流也有很大发展。另一方面，两国关系中还存在不少争吵和摩擦。两国之间的经济相互依存虽然日渐加深，但也带来了很多问题，如人民币升值、贸易收支不均衡等。美国基于自身的价值观，仍然对中国的人权问题指手画脚。台湾问题的紧张程度虽比前几年有所缓和，但问题并没有得到解决，仍然具有潜在的危险性，在台湾岛内"入联公投"的阴影下，中美关系仍然需要经受考验。虽然中美都声称保持友好合作关系对两国都有利，但随着中国国力的日渐强大，中国在国际事务中的影响力不断上升，美国对中国的猜忌心理也在加重，双方在亚洲及其他地区的竞争呈现上升趋势。

相对于对中国非敌非友的战略定位，美国清晰地将日本定位为自己在东亚最亲密的盟友，将美日同盟视为美国东亚安全政策的基石，并认为两国所共有的民主制度将为双方的国际合作提供坚实的基础。这在小布什政府 2002 年、2006 年发表的美国《国家安全战略报告》中都有明确的表述。①2005 年 2 月和 2005 年 10 月，美日两国两度进行"2＋2"会谈，明确列举了两国在亚太地区欲实现的 12 项战略目标和在全球欲实现的 6 项战略目标，并确定两国将通过以下步骤加强双边安全合作：紧密、持续的政策和行动协调；推动双边的应急计划；加强情报分享与情报合作；促进装备的共同运用

---

① The White House, *The National Security Strategy of the United States of America* (Washington D. C. : September 2002) ; and The White House, *The National Security Strategy of the United States of America* (Washington D. C. : March 2006).

性；扩大在日本和美国的训练机会；美军和自卫队设施的共享；弹道导弹防御等。在小泉执政的五年中，美日之间的合作尤其是军事方面的合作有了较大的进展。在安倍执政的一年中，美日关系保持了稳定。福田政权刚刚上台，虽然两国之间存在日本自卫队是否继续在印度洋向美军供油、驻日美军整编，以及日本对进口美国牛肉施加限制等诸多悬案，但这些问题并不足以对美日关系造成重大的冲击。

关于日本对于美国的重要性，曾任美国国家安全委员会负责亚洲事务高级主任的迈克尔·格林（Michael Green）2006 年在美国国会作证时列举了以下几点：美国越来越依靠日本在维护国际和平、稳定和发展方面发挥积极作用；日本是联合国、国际货币基金组织和政府海外援助的第二大捐款国；日本是国际反恐斗争中的一个关键伙伴，它向美国在阿富汗的军事行动提供了后勤支援，为阿富汗的战后重建提供了大笔资金，日本自卫队在伊拉克参与了重建工作，也是最先承诺向伊拉克提供大笔财政援助的国家之一；在亚洲，日本向美国提供至关重要的军事基地，并每年向驻日美军提供 50 亿美元的驻在国援助经费；在该地区筹建"东亚共同体"的过程中，日本坚持美国的参与和建立民主、法制的秩序，并因此而与中国展开斗争。[①]

然而，尽管美国对中国和日本的战略定位一个是非敌非友，另一个则是亲密盟友，一个拥有与自己不同的社会制度，而另一个则拥有与自己相同所谓强调民主和基本人权的立场，两相对比，差异似乎十分明显，但由于中国国力和影响力的不断增加，特别是近年来，美国在全球反恐、一些地区热点问题如朝核问题、缅甸问题甚至达尔富尔问题，以及经济领域、环保领域中十分倚重中国的合作，美国对中国的重视程度不断上升。关于中美关系，美国朝野现在比较一致的看法是，在未来几十年中，中美关系的发展状况不仅将决定东北亚的和平与稳定，甚至将决定整个世界的稳定与和平。因此，对于美国而言，在东亚实际上已经进入了美日同盟与美中协作两大支柱并存的时代。日本外务省 2006 年春天曾在美国进行了一次舆论调查，结果显示，对于"谁是亚洲最重要的伙伴"的问题，47％的人选择日本，43％的人选

---

① Michael J. Green, "Understanding Japan's Relations in Northeast Asia," Testimony for the Hearing on "Japan's Relationship with Its Neighbors: Back to the Future?" before the Committee on International Relations, House of Representatives, September 14, 2006, p. 1, available at http://csis.org/files/media/csis/congress/ts060914green.pdf.

择中国。相比过去，这个差距正在逐年缩减。美国在处理日本和中国的问题时，既强调美日同盟，从而保持对日本的控制和对中国的戒备与防范，同时又加强与中国在诸多地区性和全球性问题上的协作，以确保本国在东亚的战略利益。这一立场在 10～15 年可能不会有大的改变。

二 美国政府及精英层对当前中日关系的看法

在小泉连年参拜靖国神社和 2005 年中国几大城市中爆发大规模反日游行的问题上，虽然美国媒体也有不少报道，但相关的深入分析并不多见。美国政府对近年来中日之间出现的问题也一直避免作出官方的正式表态，基本上还是小心翼翼地置身于中日矛盾之外。总体而言，美国并不希望看到中日关系过于紧张甚至出现某种失控的局面，认为这会损害美国的长远利益。因为中日关系的恶化很可能会打断它们之间的贸易和投资，给亚洲的经济增长及繁荣带来严重损害，其影响势必也将会波及美国。在安全方面，如果由于中日关系的恶化而使美国最终不得不在两者之中择其一的话，那将使美国陷于被动，因为这意味着美国与另一个重要国家的关系必然要受到影响（当然，美国也不希望中日两国关系走得很近，因为那意味着美国对中日两国的影响力将会相对下降，保持美中、美日关系好于中日关系，对美国来说最为有利）。2006 年初，小泉访美期间，布什总统曾私下试图劝说小泉放弃参拜靖国神社，遭到小泉的拒绝。对于安倍上台之后首先选择中国作为他出访的第一个国家，美国方面表示了欢迎。

关于小泉时期中日关系陷于低潮的原因，美国精英层中存在以下几种看法。①这主要是由于中日两国力量对比发生变化这一结构性原因所致。例如，格林认为，当前中国和日本不得不适应自 1895 年以来首次出现的两国国家实力接近的情况，而这种情况是东京和北京都没有预见到的。中国全方位的崛起和日本在政治上变得更具伸张性，使两国关系在多方面出现竞争和摩擦。① ②中日两国国内民族主义情绪上升。中国阻止日本入常，政府即便没有组织反日游行，也是纵容了这种行为。日本方面则将其自卫队的防卫重

---

① Michael J. Green, "Understanding Japan's Relations in Northeast Asia," Testimony for the Hearing on "Japan's Relationship with Its Neighbors: Back to the Future?" before the Committee on International Relations, House of Representatives, September 14, 2006, p. 3.

点从北方转移到南部接近中国台湾的地区，并开始将中国视为对日本安全的威胁。③日本在历史问题上处理不善。日本首相屡次参拜靖国神社和日本教科书掩盖历史事实，是中日关系乃至日韩关系恶化的重要原因，限制了日本外交活动的空间。

关于中日关系未来的走向，多数人士认为不乐观，但也不是非常悲观。曾任克林顿政府负责东亚事务的助理国防部长帮办、现任美国战略与国际研究中心国际安全项目主任的库尔特·坎贝尔（Kurt Campbell）认为，安倍访华虽使中日紧张关系有所缓解，但未来中日关系仍有可能恶化。中日之间经济上相互依存度的提高并不意味着政治方面就不出问题。①格林则认为，中日之间战略角逐的因素不会消失，而且由于社会制度不同，中日之间的关系也很难像法国和德国那样获得良好的解决。但他同时也认为，由于在过去两年间中日两国之间的贸易额已经超过了它们与美国的贸易额，双方都意识到中日贸易的重要性，因而都不希望看到中日关系继续恶化下去，所以两国领导人将会慎重行事。②

关于美国的应对之策，主要有三种比较有代表性的意见。一种倾向于积极介入。例如，坎贝尔认为，中美日三国拥有许多共同利益，包括能源安全问题、建立国际反恐斗争统一战线、朝鲜半岛的无核化、和平解决领土争端、维持亚洲经济的持续增长与繁荣等。因此三国之间开展合作是可能的，美国应该更加积极地致力于亚太地区这三个主导性大国之间的和睦，推动三国之间实现更密切的合作。在坎贝尔看来，对日益恶化的中日关系采取一种不加评论和不介入的态度，这从根本上来说不符合美国的更长远的利益。作为第一步，华盛顿应该提议召开一次美中日三方首脑会议。③

另一种主张有选择地介入。例如，格林认为，应该避免在中日之间敏感的历史问题上进行官方的调停，那样会适得其反。中日历史问题非常复杂，需要时间，美国如果介入，会使得日本更加逆反。美国不应该在中日之间搞

---

① Kurt Campbell's testimony for "Japan's Relationship with Its Neighbors: Back to the Future?" Hearing before the Committee on International Relations, House of Representatives, September 14, 2006, p. 26.

② Green, Michael J. Green, "Understanding Japan's Relations in Northeast Asia," Testimony for the Hearing on "Japan's Relationship with Its Neighbors: Back to the Future?" before the Committee on International Relations, House of Representatives, September 14, 2006, p. 6.

③ Campbell, pp. 26 – 27.

平衡。在中日之间存在争端的大部分领域，日本和美国的利益是一致的，美国需要依靠美日同盟来发展一种更加稳定的对华交往战略。美国应该清晰地告诉中国和日本，中日之间的紧张局势不符合美国的利益；日本如何与中国打交道，美国有权了解，尽管在微观操作上不要介入太多；美国可以为中日之间的合作提供一个平台，如在能源合作方面和在六方会谈的场合；可以通过学术交流为促进中日之间的对话作出贡献等。①

最后一种主张是对中日争端采取不介入的态度，以保持行动的自由。这实际上是美国政府采取的政策。2006 年安倍访华和 2007 年温家宝总理的回访，使中日关系有所改善，也使得美国在如何处理中日关系问题上的困局暂时得到了缓解。

三　未来 10～15 年美国可能对中日关系产生的影响

美国是中国和日本对外关系中头等重要的国家，这种状况在相当长时间内不会有根本性的改变，所以中、日两国的对外战略在很大程度上仍将主要围绕美国展开，这便为中日关系的发展设定了某种限制。未来 10～15 年美国对中日关系所施加的影响可能会表现在以下方面。

第一，由于美国想继续保持其在国际体系中的霸主地位，也由于其对未来中国的发展走向心存疑虑，因此它会继续坚持接触加防范的对华战略。而美日同盟则是实施这一战略的主要工具，是美国东亚安全政策的基础。在现在可以设想到的威胁中国国家安全的各种地区问题，如朝鲜半岛问题、台湾问题和南中国海问题等，都必然会涉及美日同盟，也就必然会影响中国和日本之间的关系。一旦台湾有事，日本根据重新定义后的安保条约对美军提供后方支援时，中日关系将面临巨大的困难。而假设美日同盟出现了很大的问题，甚至难以为继（虽然发生这种情况的可能性很小），那也将会影响到中日关系。譬如，在没有美国核保护的情况下，日本是否会寻求发展核武器？中日之间是否会因为互不信任而发生军备竞赛？

第二，为了给自己的外交保留更大的回旋余地，未来美国可能仍然会尽量避免就中日关系问题直接公开表态。但即便如此，美国在某些问题上所显

---

① Green, "Understanding Japan's Relations in Northeast Asia," pp. 8 - 9.

示出的态度，仍将会对中日关系产生影响。例如，美国国会议员海德在众议院提出日本的历史认识问题以及众议院对中日历史问题举行的听证会便令日本十分紧张，而美国在中日之间围绕钓鱼岛（日本称尖阁列岛）的领土争端问题上的态度，也必然为中日两国所密切关注。

第三，为了减轻自身的负担，自冷战结束以来，美国一直在鼓励日本成为一个"普通国家"，在国际社会中承担更大的责任，这其中包括支持日本修改宪法、支持日本向海外派遣自卫队等。"9·11"事件发生之后，在反恐和防止大规模杀伤性武器的扩散成为美国国家安全政策优先考虑的情况下，美国更需要日本的支援，因而进一步鼓励日本在国家安全方面采取更积极的姿态，"作更大的贡献"。美国的这种做法与包括中国在内的东亚各国对日本发展军事力量的担心相抵触。日本以此为借口增加自身的军事力量和拓展自己的国际活动空间，也将是影响未来中日关系的一个变数。

第四，从纯军事角度来看，美日军事合作的不断加强，包括联合研发弹道导弹防御系统、联合生产先进战斗机、情报收集与分析方面的合作等，与美国对中国实施的军事高技术方面的封锁和打压政策形成鲜明对比。另外，由于美国向日本提供了核保护伞，日本便没有了发展核武器的充分理由。无论如何，这两个方面都会影响到中日军事关系。

第五，作为世界排名第一位、第二位和第四位的经济体，美国、日本和中国之间的贸易、投资关系十分紧密，美国庞大的、无处不在的经济力量必然会在经济领域影响到中日关系。

第六，在台湾问题上，日本一直隐身于美国身后，追随美国的政策。美国的对台政策将极大地影响到日本的对台政策，并进而影响到中日关系的基础。

四　中美日三国协调与东亚地区安全机制的构建

无论从近现代历史还是从现实来看，美国因素对中日关系都有重大影响。当前，东亚国际政治正处于一个重要的调整时期。尽管有许多国内问题亟待解决，就总体而言，中国的发展仍然保持强劲的势头，在世界舞台上发挥着越来越大的作用。在奉行了半个多世纪的和平主义甚至有时是孤立主义的对外战略之后，日本也开始成为 21 世纪战略角逐中的一个主要角色。东亚地区安全中存在的一些热点问题，如朝鲜核危机、朝韩和平统一进程、台湾问题，给中美日三国的合作提供了机会，同时也提出了挑战。在考虑未来的东亚安全时，笔者认为明确以下几点是重要的。

第一，中美日三国协调是未来东亚安全与稳定的基础。只要中美日三国关系保持大体稳定，东亚的安全与稳定就不会出现大的问题，即便有地区危机出现，也可以通过三国之间的协调和"共管"（共同管理而不是共同管制）而使危机得到有效的控制。"大国协调"能否实现，取决于一系列条件。依照历史上曾经出现的"欧洲协调"的经验，这些条件包括：大国之间要保持自我约束，需要对其他国家的核心利益表示尊重；不仅追求纯粹自身的目标，而且要把公益也在某种程度上界定为自身利益的一部分；大国在与其他中小国家打交道时要承担起维持和平与缓和或解决冲突的共管责任；在此过程中，集体协商、集体决策、集体行动是一项重要的原则，等等。从目前来看，中美日三国已经在向这些条件迈进，有的已经初步实现。比如，中国并不完全反对美国在东亚的军事存在；美国和日本也认识到台湾问题关涉中国的核心利益；三国都支持实现朝鲜半岛的无核化，等等，这些都是这方面的具有积极意义的表现。

第二，美国虽然由于伊拉克和阿富汗战争而对东亚的关注有所下降，但在相当长的时间内，其在东亚的国际政治结构中仍然具有决定性的意义。中美日三角关系仍然是一个不等边的三角形，美国在其中仍然具有一定的优势。美日同盟在当前依然是东亚地区安全结构的主要部分，也是美国东亚安全战略和日本国家安全战略中最重要的组成部分，这个结构在未来 10～15年当中仍然会继续存在。但与此同时，随着中国自身实力和影响力的日益扩大，美国对中国的重视和担忧程度在加强，中美两国在东亚关键热点问题上的协作也在加强。对于美国而言，在美日同盟与美中协作这两者之间如何保持平衡，将是其未来东亚战略的关键。

第三，中美日之间应该建立战略沟通机制，以便使各方明确彼此的根本利益、战略意图和政策态度，从而减少战略误判和不必要的摩擦，并探讨加大在各个领域的交流与合作。

第四，合作的领域，开始时可以从能源合作、海上安全、环境保护、科技开发等各方关心、共同利益也比较大的领域入手。实际上，现在中日之间、中美之间和日美之间都有战略对话机制。循序渐进，逐渐建立定期的三国战略对话机制有现实的可能性。

第五，日、美、澳、印四国组建"民主联盟"的做法，对东亚未来的安全与稳定而言弊大于利。因为这种"民主联盟"与军事同盟相比，虽然其排他性不那么强，但它仍然是设定准入前提，并具有排他性的。在中日、中美甚至中印、中澳之间相互依存程度如此之高，合作范围如此之广的情况下，筹建这样的联盟可以说是人为地为东亚各国间的合作添加障碍。在现实当中，这也是难以行得通的。如何从解决实际问题入手，而不是在一开始就设定准入条件而人为地制造分裂，在这方面，"六方会谈"为构建未来东亚地区安全机制提供了一种尝试，尽管其过程一波三折。

日本外交的"新思维"

——论新福田主义

孙　承[*]

福田首相在任职一年之际挂冠而去。由于在众院受到占多数席位的在野党的杯葛，福田内阁在内政方面几无建树，但在外交方面却以改善对华关系和提出新福田主义给人留下印象。对于麻生太郎新内阁，人们根据麻生以往立场曾担心中日关系可能出现麻烦，但他在担任首相后对推进中日关系和亚洲外交继续保持积极的态度。[①] 那么，日本在亚洲外交和中日关系方面有哪些新的考虑？在其亚洲外交中中日关系处于何种地位？日本的亚洲外交和对华政策的趋向如何？这些问题无疑值得深入探讨。

一　新福田主义——日本新的亚洲外交宣言

2008 年 5 月 22 日，在由日本经济新闻社主办的"亚洲的未来"国际交流会上，福田首相发表题为《走向太平洋成为"内海"之日——"一同前行"，对未来亚洲的五点承诺》[②]（以下引文，不另加注）的演讲。在演讲中，福田展望了 30 年后亚太地区的发展前景。他认为，科技、交通的进步将会缩短太平洋两岸的距离，到那时候亚洲将成为世界历史的主角，太平洋将会成为地中海一样的"内海"，繁荣的环太平洋国家之间会和 16 世纪环

---

* 孙承，中国政法大学政治与公共管理学院教授。

① 麻生首相本人亦谈到人们有此担心和他任首相后中日关系取得的进展，见《麻生首相会见人民日报代表团》，人民网，2008 年 12 月 11 日，http://world.people.com.cn/GB/1029/42354/8502227.html。

② 福田康夫:《太平洋が「内海」となる日へ—「共に步む」未来のアジアに5つの約束—》，2008 年 5 月 22 日，http://www.kantei.go.jp/jp/hukudaspeech/2008/05/22speech.html。

地中海国家之间一样呈现活跃的交流景象，形成一个依靠海洋连接起来的发展的网络。太平洋不再被分裂成东、西两部分，它将是开放的。为了使周边国家具有构建这个网络的能力，也为了创造一个有利于构建这个网络的环境，福田代表日本作出五点承诺，这也可以看做是今后日本的亚洲外交所遵循的新方针。

福田作出的五点承诺如下。

第一，坚决支持东盟已经开始的建立共同体的进程。东盟位于太平洋网络的关键地区，在东亚、太平洋合作中起到关键作用，其稳定与繁荣符合日本的利益。为帮助东盟缩小地区间差距，建立单一市场，在 2015 年建成共同体，日本将在湄公河流域发展和建立贯穿印度支那的东西走廊以及在环境保护、节能、食品安全等方面对东盟提供帮助。

第二，日本将把同美国的同盟关系作为亚洲、太平洋地区的公共财产加以强化。美国是亚太地区最重要的成员之一。在亚洲还存在不稳定和不确定因素的背景下，日美同盟是日本的安全装置，也具有亚太地区安全装置作用的意义，是亚洲繁荣的基石。

第三，日本将以"和平合作国家"要求自己，为实现亚太以至世界和平不辞辛苦，贡献力量。日本要在反恐、缔造和平行动、预防自然灾害等方面进行国际合作。

第四，致力于青年交流。培育和加强亚太地区有知识的青年一代的交流基础，是一切合作的必要前提。除正在实行的青少年交流计划外，日本还将迅速扩大亚太地区大学间的交流。

第五，与气候变化斗争，尽快达成后京都议定书框架协议，努力实现低碳社会。

福田还表示，日本要在亚洲发展、太平洋成为一个"内海"的巨大增长中，作为稳定和发展的核心发挥作用，而这需要与亚太各国民众建立相互信任的关系，一同前行。

福田首相的这篇演讲，是 1977 年福田赳夫首相提出被称为福田主义的日本亚洲外交方针之后，再次阐述亚洲外交基本原则，因此被称为"新福田主义"。福田父子两代首相积极推动亚洲外交，既是历史的夤缘，也说明时隔 30 年日本面对的亚洲已经发生重大变化，必须适应这一变化提出新的外交方针。事实上，30 年来福田主义虽然一直是日本亚洲外交所秉持的原则，但自冷战结束以来，日本也根据形势变化不断调整其亚洲政策。鉴于福田对亚洲外交的重视，在其就任首相之初人们就关注是否会有新福田主义的亚洲外交方针出台。福田在回答这一关切时曾说，30 年后的亚洲已发生重大变化，已经成为增长中心，中国在崛起，印度也要发展，日本必须根据这些新情况思考今后的亚洲外交。① 这说明，新福田主义的提出是日本亚洲外交调整的历史必然。

不言而喻，新福田主义的提出也是福田内阁重视亚洲外交的体现。福田内阁成立后把外交方针定名为"共鸣外交"，即将加强日美同盟和推进亚洲外交同时并举。② 与小泉内阁时期重视日美同盟相比，这明显是要提升亚洲外交在日本外交中的地位。在此基础上，福田需要进一步阐释其亚洲外交的具体内容。新福田主义作为日本新的亚洲外交构想，反映了日本在亚洲外交方面的一些新思维，值得认真分析。

如果把新福田主义与福田主义作一比较，可以看出两者的传承关系。福田主义是由三个原则构成的：①决心走和平发展道路，不做军事大国；②与东南亚国家在各领域建立心贴心的相互信赖关系；③基于平等的合作者的立场，为东南亚的和平与繁荣作贡献。③ 这里面的第一条强调和平是要让东南亚国家放心，第二、三条是讲要和东南亚国家建立一种新关系，即平等、信任、合作和提供帮助。在新福田主义的讲演中，除没有重提不做军事大国外，包括了这些内容，可以说新福田主义继承了福田主义的基本精神。

但另一方面，福田的讲演对新福田主义的阐释在范围和深度上都超越了福田主义。第一，新福田主义针对的范围不仅是东南亚，也不仅是亚洲，而是要把太平洋作为"内海"的环太平洋地区，甚至包括印度和中东。范围的扩大，反映了日本认为环太平洋地区正在成为世界新的增长中心，相互联系将日益密切。更重要的是，他主张区域的开放性，不希望其再分裂成东、西两部分。这种提法除有经济上的原因外，明显也有政治上的考虑。新福田主义外交范围之宽泛，以至于福田自己都认为是"气宇宏大"，甚至觉得有些"唐突"。

---

① 《東アジア首脳会議出席等に関する内外記者会見》，2007 年 11 月 21 日，http://www.kantei.go.jp/jp/hukudaspeech/2007/11/21press.html。
② 《第 168 回国会における福田内閣総理大臣所信表明演説》，2007 年 10 月 1 日，http://www.kantei.go.jp/jp/hukudaspeech/2007/10/01syosin.html。
③ 《福田赳夫首相 1977 年 8 月 18 日在马尼拉的讲话》，"外交青書" 1978，第二部第一章第一节（2），http://www.mofa.go.jp/mofaj/gaiko/bluebook/1978/s53-2-1-1-001.htmJHJ2ho。

第二，新福田主义的第一个承诺是对东盟的支援，这是对福田主义的继承，也表明日本亚洲外交的重点将是东盟。福田阐述了东盟在亚太地区的关键地位，今后将在政治、经济等各方面对东盟共同体建设给予支援。

第三，新福田主义特别提出要把日美同盟作为亚太地区的公共财产。福田主义提出的背景是配合美国的亚洲战略，但由于主要是针对东南亚的政策，所以没有涉及美国。新福田主义是强调亚太地区合作，必须对美国的地位和作用加以定位。强调日美同盟的作用，既是注意到地区内部存在的不稳定因素，也是要保持地区的开放性和要保证实现地区合作和日美同盟并重的外交方针。

第四，树立"和平合作国家"的形象，在日本具有优势的领域提出一些具体的合作设想。

第五，在地区合作中发挥核心的积极作用。

应当说，新福田主义是日本基于对东亚政治、经济形势变化和发展趋势提出的新外交方针。它是在东亚政治、经济形势发生重大变化的条件下，日本对自身地位和作用的重新定位。在同亚洲的关系上，它吸取了小泉内阁"对美一边倒"和安倍内阁"价值观外交"失败的教训，注意亚洲外交和对美外交平衡，淡化意识形态色彩。但它的一些内容并不是在这篇讲演中首次提出来的，实际上早已反映在日本的外交实践中。它是在冷战结束后日本亚洲外交的基础上形成的，是集以往政策调整之大成，把日本外交的变化加以系统化和理论化。福田明确地讲，希望新福田主义也能像福田主义一样，具有 30 年的生命力。所以，新福田主义提出的一些原则对今后的日本外交是有指导意义的。

二 中国在日本亚洲外交中的地位

尽管对美外交是日本外交主轴的地位没有变，但福田内阁把亚洲外交提升到与对美外交并重的地位还是前所未有的。日本重视亚洲外交的原因是亚洲的崛起，特别是中国的迅速发展正在改变亚太地区的政治、经济版图。如前所述，新福田主义是日本针对这一重大变化而提出的新外交方针。朝日新闻的社论也说，新福田主义是在中国崛起的情况下，日本对与亚洲的关系进行重新评价的结果。[①] 那么，日本是如何应对中国的崛起的？换言之，中国

① 《アジア演説——福田さん、その言や良し》，2008 年 5 月 24 日《朝日新聞》社説。

在日本的亚洲外交中占有何种地位呢？这同样令人关注。

在新福田主义的讲演中，福田在正文之前提到，半个月前胡锦涛主席访日，双方加强了战略互惠关系，确认两国关系站在新起点上，使两国关系首次具有全球视野，而为了亚洲的未来，日本要与中国合作，保证中国的稳定和发展。但在正文和五点承诺中，福田没有特别提到中国，讲演的基本精神是日本如何发展同亚太地区国家的合作关系，讲演是对加强日美同盟和推进亚洲外交这一"共鸣外交"的进一步阐释。对于中日关系，福田首相 2007 年末访华时在北京大学的演讲中阐述了中日战略互惠关系的三个支柱：①互惠合作；②国际贡献；③相互理解，相互信任。① 那么，如何理解中国在日本亚洲外交中的地位以及日本的亚洲外交与中日"战略互惠"关系之间有何种联系，无疑值得进一步探讨。

无独有偶，在福田发表这篇讲演的前后，日本两家著名智库发表了关于中日关系的研究报告，一是由前首相中曾根康弘创办的世界和平研究所于 2008 年 4 月 23 日发表的《日中关系的新篇章》② （以下引文，不另加注），二是 PHP 综合研究所于 2008 年 6 月发表的《日本对华综合战略》最终报告③ （以下引文，不另加注）。这两篇报告的作者集合了日本一些有影响的研究中日关系的学者，因此报告的内容对于理解上述问题是有所帮助的。

这两篇报告的侧重点虽然不同，但反映的对华政策的基本精神是一致的。举其大端有如下几点。

第一，承认中日关系进入一个前所未有的历史时期。改革开放 30 年来，中国成长为一个高速增长的经济体，对外政策也更加开放，积极参与多边外交。中日关系正在扭转 100 多年来日强中弱的态势。PHP 综合研究所的报告说："70 年代以后实行开放政策，选择了与国际社会共生的道路以来，日本和中国终于具备了在同一个国际框架下共同生存的基础条件。"世界和平研究所的报告说："由于中国近年来取得了巨大的经济发展，使两国关系也出现了结构性的变化。""目前日中关系正在超越以往和当今的历史，进入到

---

① 《福田総理訪中スピーチ（28 日，於北京大学）》，2007 年 12 月 28 日，http://www.mofa.go.jp/mofaj/kinkyu/2/20071230_181712.html。

② 日本世界和平研究所：《日中关系的新篇章——超越历史，谋求共存发展》，2008 年 4 月 23 日，http://www.iips.org/jcr/jcr-c.pdf。

③ 「日本の対中総合戦略」研究会最終報告書，"日本の対中総合戦略——「戦略的パートナーとしての中国」登場への期待と日本の方策"，PHP 総合研究所，2008 年 6 月，http://research.php.co.jp/research/foreign_policy/policy/data/seisaku01_teigen34_03.pdf。

一个崭新的时代。"在这种历史性调整的机遇面前，中日确定"战略性互惠关系的核心内容显示了两国将构建一种以往未曾经有过的、从大局出发的、睦邻友好的大国关系的一种决心"。

第二，中日相互依存日益加深，今后应继续加强双边合作。世界和平研究所的报告认为："加强经济关系是发展战略互惠关系的最重要内容。日本应该继续支持中国的改革开放政策，为此积极提供协助。"今后将继续在技术和经验以及民间投资等方面协助中国发展；在建立地区合作组织方面紧密合作，共同发挥领导作用。同时报告也认为，"中国经济的发展对日本同时也是机遇，这种关系今后仍将持续下去"。在PHP综合研究所的报告中，曾经担任日本驻华使馆经济参赞的津上俊哉进一步表示："中国经济的崛起，给日本经济带来前所未有的巨大影响。"日本能够摆脱泡沫经济崩溃后长期的经济停滞状态，固然是日本企业努力的结果，但快速增长的中国经济带动日本外贸出口对于日本的经济复苏起到了"久旱之甘霖"的作用。"中国已经成为左右日本经济繁荣的最重要的经济伙伴，这种趋势今后还将有增无减。对于已经成熟的日本经济来说，如何利用邻国中国的经济发展，保持自身的繁荣与活力，将是今后经济政策的最大课题。"中日经济应当进一步整合，向建立自由贸易区（FTA）和经济合作区（EPA）的方向发展，谋求双赢。

第三，中日关系中仍然存在诸如历史问题、相互缺乏理解、对对方未来走向的担心等问题，两国关系纠缠着复杂的因素，还需要"成熟化"。世界和平研究所的报告认为："过去的历史依然是两国关系上一个难解的疙瘩。""这已不仅仅造成了双方在历史价值观上出现巨大差异，使得历史事实的解释存在较大的争议；而且，由于两国的国内政治的介入，因此使得问题变得更为错综复杂。"在相互理解方面，两国不仅存在"大陆国家"和"海洋国家"的根本差异，国家观与国民性不同、体制以及历史观等方面也存在很大差异。此外还存在领土争端，特别是"中国的军事规模和能力的急速增强，加之其军事战略及军事能力的不透明性，不仅对日本，而且对整个东亚地区的军事平衡均已构成'共同的担心事项'"。PHP综合研究所的报告进而认为，到2020年，中国最有可能还是一个"未成熟的大国"，即虽有国内矛盾和社会问题，但不会妨碍经济增长；虽不会引起大规模军事纠纷，但不排除突发性军事冲突的可能，而且其军事现代化步伐加快，缺乏军事透明度。主持该项研究的学者渡边昭夫认为，东亚几十年来在日本推进下走向经济一体化，但这受到中国崛起的政治冲击，演变成英国学者巴里·布赞所说的"安全保障复合体"。这是一种爱恨交织的复杂组合。"东亚安全保障复合体"最大的热点和关键是日中关系，它决定"东亚安全保障复合体"的未来以至世界走向。

第四，在和中国发展双边关系的同时，在地区多边合作和日美同盟的基础上发展中日关系。由于以上原因，PHP综合研究所的报告认为："对于日本外交来说，中国是越来越重要的国家。"日中之间已经开始高层经济对话，还要开展高层政治、安保对话，同时要扩大人员交流，增进相互理解。报告建议要推进主动、长期的对华外交，发展互惠型的经济合作，防止发生利益冲突，促进地区的稳定与繁荣。报告认为，为使日本所希望的中国形象和东亚地区秩序成为现实，日本必须用中长期的眼光推进对华政策。为实现日本的战略目标，日美同盟仍是不可替代的机制和制度，今后继续是日本外交的重要支柱；在中国对亚洲政治、经济影响日益增强的情况下，日本不能置身于合作之外，也不能有感情抵触，必须努力使亚洲地区合作和日美同盟相互配合，才符合日本的国家利益。世界和平研究所的报告明确把日本对华外交方针的基本思想概括为三点：①加强对华参与和合作，促进日中关系的成熟化；②通过与中国的合作互动，为建立亚洲乃至国际社会的框架而努力；③继续维护日美安保，努力完善日本自主防卫能力。

第五，在日美同盟的基础上，发展日美中三方平衡的关系。PHP综合研究所的报告认为，美国虽然是日本的盟国，保持重要的战略关系，但由于美中经济关系的深化，日本必须注意美中关系的复杂性，防止美中在涉及日本利益的问题上出现"越顶外交"①。报告建议举行日美中首脑定期会晤，消除疑虑，加强信任，这才符合福田首相提出的"日美同盟和亚洲外交共鸣"的精神。在日美中三角关系中，同时保持良好的日美关系和日中关系，就能发挥互补的作用，提高日本的地位。这才是"共鸣"的实质。世界和平研究所的报告认为，"为了不让日美中三国陷入零和关系，应该在相互充分尊重日美同盟、日中战略互惠关系、美中伙伴关系的基础上，以增进日美中三国之间的利益进行全新的制度设计。"报告建议日美中三国举行定期战略对话会议，以至于可以探讨实施外交和国防当局的"2＋2＋2"协商。

以上对两篇报告的整理，可以使我们对日本当前在对华外交上的一些想法有进一步的了解。这虽然是两个智库的政策建议，但对理解新福田主义也

---

① 指1972年美国总统尼克松访华事先未知会日本。

不无裨益。世界和平研究所的报告中说:"日中关系的基本原则是日本亚洲政策的根本。"从对这两个报告的分析中我们也可以说,日本亚洲政策的根本是中日关系,或者说日本亚洲政策的出发点和着眼点在很大程度上是中国,这或许不会错。

三 福田、麻生内阁更替对日本亚洲外交的影响

毋庸讳言,新福田主义在很大程度上是福田首相本人亚洲外交思想的反映,明显带有福田"温和"的个人色彩,但如上所述,新福田主义也反映了日本国内外交界、学术界的主流见解,它和冷战结束以来日本外交调整的基本趋势和亚洲外交的具体实践是一致的。所以,新福田主义的原则不会受日本国内政局变化的影响,这从福田内阁和麻生内阁的亚洲政策中可以得到证明。

福田内阁的"共鸣外交"是新福田主义的核心。福田就任首相后即访问美国,时间虽然短暂,却十分重要,目的是确认日美同盟的可靠性,并就拓展亚洲外交获得美国的谅解和支持。福田在随后出席东亚首脑会议后答记者问时阐述了亚洲外交与日美关系的定位:"日美同盟关系将拓展日本在亚洲的活动舞台,与亚洲的良好关系也有利于日美同盟。将基于这一想法,推进今后的亚洲外交。"① 这既肯定了日美同盟在日本外交中的轴心作用,也表明日本将更积极地开展亚洲外交。

此后,福田内阁的亚洲外交主要在两方面取得进展:一是对东盟外交,二是对华外交。在对东盟外交方面,福田在参加第三次东亚首脑会议期间与东盟签订了"一揽子"经济合作协定(EPA),发表了在气候变化、环境保护、能源等领域进行合作的《新加坡宣言》,对东盟新通过的《东盟宪章》表示支持,对建设东盟共同体给予合作。日本还同印支三国首脑举行会议,说明对湄公河地区开发给予合作的方针。在东盟＋3框架下,日本与中韩就加强合作,制定"行动计划"达成协议,并决定首次单独召开中日韩首脑会议。

在对华外交方面,福田内阁继续改善中日关系,取得一些突破性进展。

① 《東アジア首脳会議出席等に関する内外記者会見》,2007年11月21日,http://www. kantei. go. jp/jp/hukudaspeech/2007/11/21press. html。

中日之间首次进行海军舰艇互访,中日高层经济论坛举行。2007 年末福田首相访华,在历史问题、台湾问题等影响中日关系的主要障碍方面都作了明确的表态,对中日战略互惠关系作了详细的描述,中日还就环境、能源、气候变化等领域加强合作发表了公报。在此基础上,2008 年 5 月胡锦涛主席实现中国首脑时隔 10 年的对日访问,双方发表了《中日关于全面推进战略互惠关系的联合声明》。这是中日邦交正常化以来两国就双边关系发表的第四个具有里程碑意义的指导性文件,标志着中日关系正式走出小泉时期的低谷,也标志着中日关系进入互利合作的新阶段。此后,福田内阁采取积极措施援助汶川地震受难者、合作开发东海油气资源、支持北京举办奥运会,使中日关系保持继续向前发展的势头。日本学者五百旗头真称日中关系进入了"协商时代"①,尽管协商不是同盟,但日美同盟 + 日中协商这种模式或许就是新福田主义所追求的目标。

在这种情况下麻生太郎接替福田康夫担任首相。由于麻生的对华强硬立场,加之他是"价值观外交"的积极鼓吹者,麻生内阁会否使正在发展中的亚洲外交特别是对华外交出现挫折,人们普遍表示担心。新福田主义面临考验。但从麻生内阁几个月来的外交实践看,这种担心并没有成为现实。

麻生内阁在政治、经济上面临的压力超过福田内阁。来自自民党内外的挑战使麻生的支持率一直较低,全球性金融风暴的打击使日本经济也难以避免陷入衰退的命运,这使麻生内阁在外交上难有较大作为。但从目前看,日本的亚洲外交特别是对华外交并没有受到影响。

在亚洲外交方面,麻生就任首相伊始在第 63 届联大会议讲演时表示,日本必须推进与中、韩、东盟之间的"多层次合作,共同为东亚地区以至世界和平与繁荣而努力",强调日本"一直以日美同盟为不变的主轴,同时努力加强和邻国的关系"。② 他在国会首次演说中阐述了日本的外交原则:"第一是加强日美同盟,第二是和邻国中国、韩国、俄罗斯等亚太各国共筑地区安定与繁荣,共同发展。"③ 中日韩首次首脑会议的召开是东亚合作划

---

① 五百旗头真:《东海油气田协议标志着两国关系进入"日中协商时代"》,日本,2008 年 6 月 22 日《每日新闻》,见 2008 年 6 月 23 日《参考消息》。

② 《第 63 回国連総会における麻生総理大臣一般討論演説》,2008 年 9 月 25 日,http://www.kantei.go.jp/jp/asospeech/2008/09/25speech.html。

③ 《第 170 回国会における麻生内閣総理大臣所信表明演説》,2008 年 9 月 29 日,http://www.kantei.go.jp/jp/asospeech/2008/09/29housin.html。

时代的进展，日本作为这次会议的主办国，为推动东北亚金融、经济、预防灾害、环境保护等方面的合作作出了贡献。在 2009 年 1 月 31 日举行的瑞士达沃斯世界经济论坛年会上，麻生首相承诺，日本将通过政府开发援助的方式向亚洲各国提供总额超过 1.5 万亿日元（约 170 亿美元）的援助，以加强受全球金融危机影响的亚洲国家的增长潜力，并加强区域内经济合作，其中特别提到对湄公河流域开发实施援助。①

在对华外交方面，麻生在自民党内的竞选辩论中自我解嘲地说是"令大家认为有可能与中国为敌的候选人"，但他明确表示将继续推进福田首相巩固与北京关系的努力。他说："我们将与中国共存，发展友谊是途径，真正的目标应该是日本与中国的共同繁荣。"② 他担任首相后表示要推进中日战略互惠关系。在中日和平友好条约缔结 30 周年招待会上，麻生讲话表示了对中日关系的信念。他说："对于日本而言，像中国这样重要的国家是没有的。""日中关系的重要意义在于是'互不可缺的伙伴关系'。""我认为，只有日中关系发展，才有亚洲乃至世界的稳定与繁荣。从这个意义上说，我们未来的目标是相同的。我们对日中关系的潜力、日中合作的可行性更加充满信心。"③ 麻生的言行反映了作为强硬的民族主义政治家，在事关日本国家利益的大局面前对中日关系所采取的现实主义态度。

值得注意的是麻生内阁在历史问题上的态度变化。对于影响日本与亚洲国家关系的历史问题，麻生首相表示要继承"村山谈话"精神④。在发生航空自卫队幕僚长田母神俊雄发表否定侵略战争论文事件后，麻生首相采取果断措施处分田母神，强调历史教育的必要性，防卫省决定修改统合幕僚学校的历史教育内容和更换教师人选。⑤ 对田母神事件的处理表明了日本国内对可能出现动摇战后自卫队"文民统制"体制倾向的担心，但也说明麻生内阁不希望因历史问题给亚洲外交带来负面影响。

---

① 《麻生将承诺制定减排中期目标及援亚 1.5 万亿日元》，共同网，2009 年 1 月 31 日，http：//china. kyodo. co. jp/modules/fsStory/index. php？sel_ lang = schinese&storyid = 66457。
② 美联社东京，2008 年 9 月 12 日电，2008 年 9 月 13 日《参考消息》。
③ 《日中和平友好条約締結 30 周年記念レセプション麻生総理挨拶～日中関係についての、私の所信表明～》，2008 年 10 月 24 日，http：//www. kantei. go. jp/jp/asospeech/2008/10/24message_ about. html。
④ 《麻生首相'村山談話'踏襲を表明》，2008 年 10 月 2 日，http：//sankei. jp. msn. com/politics/policy/081002/plc0810022134006-n1. htm。
⑤ 《日本防卫省将修改统合幕僚学校的历史教育内容》，共同网，2008 年 11 月 13 日，http：//china. kyodo. co. jp/modules/fsStory/index. php？sel_ lang = schinese&storyid = 63862。

　　当然，需要指出的是，麻生内阁并没有放弃"价值观外交"。在麻生首相出席亚欧会议和中日和平友好条约 30 周年庆祝活动前夕，日本和印度发表安全保障合作宣言，尽管日印都否认双方的安全合作是针对中国，[①] 但仍让人看出带有明显的"价值观外交"的影子。同时日本和澳大利亚的安全合作也在稳步推进。在 2009 年 1 月的国会演说中，麻生仍表示要坚持"自由与繁荣之弧"的理念，"积极支援以自由、市场经济和尊重人权为基本价值的年轻的民主主义国家的努力"，[②] 但和安倍内阁时期相比调子有所降低。

　　福田、麻生内阁交替，并没有改变新福田主义所代表的重视亚洲外交的基本方针，这说明"形势比人强"。东亚地区特别是中国在世界政治、经济中地位上升的趋势，不能不使日本将更多的注意力转向亚洲，并要求稳定和加强同亚洲国家的合作关系。中国是日本亚洲外交的主要对象，保持中日关系的稳定和提高中日合作水平也是日本对华外交的主要课题。当前全球金融危机和经济危机促使各国加强合作，美国奥巴马新政府也将更多地依靠多边合作解决面临的国内外问题，国际政治、经济形势将推动日本采取更积极的亚洲政策，麻生内阁也会继续沿着这一方向走下去。

---

① 《日·印共同記者会見》，2008 年 10 月 22 日，http：//www.kantei. go. jp/jp/asospeech/2008/10/22kaiken. html。
② 《第 171 回国会における麻生内閣総理大臣施政方針演説》，2009 年 1 月 28 日，http：//www. kantei. go. jp/jp/asospeech/2009/01/28housin. html。

日本的"价值观外交"与中国

黄大慧[*]

冷战结束以来特别是进入新世纪之后，日本外交发生了很大的变化，其特征之一就是明显的"价值本位"倾向，日益注重宣扬"自由、民主主义、人权、市场经济和法治"等民主价值观念。安倍晋三上台后，更是将"价值观外交"置于战略高度加以推进。日本外交的这种新变化，反映出日本对国际关系中"软权力"的重视。为了推行"价值观外交"，日本政府十分重视"外宣"工作，日本外交正在迎来对外宣传的转折点。日本的"价值观外交"有明显针对中国的一面，日本试图以此牵制中国，进而主导未来亚洲的发展格局。

一 倾向"价值本位"的日本外交

日本外交中开始强调民主价值观可追溯到冷战体制结束之初。这与同一时期美国在亚太地区大力推行"人权外交战略"是不无关系的。1992 年 6 月，日本内阁制定的《政府开发援助大纲》（《ODA 大纲》）对日本的对外援助政策作出重大调整，其中规定"对发展中国家的民主化和导入市场经济的努力及基本人权与自由保障予以注意"。[①] 自此，受援国的民主化、市场经济、人权等因素成为日本是否提供援助的依据。换言之，随着日本对外援助的政治化，日本外交中的"价值观"色彩开始显露。1992 年日本恢复

　＊　黄大慧，中国人民大学国际关系学院教授、东亚研究中心主任。
　①　〔日〕外务省经济合作局编《我国的政府开发援助》上卷，1993，第 7 页。

对越南的援助。1996 年，在里约地球峰会上，日本发表《为了发展民主的伙伴关系》计划，拟对柬埔寨、老挝、越南、蒙古、乌兹别克斯坦等国的民主化和市场经济改革进行援助。

进入新世纪，日本在对外关系上更加重视宣扬民主价值观。2002 年 11 月 28 日，小泉首相的咨询机构"对外关系工作组"提出题为《21 世纪日本外交基本战略——新时代、新视野、新外交》的研究报告。该报告的内容主要是如何应对中国，并明确将维护自由、民主主义、人权等价值观作为日本的基本国家利益之一。报告指出，自由与民主主义是明治维新以来日本珍贵的成果。"为了亚洲的长期稳定，一贯推进自由与民主主义、维护人权、积极参与人道支援活动，是亚洲先进民主主义国家日本的义务及国家利益。但是，与欧美那种高压、直接的做法不同，日本采取平静、稳妥的做法应当更为有效。"①

日本开展"价值观外交"的重要对象是中国，其意图是通过打"价值观"牌，取得对华外交的制高点，应对中国的崛起。在小泉时代，自中日关系开始出现"隔阂"之初，小泉首相就有意用"自由"和"民主主义"等价值观将中国与其他国家区分开来。在多边会议场合，小泉首相也积极提出各种包含"人权"和"民主"等字眼的声明。2005 年 4 月，在万隆的亚非首脑会议上以及无数其他没有美国政要出席的场合，小泉首相及其他日本高级官员都曾呼吁他国与日本一道"传播法治、自由和民主等普遍的价值观"。2005 年 12 月，小泉首相在马来西亚吉隆坡的东亚峰会上发表演说，强调普遍价值在未来东亚共同体建立过程中的重要性，提出建设东亚共同体应注意：①共同体的透明度和开放性；②以地区多样性为前提的功能性合作；③民主主义、自由和人权。为将上述内容写入会议共同宣言，日本还对东道主马来西亚做说服工作。日本此举之用意，是借"民主和人权问题"牵制中国，争夺东亚合作的主导权。日本外务省人士称，日本政府的战略考虑是"积极宣扬中国最讨厌的'人权'和'民主'，将其作为东亚地区合作的基本理念，并强调确立这种理念的重要性"，从而对希望在即将召开的东亚峰会中把握主导权的中国进行有效牵制。②

---

① 〔日〕《21 世纪日本外交基本战略——新时代、新视野、新外交》，http：//www. kantei. go. jp/jp/abespeech/index. html。

② 〔日〕《日本将在自由和人权问题上牵制中国》，2005 年 12 月 4 日《产经新闻》。

但是，小泉首相针对中国推行的"价值观外交"实际上存在一个巨大的"绊脚石"，那就是参拜靖国神社问题。有媒体评价说，由于小泉参拜靖国神社，民主国家的日本被共产党政权的中国夺去了优势地位①。小泉连续参拜靖国神社，不仅恶化了日本与中国的关系，而且受到日本国内外舆论的批评。国际社会在靖国神社问题上，似乎更乐于倾听中国的意见，而反过来质疑日本作为一个民主国家的健全性。有评论指出："靖国问题是战后日本的最根本问题。只有解决了这个问题，日本在自由、民主主义和人权上的价值观才能获得国际社会的认可和信赖，日本的其他政治手段才能充分奏效。"②"日本在世界舞台上要赢得应有的尊重，就必须对上个世纪的事件形成一种像样的共识，那就是照实承认日本的侵略和暴行。在这个世界上花多少钱都无法改变这个事实。"③

小泉的对华"价值观外交"未能发挥出预想的功效并引来正义舆论的批评，分明是日本方面不能正确对待历史所致，但是日本政府及部分精英人士却不愿承认这一点，反而将其归因于日本在国际社会的宣传力度不够，主张日本必须强化外交上的宣传。于是，小泉执政末期日本对华"价值观外交"更多地采取"宣传外交"的手段。日本方面围绕"历史问题"、中国崛起等，向中国发起外交攻势，在国际上大造舆论，混淆视听，以图形成对自己有利的国际舆论环境，从而将中日关系恶化的责任推到中国身上。麻生太郎外相甚至在美国《华尔街日报》发表署名文章，公然对中国的政治体制说三道四："希望中国政府去除独裁政权特有的秘密主义，将实际的国防费用公之于世。中国如果成为民主主义国家的话，就能与日本成为真正友邦。"④ 日本在同中国展开的论战中虽仍未占据上风，但却提升了认识。它日益认识到，在冷战结束后的世界，行使军事力量和经济力量等"硬权力"的机会在减少，而"软权力"发挥作用的机会在增多。日本认为，应该以磨砺共同价值观和软权力的方式应对中国的崛起。有日本媒体指出，以对话和协商方式处理问题的富有包容性的外交应对中国不是美国的"长项"，但在亚洲土生土长的日本却可以运用它的能力和智慧来帮助美国处理好与中国有关的亚洲事务，为此，应提升日美同盟关系的

① 〔英〕《日本和它的邻居们：描绘靖国神社的刺痛》，《经济学家》，2006 年 8 月 19 日。
② 〔日〕《用解决"靖国问题"增强信赖》，2006 年 9 月 30 日《每日新闻》。
③ 〔美〕傅好文：《日本和中国有可能迎面相撞》，2005 年 12 月 28 日《国际先驱论坛报》。
④ 〔日〕麻生太郎：《日本等待中国的民主化》，2006 年 3 月 13 日《华尔街日报》。

"软附加值"。① 可见，日本已经充分认识到利用"软外交"来牵制中国的重要性。越来越多的日本人相信，所谓"世界政治就是语言政治"，语言和理论的意义日益重要。

综上所述，冷战结束以来，日本政府在对外关系中不时强调"自由"、"民主主义"、"人权"等价值观，向"价值本位"倾斜，并以其作为对中国影响力上升的回应和对中日分歧的关注。日本已经充分认识到了"价值观外交"的重要性，但真正将其置于战略高度加以推进则非小泉时代而是安倍时代的事。

二　安倍政府的"价值观外交"

与小泉时代相比，安倍政府更加重视"价值观外交"，并将其置于战略高度加以推进。因此，日本"价值观外交"的实践是从小泉时代后的安倍政府时期开始的。安倍政府的"价值观外交"，主要体现在推进日美澳印"价值观联盟"和构筑"自由与繁荣之弧"两个方面。

2006 年 7 月自民党总裁选举前夕，安倍晋三曾出版《致美丽的日本》一书宣传其政治理念。该书显示，"安倍外交"理念的核心就是向亚洲乃至全世界推广自由、民主主义、人权和法治等"普遍价值"。安倍尤其主张日本应加强与之共享自由和民主主义等共同价值观的美国、澳大利亚以及印度之间的合作与对话。自此，安倍晋三政治主张中对民主价值观的强调开始引起关注。

2006 年 9 月，安倍晋三在其首次施政演说中谈及日本外交政策时指出，"我国外交到了根据新的思维向有主张的外交过渡的时候，要更加明确'为了世界和亚洲的日美同盟'，推行能为加强亚洲牢固团结作出贡献的外交"。"日本作为亚洲的民主国家，为向亚洲、向世界扩大自由社会的范围，要与澳大利亚、印度等共享基本价值观的国家首脑开展战略对话。"安倍晋三上任伊始即着力强调"民主价值观"，再结合他的"有主张的外交"，明显具有比小泉政权更甚的价值观政治之色彩。2007 年 1 月 26 日，安倍晋三在再次发表的施政演说中重申将推进"有主张的外交"，重点是与在自由、民主主义、基本人权、法治等方面与日本拥有同样基本价值观的国家加强合作、

---

① 〔日〕2006 年 1 月 9 日《每日新闻》社论。

构筑开放和民主的亚洲、为世界的和平和稳定作出贡献；并再次强调加深与日本拥有共同价值观的印度、澳大利亚等国的经济合作，扩大首脑交流。[1]对此，有评论指出，"这是因为日本具有东亚历史最悠久的民主"，相对于中国，"日本要强调自己的优势"。[2] 安倍首相是要向国际社会说明，"民主主义的日本"比中国"更健全、更具权威性"。他要让日本的主张和影响力在国际社会上发挥更大的作用。[3] 一句话，安倍政府的亚洲外交政策，就是要在亚太地区塑造一个针对中国的"民主轴心"或者说"价值观联盟"。

日本推进"价值观联盟"的外交实践是从对澳外交开始的。2007 年 3月 13 日，安倍首相与澳大利亚总理霍华德基于所谓"共同价值观"，在东京签署了《日澳安全保障联合宣言》。这是日本在第二次世界大战后首次与美国以外的国家签署安全协议。如上所述，安倍首相多次表示要加强日美两国与澳大利亚、印度进行四国合作的构想，日澳两国此次构筑"全面战略关系"就是其中一环。

日本在提升日澳关系的同时，还打着"共同价值观"的招牌，以政府开发援助为后盾，积极强化与印度的关系。进入新世纪以来，鉴于印度的不断崛起，这个人口最多的"民主国家"在日本战略思维中显得比以往任何时候都更加突出。日本"牵制中国"的意图很明显，但印度总理辛格还是对被认为暗含"对华包围网"可能性的"日美澳印四国战略对话"构想给予高度评价，称拥有共同价值观国家的团结是未来亚洲国际关系的基础，"将使民主国家间的合作变得更加密切"。[4] 2006 年 12 月，辛格总理访问日本，与安倍首相达成建立"全球战略伙伴"关系的协议，日印合作进入"蜜月期"。2007 年 3 月，日印外长在东京举行首次战略对话。4 月中旬，日美与印度在日本东海岸附近首次举行联合军事演习，反映出日美合作在一定程度上对日本价值观外交的推动作用。2007 年 8 月，安倍首相访问印度，除寻求加强日印战略伙伴关系、开拓印度市场外，还大肆兜售"价值观外交"，并提出包括印度、日本、美国和澳大利亚在内但排除中国的"大亚洲外交"，明显透露出欲建立"对华包围网"以抗衡中国的意图。

① 安倍晋三首相施政演说，http：//www. kantei. go. jp/jp/abespeech/index. html。
② 〔美〕迈克尔·格林：《中日关系前路漫漫》，《卡内基中国透视》2007 年第 1 期。
③ 〔日〕《用解决"靖国问题"增强信赖》，2006 年 9 月 30 日《每日新闻》。
④ 〔日〕永田和男：《印度希望早日开始与日本进行自由贸易区谈判》，2006 年 12 月 5 日《读卖新闻》。

在倾力打造日美澳印"价值观联盟"的同时，日本也在积极构筑"自由与繁荣之弧"。

2006 年 11 月 30 日，日本外相麻生太郎在日本国际问题研究所做了题为《打造"自由与繁荣之弧"——开创日本外交新天地》的演说。[①] 麻生在演说中指出，日本外交要特别重视自由、民主主义、基本人权、法治和市场经济等"普遍价值观"。他强调，日本应通过推行这种"价值观外交"，把欧亚大陆外沿的东北亚、东南亚、南亚、中亚、高加索、土耳其、中东欧直至波罗的海各国连接成带状，形成基于普遍价值的富裕而稳定的区域——"自由与繁荣之弧"，并加强与欧盟和北约的合作。2007 年 1 月 26 日，麻生外相在日本第 166 届国会上所作的外交演说中，再次提及"自由与繁荣之弧"。在阐述日本外交基本方针时，麻生说，战后日本的外交基础是由三根支柱支撑的，即重视日美同盟、国际协调、近邻外交，现在要加上第四根支柱，即打造"自由与繁荣之弧"，这样日本的外交方向将更加明确。[②] 3 月 12 日，麻生外相在日本国际论坛（JFIR）设立 20 周年纪念大会上发表演讲，对"自由与繁荣之弧"构想作了进一步阐述。[③] 不仅如此，"自由与繁荣之弧"构想还被写入日本 2007 年版《外交蓝皮书》中，并被确定为日本外交的新基轴。

"自由与繁荣之弧"构想出笼后，引起了日本国内外的广泛关注。日本如此重视"自由与繁荣之弧"构想，其用意说穿了就是打着"价值观外交"的招牌，拓展日本外交的地平线，扩大日本在欧亚大陆的影响力。具体地说：一是配合美国的"色彩革命"战略，深入欧亚大陆追求政治、经济利益；二是确保日本所需的能源与资源；三是建立一个由日本主导的欧亚大陆中小国家"价值观联盟"，钳制中国以及俄罗斯。[④]

日本认为，要想实现"自由与繁荣之弧"的构想，必须使处于"弧链"上的国家保持政治稳定与经济繁荣的协调，不以价值观的强制推行和体制变更为目的，而应充分考虑各国文化和历史、发展阶段的差异，在此前提下

---

① 〔日〕麻生太郎：《打造"自由与繁荣之弧"——开创日本外交新天地》，参见日本外务省网站 http：//www. mofa. go. jp/mofaj/press/enzetsu/18/easo_ 1130. html。

② 参见日本外务省网站 http：//www. mofa. go. jp/mofaj/press/enzetsu/19/easo_ 0126. html。

③ 〔日〕麻生太郎：《关于"自由与繁荣之弧"》，参见日本外务省网站 http：//www. mofa. go. jp/mofaj/press/enzetsu/19/easo_ 0312. html。

④ 参见金熙德《日本颜色外交给谁颜色》，2006 年 12 月 8 日《国际先驱导报》。

努力实现普遍的价值观。借用麻生外相的话来说，作为实现"自由与繁荣之弧"的"方法论"，一是利用好 ODA；二是建立和加强对话机制。经济援助是美国推行民主、人权外交的惯用手法，日本在构筑"自由与繁荣之弧"时也不忘效仿美国，利用日本外交的"王牌"——ODA。日本试图灵活运用 ODA，与拥有相同价值的国家进行合作，对教育、保健等基础领域以及民主化的深化、基础设施和法律的完善等进行支援，通过协调贸易投资共同实现自由与繁荣的社会。从具体实施步骤来看，在东亚地区，日本认为，在东盟作为世界成长中心而发展、着实推进民主化、通过地区统一而实现区域内稳定的过程中，为了使后来加入东盟的印支三国（柬埔寨、老挝、越南）很好地赶上这一潮流并占有"自由与繁荣之弧"的一角，日本要加强对这些国家的支援；另外，还要积极支援尼泊尔等南亚各国的民主化、构筑和平的动向。在欧洲，日本要对正在推进民主化和市场经济的波罗的海各国、"GUAM 四国"（格鲁吉亚、乌克兰、阿塞拜疆、摩尔多瓦）以及参加"民主选择共同体"的新兴民主国家进行积极的支援。对于渐进民主化、市场经济化的中亚各国（哈萨克斯坦、乌兹别克斯坦、吉尔吉斯斯坦、塔吉克斯坦、土库曼斯坦），在根据其国情进行支援的同时，还要利用"中亚＋日本"的对话机制，尽可能也将阿富汗甚至巴基斯坦纳入视野，支援完善连接内陆与海洋交通运输路线、促进开放型地区合作的自立性发展。

麻生外相反复强调的是，对日本来说，要想构筑"自由与繁荣之弧"，更重要的是加强与处在"弧链"上的国家间的对话。事实上，日本已经与其中许多国家开始实行政策协商。今后，日本除了完善这些现有的政策协商机制外，还要进一步加强同没有这种协商机制的国家间的对话。日本企图通过对话，让这些国家了解、理解日本，增加对日本的好感，从而实现日本的国家利益。此外，在形成"自由与繁荣之弧"时，日本要与拥有共同价值观及作为战略利益盟友的美国进行合作，并与具有相同价值观的澳大利亚、印度、八国集团、欧洲各国及欧盟、北约等加强合作关系。

实际上，日美澳印"价值观联盟"、"自由与繁荣之弧"的建设，共同构成了日本"价值观外交"的重要内容。二者相互呼应甚至相互重叠，在地域上对中国形成了比较完整的包围之势。安倍政府试图以此拓展日本外交的活动空间，应对不断崛起的中国，形成对中国的"势力均衡"，从而主导未来亚洲的发展格局，乃至在世界范围内发挥更大的作用。

三　日本推行"价值观外交"是
对"软权力"的重视

近年来，日本外交迅速向"价值本位"倾斜，映射出日本外交重视"软权力"尤其重视借"软权力"应对中国崛起的新特点。为了推行"价值观外交"，日本政府十分重视"外宣"工作，日本外交正在迎来对外宣传的转折点。

日本对"价值观外交"的重视，充分反映出日本对国家权力观念认知的变化。也就是说，日本越来越认识到"软权力"在对外关系中的重要作用。美国学者约瑟夫·奈的"软权力"思想在日本外交领域产生了很大的影响。约瑟夫·奈认为，日本是拥有最多潜在软权力资源的亚洲国家，因为它是完全实现现代化、在国民收入和科技水平方面与西方平起平坐的第一个亚洲国家，又有能力保持自己文化的独特性。[①]众所周知，自20世纪80年代初期起，日本一直强调要在国际社会发挥与其经济实力相称的政治作用。但事与愿违，日本以经济大国实力为后盾来追求"政治大国"地位的做法并没有使其发挥更大的国际作用。进入21世纪以来，受"软权力"思想的影响，日本总结经验教训，开始克服以往那种过于依赖物质性权力来界定国家权力的物质主义和简单化倾向，越发重视文化吸引力、意识形态或价值观念感召力等这些抽象和非物质性的权力因素。换言之，近年来日本外交开始转向以"软权力"为主要手段，并尝试以所谓"人类普遍价值"或日本的价值观来影响日本与其他国家的关系。从这个意义上说，安倍政府极力推进的日美澳印"价值观联盟"和"自由与繁荣之弧"等，均是日本外交重视"软权力"的体现。日本所要打造的"价值共同体"实质上是"利益共同体"，就是要以"软权力"实现国家利益的最大化。

与以往历届政府相比，安倍内阁更加重视日本价值观和日本文化的对外传播。安倍晋三在施政方针演说中说："向世界宣传面向未来的新日本的'国家认同'，即我国的理念、应走的方向、日本特色，对今后的日本是极为重要的。"他还强调这些理念不但应该被日本人所认同，也应该很容易被世界所认同。为此，要集中全日本的智慧，把国家的对外宣传作为一个战略

---

① 张小明：《约瑟夫·奈的"软权力"思想分析》，《美国研究》2005年第1期。

问题推进。① 对外传播日本的价值观被安倍内阁当成了发挥"软权力"作用的一个途径。安倍首相在上述演说中还提出，日本要面向全世界制定"日本文化产业战略"，借助日本特色的动漫、音乐、饮食文化及传统文化等增强国际竞争力及对世界的影响力。为了向外传播日本的价值观和日本文化，安倍内阁提出了"亚洲通道计划"，还专门成立了"亚洲通道战略会议"的首相咨询机构。根据"亚洲通道计划"，日本准备在人、财、物、文化、信息等方面，架起一道日本通向亚洲乃至世界的桥梁。

从长远来看，虽然安倍上台后高举"共同价值观"招牌，强化了日本与澳大利亚、印度及构想中的"自由与繁荣之弧"区域内国家的关系，但要真正形成期望中针对中国的日美澳印"价值观联盟"尚有相当长的路要走。首先，就澳大利亚来说，虽然它与日本签署的安全协议不排除有防范中国、抵消中国在亚太事务中影响的考虑，但它也更加认识到发展与中国友好关系的重要性，因而近年来在外交上明显"向亚洲倾斜"，很难在"牵制中国"上与日美两国走得更近。其次，就印度来说，虽然不能排除其有借重日本甚至美国这两个强国的力量实现其"有声有色的世界大国"梦想的意图，但印度迎合日本的"价值观外交"主要还是为了加强与日本的经济往来，吸引日本更大规模的投资，以及在民用核能领域争取日本的支持。同时，印度也在积极发展与中国的关系，因为中国在印度眼里的地位更是举足轻重，很难设想它会在"共同价值观"口号下讨好日美而开罪中国。一贯奉行"左右逢源"的不结盟外交政策的印度，终归要在与各大国的周旋中谋求国家利益的最大化。再次，日本能否如愿打造日美澳印"价值观联盟"，关键在于美国。日美之间的共同价值观和共同利益形成了两国间地区与全球合作关系的基础。所以，无论是日澳安全协议的签署还是日印关系的发展，均得到了美国方面明里暗里的支持与推动。安倍建立亚洲"民主国家"联盟的倡议与布什"为了保卫自由而维护势力均衡"的主张如出一辙。实际上，他们是想在日美澳印等所谓民主国家之间建立旨在维护势力均衡的、多重而松散的合作网络体制，而日美同盟是这一合作网络体制的核心。然而，未来美国政府能否继续把推广其价值观作为外交重点，将在很大程度上决定共同价值观能否在日美关系中继续发挥纽带作用。换句话说，今后日

---

① 安倍晋三首相施政演说全文登载于日本首相官邸网站上（http：//www. kantei. go. jp/jp/abespeech/index. html）。

本对价值观的注重及其对日美关系所起到的纽带作用，将在很大程度上取决于布什之后的美国政府能否继续把"自由"放在议事日程上。对于一些左翼和右翼的美国人来说，哈马斯在巴勒斯坦民族权力机构选举中获胜和伊拉克的艰难局势已经使美国"促进民主"的主张威信扫地。美国必须从中吸取教训。

至于日本能否像"自由与繁荣之弧"构想所预期的那样，对处于该"链条"上的中小国家产生影响力，从而对中国形成一定的牵制作用，关键在于日本政府开发援助的"灵活运用"能否奏效。当然，日本能在多大程度上争取到美国的配合也是一个重要因素。另外，还要看到，日本所谓"自由与繁荣之弧"链条上的这些中小国家各有自己的民族文化和价值理念，不可能盲目地接受日本力推的西方价值观。因此，日本的"价值观外交"对这些国家的影响是有限的。

2007年9月，积极推进"价值观外交"的安倍晋三辞去首相职务，继任者福田康夫提出"强化日美同盟并推进亚洲外交"的"共鸣外交"，有意淡化"价值观外交"。但这绝不意味着日本会彻底放弃"价值观外交"，相反，今后一旦日本国内外形势发生变化，不排除"价值观外交"会重新抬头。

"东亚共同体"的构建与中日关系

乔林生[*]

　　近年，我们可以看到在东亚构建一个地区"共同体"的势头高涨，但是，相对于中韩等国，总体上日本对这一构想好像并不那么热心。具体来说，日本方面的主张大致可以分为三类，即推进论、否定反对论和慎重论。前两种不难理解，而所谓的慎重论，就是既要推动构建共同体，又要通过强化日美同盟以保持中日之间的平衡，或者说是日本的优势。日本政府的立场倾向于慎重论，但可以说这些主张错综混杂，特别是鉴于对华的不信任、警戒或威胁感，加之日本一贯重视美国的因素，其对东亚合作的快速推进和高度一体化持消极态度。借日本经济产业省一位官员的话说，便是"合作不等于统合（一体化）"。

　　然而，随着国际形势的发展，"变化"或"可变"的观点不可或缺。面对国际格局多极化和东亚区域经济一体化的发展趋势，当前中日的政策选择，可以说正在考问两国领导层的远见、勇气和智慧。

一　东亚合作的主体与障碍

　　"东亚共同体"的进程、体制与前景，从根本上说将取决于中日合作的快慢与成败。之所以这样说，是基于以下几个理由。首先，在东亚地区，中日两国不仅在政治上拥有重要的影响，而且在经济上占绝对比重。从国家规模来看（表 1），中日两国的 GDP 占 "10 + 3" 的比重高达 8 成

*　乔林生，南开大学日本研究院副教授。

（日本 59.6%、中国 21.3%），领土面积、总人口约占 7 成，贸易额约占 6
成。显而易见，与东南亚相比，东北亚的中日两国占相当大的比重。当
前，在东亚区域合作中，东盟扮演着驾驶员的角色，但是如果没有主体车
厢的中日两国，整辆车也不可能顺利前行。

表 1　东亚地区的国家规模比较（东盟与中日韩）（2004 年）

	领土面积(万 km²)	人口(亿)	GDP(亿美元)	人均 GDP(美元)	贸易额(亿美元)
中国	960(66%)	13.0(64.6%)	16493(21.3%)	1272(2.4%)	11547(30.8%)
日本	38(2.5%)	1.3(6.5%)	46234(59.6%)	36187(68.2%)	10195(27.2%)
韩国	10(0.5%)	0.5(2.5%)	6797(8.8%)	14118(26.6%)	4783(12.8%)
ASEAN	448(30%)	5.4(26.7%)	7987(10.3%)	1467(2.8%)	10794(28.8%)

注：括号内是以"10 + 3"为 100 的条件下各国或地区所占的比重。
资料来源：笔者依据日本外务省主页有关数据制成。

　　其次，更为重要的是，已有的历史和经验表明，共同体的构筑或地区
一体化本身，与其说是一个经济过程，不如说是一个政治合作的过程。欧
盟（E5）如此，日本—新加坡自由贸易协定（J3EOA）亦如此，可以说
中国—东盟自由贸易区（CAFTA）还是如此。东亚合作发展滞后的原因在
于该地区一体化的高昂的政治成本。所谓政治成本，即由意识形态的政治
制度、历史问题、安全政策的取向、信赖不足等造成的地区一体化的成
本。进一步说，东亚高昂的政治成本不是来自于东南亚，而是来自于东北
亚特别是东北亚的中日两国之间。因此，正如有的学者所言，通过"10 +
3"的途径实现东亚一体化的可能性不大，因为如若没有东北亚一体化的
首先实现，将难以突破东亚一体化面临的政治成本的障碍。最终实现东亚
一体化的路径选择，只能是东北亚自身的一体化。[①] 也有学者指出，"东
亚共同体"的构建有 10 大障碍，其中半数以上涉及中日之间的政治关系，
如历史和解、信赖与合作意识的培养、多国安全机制的创建、尊重制度多
样性和体制改革等。[②]
　　所以说，企业的市场经济行为是创建共同体的必要条件，但不是充分条

---

① 莽景石：《理解东亚一体化》，南开大学日本研究院主办的"东亚一体化的发展趋势与区域
合作"国际会议论文集，2006 年 11 月，第 149 页。

② 冯昭奎：《"东亚共同体"：要过十道坎儿》，《世界知识》2004 年第 10 期，第 48～51 页。

件，不可能自然而然地孕育出一个共同体来。面向"东亚共同体"的建设，我们在考虑中日关系时，需要从一个广阔的视野出发，通过地区合作以及全球化的发展来解决两国间存在的问题；也需要顺应世界、地区的发展潮流，不断调整本国的理念、政策和目标，制定新的长期战略。

二　客观认识与心理状态的调整

改革开放近 30 年，中国经济迅速发展，综合国力显著提升。然而，中国作为一个发展中国家，其技术、服务水平、竞争力仍然远远落后于日本等发达国家。2006 年中国科学院发表的《中国现代化报告 2006》指出，中国与美国、日本等几个发达国家相比，经济水平的综合年代差超过 100 年，社会水平的综合年代差超过 80 年。[①]　可是，与此同时，我们也应该认识到，在东亚的历史上前所未有地迎来了中日"两强并立"的时代。中日两国必须在心理上承认这一客观现实。有学者指出："中国成为经济大国、日本成为政治大国都是必然的发展趋势。两国人民要适当调整自己的心理状态和相互评判的价值标准。"[②]　视对方的发展为威胁是错误的，想方设法阻碍对方发展的企图也将是徒劳的。21 世纪的东亚，中日都没有可能成为霸权国家。在这种前提下，双方应该改变互为对手的意识，构筑友好合作的关系。

总之，中日两国喜欢也好，讨厌也罢，是一对搬不走的邻居，应该考虑成为友好邻邦。日本国际问题研究所原所长宫川真喜雄在接受记者采访时强调，今后中日两国必须加强合作。他比喻说："我们坐在同一条船上，只要其中有一个把身子往外欠，船就会翻掉。所以别无选择，双方必须共同保持平衡。"[③]　伴随着经济全球化的发展，机遇与挑战并存。面对本地区存在的各种传统与非传统安全问题，在 2007 年 1 月召开的第 2 届东亚峰会上，中国总理温家宝也呼吁："我们要建立一个能够在安宁的时候共同发展、危机的时候共同应对的新型命运共同体。"

---

① 参见中国现代化战略研究课题组、中国科学院中国现代化研究中心编《中国现代化报告 2006》，北京大学出版社，2006。
② 王屏：《中日关系从理想到现实》，2005 年 2 月 2 日第 15 版《环球时报》。
③ 〔日〕宫川真喜雄：《我们必须合作，即便我们不喜欢这样》，奥地利，2006 年 2 月 6 日《新闻报》，转引自 2006 年 2 月 8 日第 6 版《环球时报》。

三　责任意识与战略合作关系的构建

国际以及地区形势的发展，要求中日两国树立"亚洲大国"的责任意识。中日两国应该以"东亚共同体"或东亚自由贸易区为目标，着眼于大局，探求共同的地区利益。正如菲律宾前总统、博鳌亚洲论坛主席菲德尔·拉莫斯所言："对东亚来说，地区主义首先是用来抵挡由美国和欧盟控制的世界贸易组织（WTO）的统治的。只有通过合并组成一个东亚集团，未来的东盟与中日韩三国'10＋3'自由贸易区才能产生足够大的影响，以迫使北美自由贸易区和欧盟的贸易伙伴与其进行互惠往来。"退一步来讲，在亚太经合组织茂物目标日期来临之前，"已经存在的一个东亚经济集团将显著地提高东亚在亚太经济合作组织中的商讨地位。我相信所有东亚国家都会认识到在与其他集团谈判的过程中拥有我们自己的控制杆的价值。"① 2005 年4 月，日本内阁府的一份报告《日本 21 世纪构想》中也指出："为了最大限度地利用全球化，以便在 2030 年实现所期望的计划，日本应该积极采纳推进亚洲经济一体化的战略。在亚洲实现高度的经济一体化，对区内经济、同时对区外经济都大有裨益。"②

中日两国改善相互关系、发挥积极作用以推进东亚合作，也是地区内其他国家的希望。

2005 年本应于"10＋3"领导人会议期间例行召开的中日韩领导人会议和三国外长会议未能举行，东道国马来西亚首相阿卜杜拉要求小泉首相与中韩两国改善关系，菲律宾总统阿罗约也表示："与阿卜杜拉首相一样，对此表示担心。"此外，就中日关系与东亚一体化问题，越南"10＋3"研究小组代表阮氏美（越南社科院东南亚研究所）也认为："中日合作有利于自身，同时也有利于东亚；克服地区合作中缺乏主角的关键在于尽快改善中日关系。"③

---

① 〔菲律宾〕菲德尔·拉莫斯：《中国—东盟自由贸易区：挑战、机遇与潜力》，《世界经济与政治》2004 年第 1 期，第 63～64 页。

② 日本内阁府：《日本 21 世纪构想》，www. keizai-shimon. go. jp/minutes/2005/0419/item11_4. pdf。

③ Nguyen Thu My, *Building an East Asian Community：Achievements and Problems*, Presented to the International Conference on the Evolution of Regional Integration in East Asia and Regional Cooperation, 7－8 November 2006, Nankai University, Tianjin, China, pp. 38－49.

　　立足长期，放眼全球，中日有必要以"东亚共同体"为战略合作的框架，强化合作关系。首先，从中美日三边关系来看，中日这条边最为脆弱。日本以日美关系为基轴，热心强化同盟关系。2005 年 11 月，小泉首相在京都举行的日美首脑会议结束后的记者招待会上表示："日美关系越紧密，越能与中国、韩国和亚洲建立良好的关系。"笔者不能不说这种论调是日本的东亚政策缺乏包容性和战略性的表现。同样，长期以来，中国国内似乎也存在这样一种消极思路，那就是解决好与美国的关系，其他就好说了。进而，鉴于日本国民的"亲美厌中"和中国民众的"亲美厌日"的现实，我们必须对中日关系给予更多的关心。强化中日关系，决不是要离间日美关系，也不可能使中美日三角关系变为一个正三角形，这在可预见的将来缺乏现实性的根据。至少更加平衡的中美、中日和日美关系，是我们所追求的目标。

　　其次，从东亚地区角度来看，中国积极推进"东亚共同体"的建设，不是谋求地区霸权，也不是在日美关系间打入楔子。世界潮流浩浩荡荡，其不以个人或个别团体的意志而改变。就中国国内状况而言，体制改革是必由之路，目标并非遥不可及。所以，基于多极化的利益追求，中国既没有追求霸权的能力，也没有谋求霸权的意思。

　　进一步而言，日本参与"东亚共同体"的构建并不意味着是对日美同盟的否定。欧洲一体化的历史已经证明，英国加入欧共体并没有否认英美特殊关系。当然，毋庸置疑，北约的存在是其重要的原因之一。因此，日本原外务省审议官田中均主张，"保留双边安全机制，保留六方会谈的框架，培养地区的信赖关系也很重要。因为其作为维护东北亚安全的框架机制，乃最佳选择。进而，有必要创建一个 16 + 1（东盟 10 国、中日韩、澳新印加上美国）的新的协调性的安全框架机制。"① 中国有学者也指出："相关各国宜在解决朝鲜核问题的过程中，努力推动六方会谈逐步走向机制化，使东盟地区论坛（ARF）＋六方会谈成为未来的东亚安全共同体的重要基础。"②

四　现实性的合作领域及其途径

　　千里之行始于足下，面向"东亚共同体"的长远目标，中日两国放眼

---

① 〔日〕田中均：《以多边地区主义谋求出路》，《日本经济研究中心会报》2007 年第 1 期，第 37 页。
② 冯昭奎：《"东亚共同体"：要过十道坎儿》，《世界知识》2004 年第 10 期，第 51 页。

长期战略的同时，有必要从现实的具体问题着手。

第一，共同进行历史研究或者历史教育。

第二次世界大战结束已经 60 余年，可是历史问题作为中日关系中的"历史欠债"，遗憾地被带进了 21 世纪。历史问题存在于人们的记忆及精神层面，某种程度上也存在于人们的客观现实生活当中。关于历史问题的理解和认识，中日双方仍然存在很大差距。深层次地探讨那场战争对一个国家社会历史的发展方向与进程的影响问题，在此姑且不论，仅就眼前的一些现实问题而言，其仍然影响着一部分普通民众的日常生活。中日两国的战争亲历者虽然逐渐逝去，但是在中国国内，由第二次世界大战时日军遗弃的毒气弹造成的伤亡事件时有发生，日本方面的化学武器的处理问题仍在继续。此外，1942 年日军在中国湖南省常德地区播撒了鼠疫菌，两年间鼠疫大流行，当时至少造成 7643 人死亡。① 直到今天，本地区的防疫站必须每年定期抓一些老鼠进行检疫。眼前的事实，想忘亦难。

历史问题直至今日尚未解决的原因是多方面的，其中不可忽视的一个重要方面就是，历史问题已经与战后以来的现实政治问题紧密地纠缠在一起。战后日本政府没有利用战败的机会，就战争责任问题在国家或全体国民层面达成真正的共识，而是毫无区别地将国家领导层与普通国民混同起来。正如日本一位学者所言，战后的"一亿忏悔论"，其实质就是"一亿赎罪论"、"全民有罪论"，实质上就等于是"全民无罪论"，这样在逻辑上混淆了战争责任的是非曲直，并将必然导致免除天皇和那些甲级战犯的战争责任。② 而且，随着战后美国东亚战略的转变，美国改变对日政策，将日本战前的官僚甚至是战犯，推上了战后的政治舞台。于是，他们不仅没有给日本国民创造一个彻底反省历史的环境，而且也等于把历史问题与战后日本的现实政治、政权绑在了一起。另外，战后几十年来，日本和美国的官僚、政客、将军、间谍们，参与了一个被称为是"20 世纪隐藏时间最久、掩盖最深、波及范围最广的秘密"，那就是战后日美当局深深地介入了第二次世界大战期间日军从亚洲各地掠夺的难以想象的巨额黄金。可以想见，两国政府都不愿意公开这些巨额资金的去向和使用

---

① 刘雅玲、陈玉芳：《常德细菌战死亡人数的七年调查》，《常德师范学院学报》2003 年第 3 期，第 22 页。

② 〔日〕加加美光行：《日中关系的曲折演进：一种宏观历史的角度》，《世界经济与政治》2006 年第 2 期，第 60～61 页。

渠道吧。①

　　因此，短时期内历史问题的障碍是难以消除的。我们不能奢望 2006 年 12 月成立的中日历史共同研究委员会在两年内能取得多大的成果，但这毕竟是基于首脑会谈协议中日学者之间展开的首次共同研究。在此基础上，我们有必要就双方领导人及其政治家对有关敏感的历史问题的言行范围进行探讨，以最大限度地求得一些共同的认识或原则，从政府方面防止因历史问题造成的摩擦反复发生，避免其对两国关系和国民感情产生负面影响。进而，两国的教育界进行客观的历史事实的教育，"补习"历史问题，或许是更为根本和重要的。

　　历史的和解是现实合作的基础。为了促进两国之间的理解和信任，只有通过协商、研究，了解对方的立场和看法，才能尽量避免历史问题直接成为两国关系的现实"障碍"，逐步寻求问题解决的途径或方法。超越或回避是行不通的。德以两国共同着手拍摄反映大屠杀的影片，以反省那段历史，不失为一个值得学习的范例。

　　第二，政府间扩大交流，创建各领域的协商、合作或应急机制，制定相关原则。

　　不稳定的中日关系，如果发展顺利，则会良性发展，反之也存在出现大幅后退的可能性。对于各种外交事件、领土纠纷以及东海划界等有关现实利益的问题，两国必须避免正面冲突，冷静对待分歧。为此，有必要设立最高领导人的热线电话，建立外交、安全部门的协调机制，谈判处理现实难题，制定问题解决的根本原则。目前，中日关系处于敏感的过渡期，两国必须通过理性的方法，避免国民感情的恶化与现实利益的冲突的恶性循环。

　　第三，启动中日 EOA 或 FTA 的谈判，同时开展具体领域的合作。

　　2005 年 2 月，时任中国驻日大使的王毅在神户召开的"关西工商界研讨会"上表示，中日之间有必要启动自由贸易协定（FTA）谈判。2006 年 11 月 1 日，日本首相安倍晋三在接受美国《华尔街日报》采访时表示，日本将考虑同中国签订经济合作协定。日本内阁府 2005 年 4 月公布的《日本 21 世纪构想》研究报告强调指出，日本实际 GDP 增长最大的 FTA 对象国是

---

① 〔美〕斯特林·西格雷夫、佩吉·西格雷夫：《黄金武士——二战日本掠夺亚洲巨额黄金黑幕》，中国对外翻译出版公司，2005。Sterling Seagrave, Peggy Seagrave, *Gold Warriors*: *America's Secret Recovery of Yamashita's Gold*, Verso, UNITED KINGDOM, 2001.

中国（0.50），其余依次为美国（0.24）、E5（0.20）、澳大利亚（0.15）、泰国（0.14）、韩国（0.10），日本先前与新加坡缔结的 FTA，几乎对 GDP 增长没有效果。所以，日本要抓住中国发展的商机，不仅限于减免关税，而应该通过签署与发达国家相同的、包括投资协定以及知识产权保护等在内的 EOA，消除物资、人员、货币流通的障碍，促进其发展，即目标是包括服务贸易、投资、知识产权保护等在内的综合性的 EOA。① 2007 年 1 月，日本经团联的政策建议《希望之国日本》中也将开放的"东亚共同体"纳入视野，为了今后 10 年间实现"希望之国"，提出了五个优先课题，其中第二根支柱是"与亚洲共同推动世界"，即今后要推进与亚洲未签署协议国家的交涉，同时必须将逐步推进的 EOA 扩大并覆盖整个地区。② 进而，经团联会长御手洗明确指出："日本是经济持续高速增长的东亚经济圈的中心，而且地理位置得天独厚，所以重要的是首先尽早要与东盟、韩国和中国为主的东亚各国签署 EOA，构想中的目标是到 2015 年完成东亚地区的 EOA。"③

两国在探讨缔结 FTA 或者是 EOA 的同时，可以先从能源、环保、金融等领域的具体合作着手。如果中日合作这个新车轮启动，必将大大加快"东亚共同体"建设的进程，反之，如果没有中日两国的相互信赖、精诚合作，创建富有实效的"东亚共同体"是不可能的。

五　结语

毫无疑问，"东亚共同体"是一个长远的目标，其今天依然处于构想阶段。E5 的实现经历了近半个世纪，"东亚共同体"的构筑或许需要更长的时间。正如菲律宾前总统拉莫斯所呼吁的那样，"我们各国都应当承担义务以确保合作精神永远大于竞争的力量"。④ 那么，从现在经济相互依存的进

---

① 日本内阁府：《日本 21 世纪构想》，www. keizai-shimon. go. jp/minutes/2005/0419/item11_4. pdf。

② 日本经济团体联合会：《希望之国日本》，2007 年 1 月 1 日，http：//www. keidanren. or. jp/japanese/policy/2007/vision. pdf。

③ 〔日〕御手洗：《为了"希望之国日本"的实现》，经团联会长御手洗在"每日 21 世纪论坛"上的演讲，2007 年 2 月 1 日，大阪，http：//www. keidanren. or. jp/japanese/speech/20070201. html。

④ 〔菲律宾〕菲德尔·拉莫斯：《中国—东盟自由贸易区：挑战、机遇与潜力》，《世界经济与政治》2004 年第 1 期，第 64 页。

展速度来看，共同体的实现并非是不切实际的幻想。而且，从政治制度、安全方面考虑地区合作时，变化、发展、进步、相互作用的观点不可或缺。

在地区合作中，当前中日之间存在的最大问题，实际上是信赖不足。这种信赖关系的培养，归根结底还是人与人的交流与情谊。根据 2006 年日本言论 NPO 和北京大学等机构进行的关于中日的相互认识和中日关系问题的共同舆论调查分析，中日之间"最为疏远"。有过来华经历的日本人仅为 13.1%，其中近 8 成是旅游观光；中国人到访日本的不过 1.3%，其中一半也是旅游。双方身边几乎都没有可以交流的对方国的熟人或朋友。绝大多数的人没有直接获得对象国信息的机会，大都是通过本国媒体来了解情况（日本人 65.3%、中国人 75.3%）。① 进而，如若除去媒体的猎奇或部分反面报道，我们得到的客观、理性的信息能有多少呢？所以，尽管全球化、信息化的时代已经来临，可我们之间仍然存在着许多"屏障"。

子曰："君子求诸己，小人求诸人。"② 我们不能苛求别人，应该更多地从自身做起。为了实现共生与双赢，中日之间必须通过交流、合作，建立稳定成熟的信赖关系。

---

① 〔日〕工藤泰志（言论 NPO 代表）：《构造化的中日两国间的认识差距——从共同舆论调查来看》，《论座》，2006 年 9 月，第 80～82 页。
② 《论语》"卫灵公第十五"。

同盟外交与主体性追求之间的
日本外交课题

沈海涛[*]

一 "同盟外交"与多边主义的悖论

与世界其他地区相比，东北亚地区集中了在多极化趋势发展的进程中能够或者有可能成为影响世界的力量中心国家——俄罗斯、日本、中国和美国，它们都在该地区拥有重大的政治利益、经济利益和安全利益，而且这些国家之间利害关系错综复杂；同时，作为本地区政治与安全博弈的主体，各个国家之间政治与安全关系以及它们对地区事务及安全的态度和政策取向，也对东北亚地区的整体安全状况产生重大影响；此外，处于上述大国夹缝之间的朝鲜半岛南北双方、蒙古等国在存在相互矛盾和利益的同时，它们同地区大国之间也有盘根错节的利害关系，并对地区政治与安全产生不容忽视的影响。由于缺乏有效的政治互信机制和安全制度的约束，东北亚地区已经成为当今世界上安全困境表现最为突出的地区之一。

许多学者认为多边主义是缓解"安全困境"的一剂"良药"。所谓多边主义是指三个或三个以上国家之间发生联系的方式。约翰·罗杰将它定义为"依据普遍行为的原则，协调三个或三个以上国家的制度形式"。除了从制度层面界定外，多边主义还表现为国家行为体之间的行为方式，以及对国际普遍的行为准则和规制的重视和遵守。[①] 青睐多边主义的学者认为，多边主义可以为各国际行为主体提供一个降低国际社会无政府状态的活动机制；缓

---

* 沈海涛，吉林大学东北亚研究中心教授。

① 参见秦亚青《多边主义研究：理论与方法》，载《世界经济与政治》2001 年第 10 期。

解各行为主体之间的猜疑和恐惧，增进彼此的互信；推动形成各行为主体对安全规则的集体认同，促进次区域安全共同体的形成。

在多边主义泛起的时代，日本的社会精英对多边主义也越来越感兴趣，他们认识到，从多边制度建设的角度来构想日本国际作用的扩大。日本前首相中曾根就曾撰文指出："但凡日本想要作出国际贡献的时候，它都应该在以对话和合作为目标的多边框架中去做，它应该维持共同讨论的论坛以消除误解和疑虑。这是日本的迫切任务。"①

日本虽然意识到了多边主义对其扩大国际影响，消除区域国家对其军事发展的疑虑有着重要作用，但是它仍旧把日美双边安全关系视为任何形式的亚洲安全框架的基础，因而小心翼翼地避免使多边安排削弱日美双边关系。

日本虽然现今对于美国的指导"少了些舒服感"，但是仍旧需要在日美同盟的框架下寻求安全，这在很大程度上是由日本外交战略的有限性造成的。"美国阿斯本战略研究所提出报告书，分析日本今后可能选择的国家战略，认为有四种可能性：其一是单独大国战略，即在军事上脱离美国的保护伞，发展独自的军事实力，走'军事大国'的道路；其二是地域战略，即在日本所处的东亚地区营造包括该地区多数国家在内的经济集团，将美国排除在外；其三是现状维持战略，继续以日美安保体制作为对外关系的轴心；其四是全球性的非军事强国战略，以其强大的民生产业实力在全世界扩大影响。""上述四种战略中，实际可行的只有两种，即第一种'军事大国'战略和第三种'维持现状'战略。在日本尚不具备迅速发展独立军事力量的条件下，唯一可行的是在维持日本安保体制现状的前提下，逐步增强'独自的军事力量'和'政治自主性'。"②

2002 年 11 月 28 日发表的《21 世纪日本外交的基本战略》给日本战略的选择提供了答案："日本作为一个国家的最重要的目的是确保独立与国土、国民的安全。在可预见的未来，其现实的手段只有日美安保体制。"

多边主义安排虽然无法替代日美同盟的基轴地位，但是，随着国际形势的变化和日美势力对比的变化，日美同盟必将作出相应的调整。事实上，以

---

① 〔日〕中曾根康弘：《日本二十一世纪的国家战略》，海南出版社、三环出版社，2004，第39页。

② 冯昭奎等著《战后日本外交》，中国社会科学出版社，1996，第15、17页。

日美安保体制为基础的日美同盟是日美两国互有需要、相互利用的产物。美国需要借重日本的力量来推行其全球战略，巩固霸权地位，日本也需要美国的支持以实现其大国志向。但是，在日美安保体制下美国对日本"大国志向"的支持又是有限度的，所以，日美两国在密切合作的同时，也必然存在着控制与反控制的斗争；日美同盟关系对日本也具有一定的"瓶塞"作用。而日本也越来越不满于美国的束缚和牵制，日本许多精英认为，"日美同盟并不是日本的国家利益，而只是实现国家利益的手段。目前巩固日美同盟既符合日本的国家利益，但又不能完全满足日本的国家利益。"① 正如汉斯·摩根索所言："一个国家要不要实行联盟政策，并不是个原则问题，而是个权宜的问题。一个国家如果认为自己强大到足以自立而无需援助，或者认为联盟义务的负担可能超过期望得到的好处，它就会回避联盟。"② 《争论中的国际关系理论》一书中也谈到同盟的困境，"同盟会带来两个彼此关联的担心：背信弃义和再结盟，或者称作抛弃（abandonment）和牵连（entrapment）。这一同盟内部的安全困境使各国担心它们会在需要同盟时被盟友抛弃，或者由于受到盟友行动的牵连而去履行与它们自身安全关系不大的义务。格伦·斯奈德认为，各国会在抛弃与牵连之间进行权衡，以此维持两者的最佳平衡。安全上，一国对同盟的依赖越小，它行动的灵活性就越大，与同盟讨价还价的能力就越强。"③

所以，根据这种客观条件的限制，日本必然将在外交实际运作中积累对美国的离心倾向，而这种趋势将会对未来日本外交战略的选择以及日美同盟的未来发展起到至关重要的作用。就目前而言，日本要完全脱离日美同盟"单飞"闯荡国际社会似乎不太可能，但是却能在日美同盟框架内对日美同盟关系进行修补。有鉴于此，日本前驻美大使松永信雄就主张"日本应维护日美同盟关系，同时也要认识到，日本是存在于国际社会的独立主权国家，并非美国的从属国，因而日本应保有自己的主体性和独立性"。④

---

① 包霞琴、臧志军主编《变革中的日本政治与外交》，时事出版社，2004，第241页。

② 汉斯·摩根索：《国际纵横策论——争强权、求和平》，卢明华等译，上海译文出版社，1995，第239页。

③ 〔美〕詹姆斯·多尔蒂、小罗伯特·普法尔茨格拉夫：《争论中的国际关系理论（第五版）》，阎学通、陈寒溪等译，世界知识出版社，2003，第575页。

④ 2003年3月9日《日本经济新闻》，转引自孙文清《论"日美同盟"关系的"全球化"趋势》，《和平与发展季刊》2004年第4期。

二 日本政治转型与积极外交的二重奏

（一）日本政治转型的若干支点

20世纪90年代以来，在"政治"、"经济"、"社会"等"三个泡沫的崩溃"的社会背景下，日本国内政治经历了深刻的变革。变革主要体现在以下几个方面。

（1）社会思潮："新民族主义"泛起

社会思潮是某一特定历史时期国内生活及对外关系中突出矛盾的集中反映，是观察国民情绪与思想动态的风向标。战前，日本对外侵略、君临亚洲、称霸世界的指导思想是大和民族优秀论。如今，这一思想又以新民族主义的形式再现于日本的社会思潮之中。其核心是：既然大和民族是世界上最优秀的民族，那么对其他民族来说，它就理所当然地处于领导地位。

新民族主义主要表现在以下几个方面。首先，美化侵略历史。1996年，由105名自民党国会议员组成的自民党历史研究委员会编辑出版的《大东亚战争的总结》一书声称"满洲不是中国的领土"，日本是为了自卫、为解放亚洲而出兵的，以及"南京大屠杀是虚构的"等，极力为日本的对外侵略战争辩护。其次，放弃"和平宪法"。随着日本新民族主义的兴起，其不能拥有正式军队、放弃交战权等规定正被逐个突破。最后，拒绝国外批评。2001年，小泉当选首相后，无视亚洲邻国的抗议，让有争议的历史教科书通过文部科学省的审查，而且，我行我素地多次以首相身份参拜靖国神社。耐人寻味的是，其内阁支持率却一直居高不下。据一项舆论调查表明，有70%的被调查者赞成小泉首相参拜靖国神社。

（2）政党政策：同流化、总体右倾化

在2003年的第43届众议院选举中，自民党和民主党囊括了全部议席的86.3%。在2004年的第20届参议院选举中，两党议席合计仍占改选议席总数的81.8%。正如《日本经济新闻》在2003年大选后发表的社论所指出的，"日本政治朝自民党、民主党两大政党制迈出一大步"。自民党和民主党都是保守政党，彼此在加强日美同盟、重视安全保障等问题上几乎持有相同立场。

此外，日本"新民族主义"逐渐与日本现实政治、政策形成互动，对日本社会走向产生重要影响，使日本政治越来越右倾化，使日本政党的政策越来越偏离和平发展的方向。自保革对立的"55 年体制"解体之后，随着日本政局的分化改组，保守势力在日本政坛连连得势，革新政党涣散无力，日本政治（包括政治思潮）总体右倾化的迹象愈发明显。政治总体右倾化集中表现在历史问题上，而历史问题又突出表现为首相、阁僚及国会议员关于历史问题的错误认识并执意参拜供奉有甲级战犯的靖国神社，而制约力量则相对减弱。

（3）政坛意识："普通国家"论成为主流

冷战结束以后，日本政坛围绕国家定位和发展方向问题展开了长期的辩论。其结果是以小泽一郎倡导的"普通国家"论被越来越多的年轻政治家所认同，逐渐成为日本政坛的主流意识。小泽一郎的"普通国家"论在1993 年问世的《日本改造计划》一书中有充分的阐述。小泽一郎认为："'普通国家'需要两个必要条件：'其一，对于国际社会视为理所当然的事情，就把它作为理所当然的事情来尽自己责任去实行……这一点在安全保障领域尤为如此。''其二，对为构筑富裕稳定的国民生活而努力的各国，以及对地球环境保护等人类共同课题，尽自己所能进行合作。'他认为，日本在'经济援助'等领域已作出了一些国际贡献，在'安全保障'方面却远不尽人意。"①

（二）日本的积极外交

在国内新民族主义思潮的影响下，日本政治总体保守化、右倾化，"普通国家"观念也成了日本政坛的主流意识。也正是在新民族主义的社会思潮和"普通国家"的政坛意识合流的影响下，日本在外交领域积极开展活动，扩大国际影响，争取国际社会对其大国地位的认可。美国学者布热津斯基认为："由于历史和自尊心的原因，日本是个不完全满足于目前全球现状的国家，虽然日本的表达方式比中国更为克制。日本不无理由地感到它有资格被正式承认为世界大国。"②

日本的积极外交主要表现在以下几个方面。

---

① 〔日〕小泽一郎：《日本改造计划》，讲谈社，1993，第 102～105 页，转引自金熙德《日本政治大国战略的背景、理念与论争》，《东北亚学刊》2001 年第 1 期。

② 〔美〕兹比格纽·布热津斯基：《大棋局——美国的首要地位及其地缘战略》，中国国际问题研究所译，上海人民出版社，1998，第 228 页。

（1）加快构筑与美国的全球伙伴关系，提高日本的国际地位

20世纪90年代以来，日本一直遵循一个原则，即"利用与美国的特殊关系去争取全球对日本的承认"。① "9·11"恐怖袭击发生之后，在美国的默许下，日本积极介入阿富汗战争、伊拉克战争及战后重建等国际事务，以提高自己的国际影响力，争取国际社会的认可。

2005年2月19日，美日发表了《共同声明》，其中声明第13条提到："为更有效地应对各种威胁，美日双方均认为，应继续对日本自卫队及美国军队的角色、任务及能力进行审查。这种审查将包括军队所取得的成就与进步，如日本为应付突发事件所制定新防卫指针及相关法律、双方后勤支援及导弹防御系统合作等。双方还强调了美日两国军队加强协同作战的重要性。"② 这事实上就是要重新定位日本自卫队的角色，为日本自卫队配合美国的全球军事行动寻找依据。

而日美同盟关系的这种"全球化"趋势在其官方表述中早已出现。1990年日本的《外交蓝皮书》就已经指出："合起来约占世界GNP 40%的日美两国，不仅有责任对付两国间的问题，而且有责任共同对付与处理全球规模的问题。日美全球伙伴关系的重要性这一意识在日美两国正在被得到广泛认识并努力强化。"③ 1991年8月的美国《国家安全战略报告》认为："我们同日本的联盟依然具有巨大的战略意义。我们希望看到美日全球性伙伴关系超出传统的范围，进入到诸如救济难民、核不扩散以及环境保护领域。"④

（2）积极推进联合国改革，谋求安理会"常任"席位

在国际秩序中，除了美国的单极力量，日本也重视联合国的作用，为此，"入常"成为近年来日本政府在国际上谋求政治大国地位、防止国际孤立的重要战略步骤。首先，使国际社会肯定日本作为世界大国的政治地位。日本认为，冷战结束后，第二次世界大战以来形成的国际体制和力量结构发生了变化，新的世界强国的出现打破了原有平衡，安理会反映的冷战时代的

① 〔美〕兹比格纽·布热津斯基：《大棋局——美国的首要地位及其地缘战略》，中国国际问题研究所译，上海人民出版社，1998，第235页。
② 美日安全磋商委员会联合声明（全文），http://news.sina.com.cn/c/2005 - 02 - 21/19015894247.shtml。
③ 〔日〕外务省编《外交蓝皮书》，1990，第187页，转引自徐万胜《冷战后日美同盟关系的三大趋势》，《当代亚太》2000年第10期。
④ 冯昭奎等著《战后日本外交（1945～1995）》，中国社会科学出版社，1996，第227页。

力量结构已经不符合时代的要求，而日本成为常任理事国才能反映冷战后的国际关系现实。其次，以联合国为舞台更好地维护本国利益和发挥国际作用。日本不仅要参加联合国维和行动，而且更重要的是要参加其政治决策过程，这样才能表明日本的想法，并使之反映在联合国的决定中。最后，将其作为实现日本外交战略的关键步骤。冷战后日本外交战略大调整的核心是推进大国外交。联合国是日本外交"从以经济为中心走向以政治为中心"以及开展多边外交的最好舞台。河野洋平把日本外交描绘为三个同心圆，其中一个就是以发达国家首脑会议和联合国为轴的全球性合作，成为常任理事国则是确立全球性合作这一外交基轴的关键。

（3）扩充、突出经济外交政治色彩，扩大国际影响

20世纪80年代后，日本的对外经济关系已改变了原先单纯的经济目的，纳入了日本政治大国的战略轨道。利用对外经济关系来表明日本鲜明的政治态度，则是90年代以来日本对外政策的一大特点。在实现政治大国目标的进程中，日本不断强化着政府开发援助（ODA）的力度。目前，日本的ODA已连续数年居世界第一，在世界ODA总额中的比重也超过了20%。1994年8月，时任日本首相的村山富市提出一项面向亚洲邻国，从1995年度开始实施的为期10年、总额为1000亿日元的"和平友好计划"。该计划在第二次世界大战结束49年后才提出，决不能简单地将其视为日本对过去的侵略战争的反省，而是带有明显的政治目的的。

（4）推行多种外交形式，为政治大国目标服务

继20世纪70年代提出"多边自主"的全方位外交后，日本在80年代推出了"创造性外交"的模式，即以国际争端调解者和援助者的身份参与处理一些国际事务，以增大自己的政治发言权和扩大自己在国际上的影响。90年代初，鉴于形势的变化和现实的需要，日本又提出了"大国外交"的方针，其基本意图就是要在对外交往中以大国身份站在自主的立场上来决定自己所应担负的国际责任，变被动应付外交为富有能动性和创造力的外交。为此，在国际交往中，日本处处以"大国身份"出现，既承诺分担大国应负的责任，又声明享受大国应享的权利。冷战结束后，随着世界经济的发展和国际关系重心的转移，日本紧紧抓住时机，积极开展"环境外交"，以此密切同发展中国家的关系，增强在国际事务上的影响力和号召力；积极开展"文化外交"，通过多种渠道，提高日本外交的文化传播力，以消除亚洲邻国对日本的不信任感和戒心，拓展日本的影响力。

三　东北亚和谐区域的构建与日本的作用

(一) 东亚区域认同与自我疏远

近年来，有关"东亚共同体"的话题充斥日本。然而，当站在战后 60 周年的角度重新审视日本的"东亚共同体"论时，日本人的国际感觉和东亚认同感究竟是怎样的东西，就不能不仔细考量其中的复杂含义了。

近代日本对于东亚和世界的认识以福泽谕吉的《脱亚论》为代表。1885 年，福泽谕吉怀着对东亚邻国非"文明化"的鄙视与绝望心情，主张日本已经是和西洋文明诸国处于同一文明发展层次的国家，应该是西方的一员，而非亚洲的国家，应该像西洋国家那样对待中国、朝鲜。

然而，日本无法脱离地缘政治的规范，无法把自己搬出亚洲。因此，近代日本又萌生出日本是亚洲唯一文明先进国家的自大的国家主义——"大日本主义"。作为东亚的"文明中心"，日本立志要当"东洋的盟主"，要领导整个东亚世界。日本是在亚洲之内还是在亚洲之外，这种认识上的观念之争一直伴随着近代日本最终走向战争和毁灭的道路。①

战后，日本在美国的单独占领和主导的民主化改革中重生，成为一个"和平国家"。与此同时，日本挟经济大国的优越感而积极进行"国际贡献"。寻求政治大国化的进程在冷战结束后却遭到了严重的挫折，花费 130 亿美元的巨额战费捐款换来的却是国际社会的批评和日本颜面的丧失。而高速发展的日本经济在经过泡沫崩溃的冲击后，进入了长达 10 余年的萧条阶段。日本经济经历了长达 10 年的不景气局面，复苏乏力，这种现象不仅影响了国内人民对经济发展前景的信心，也使人民对政府回天无力感到失望。与此相呼应，日本政治地图发生巨变，"55 年体制"终结，政党政治进入多党联合的过渡时期。

一方面，涌动于国民大众当中的社会思潮不断地影响着各种政治力量的政策主张和利益要求的变化，形成其政策主张的社会思想基础。泡沫经济崩溃后日本国民的社会经济地位发生改变，国民要求改变现状的

---

① 大日方纯夫：《战后 60 周年——日本应该实行"脱亚"的转变》，http://www.asahi.com/ad/clients/waseda/opinion/opinion151.html。

呼声和愿望通过政党和政府主张进行经济结构改革的形式而得到具体体现。

另一方面，政党和政府非常注意舆论传媒的作用。它们控制社会舆论，制造制定和推行政策的契机和社会舆论基础，并力图使社会舆论朝着有利于自己的方向发展。政府不断地通过媒体向国民宣传日本正遭受来自邻国的武力威胁，使国民形成过度的危机感，从而认同和支持政府的发展军事力量、向海外派兵、实现走向军事大国的战略意图。

自大与自卑交织的国民精神传统导致一次次的机会丧失，日本并没有赢得亚洲邻国和世界的赞扬和同情。相反，日本在历史问题、教科书问题、领导人参拜靖国神社的问题上的反复，都不得不使人联想到日本是否会重走军国主义老路。

"9·11"事件后国际环境的变化和日本经济的低迷加剧了一般日本民众的危机意识，民众对日本将来前途的不安日益增强，国民对外认识和社会舆论大幅度"右倾化"。2003年日本国会大选的结果表明，在关于国家外交防卫问题上，日本国民的意识已经发生了重大的转变。在有事法制体制尚未定型的情况下，选民把"神圣的一票"投给了主张实行有事法制、强化日美同盟的自民党和民主党。这反映了国民基本认同自民、民主两党的主张和对于社民党等原有的和平势力的失望情绪。

另一方面，日本国内要求修改和平宪法，为自卫队重新定位、更名的呼声甚嚣尘上。篡改历史教科书、政府首脑欲参拜靖国神社、鼓吹发展军事力量等反映出日本的民族主义情绪日渐高涨。国民总体意识的保守化、右倾化的趋势说明在经济衰退、国民自信丧失的时期，激进的改革和极端的民族主义容易受到欢迎。政治家的靖国神社参拜、历史认识问题、沈阳日本领事馆事件等事例不仅说明了日本政治的总体右倾化，也充分体现了日本政府制定对外政策的国民思想意识基础，不能不引起我们的深刻思考。

由于政界的"总体保守化"，西方政治体制范本和以日美同盟为基轴的对外政策成了各派政治势力的共识，各政党在以日美同盟为基础来为对外关系定位方面出现了一致。特别是日本的外交政策日益受到"普遍价值论"和"中国威胁论"等冷战后西方新冷战思维的影响，不仅对华外交变得日益强硬，而且与此相应，在东亚区域合作与整合的问题上，伴随着争夺地区主导权，日本也处处采取了咄咄逼人的姿态。

（二）和谐稳定的国际秩序构建与日本外交的课题

"9·11"事件后东北亚地区政治与安全形势呈现流动化的特征。国际政治经济形势和战略环境，尤其是东北亚地区的政治安全局势对日本的对外认识与战略选择有着重要的影响。冷战结束后，东北亚地区的区域经济一体化趋势在经历了亚太金融危机之后更加显示出重要性和紧迫性。

东北亚地区存在着诸多矛盾，除目前的朝核问题外，区域内中日、日韩、日朝、朝韩、俄日之间存在着大量敏感的历史遗留问题和领土纠纷问题，它们都在不同程度上干扰着各国间的信任和合作。地区内国家间的相互信任度比较低，这在很大程度上增加了东北亚区域合作与构建和谐东北亚区域的难度。

冷战后，随着国际形势的变化，日本在外交战略上逐渐显示出争当政治大国的志向，意欲从美国的羽翼下走出来，改变战败国的形象，在国际事务中发挥更大的作用，尤其是要掌握亚洲事务的主导权。其突破口就选定了利用联合国改革的时机，争当常任理事国，提高自己的国际地位。日本政府在多种公开场合明确宣称要争当常任理事国，并不惜采用经济和政治的手段游说各国，志在必得。

诚然，战后日本在经济援助、解决南北关系、协助发展中国家开发经济等方面发挥过一些积极的作用。但是，日本是作为亚洲国家要求成为常任理事国的，而就目前日本在国际道义上和现实国际事务中的表现并不能深得亚洲邻国的充分信任与支持，为此日本必须正确对待历史问题，取得亚洲各国人民的谅解和信任，才能在国际上发挥更大的作用。

如何解决"国际协调与合作"的非平衡性问题，避免过分注重美国和轻视东亚邻国则是今后日本外交难以逾越的难题。近年来，"日本在领土问题、历史问题以及资源问题等方面不断的'疯狂之举'，有可能会促成邻国结成某种非正式阵线，共同应对日本的野心，同时也会让日本政治大国的梦想渐行渐远"①。

日本在能源、资源与领土问题上的表现不断地折射出其经济、政治和民族情绪问题。从中日俄等国的能源之争可以看出，问题的根源已经超出了简

---

① 曾向荣：《综述日本与邻国外交危机将使其政治大国梦破灭》，2005 年 3 月 27 日《广州日报》。

单的经济因素。俄罗斯东部石油和天然气输送管道的博弈，凸现中日两国乃至俄罗斯对能源安全、经济利益的关注程度。石油天然气管线之争并不仅仅在于能源本身，更多的则是出于国家战略层面的考虑。相对于中国的区域合作总体战略的考虑和优化能源结构及确保能源安全的现实选择，日本更多地从地缘政治战略的层面上积极进行参与，达到既遏制中国的能源多元化战略，又可扩大和确保在本地区的影响力的双重效果。

在区域安全领域，随着在日美同盟中的地位提高和作用增大，日本在东北亚地区安全战略格局当中的比重和意义也在不断增加。日本的"专守防卫"战略向"先发制人"的外向型转化、由"防卫日本"向"支援美军对外干预"为主倾斜，以及日本的后方支援和协同作战，这三点因素使得美国的东亚战略辐射纵深大大加强。日本对于军事贡献的积极态度和对周边事态的模糊处理，自然将使东北亚地区军事安全的战略平衡产生新的调整。日本向东北亚国际政治与安全发出的新挑战：导弹防御系统和先发制人战略的事实，将带来地区战略失衡；禁止武器出口原则的逐步放弃对于防止军备扩散的努力也将带来重大影响。

一个国家希望在政治上提高其国际地位，这是国家追求威信和对外影响能力的表现。通过成为政治大国，包括成为安理会常任理事国，可以更好地维护本国的利益，这是可以理解的。但是，只有尊重历史，敢于对历史负责，能够赢得周边邻国人民和世界各国信任的国家，才有资格和能力在国际事务中发挥更大的作用。日本在这方面还有很多事情需要认真去做。

东北亚地区面临着消除历史遗留问题的影响、促进各国安全对话与政治合作、发展各国双边关系的政治基础的问题。这里既包括如何妥善处理在各个历史时期遗留下来的体制性问题，也包括怎样对待和处理历史认识问题上的差异。通过双边和多边安全对话，取得安全战略的相互理解，可以减轻地区军备扩张的压力，消除各国安全战略的误解和盲区，使地区安全保持相对平衡的战略格局。同时，建立和发展相互信任关系也是促进东北亚经济繁荣与和谐区域构建的基本前提，而建立相互信任的合作机制是最迫切也是最有现实可行性的选择。

目前，东北亚地区各国之间相互信赖关系的基础还很脆弱，有人认为，造成这种相互不信任感的原因更多的是来自相互的错误认识。尤其是，对于那些对彼此国家未来走向理应明晰的政治精英和智囊人物来说，他们的判断模糊不仅会严重地影响到国家的政策决定，而且会直接导致国民的不安和相互不信任感的产生。这在很大程度上说明了问题的关键所在。

如何对待历史是处理东北亚国家关系的政治基础，也是面向未来的出发点。东北亚各国对于日本的政治走向的深刻关注，是基于对日本的处于国家战略转型期所面临的战略不确定性和政治右倾化倾向的认识基础之上的。

东北亚和谐区域的构建和区域合作的发展，以及地区政治互信与信赖关系的建立，不仅取决于各国政府的相互政策的制定和实施，更重要的是取决于各国人民的相互认识和理解如何深化，能否做到"增信释疑"。只有国民层面上的相互认识和理解达到新的高度，才有可能推动各国政府建立和发展友好合作关系，在国际政治、经济及全球性问题等领域加强协调与合作，为世界和平与发展及全人类的进步事业作出积极贡献。

日美同盟与冷战后日本的军备扩张

徐万胜*

自 1993 年起，日本已连续 10 余年成为仅次于美国的世界第二防卫费用支出大国。据统计，1993～2006 年，日本的年度防卫预算案分别为 46406 亿日元、46835 亿日元、47236 亿日元、48455 亿日元、49475 亿日元、49397 亿日元、49322 亿日元、49358 亿日元、49553 亿日元、49560 亿日元、49530 亿日元、49030 亿日元、48564 亿日元、48139 亿日元。[①] 根据《2005 年度以后的防卫计划大纲》的规定，日本将建设一支"多功能而灵活有效"的防卫力量，以提高应对新威胁和各种事态的能力。这样，在巨额防卫费用的支撑下并借助于日美同盟的拉动，日本自卫队的军事装备正向着大型化、远程化、尖端化、攻击化的方向发展。

一　日美军工合作与日本的质量建军

质量建军的思想是日本政府在 20 世纪六七十年代进行防卫力量扩充时提出来的。这主要是因为受国内宪法以及国际舆论的限制，日本很难大规模扩充自卫队人数，只能建立适当规模的防卫编制。在此前提下，日本军力扩充的唯一方式，就是在保持一定规模的自卫队人数的情况下，努力追求防卫力量质量的提高。

为适应世界军事技术的发展趋势，不断更新武器装备是日本政府质量建

军的最主要措施。早在 1995 年 11 月，日本安全保障会议和内阁会议共同决定的《防卫计划大纲》中明确提出，将进一步推进防卫力量的"合理化、效率化、精锐化"，谋求防卫力量"质的提高"。1991～2005 年，日本政府先后制定并实施了 3 个五年度"中期防卫力量整备计划"，重点就是改进与更新自卫队的武器装备水平。

在此过程中，加强与同盟国美国之间的军工合作，是日本政府实现"质量建军"的有效途径。众所周知，美国作为世界上头号的武器生产与出口大国，其军事技术水平在诸多领域均领先于日本。因此，为了深化日美两国在武器装备与技术领域的合作关系，实际上，从 1980 年 9 月起，日美两国的军工部门一直连续举行"日美装备技术定期磋商"会议，至 2003 年 2 月已先后举办了 23 次。

目前，日本自卫队中装备的高技术武器装备，大多在不同程度上与美国相关联：它们或是完全依赖从美国订购及有偿援助（即 FMS, Foreign Military Sales），或是根据美国的许可证进行生产，或是日美两国共同研制的。

首先，对于本国尚不具备技术研发能力，且自卫队需求量小的武器装备，日本基本上采取完全依赖从美国订购及有偿援助的方式，并主要体现在运输机、预警与控制飞机、火控雷达、监视雷达、多管火箭炮、舰对潜导弹系统、近防武器系统、舰空导弹系统、登陆艇等武器装备领域。

例如，在 20 世纪 90 年代里先后编入海上自卫队现役的四艘"金刚"级宙斯盾驱逐舰①，虽然舰体为日本国产，但其高速电子计算机系统完全从美国购入。该高速电子计算机系统可以综合处理有关敌方舰艇和飞机的信息，并对如何反应作出判断。从 1998 年 3 月至 1999 年 3 月先后编入现役的四架 E－767 型早期预警与控制飞机，也是从美国整机购入或由美国有偿援助的。该飞机的活动半径为 1850 公里，高空目标探测距离达 780 公里，低空及水面目标探测距离达 400 公里，并可与日美两国的地面雷达站及先期获得的 E－2C 早期预警机（由美国有偿援助获得）联网，从而形成全方位、多层次、大纵深的预警和空中指挥系统。除此之外，仅在 90 年代前半期，日本即从美国订购诸多武器装备：1993 年订购 9 个 ASROC VLS 舰对潜导弹

---

① 第一艘"金刚"号于 1993 年编入现役，第二艘"雾岛"号于 1995 年编入现役，第三艘"妙高"号于 1996 年编入现役，第四艘"鸟海"号于 1997 年编入现役。另外，2005 年 9 月，最新型的宙斯盾驱逐舰——"爱拓号"已在长崎造船厂下水，它具备了更强的信息作战、海面作战与反潜能力。

系统，用于装备 9 艘"村雨"级驱逐舰；1993 年订购 4 个 RGM - 84 舰舰导弹系统，用于装备 4 艘"金刚"级猎雷舰；1993 年订购 18 个"密集阵"Mk - 15 近防武器系统，用于装备 9 艘"村雨"级驱逐舰；1993 年订购 9 个"海麻雀"Mk - 48 舰空导弹系统，用于装备 9 艘"村雨"级驱逐舰；1994 年订购 2 艘 LCAC 登陆艇；1994 年订购 9 架"湾流 - 4"运输机；1995 年订购 8 架 Bae - 125/RH - 800 运输机，等等。

其次，对于本国自行研制周期长且耗资多的武器装备，日本基本上采取经美国许可引进生产线或是与美国联合研制的方式，并主要体现在直升机、电子情报飞机、战斗/教练机、战斗机、预警机、海上巡逻机、运输机、空空导弹、反坦克导弹、地空导弹、舰炮等武器装备领域。

至 20 世纪 90 年代初，日本已先后从美国引进的武器装备生产线主要有：F - 4EJ 战斗机生产线、F - 15J 战斗机生产线、P - 3C 反潜巡逻机生产线、AH - 1S 反坦克直升机生产线、CH - 47J 运输机生产线、UH - 60J 直升机生产线、SH - 60J 反潜直升机生产线、"爱国者"地对空导弹生产线，等等。其中，日本根据美国许可证生产的 F - 15J 在 21 世纪初期仍是其航空自卫队的主力作战飞机（装备有 200 余架），它的最大速度为 2.5 马赫，战斗中可上升到 20400 米高空，最大航程为 4600 公里，主要用于高空和远程防空拦截作战，是世界顶尖级的全天候型战斗机。

进入 20 世纪 90 年代以后，日本又加大了从美国购入武器装备生产许可证的力度。例如，1990 年购买生产美国的 1330 枚 AIM - 7M "麻雀"空空导弹的许可证，1992 年购买生产美国的 3 架 EP - 3 "猎户座"电子情报飞机的许可证，1994 年购买生产美国的 3 架 UP - 3D "猎户座"预警飞机的许可证，等等。另外，从 1993 年起日本开始在美国订购 MLRS 多联装火箭炮，并装备陆上自卫队。在此基础上，2002 年 3 月 26 日，日美两国达成谅解备忘录，美国授权日本生产 MLRS 多联装火箭炮。众所周知，MLRS 多联装火箭炮一次可齐射 12 枚射程达 40 公里的 M77 型火箭弹，且每枚均为可爆裂成 644 颗子弹的子母弹型火箭弹，杀伤力极大。

1991～2005 年度，根据日本政府所制定的三个"中期防卫力量整备计划"，以经美国许可引进技术生产线方式获得的主要武器装备详情如表 1①。

---

① 该表格根据〔日〕《防卫手册》，朝云新闻社，2003，第 112 页、第 124 页、第 135 页整理而成。

表1　日本自卫队经美国许可生产的主要武器装备（1991~2005 年度）

军种区分	武器种类	整备数量 （1991~1995 年度）	整备数量 （1996~2000 年度）	整备数量 （2001~2005 年度）
陆上自卫队	AH-1S 反坦克直升机	18 架	3 架	—
	CH-47J 运输机	12 架	9 架	7 架
海上自卫队	P-3C 反潜巡逻机	5 架	—	—
	SH-60J 反潜直升机	31 架	37 架	39 架
航空自卫队	F-15J 战斗机	29 架	4 架	12 架
	CH-47J 运输机	2 架	4 架	12 架

并且，日美两国在军工领域共同开发研制的倾向有所增强，双方先后就"涵道火箭发动机"、"战斗车辆陶瓷发动机"、"无害激光雷达"、"ACES 弹射椅"、"先进混合推进技术"等一系列问题缔结政府间协议，共同进行研发。与此同时，日美两国在武器装备领域的联合研制也取得了重要成果。例如，由日本的三菱重工业公司负责设计和制造，美国的通用动力公司和日本的川崎重工公司、富士重工公司作为合作厂家参与研制的F-2 支援战斗机，从 2000 年开始装备航空自卫队（计划最终装备 130 架）。该机是以美国 F-16 战斗机为基础，采用了先进的航空电子设备、"隐形"材料等，具备极强的制空能力和对地对海作战能力，并具备空中加油能力。

此外，日美两国还注重发挥民间企业的技术优势，于 1996 年 4 月签署了《日美民间企业联合研究军民两用技术协定》，并着手尝试以开发民用产品的方式来提升军用产品的技术水平。例如，2006 年 5 月，据日本媒体报道，日美两国决定联合研制新型超音速飞机，预定设计飞行速度为 2 马赫（普通客机的飞行速度为 0.9 马赫左右）。[①] 由于该飞机的生产技术与工艺可全面转用到军事领域的高速大型航空器上，必将提升日本的军事运输能力。

根据《2006~2010 年度中期防卫力量整备计划》，未来 5 年的日本防卫预算总额约为 24.24 亿日元[②]，其武器装备的具体整备情况如表 2 所示。

---

① 〔日〕2006 年 5 月 7 日《日本经济新闻》。
② http://www.people.com.cn/GB/junshi/1077/3046858.html。

表 2　"新中期防卫力量整备计划"的主要武器整备规模

陆上自卫队	坦克	49 辆
	火炮(迫击炮除外)	38 辆
	装甲车	104 辆
	战斗直升机(AH－64D)	7 架
	运输直升机(CH－47JA)	11 架
	中程地对空导弹	8 个中队
海上自卫队	宙斯盾舰的性能改良	3 艘
	驱逐舰	5 艘
	潜水艇	4 艘
	其他舰艇	11 艘
	建造舰艇总计(吨数)	20 艘(约 5.9 万吨)
	新型固定翼巡逻机	4 架
	巡逻直升机(SH－60K)	23 架
	反潜·运输直升机(MCH－101)	3 架
航空自卫队	地对空爱国者导弹的性能改进	2 个作战群
	战斗机(F－15)的现代化改修	26 架
	战斗机(F－2)	22 架
	新型战斗机	7 架
	新型运输机	8 架
	运输直升机(CH－47J)	4 架
	空中加油运输机(KC－767)	1 架

资料来源:〔日〕2004 年 12 月 11 日《朝日新闻》。

毫无疑问,在上述计划的实施过程中,通过与美国之间的军工合作,日本不仅大大缩短了其自卫队主要武器装备的更新换代周期,而且提高了自卫队武器装备的质量水平,促使其相当一部分武器装备的作战性能处于世界前沿水平。

二　日美联合开发弹道导弹防御系统

日美联合开发弹道导弹防御系统不仅是两国在军事高技术领域合作的典型代表,而且将大幅提高日本军事装备的整体攻防水平。

弹道导弹防御系统的开发,源于 1983 年 3 月美国总统里根提出的战略防御计划(即"星球大战"计划)。稍后,1987 年日美两国曾签署了《关于日本参加研究战略防御计划的协议》。但至 1993 年 5 月，美国政府终止了战略防御计划，并以开发战区导弹防御系统（即 TMD）的计划取而代之。

与此同时，1993 年 5 月底，朝鲜在日本海首次成功地进行了"劳动 1号"弹道导弹试验。在所谓朝鲜"导弹威胁"的背景下，日美两国不断就联合开发战区导弹防御系统问题进行磋商。其间，1993 年 12 月，两国设立了"美日 TMD 工作小组"；1996 年 2 月，日美两国交换了关于美国无偿向日本提供战区导弹防御情报的公文；1998 年 2 月，日美两国就联合进行战区导弹防御系统技术研究问题达成了基本协议。

由于政治和经济原因，日本国内部分势力对建立日美联合战区导弹防御系统原本存有疑虑。恰在此时，1998 年 8 月 31 日，朝鲜用其自行研制的三级运载火箭发射了人造卫星。但日本政府却坚持认为朝鲜发射的是"大浦洞 1 号"弹道导弹，并借此加快了与美国联合开发战区导弹防御系统的步伐。1999 年 8 月 16 日，日美两国在东京正式签署了"共同研究开发战区导弹防御系统协议换文和列有具体研究项目的备忘录"，标志着日美联合开发战区导弹防御系统的计划正式启动。

美国政府所推进的战区导弹防御系统，是在美国本土以外的美军利用军事卫星跟踪敌方弹道导弹，并通过发射迎击导弹将敌弹拦截击毁的高技术导弹防御系统。它主要由军事卫星、地面雷达和战斗指挥管理系统三部分组成。依据部署方式的不同，战区导弹防御系统又可分为陆基、海基和机载防御系统。根据日美两国的协议，双方联合开发的是"海基弹道导弹拦截系统"（NTW），计划依靠美国早期预警卫星提供的情报，在海上自卫队的宙斯盾驱逐舰上配备"标准 - 3"导弹，以实现公海上空拦截。

1999 年起，日美联合开发的战区导弹防御系统进入技术研究阶段。在技术研究领域，日美两国的合作范围主要体现在新型"标准 - 3"导弹的研发上，包括新型导弹头鼻锥、动力弹头、红外线跟踪传感器、3 级火箭中第 2 节火箭推进装置等四部分。其中，日本方面主要负责开发第一和第四部分，剩余部分由美国负责开发。为此，日本政府在 1999 年度的防卫预算中追加了 9.6 亿日元，此后又分别于 2000 年度、2001 年度、2002 年度拨款 20.5 亿日元、37.1 亿日元、69.4 亿日元，用于实施上述四个导弹构成部分的设计及试验。

2001 年底，美国政府又将战区导弹防御系统（TMD）和国家导弹防御系统（NMD）合并为统一的弹道导弹防御系统。

尽管如此，日美两国的联合开发仍促使日本政府部署导弹防御系统的进程加速。2002 年 12 月，在美国国防部宣布将从 2004 年开始部署导弹防御系统之后，日本防卫厅长官石破茂也随即声称日本将把日美两国正在研制中的弹道导弹防御系统推进到开发和部署阶段。2003 年 6 月 21 日，日本政府正式决定出资从美国购入弹道导弹防御系统，该套系统将由在大气层外截击导弹的宙斯盾舰载"标准－3"型（SM－3）导弹系统和在地面附近截击导弹的地对空"爱国者－3"型（PAC－3）导弹系统两部分组成，从而构筑起由海基中段防御系统和地基末段防御系统组成的双层防御体系，并计划于 2008 年 3 月前初具实战能力。

为落实上述决定，日本政府在 2004 年度的 4.96 万亿日元防卫预算中，专项拨款 1068 亿日元用于部署战区导弹防御系统，以便改造宙斯盾舰和"爱国者"导弹系统，并购进舰载"标准－3"型导弹和"爱国者－3"型防空导弹。该项支出在 2005 年度的防卫预算中又增为 1442 亿日元，涨幅达 35%。[1] 至 2003 年夏，即在日本开始部署弹道导弹防御系统之前，日本自卫队已配备有 120 部"爱国者－2"型导弹发射装置和 4 艘装备"标准－2"型防空导弹的宙斯盾导弹驱逐舰。今后几年里，日本若要具备全面的反弹道导弹能力，至少新增 4 艘宙斯盾导弹驱逐舰、4 架大型空中预警机、新型地对空监视雷达以及大量的"爱国者－3"型导弹与"标准－3"型导弹等。另据日本国内的保守估计，导弹防御系统从技术研究到实战部署完毕，费用将高达 1 万亿日元。[2]

在"爱国者－3"型导弹的部署方面，日本政府计划在 2010 年前部署 124 枚"爱国者－3"型导弹，其中，首批 32 枚将由美国制造，其余 92 枚将根据协议由日本三菱重工制造。[3] 2005 年 3 月，日美两国签署协议，允许日本制造"爱国者－3"型导弹。"爱国者－3"型导弹主要是对宙斯盾驱逐舰发射的拦截导弹未能击中的来犯导弹实施再次拦截，其拦截距离为 4 万米～5 万米。与"爱国者－2"型导弹相比，它增加了多功能搜索雷达、增程导弹发动机、新型战斗部和垂直发射系统。日本将先在东京周边部署，随后扩展到其他主要城市。

---

①　http://news.163.com/2004w09/12684/2004w09_ 1095911016068.html.

②　于庭：《日本导弹防御计划解析》，载《外国军事学术》2004 年第 2 期，第 40 页。

③　〔日〕共同社 2005 年 11 月 12 日电，转引自 2005 年 11 月 14 日《环球时报》。

在"标准－3"型导弹的部署方面，2006年1月，日本政府计划从2007年开始至2010年，将以每年9枚的速度从美国购买总共36枚"标准－3"型导弹，并在2007年末实现首舰配备"标准－3"型导弹的驱逐舰部署工作。与有效打击距离只有80公里的"标准－2"布洛克3B型导弹不同，"标准－3"布洛克1A型导弹的有效打击距离为450公里，并且增加了第3级脉冲发动机，其"大气层外射弹"动能拦截器（LEAP KKV）采用直接碰撞方式摧毁目标，最小拦截高度为8万米，最大拦截高度为15万米。

与此同时，日本已对现有的宙斯盾导弹驱逐舰进行改造，以便具备搭载"标准－3"型导弹的能力。早在1998年底，日本曾派出一艘"金刚"级宙斯盾导弹驱逐舰赴夏威夷，试射"标准－3"型导弹，以验证其兼容性。并且，从日本新建的"爱拓"级宙斯盾导弹驱逐舰①起，日本的宙斯盾导弹驱逐舰将完全具备发射新型"标准－3"型导弹的能力。

这样，随着日本弹道导弹防御系统的部署进入实质性阶段，日本通过从美国购入先进的导弹拦截及指挥系统，以及加强自身的早期预警、导弹技术方面的研发能力，导致自卫队对传统武器装备的依赖度进一步降低，其军事装备的数字化、信息化程度显著提高。

日本建立弹道导弹防御系统，是美国弹道导弹防御战略的有机组成部分和日本军事大国化的重要体现。同时，它也对东亚地区安全形势造成了诸多消极影响，扩散了导弹防御技术，诱发了新一轮地区军备竞赛。

三 同盟战略需求与日美军事装备的"相互通用性"

冷战后，在日美同盟强化的背景下，日本自卫队如何在海外向美军提供后勤支援以及保障日美联合作战的有效性，成为日美同盟拉动日本军备扩张的根本战略需求。为此，日本自卫队极力谋求日美军事装备的"相互通用性"。所谓"相互通用性"，是指日美两国军队"在遂行共同任务之际，部

---

① 作为日本海上自卫队最新型的宙斯盾驱逐舰，第一艘"爱拓"号于2005年9月下水，它与"金刚"级驱逐舰相比，在信息战方面配备了最新的AN/SPY－1D（V）型"宙斯盾"雷达，具备更完善的电子对抗能力，并显著提高了对低空掠海目标的探测能力，能准确快速地对敌方巡航导弹和其他威胁作出反应。按计划，至2010年，日本海上自卫队将装备2艘"爱拓"级导弹驱逐舰。

队及系统互相提供服务与支援，具备有效地联合作战的能力"，其关键在于后勤补给及兵器的互通、情报信息的共享。①

2000 年 12 月，日本安全保障会议和内阁会议共同决定的《2001～2005 年度中期防卫力量整备计划》提出，主要从改编自卫队体制、更新装备、提高自卫队的快速反应能力及与美军联合作战的能力等三个方面来加强防卫力量的建设。对此，日本社会舆论认为，"新防卫力量整备计划"是"以具体形式体现了《日美安全保障联合宣言》和《日美防卫合作指针》的精神"②。从近年来日本防卫力量整备实践来看，日美军事装备的"相互通用性"主要表现在自卫队远洋运输能力的提高、信息作战能力的加强、美式武器装备的购入等方面。

首先，为了自卫队在海外向美军提供后勤支援，日本通过配备大型化、远程化武器装备来提高自卫队的远洋运输能力。

1998 年 3 月，"大隅"级运输舰开始在海上自卫队服役，以满足自卫队向海外运兵支援美军行动的需求。该级运输舰标准排水量为 8900 吨，长 178 米，宽 25.8 米，一次可运载 330 名登陆兵、2 艘 LCAC 气垫登陆艇、10 辆 90 型坦克，或是装载 1400 吨货物。尤其值得注意的是，该级运输舰备有 130×23 米的飞行甲板，可同时供 6 架 CH-47J 型直升机作业，可谓是"变相的轻型航母"。毫无疑问，自卫队计划配备的 3 艘"大隅"级运输舰，不仅具备将大量的人员与物资运至远方的能力，而且具备短时间登陆、形成桥头堡的能力。此外，作为现役运输机 C-1 的后续机种，在新的"中期防卫力量整备计划"中航空自卫队计划采购 8 架新型运输机 C-X。该运输机的续航距离为 6500 公里，最高巡航速度可达 890 公里/小时，最大净载重量约为 26 吨，可搭载大型战斗车辆。由于运输机 C-130、C-1 均无法搭载大型战斗车辆，因此，C-X 的引进将使航空自卫队的投送能力得到质的提高。

2001 年 12 月，日本安全保障会议又正式决定未来五年内采购 4 架由波音-767 型客机改装的 KC-767 型加油运输机，装备一个航空团基地，其目的显然是为了满足向美军"提供物资（武器弹药除外）及燃料、油脂、润滑油"的需求。随后，日本不仅租用驻冲绳美军基地的美空军的 KC-135

---

① 〔日〕江畑谦介：《日本的军事体制——自卫队装备的问题点》，讲谈社，2001，第 69 页。
② 〔日〕2000 年 12 月 16 日《每日新闻》。

空中加油机进行训练，而且派遣空中加油机的候补驾驶员到美国本土接受培训。2003 年 6 月，在由美军太平洋空军司令部主持的"合作对抗"多国演习中，6 架参演的日本航空自卫队主力战机 F‐15J 首次以空中加油的方式飞越太平洋（接受美军空中加油机的加油）。日本采购的第一架空中加油机从 2006 年起正式担负作战任务。据分析，航空自卫队现役的 F‐15J、F‐4EJ、F‐2 型 3 种主战飞机在实施空中加油后，其作战半径可增加一倍以上，达 1600 公里，能覆盖整个朝鲜半岛、大部分亚太国家和地区；在得到空中加油的支援下，不仅 C‐130 运输机可将部队和物资投送到全球任何地方，E‐767 预警机、E‐2C 预警机和 RF‐4EJ 侦察机的预警及侦察巡逻等作战行动时间也将大幅延长。

其次，为了保障信息化战争条件下日美联合作战的有效性，日本以美军武器装备的技术水平为标准来加强自卫队的信息作战能力。

美军作为冷战后世界新军事变革的引领者，其信息化作战的军事理念对日本自卫队的军备建设方向产生了诸多深刻影响，促使自卫队的武器装备以适应信息化战争需求为目标，不断加大改进力度。例如，P‐3C 反潜巡逻机是于 20 世纪 80 年代装备海上自卫队的，后受美军新军事变革的影响，日本在 90 年代对该机进行了新的技术改进，相继改装了新型的 CP‐2044 型机载计算机、HLP‐109 型电子对抗设备、GPS 卫星导航装置、APS‐135 型雷达等，进一步强化了反潜作战能力；日本航空自卫队也从 1997 年开始对 F‐15J 战斗机进行改装，主要项目包括换装新型火控雷达、中央计算机系统，配装综合电子战系统，加装红外搜索跟踪装置。另外，2003 年 8 月，日本防卫厅决定加紧部署弹道导弹防御系统，其理由在于"若不统一日美军事技术水准的步调和确保互动性，安全保障的同盟关系将不被信赖"[①]。

在加强自卫队信息作战能力的过程中，日本尤其重视情报共享系统的建设。例如，20 世纪 90 年代末期美国海军提出名为"CEC"[②] 的情报共享扩大计划，日本海上自卫队随即表示关注，并探讨如何加以引进。进入 21 世纪后，日本为了实现舰艇间、舰艇和陆上司令部之间的情报共享，成立了装备有 IP 通信网的海上作战部队 IP 通信基地。

---

① 〔日〕2003 年 8 月 30 日《读卖新闻》。

② 简单而言，某一海域的舰艇与飞机能够共享彼此的警戒情报，互相融合，并能采取非常有效的迎击行动。

最后，满足同盟战略需求与实现日美军事装备的"相互通用性"，最为简单且有效的方式便是自卫队大量购进美式武器。关于此点，从前述日美军工合作中可以看出，日本自卫队所装备的美式武器种类多、质量高，这无疑为提高日美军事装备的"相互通用性"奠定了基础。

目前，在军事装备的"相互通用性"方面，日本海上自卫队与美国海军结合得最为紧密。例如，海上自卫队的潜水艇所搭载的远程鱼雷虽为日本国产，但与美国海军潜水艇搭载的鱼雷直径相同；水面舰艇及直升机所搭载的短程鱼雷为国产型或美国制。同时，日美两国海军之间频繁的联合军事演习，更有利于提高"相互通用性"。

另外，即使是日本从第三国购进武器装备，前提条件之一也是该国的武器装备同样为美国军队所采用。例如，日本在 90 式主战坦克的研发过程中，原计划在该坦克上安装本国制造的 120 毫米滑膛炮，后来却决定采用联邦德国莱茵金属公司研制的 120 毫米滑膛炮，其原因就在于美国的 M1A1 主战坦克采用了该型火炮，这样，便可以保障日美两国主战坦克的火炮具有通用性。

值得指出的是，仅就军事战略而言，日美两国之间仍存有较大距离。日本至少在形式上尚坚守"专守防卫"战略，而美国的军事战略则是全球性的，美军装备也必然要谋求保持世界最高水平。但是，以日美同盟的战略需求为借口，日本自卫队大量配备日美相互通用性军事装备，自然使得日本的军备水平不断提升、作战能力大幅增强。

日本学界各流派的日美同盟论争

张玉国[*]

日美同盟的维持与变革问题，一直是困扰日美两国关系最主要的问题。从冷战后日美两国的议论看，同盟关系被看做是日美两国关系的基础，同盟关系的变化反映着两国关系变化整体趋向；同盟也被看做是一种制度或者机制安排，其作用还涉及地区安全结构和国际体系及秩序的调整；同盟还被看做是一种安全传统和战略文化纽带，成为预测未来的参照。因此，冷战后的日美同盟论争实际成为对过去的历史性反思、对现在战略的现实性摸索、对未来选择的战略性架构。也正因为如此，同盟论争既是相对于权力或利益而言的安全与威胁的论争，也是相对于机制或制度而言的形式与结构的论争，还是相对于战略文化或观念而言的追随与制衡的论争。本文借鉴美国学者迈克·望月对美国专家、学者日美同盟观的权威性分析，[①]对日本的日美同盟论进行一种整体性的总结与归类，以便对日本的议论有一个更清晰的脉络。

一 "解散或废除同盟"派

这一派的主要代表除一些进步学者外，还包括日本各地的反基地运动的支持者。在政党中，日本社会党在20世纪90年代也曾提出"将安保条约转

---

* 张玉国，吉林大学东北亚研究院副教授。

① 〔美〕迈克·望月：《日美同盟：超越防卫指针》（*The US-Japan Alliance：Beyond the Guidelines*），http：//nippon. zaidan. info/seikabutsu/2001/00107/contents/00004. htm。

换成和平友好条约"的政策建议；日本共产党也在 2004 年的新党纲中明确
将废除条约、撤除基地，用基于平等基础上的和平友好条约取而代之，作为
党安全政策的核心内容。① 这个流派以"自立"与"经济发展"为核心议
题，其中性主张的代表是"非武装中立论"，其极左的主张体现为"永久中
立论"，其极右的主张体现为"完全自主防卫论"、"军事大国论"，而许多
美国学者往往称之为"国际空想论"。②

这一派别最核心的观点如下。

1. 日美同盟是冷战的产物，应对的主要威胁是苏联

日本原驻印度大使野田英二郎指出，如果说同盟是以应对共同敌人为
前提的存在，那么，20 世纪 90 年代以后日本完全没有了敌人，"同盟"已
经成为"没有任何实质内容的'时髦话语'"，再用"同盟"来议论安全
与外交已经没有意义。"不论从远东地缘政治还是基地问题不幸的历史看，
安保条约业已成为一种'外交辞令'。"③ 原防卫厅长官竹冈胜美也强调，
现在"冷战已经结束，日本的具体外来侵略威胁已经消失，这意味着有事
法制已经没有必要，不能将中国、朝鲜作为'假想敌国'，日美安保体制应
该尽快撤销"④。

2. 维持驻军是美国的首要任务，美军并不是在保护日本的安全

说美军的存在对日本安全来说必不可少只是一种欺骗，"核保护伞"、
"敌国威胁"也是一种"虚构的假想"，美国关心的是日本 75% 的驻军财政
支援和美国自身的安全。⑤ 因此，安保同盟非但对日本安全无益，反倒会使
日本面临卷入战争的危险。

3. 美军的存在是"国耻"

美国实际上是将日本变成了一个"基地国家"，日本成为美国的"卫星
国"，成为"美国的第 51 个州"，只要美军存在，美国的"对日占领"就远

---

① 《日本共产党党纲》（2004 年 1 月 17 日第 23 届党全会修订），http：//www. jcp. or. jp/jcp/
Koryo/index. html。

② 〔美〕兹比格纽·布热津斯基：《大棋局——美国的首要地位及其地缘战略》，上海人民出
版社，1998，第 234～240 页。

③ 〔日〕野田英二郎：《安保条约应废除》，International Herald Tribune/ The Asahi Shim，2001 -
06 - 23、2001 - 06 - 24。

④ 原防卫厅长官纪念演讲 "21 世纪废除日美安保条约"，http：//www. jlp. net/news/
020725b. html JHJ1. anc。

⑤ 〔日〕都留重人：《日美安保废除之路》，东京，岩波书店，1996。

没结束，"容忍包括首都在内的日本全国都驻扎美军，这理所当然是'国耻'"①。因此，应该"废除安保条约，撤除全部美军基地"②。

二　"一国和平主义"式的"消极现实主义"派

这一派最具有代表性的思想就是"吉田主义"。吉田茂多次讲到自己思想的根本，即"（在重新武装的日子到来之前）防务暂时让美国人去搞，有人说这是要滑头，那就让他们说去吧。宪法正好是最好的挡箭牌"③。在对安全的不懈追求中，"决策者要在同盟与额外军备的成本之间作出权衡，要对结盟和军备成本与在国际社会中丧失自主性或独立行动能力的成本进行比较，还要考虑国内经济为额外军备所付出的代价"④。从这一视角看，吉田路线是对日本经济和军事力量发展的一种排序，是渐进性的发展策略安排。在他们看来，与美结盟是日本战后最重要的国策，这不但是一个安全的问题，更为重要的是关系到日本独立和发展的问题，也就是日本人所说的"国体维护"。这是一切问题中的关键，而依附美国、利用美国是关键中的关键一环。

尽管日本的大国化与冷战的结束使"吉田路线"遭到质疑，但"吉田主义"的思想仍有很强的影响。在许多人看来，"日美同盟"、"日美基轴"是绝对的、压倒一切的先决条件的时代已经过去，日本越来越要求平等化，增强战略的相互性，从被动接受向建设性的战略对话发展。前外务次官栗山尚一就曾指出："今后日美基轴还必须延续，但是对美关系最大的问题是日美影响力的巨大差距。与美国这样在所有领域都有巨大影响力的国家保持健全的关系是非常困难的，如果那样就很容易变为附庸，但如果反抗就会被认为你可能会背叛。特别是日本，自身的安全不得不很大程度依存于美国，这样的危险是经常存在的。避免这样的局面发生的最好方法是日本自身掌握更强的外交力、软实力，采取更自主的行动。由此，使美日作为共同塑造国际秩序的伙伴，建立更加对等的美日关系。"⑤ 也就是说，那种"商业挂帅的

---

① 竹冈元防卫厅长官纪念演讲"21世纪废除日美安保条约"，http://www.jlp.net/news/020725b.html JHJ1.anc。

② 〔日〕野田英二郎：《废除日美安保条约》，日本《世界》杂志1997年1月号。

③ 〔日〕宫泽喜一：《东京—华盛顿会谈秘录》，北京，世界知识出版社，1965，第100页。

④ Michael F. Altfeld, "The Decision to Ally: A Theory and Test," *The Western Political Quarterly*, 37 (4) (December 1984): 523 – 543.

⑤ 〔日〕栗山尚一：《对日本外交期待》，《国际问题》2000年4月号，第29～49页。

现实主义"① 虽然已有悖时代要求,但"居于岛国的日本人对安全的乐观想法,仍然是成为孕育'一国和平主义'的土壤"②,日本仍然需要那种"善意的庇护"。在日本足够强大之前,仍需要日美同盟的延续。

冷战后,船桥洋一的"民生大国论"和宫泽喜一的"全球生活大国论"某种程度上说都是新"吉田主义"的延续。在对美战略上,日本仍然需维持"美国施压——日本讨论——美国'制裁'——日本让步"的策略;在具体问题上,日本则采取"总体赞成——个别反对"的姿态。

三 "永远的盎格鲁·撒克逊"派

该派最具代表性的人物是前驻泰国大使冈崎久彦和前驻美大使佐藤诚三郎。在该派看来,削弱日美同盟,是与"空想和平主义"同根同源的,日美同盟弱化,无疑是走向日美对立之路。③ 这个派别的人往往以"欧美通"自诩,他们提出见解的方式经常是"(我的)美国和欧洲朋友曾经多次对我这样说……",却从不考察他朋友的对与错。④ 在他们看来,思考日美同盟最基本的有两点。一个是历史关系。从历史看日美同盟,不应该是冷战后国际形势变化的短期视角,而应该是岛国日本与盎格鲁·撒克逊国家修好,维护独立、安全、繁荣的长历史视角。另一个是实力关系。这是指日美的经济实力和军事实力,日美超强的实力不但会使亚洲这个变数多的方程式稳定,对世界的变化也同样有效。牢固的日美同盟是世界安定的根。⑤

这一派的核心观点如下。

1. 盎格鲁·撒克逊(国家)是日本理所当然的且是唯一的伙伴⑥

如果与盎格鲁·撒克逊国家关系好,安全、繁荣就没有任何问题;如果关系不好,形势就很严峻。因此,最理想的形式就是使日美同盟成为英美同盟那样。如果能够如此,日本国民将来可保永世太平,半个世纪、一个世纪

---

① 〔美〕罗伯特·A. 帕斯特:《世纪之旅——七大国百年外交风云》,上海人民出版社,2001,第293页。
② 《世界的危机与日本的责任》,2001年10月12日《读卖新闻》。
③ 〔日〕冈崎久彦:《日美同盟弱化是误国之路》,1998年7月14日《产经新闻》。
④ 〔日〕鹫见友好:《日美关系论:美国的对日要求与安全》,东京,新日本出版社,1993,第185页。
⑤ 〔日〕冈崎久彦:《日美同盟应该进一步强化》,2005年11月17日《产经新闻》。
⑥ 〔日〕冈崎久彦:《如何战略性思考》,东京,中央公论出版,1996,第235页。

中会永享安全与和平。但是，如果日美同盟破裂了，没有人知道是怎样的情形。①

2. 应汲取日英同盟解体的教训

日英同盟时代对日本来说是最好的时代，因为"英国和日本是当时最强大的海洋强国，同盟控制着世界上七个主要海上通道和大部分资源，老练的英国给予支持，对于在国际关系上仍尚欠火候的日本来说，是难用别的来替代的"②。日英同盟对于日本来说是最好的，"对于日本来说在美国的压力下，日英同盟解体了，取而代之的是日英美法四国条约，历史证明，那是毫无作用的。现如今有人说用日美中俄四国条约取代日美同盟，无疑是再现20 世纪 20 年代的噩梦"③。

3. 无论如何也不要被美国抛弃

他们认为，"冷战后的现状与日本在 1922 年废弃日英同盟，尔后走向军国主义那段'过渡期'非常相似。如果建立在日美安保条约和日美友好通商航海条约基础上的战后日美关系崩溃的话，日本又将不得不在黑暗中摸索今后的生存之路……"④ 针对冷战后笼罩于日本的阴影，以及美国真的可靠吗、美国可信吗、美国会不会抛弃日本之类的疑问，他们的回答是：美国是个强国，超级大国，有许多可供挑选的选择；日本除了同盎格鲁·撒克逊国家结盟外，别无选择。"日本如果使日本的友人失望的话，美国的政策恐怕会回归基辛格式的思考。"⑤ 同盟的维持是双方的责任，美国应该认识到单边主义给盟国造成的伤害，同时盟国也有不诱使美国这样做的责任。受种种国内因素制约的有很强修正主义倾向的日本，在这方面更应引以为戒。⑥

4. 应该坚持不懈地强化日美同盟

阿米蒂奇报告就曾指出，"日美新合作防卫指针是共同防卫政策的基础，不过，这不是'天花板'而是'地板'"。他们也认为，"日美同盟与其他同盟相比，在法律条文方面的不充分性是难以否认的事实。如果不经常

---

① 〔日〕冈崎久彦：《美国新政权诞生：日美应该稳步地创造战略协商的态势》，2000 年 11 月 12 日《读卖新闻》。

② 〔日〕冈崎久彦：《良好的日英同盟时代》，2002 年 5 月 9 日《产经新闻》。

③ 〔日〕冈崎久彦：《使日美同盟进化为"英美同盟"》，2004 年 12 月 26 日《读卖新闻》。

④ 冯昭奎等著《战后日本外交（1945～1995）》，中国社会科学出版社，1996，第 14 页。

⑤ 〔日〕冈崎久彦：《为了不失去日美同盟》，2001 年 2 月 23 日《产经新闻》。

⑥ 〔日〕冈崎久彦：《为孤立主义打上休止符》，2001 年 5 月 14 日《读卖新闻》。

进行改善，不知何时日美信赖关系崩溃的危险就成为最大的隐患"①。为此，如果真心强化同盟关系，"其中一个方法就是行使集团自卫权。如果行使了集团自卫权，不论在哪里都像英军同美军并肩战斗一样，日本现在就没有担心的必要，将来也完全没有担心的必要。不行使自卫权，说到底都是日本的损失"②。"如今正是打下这个牢固同盟基础的时候，自卫队派遣的真正目的是守护这个美日同盟。"③ 今后应该有意识地去不断强化同盟，"强化日美同盟，正是为我们子孙后代维持安全和现今生活水准的王道（之举）"④。可以说，这派观点所体现的正是格鲁所说的"不知羞耻的、不折不扣的机会主义"与布热津斯基所强调的"不知羞耻的'美国第一'"思想的真实体现。对于持这种观点的人来说，"跟随强者"、对保护者顺从，正是日本"成功的经验"，某种意义上说，依赖是"一种必要"，也是"一种安慰"。

四　以主体性意识和自主行动为核心的
"积极的现实主义"派

这一流派从总体思想上看不像"解散同盟"派那样激进，也不像"美国第一"派那样极端，还不像"一国和平主义"派那样消极，它主张日本应从国际体系变动、重新界定日本国家利益、重新审视日美同盟的合目的性的存在以及其制度性的缺陷等入手，从日本国家战略的高度、从国际体系与地区未来的深处、从同盟理论与强国策略的视野，对日美同盟进行面向未来的调整。这一派多是日本国内美国政治、外交的研究学者和地区安全研究的学者，其中很多都是大学与各种智库的"两栖"人物。其中具有代表性的人物有猪口孝、渡边昭夫、星野俊也、五百旗头真、船桥洋一、西原正、山本吉宣、原杉久、草野厚、室山义正、土山实男、坂元一哉、神谷万丈等。

这一派的主张很难说有一个非常统一的脉络，大体可以归纳为这样几点。

1. 应多层次看待日美同盟变化的内外环境

对于冷战后的日美同盟需要理论视角的解构与重构，猪口孝指出，三种

---

① 〔日〕冈崎久彦：《为了不失去日美同盟》，2001 年 2 月 23 日《产经新闻》。
② 〔日〕冈崎久彦：《美国新政权与未来的日美关系》，《新国策》2005 年 2 月号。
③ 〔日〕冈崎久彦：《如今正是真正的朋友相濡以沫之时》，2004 年 5 月 11 日《产经新闻》。
④ 〔日〕冈崎久彦：《坚持不懈地强化日美同盟》，2003 年 3 月 25 日《产经新闻》；〔日〕冈崎久彦：《使日美同盟进化为"英美同盟"》，2004 年 12 月 26 日《读卖新闻》。

同盟类型（理论）实际是一个"混合性的存在"。在美国处于相对优势地位、日本国力相对提高时，一般来说"公共物品"型同盟的议论占据上风；在日美处于相互竞争状态、美国对日批判强烈时，"同床异梦"型同盟的议论就会占据优势；而在美国占据优势地位，威胁不明确且政治指向不确定时，"共同价值"型同盟的议论就会成为主流。① 因此，需要客观认识国际体系的变化、美国的变化、日本政治的变化、地区环境的变化及其未来的发展趋向。

2. 他们都认为同盟的延存是一个客观的要求

这些人尽管角度不同，但都认为日本尚不具备脱离同盟的条件。日美同盟仍然发挥着作用，这包括日美同盟是日本向其国民保证不成为"普通超级大国"的"承诺"，是向美国和日本国民保证不成为"核武装日本"的"承诺"，是日本向美国保证继续接受美国保护下的安全的"承诺"，是美国向日本保证确保日本国际经济活动和日本向美国保证遵守国际经济活动规范的"承诺"，是日本向亚洲近邻保证自身不成为"亚洲霸权国"的"承诺"。②

3. 同盟的变革并非是简单的事情，日本应采取"两面下注"或"多面下注"的策略

他们都认为"是否应赋予冷战后的日美同盟以新的机能并非是一个简单的问题"，回答这个问题既是"政治性的挑战，也是才智上的挑战"③。也就是说，尽管他们都承认目前的同盟如果放置不管或者只进行简单的利害协调，都无法满足日美两国的要求，同盟有可能衰退，但是，如何维持、强化既需要冷静思索，也需要客观对待，日美同盟实际上处于多重的安全困境与同盟困境的扭结之中。强化还是弱化、扩大化还是多元化、双边化还是重叠化、制度化还是非正式同盟化等，都伴随防卫与安全概念的变化、主权国家与国际社会依存的认识、风险与成本的评估，以及威胁与权力观念的更新等而变得复杂。由此，日本在思考美国战略变迁、应对美国对日要求的同时，必须有自主判断、自主的主张、自主的行动以及为自身的生存开拓自主的空间。这也就是许多人所说的"两面下注"或"多面下注"的策略。

---

① 〔日〕猪口孝等著《冷战后的日美关系》，东京，NTT 出版社，1997，第 16 页。
② 〔日〕猪口孝等著《冷战后的日美关系》，东京，NTT 出版社，1997，第 60~61 页。
③ 〔日〕高坂正尧：《高坂正尧外交评论集》，东京，中央公论社，1996，第 373~374 页。

4. 日美同盟关系的变化仍然取决于国际体系的变革

同盟是一种手段而不是目的，这在这一派中有着很强的认识，因此同盟的变化也必须根据某种特定的需求而定。20 世纪 90 年代，土山实男指出，尽管各个学者的论据不同，但是"从权力、制度、规范（观念）的视角看，对日美同盟的继续存在大体上趋于一致。日美同盟将来至少延续 10 年的议论恐怕并不错误"①。猪口孝也写道："今后 5～10 年解散（废除）日美安保不可能，日美安保发生本质性的、革命性变化也同样不可能。日本用 5～10 年间具有自立的军事能力还不可能。那么 25 年如何？那时（也许）会发生本质性的变化。因为那时（国际体系）会从'美国霸权'逐渐向'协调霸权'转换……在这过程中日美安保体制会逐渐变化。"② 在此之前，日美同盟的作用特别是应对东亚纷争的作用仍然无法替代，但它并不排斥多边安排的存在，二者并非对立的、矛盾的、二而择一的，而是多元的、互补的、共存的、复合的。这区别于美国一贯主张的补充的、辅助的乃至次要性的评估。③ 这客观上延续着 1994 年"通口报告"④ 所指出的双边同盟与多边安全框架的相互协调、共存并用的思想。这使日本对美外交改变其以往的倾向，依据自己的外交理念和世界政策，使日美外交向"提案与共同行动型外交"、"亲美自主外交"转变。⑤

五　结束语

综上所述，在冷战后国际体系发生变动的背景下，日美同盟存在的合法性与合理性成了同盟论争的核心。如何维持和怎样变革，成为日美面临的紧迫问题。理论上说，只要同盟存在，这样的论争将会根据形势的变迁而不断地变化其主题。正如迈克尔·曼德尔鲍姆指出的那样，"紧张状态是任何联盟的中心问题"⑥。盟友间围绕利益获取、制度创新以及权力分配的讨价还

---

① 〔日〕土山实男：《日美同盟的国际政治理论》，《国际政治》季刊，第 115 号，1997，第 176 页。
② 〔日〕猪口孝等著《冷战后的日美关系》，东京，NTT 出版社，1997，第 60～61 页。
③ 〔美〕约瑟夫·奈：《美国东亚安全战略与日美安保同盟》，日本《外交论坛》杂志 1995 年 5 月号，第 27～29 页。
④ 防卫问题恳谈会：《日本的安全保障与防卫力的样态：21 世纪展望》，1994 年 8 月 12 日。
⑤ 1999 年 6 月 8 日号《世界周报》，第 70 页，日本。
⑥ 〔美〕迈克尔·曼德尔鲍姆：《国家的命运》，北京，军事科学出版社，1990，第 71 页。

价不可避免，这是任何联盟都无法回避的问题。不过，需要指出的是，同盟论争受多种因素的驱动，呈现多种形态，但其根本问题与安全和威胁的判定、共同利益的追求紧密相关。

日本的日美同盟论在冷战后也发生了显著的变化，既有其连续性的一面，也出现了新动向。正如庆应义塾大学的添谷芳秀教授指出的那样，美日在探讨安保体制上，美国的出发点往往是"战略论"，相比而言，在日本几乎很少能听到这样的讨论，更多的是与安保条约运用有关的宪法第九条的"解释论"。其原因在于，战后日本外交是在吉田路线下起步的，这条路线包含两个方针，一个是多数媾和，一个是不改变宪法。但是，日美安保体制使这两个选择发生了对立。在冷战的条件下，日美安保体制成为否定战略论的战后日本同国际社会联结的重要装置，同时也是这种"扭曲的结构"得以维持的保障。这种"扭曲的结构"被视为政治上的禁区，不能改变，只能进行法律上的解释。这种习惯在冷战后仍然延续着，日本对美支援、美日军事行动一体化等问题，并非是战略论，而是一种法律解释论。因此，美国往往从战略论的高度审视日美安保体制的机能发挥，而日本更多受国内政治的左右而缺乏明确的战略设计，美日之间的分歧非常明显。想维持日美政治对等性，同时却不想改变日美军事上的非对称性，这是目前日美安保体制中至难的一个问题。① 尽管如此，冷战后期，日本国内批评日本缺乏必要的战略，呼吁进行战略的思考之风日盛。② 对日美同盟的议论也开始从以"合宪与违宪"、"基地与安全"问题为核心向以"权力与实力"、"国家利益与国际社会"、"制度与机制"等为核心展开讨论，探讨的重心也从"安保条约体制"、"（宪法）第九条体制"向"安全同盟"、"同盟网络"体系进化，探讨的范围也从双边关系领域扩展到地区、全球安全体系层面。不过，日本的这种现实主义的思考仍然欠成熟，日本著名学者鸭武彦一针见血地指出：日本的现实主义者追随美国学者的论点，过于强调国家中心主义；在政策方面，相比于发展中国家而言，这些学者过于关心由几个少数大国所形成的

① 〔日〕添谷芳秀：《将来的日美同盟：安全共同体的可能性》，http：//www. rieti. go. jp/jp/events/bbl/01071001. html。

② 这个时期以日本学者冈崎久彦的《何谓战略性思考》（1983 年，中公新书），伊藤宪一的《大国与战略》、《国家与战略》（1985，中央公论新社）和永井阳之助的《现代与战略》（1985 年，文艺春秋社）等著作为代表，日本新战略的议论与大国日本的未来紧密地结合在一起。

"势力均衡"下的理论与政策。这些所谓的"战略性思考"实际上是在延续"两个恐怖",一个是从"苏联威胁"到"中国威胁"的"恐怖均衡"的制度化,一个是由"军国主义"恐惧到"新国家主义复活"恐惧的延续。这样的"战略性思考"缺乏以真正的权力政治改造世界政治的热情和政策,缺乏对问题的现实性感觉,与其说它是现实主义的,不如说是非现实主义的。①

---

① 〔日〕鸭武彦:《理解世界政治》,东京,岩波书店,1993,第89~110页。

第四部分
朝鲜半岛形势与美国

朝鲜核问题：回顾与思考

张琏瑰[*]

最近朝鲜核问题又出现一次闹剧性反复。2008 年 8 月 26 日朝鲜宣布，因美国未如期将之从支持恐怖主义国家名单中除名，它已于 8 月 14 日停止核设施去功能化，随后开始修复核设施，驱逐国际监督人员，拆毁封条和监控设备，为重启核设施做准备。为此，美国助理国务卿希尔于 10 月 1 日持妥协方案急赴平壤协商，终于达成协议。10 月 11 日，美国宣布将朝从支持恐怖主义名单中的除名生效，朝鲜随即宣布恢复核设施去功能化作业，并接受核申报清单的核查验证。朝鲜核问题的这最新一次反复虽然以各方都较满意的方式暂告一段落，但回顾国际社会为维护朝鲜半岛无核化所作的努力，预想一下未来可能的结局，却很难令人感到欣慰。

一 历史经验让人担忧

自从 20 世纪 80 年代中期朝鲜核问题成为国际关注的焦点以来，国际社会就一直谋求通过对话和平解决朝鲜核问题，维护朝鲜半岛无核化，但未能成功。这主要体现在三个方面。

1. 谈判空转，成绩欠佳

关于朝鲜核问题的第一次国际谈判是 20 世纪 90 年代初的美朝双方谈判。1992 年 5 月到 1993 年 2 月间，国际原子能机构据约对朝鲜核设施进行 6 次检查，但当提出对另外两处可疑核设施进行特别检查时，朝鲜拒绝，并

* 张琏瑰，中共中央党校国际战略研究所教授。

于 1993 年 3 月宣布退出《不扩散核武器条约》，第一次朝核危机形成。自 1993 年 6 月起美国与朝鲜举行双边谈判，但因双方对国际原子能机构对朝特别检查持对立态度，1994 年 3 月谈判无果而终。同年 6 月美国前总统卡特赴平壤面会金日成，达成初步协议，美朝双边谈判得以在 7 月重开。1994 年 10 月朝美达成《框架协议》，朝鲜承诺冻结其核计划，重返不扩散条约，美国承诺为朝建设两座轻水核电站，电站完工前每年向朝鲜提供 50 万吨重油。但是美朝双方都未能恪守承诺，框架协议最终被宣布作废。

在朝美达成《框架协议》，第一次朝鲜核危机暂告平息后，为了在此基础上构筑朝鲜半岛和平机制，在美韩倡议下，曾于 1997 年 12 月到 1999 年 8 月举行中朝美韩四方会谈。但是由于美朝在驻韩美军问题上处于尖锐对立之中，自第五轮会谈开始便处于空转状态，1999 年 8 月举行第六次会谈后，四方会谈便不留痕迹地消失在历史长河中。

2002 年 10 月第二次朝鲜核危机形成后，为探索和平解决朝鲜核问题的途径，在中国的推动下，曾于 2003 年 4 月在北京举行中朝美三方会谈。人们只记得会间休息时，朝鲜代表用非正式的方式通告美国代表它已研制成功核武器。

为了把日趋严峻的朝鲜核危机纳入谈判解决的轨道，以和平方式确保朝鲜半岛无核化，在中国的倡导和主持下，于 2003 年 8 月举行中朝美韩俄日六方会谈。迄今，六方会谈断断续续举行了 6 轮，行程艰辛，前途未卜。前四轮会谈基本是"务虚"，讨论实现无核化的原则，虽然尚不涉及具体行动，但已显现会谈的艰辛。2005 年 9 月达成"9·19 共同声明"后，会谈进入"务实"阶段，顿时陷入僵局。先是美国以洗钱、伪钞等为由对朝进行金融制裁，朝鲜坚持不解除制裁不参加六方会谈，使会议中断一年有余，这期间朝鲜抢时间于 2006 年 10 月进行了核试验。经过多方努力，会谈恢复，并于 2007 年 2 月达成《落实共同声明起步行动》，即"2·13 共同文件"，但随后又出现"汇业银行资金问题"，会谈再度中断。9 月，第 6 轮会谈第二次会议通过《落实共同声明第二阶段行动》，但文件规定的 2007 年 12 月 31 前须完成的承诺至今未完成。美朝间因核申报的核查验证问题产生新的对峙，朝鲜核问题出现大反复。六方会谈已经有一年多未开会了。

2. 达成协议，难以恪守

关于朝鲜核问题迄今为止已达成多个国际文件，但其命运都不太妙。20 世纪 80 年代初美国情报机构发现朝鲜宁边核设施有秘密研制核武器的迹象后，曾通告苏联。苏联追问朝鲜是否在研制核武器（朝鲜的核技术最初来自苏援），并要求朝鲜加入《不扩散核武器条约》以证清白。朝鲜于1985年12月签署之。这是朝鲜公开签署的第一个涉核国际文件。1993年3月朝鲜拒绝国际原子能机构据约特别检查，并宣布退出《不扩散核武器条约》。后来美朝达成《框架协议》，朝重返该条约。但2002年10月第二次朝核危机爆发后，朝鲜于2003年1月10日再次宣布退出该条约，同时宣布废除同国际原子能机构签署的《核安全协定》。

1992年1月20日，朝韩双方总理共同签署《朝鲜半岛无核化共同宣言》，2月19日换文生效。该文件换文生效1个月后，即1992年3月19日，北南核管制共同委员会成立并开始工作，但在举行13次空头会议后于同年12月寿终正寝。问题出在核查上。南方提出要核查北方宁边核设施，北方提出核查驻韩美军各个基地，这在韩方权限之外。于是该委员会及无核化共同宣言均被搁置。随着朝鲜核武器战略的推进，2003年5月12日，朝鲜正式宣布退出《朝鲜半岛无核化共同宣言》。

1994年10月24日签署的关于朝鲜核问题的美朝《框架协议》命运同样不济。协议达成后美同看到朝鲜并未在两年之内出现预期的剧变，遂对协议有反悔之意，采用了拖延战术。朝鲜则秘密推动铀浓缩计划，由此引起第二次朝鲜核危机。2002年11月美国主导的朝鲜半岛能源开发组织以朝鲜恢复核计划为由停止向朝提供重油援助，后又宣布停止核电站建设，朝鲜则以公开启动核设施作答。11月21日，朝鲜外务省正式宣布《框架协议》失效。

朝核问题六方会谈开始以来迄今共通过三个共同文件。细读之，可看出三个文件是递进关系，本着"增量积累"设想逐步逼近朝鲜半岛无核化的核心。正因如此，三个共同文件执行起来越来越困难。第一个文件"9·19共同声明"规定实现半岛无核化的目标，即"朝鲜放弃一切核武器及现有核计划"，美国不攻击或入侵朝鲜。但当这种原则规定需要用更具体的行动文件作保证时，六方会谈中断了。第二个文件"2·13共同文件"规定了实现目标的第一步行动，即朝鲜关闭封存宁边核设施，讨论其全部核计划清单。作为对应行动，美国、日本同朝鲜举行会谈改善关系，五方向朝提供相当于100万吨的重油。任务具体而清晰，具有时间限制，因此便遇到较大麻烦。各方行动不仅大大突破了文件规定的时间表，而且其中的关键部分，如朝鲜同其他方讨论核清单一事始终未能执行。这样，各方不得不在第三个共同文件"10.3 共同文件"中对此作出进一步明确规定，即在 2007 年 12 月 31 日前朝鲜完成三个承诺：宁边三核设施去功能化，对其全部核计划进行完整准确的申报，重申不搞核扩散。按照行动对行动的原则，其他五方完成对朝相当于 100 万吨重油援助，美启动将朝鲜从支持恐怖主义国家和《敌国贸易法》适用国名单除名的程序。如今，文件规定的期限已过去近一年，宁边三核设施去功能化关键步骤未完成，而且出现了朝鲜指责美国未将之从支持恐怖主义国家名单除名而重新修复核设施的大反复。至今，对于朝鲜核申报清单是否完整准确的验证工作尚未开始，重大争议在后边，谁也不能保证不出现前功尽弃的局面。

3. 事情的结果与人们期待的目标渐行渐远

自 20 世纪 90 年代朝鲜核问题凸现以来，有关各方就一直企图通过对话用"赎买"的办法维护朝鲜半岛无核化。但是，虽然不能说各种对话谈判没有成果，但实际上是近 20 年过去了，人们花去了大量时间和财力以后，却发现朝鲜已从一个无核国家变成了有核国家，事情的结果与人们的预期相背，这不禁使人担心，对话是否进一步退两步，在对话中，人们追求的目标正远离而去。

二　朝鲜半岛无核化遭到破坏对谁都没有好处

在朝鲜业已进行核试验的情况下，如果六方会谈不能尽快谈出成果，而是久谈不决，或者陷入僵局，无果而终，那就意味着有关各方维护朝鲜半岛无核化的努力失败，将出现严重后果。

（一）对朝鲜来说将是悲剧

第一，反对核武器扩散是当今世界的普世价值。朝鲜执意发展核武器必然遭到国际社会的普遍反对和谴责，甚至遭到严厉制裁，朝鲜将会更加孤立于国际社会。这对于朝鲜融入国际社会、分享人类文明成果的根本利益构成巨大损害。

第二，朝鲜经济欠发达，国民吃饭问题尚待解决，把有限的人力、物力、财力投放到核武器上，对朝鲜改善经济状况是一个沉重打击。研制核武器花费巨大，研制出来后保存和维护其安全更是一个沉重负担。

第三，朝鲜没有核武器，美国虽然不喜欢它，但没有必要攻击它，朝鲜拥有了核武器，美国为了自身利益，必须认真对待它。由于朝鲜国土狭小，没有战略纵深，很难有效保存第二次打击力量，从而与攻击者形成战略制约。因此，朝鲜有核，使美国有了用武力打掉其核的迫切感而无遭到反击的后顾之忧，朝鲜安全处境反而更加危险。

第四，由于核试验具有相当的危险性，此前核大国都是在无人小岛或大沙漠进行试验，朝鲜不具备这一条件。朝鲜在人口密集区进行核试验，使朝鲜民族为此承担着极大风险。

（二）　朝鲜有核对其他国家特别是对东亚各国更是不利

首先，最紧迫、最现实的危害是朝鲜在东亚人口密集区进行核试验使其周边国家，特别是距朝鲜核试验场仅 400 公里的中国面临着严重的环境安全危险。中国政治、经济重心区域是东北部沿海地带，一旦朝鲜核试验出事故，对中国的影响是致命的。

其次，朝鲜的核试验激起东亚各国军备竞赛甚至是核军备竞赛。近些年来东亚各国军备费用急剧增长，军备水平迅速上升，如日本、韩国都在增拨军费研制新型导弹、舰船、侦察卫星等，这些都与朝鲜核战略不无关系。如果朝鲜核问题不能早日解决，日本极有可能放弃无核三原则，韩国也有可能走有核道路。若此，东亚地区将成为世界上核武器最集中的地区。

再次，朝鲜的核武器使东亚国际关系更加复杂。自 20 世纪后半叶开始，东亚各国享受"和平与发展"，实行变革与合作，致力于国家发展和人民福祉，使东亚成为世界经济发展最为迅速的地区，故有"21 世纪是东亚的世纪"之说。朝鲜的核计划刺激了这一地区的军备竞赛，各国纷纷调整军事战略和军事部署，各国间的相互猜疑和不信任感迅速上升，国际关系日趋复杂，对和平与发展大势是一个打击。

最后，朝鲜的核问题不能尽快解决，其示范效应可能引起大规模核扩散浪潮，使《不扩散核武器条约》失效，使世界面临更大的核战争危险。

许多人认为，朝鲜的核武器是针对美国的，或者是如朝鲜自己所说其"核遏制力量"是阻止美国对其发动攻击，与他国无关。其实，如同某人为阻止盗贼入室而在门口放置一颗炸弹一样，先遭其害的是其邻居而非强盗。朝鲜的核武器至少 10 年内对美国不构成威胁，故美国在朝鲜核问题上并不着急。他们一边"山一步一步地爬"，一边纠合"防止大规模杀伤性武器扩散声明"签字国连年举行海上堵截演习，防止朝鲜核扩散危及美国。因此，如果东亚各国在朝鲜核问题上像美国一样"慢慢来",那就是对自己切身利益的漠视。

朝鲜发展核武器对包括朝鲜在内的各国都没好处,所以至今各方仍在坚持维护朝鲜半岛无核化。但由于各方对核问题紧迫性的认识不同,而且各有追求,所以真正实现朝鲜半岛无核化并非易事。

从目前情况看,朝鲜核问题的未来有下述几种可能的前景。

第一,通过谈判和平解决。即朝鲜放弃一切核计划和核武器,国际社会给以"补偿"。这种办法最好,实现了半岛无核化而且代价小,维护了半岛和平与稳定,实现多赢。

第二,通过制裁迫使朝鲜弃核。这是指谈判破裂,朝鲜核问题重新提交到联合国,安理会通过决议依照联合国宪章第七章对朝鲜进行制裁,分经济制裁、政治制裁和武力制裁三个方式或步骤。这种办法好处在于能完全、彻底、迅速地实现半岛无核化,缺点是有可能爆发武力冲突,而且会造成为时数月的短期动荡。

第三,谈判久拖不决,最后不了了之。这是指六方会谈陷入僵局而休会,或长期空转,安理会通过的1718号决议不能得到普遍遵守,致使对朝经济、政治制裁失效。结果是国际社会在朝鲜核问题上无所作为,朝鲜半岛无核化彻底失败。这样,虽然能维持眼前的短期"稳定",但对这一地区的长期和平与稳定构成威胁。

第四,美朝媾和,朝鲜成为有限核国家。这是美国兰德公司几年前一份报告中提出的一种设想,认为美国应直接与朝鲜谈判,只要朝鲜承诺不搞核扩散,销毁可威胁到美国本土的远程导弹,美国就可承认朝鲜是核国家,并与朝鲜建立战略伙伴关系,使朝鲜的核武器成为只对周边国家构成威胁的单刃剑。

以上四种可能,前两种是维护朝鲜半岛无核化,后两种是朝鲜半岛有核化。最好的选择是第一种,最坏的选择是第四种。

三 六方会谈应加强制度建设

朝鲜核问题的最佳解决方式是通过谈判和平解决。现在已经有了六方会谈机制,经过五年的努力,六方会谈也取得了一些进展。但是由于除朝鲜外的其他五方各有所求,在有效维护朝鲜半岛无核化上并未形成合力,六方会谈远未达到预期目标。因此,当务之急是做两件事。

（一）加强共识和合作，首先解决一些基本问题

一是，在朝鲜业已进行核试验并公开宣称自己是核国家的情况下，是否仍要坚定不移地维护朝鲜半岛无核化？朝鲜进行核试验后有人提出应放弃或淡化无核化主张，转而把维护朝鲜半岛和平与稳定放在第一位。这是一种绥靖主义，是为眼前短期"稳定"损害持久和平与稳定的偏安主张。这种主张的本质是纵容甚至保护核扩散，因此不符合世界各国及全人类的共同利益，有违负责大国的责任。

二是，解决朝鲜核问题是"慢慢来"还是"只争朝夕"？实际上，朝鲜核问题拖得越久，解决起来也就越困难，付出的代价也就越惨重，后果也就越严重。无限期地拖下去，就等于维护朝鲜半岛无核化主张彻底失败。朝鲜有核对谁都没有好处，而且半岛周边国家首当其冲，智者不应以小害大。

三是，谈判解决是"唯一"选择还是"最佳"选择？有人提出通过谈判解决朝鲜核问题是"唯一可接受的选择"，更多的人主张谈判解决是"最佳"选择。朝鲜半岛无核化是目的，谈判是手段。手段是多样的，也必须是多样的。各种手段可以进行优劣比较和选择。最佳无效就用次佳。主张唯一就是自缚手脚，没有选择的谈判是绝不会成功的。

四是，美国在朝鲜核问题上扮演的是什么角色？美国是当今世界唯一的超级大国，为了追求其霸权利益，它要维护世界现行秩序，自动充当世界警察角色。在朝鲜核问题上，美国扮演的就是这样一个警察角色。它反对甚至制止朝鲜研制核武器，阻止核扩散，在客观上是维护国际法和《不扩散核武器条约》的权威，有利于维护世界和平与稳定，符合世界各国及全人类的共同利益。对于美国客观上的"治安"行为，各国应给予支持，对其"以权谋私"或"渎职"行为，要给予揭露和惩罚。

（二）加强六方会谈制度建设

1. 制定实现朝鲜半岛无核化的总体时间表

无限期的拖延就等于朝鲜半岛无核化主张的失败，而且拖得越久，解决起来代价就越大，因此要制定一个大致时间表，明确一个最终期限，在这个基础上，再制定一个阶段性进程表。期限过后仍然未达成目标，就应该有勇气宣布谈判失败。只有这样，才能使有关各方增加紧迫感，防止会谈空转，保证谈判的有效性。

2. 编制实现朝鲜半岛无核化的整体预算

从理论上说，朝鲜核问题是一个核扩散危及地区和世界安全的问题，应该局限于安全范围内解决。即朝鲜弃核，美国及国际社会为之提供安全保障，不弃核，就没有安全保障。但是，既然各方愿意用"赎买"的办法实现朝鲜弃核，那么我们姑且一试，但应制定朝鲜弃核的总体价格，而不是开出一张没有上限的支票。

3. "一揽子解决"是一个陷阱

朝鲜核问题与朝鲜问题是两件事。前者是核扩散问题，是朝鲜发展核武器危及东亚地区和世界和平与稳定的问题，是安全问题。朝鲜问题则复杂得多，它包括朝鲜经济发展、政治稳定、朝鲜半岛南北关系、朝鲜同其他国家关系等一系列历史形成的诸多难题。六方会谈的宗旨是解决朝鲜核问题，它无力也无权解决朝鲜问题，因为那是朝鲜的内政问题或是双边关系问题。假如坚持"一揽子"解决，把朝鲜核问题同异常复杂的朝鲜问题搅在一起，朝鲜核问题就解决无望了。

4. 防止六方会谈"双轨制"

有一种说法叫做美朝是朝鲜核问题"当事方"或"主要当事方"，暗含有朝核问题是美朝间的事，主要由它们两家谈判解决。其实，朝鲜发展核武器首先是地区安全问题，涉及东北亚地区各国的安全利益，因此才进行六方会谈。上述提法会造成六方会谈双轨制，即一切重要问题都先由朝美双边谈判达成协议，然后交付六方会谈执行落实，六方会谈有变成"2 + 4 会议"的危险。在美国的朝核政策日显机会主义倾向的情况下，人们必须提防美朝私下媾和损害他国安全利益的可能。

5. 探讨建立"仓储制度"的可能性

在通过"赎买"以达弃核的思路下，六方会谈已确立了"行动对行动"的原则。但从实践中人们看到，这一原则有进一步细化和完善的必要，因为它未将"行动"是否可逆考虑在内。比如，美朝《框架协议》规定朝鲜冻结其核计划，美国及有关国际组织为朝鲜修建两座核电站并每年向之提供50 万吨重油。后来朝鲜解冻并启动其核计划，修电站花去的近 10 亿美元及付出的石油却不可能返还了。而且，这种不对称的"行动对行动"有可能诱发成一种战术。因此，在缺乏信任的情况下，六方会谈应研究建立"仓储"制度，达成协议后交易双方同时行动，但款和货交给某种中介暂存，经验收合格后交易成功，买卖双方各取所得。这将大大提高交易成功率，使

"行动对行动"实现真正的均衡。

在朝核问题有关各国各有追求难以形成合力的情况下，六方会谈始终存在着不了了之的可能。届时，不管国际社会是否承认，朝鲜事实上已成为有核国家。在无可奈何之下，有关国家应力争使事情的破坏性降到最低，即有条件地承认朝鲜是一个核国家：①朝鲜的核武器处于可控状态，一旦出现失控危险，国际社会应采取有效措施使其核武器处于绝对安全之中；②朝鲜不扩散其核武器和核武技术；③朝鲜应保持政治稳定，致力于经济发展；④朝鲜应融入国际社会，成为当今国际制度和秩序的建设者。若获得这四条保证后朝鲜有核，便是朝鲜半岛无核化主张的部分失败，若未能获得这四条保证下朝鲜有核，则是朝鲜半岛无核化主张的彻底失败。

危机下的朝核问题走向

虞少华*

一

如果从 20 世纪 90 年代初期第一次朝核危机爆发时算起，朝核问题已经困扰朝鲜半岛乃至东北亚地区近 20 年。在这期间，朝鲜的核计划从"真有"还是"假有"、"可能"还是"不可能"，逐步发展为朝鲜已进行了两次核试验，同时其作为运载手段的弹道导弹技术也有了长足进步。为了解决朝核问题，有关的对话从朝美双边发展为中朝美三边，又以中国、朝鲜、美国、韩国、俄罗斯、日本六方会谈的形式先后进行了六轮。朝鲜对其核计划的定义和宣示，从和平利用核能逐步演变为"加强核遏制力"、"成为有核国家"。而与之相反，美国对朝核问题的底线，由最初的要确保对朝和平利用核能活动的特别核查后退为以援建轻水反应堆换取朝不得进行核武器研发，再到绝不容许朝扩散核物质及其技术，直到今天面对两次核试的朝鲜而没有明确的应对方案。从地区格局的视角看，朝核问题已由当初朝鲜为改变生存环境寻求同美国对话而引发的朝美之间的一场较量发展为目前攸关地区各国安危、纠结半岛周边四大国利益、影响东北亚地区格局变化的多边博弈。要理清朝核问题发生如上所述一系列变化的根本原因与问题所在，有必要回顾朝核问题演变进程中的几个关键场景。

---

* 虞少华，中国国际问题研究所研究员。

　　一是，2000 年前后，朝美核框架协议履行虽不顺畅但仍约束着朝鲜冻结核设施，而小布什上台伊始即将朝鲜定性为"邪恶轴心"，[1] 朝美关系再趋紧张。这直接导致 2002 年第二次朝核危机爆发。

　　二是，2005 年中，已经举行四次的六方会谈终于达成里程碑式文件——"9·19 共同声明"，文件明确了"朝鲜承诺放弃一切核武器及现有核计划"。但就在此后不久，美国对朝鲜发动金融制裁，冻结朝鲜在汇业银行的账户，[2] 朝美摩擦再次阻塞朝核问题解决进程，直至朝鲜 2006 年进行第一次核试验。

　　三是，2008 年下半年，朝鲜半岛无核化进程取得启动以来的最大进展——朝鲜炸毁宁边核反应堆冷却塔，提交核计划清单，完成了 80% 的核设施去功能化作业；美国终止对朝适用《敌国贸易法》，并宣布将朝鲜从支持恐怖主义国家名单中删除。但就在此后不久，美国提出并未包含在朝鲜弃核第二阶段行动计划中的验证标准问题，[3] 致使正要向第三阶段行动过渡的无核化进程再次止步。

　　四是，奥巴马政府上台后，朝鲜一再以刺激方式推动美国同朝进行实质性协商，但奥巴马却始终以"善意忽视"回应。[4] 朝鲜无奈之下进行"恶意报复"。朝鲜进行第二次核试验后，半岛无核化进程全盘逆转，至少在一段时间内，对话大门很难打开。

　　面对当前的失败局面，部分国际舆论认为这证实了朝鲜从一开始就无意弃核，而只是利用六方会谈为研发核武器争取时间；另外有部分舆论认为这是中国甚至美国、韩国的绥靖政策导致朝鲜得寸进尺的结果。上述四个场景记述了朝核问题解决进程中最典型的几次僵局与反复，笔者认为它们很难成为前面两种结论的证明，相反，它们可以说明美国政府在核问题上的战略考量和政策失误，是朝核问题久拖不决走向反面的主要原因。

二

　　美国在朝核问题上的战略考量至少包含以下几个层面。其一，全面铲除

①《布什点名指责伊朗、伊拉克和朝鲜是"邪恶轴心"》，新华网，2002 年 1 月 30 日。
②　朝鲜外务省发言人谈话，2005 年 10 月 18 日。
③《朝核问题再陷僵局》，《新华每日电讯》，2008 年 9 月 22 日。
④《朝鲜核能力令西方担忧》，2009 年 5 月 28 日《世界新闻报》。

朝鲜核武器及其计划，消除东亚地区的核扩散危险，以及朝鲜核物质与核技术被恐怖主义势力利用的可能性。其二，在就核问题对朝施压过程中，制服和改造朝鲜政权并将之纳入自身战略轨道；如不能如愿，则不排除使用武力或非武力强制手段达到目的。其三，在通过多方平台解决朝核问题的过程中，强化自身对地区的主导，包括通过与中国就朝核问题的合作，促使中国发挥符合美国战略利益的独特作用，同时又制约中国有悖于美国战略利益的影响力，还包括利用朝核危机这一因素，加强美日、美韩军事同盟，深化美日韩三方军事合作，确保其在本地区的军事存在与安全部署。

根据对朝核问题的上述战略考量，美国对朝核问题的解决方案不仅受到朝鲜战略意图的制约，也为自身矛盾所困。一方面，美国需要彻底铲除朝核计划威胁；另一方面，美国又从根本上难以接受金正日政权，不希望作为朝鲜弃核的回报，真正从外交和政治上承认朝鲜的体制，同样不希望提供巨额援助维持朝鲜现政权的生存。而朝鲜提出的弃核的基本政治前提，是美国必须"根本改变敌视政策"而与之和平共处。一方面，朝鲜是本地区最大的不稳定因素，另一方面，朝鲜又是美国在本地区安全部署的最有力依据。对美国来讲，朝核问题不解决不行，完全解决也会招致其他麻烦，如如何定义美国进行战区导弹防御系统的研发，以及继续在朝鲜半岛驻军的合理理由。① 正因如此，在朝核问题困扰地区的近 20 年中，美国有过对朝鲜进行外科手术式打击的"5029"计划，也有过"佩里报告"等对朝政策的全面评估和探讨，但却从未有过明确的战略决断，甚至可能从未认真考虑过朝鲜提出的交易条件，更不用说研究过同"邪恶轴心"的金正日政权和平共处的前景。在这种情况下，朝核问题从一开始就注定很难像相关国家期待的那样顺利得到解决。克林顿时期的朝美核框架协议与小布什时期的六方会谈阶段性进展，如果仅从美国因素的角度看，基本上只是危机管理的结果或外交政绩的需要。而到了奥巴马任上，至少又多出四方面因素使美国新政府不能或无须就朝核问题的彻底解决匆忙作出战略性政策调整。

其一，美国当务之急是促进国内经济复苏。精力有限的外交关注，也首推伊拉克、阿富汗等反恐战争遗留问题。其二，小布什任内启动的朝鲜弃核进程，包括朝鲜宁边核设施的去功能化等，已在一定程度上延滞了朝鲜武器

① 参考《以朝鲜为方便的借口》，香港亚洲时报在线，2009 年 6 月 23 日。

级核材料的提取进程，这使朝核问题的威胁从技术角度看较前减弱。其三，根据六方会谈"9·19共同声明"和"2·13共同文件"协议等推进的第二阶段行动基本完成后，朝鲜继续往前走的交易条件已逼近美国核心利益，特别是进行第二次核试验后，朝鲜要以有核国家身份同美国谈判的意志越发强硬，这都使奥巴马难以继续不涉及实质性问题的朝美谈判。其四，鉴于对朝鲜最高领导人金正日健康状况的猜测，白宫对朝鲜的走向又多了一分观望，这也可能使奥巴马认为当前不是调整政策的最好时机。

总之，美国在朝核问题上缺乏战略紧迫感而难作战略决断，是关于朝核问题的各种形式的对话与协商蹉跎多年而未能取得突破的重要原因。奥巴马政府上台后面对朝核问题形势急剧恶化的局面，迟迟未就朝核问题拿出具体政策，也显示出美国在对朝政策上的困窘。事实上，由于当前朝核形势令美国始料不及的逆转，奥巴马政府的政策已既不能退回克林顿时期，又难以按布什时期的路子走下去。美国正面临是听任朝核问题继续恶化而陷入更大被动，还是全面重审对朝政策、作出必要战略决断的选择。

三

朝鲜近期在核问题上的一系列决绝举动，很可能是其调整核战略的结果。长期以来，朝鲜一直希望以核武器为牌，实现同美国的直接接触以至平等对话，改变自身在冷战后政治外交陷于孤立、对外经贸渠道缺失、与南方实力差距日益扩大的不利局面，最终通过朝美关系正常化，达到根本改善周边环境的目的。朝鲜前国家领导人金日成去世后，其继承人金正日沿袭了这一战略。而与其父亲相比，金正日在治国方略上对外关系先行的意图更为明显，即首先突破对美关系，带动朝日、朝韩关系的改善，在营造起良好周边环境的基础上全力治理内政、经济。在金正日守孝三年后正式施政不久，即2000年前后，朝鲜在对外关系方面的一系列举措曾令世界耳目一新：在不到一年时间内先后与10几个西方国家建交、南北首脑实现首次会晤、美国国务卿奥尔布赖特应邀访朝，等等。当时朝鲜前所未有的外向势头使朝韩、朝美、朝日关系均呈现朝鲜建国后的最佳状态。在缓和为主的地区局势背景下，朝鲜的内部治理也出现令人瞩目的积极动向——2002年中，"7·1经济政策调整"成为朝鲜近年来最大胆的一次改革尝试。然而，这一切都因第二次朝核危机的爆发而不同程度地受到影响。

2002 年后，朝鲜虽未放弃同美国对话的意图，但态度重趋强硬。出于进一步加深的对美不信任，朝鲜在谈判中始终坚持"口头对口头、行动对行动"的同步原则，以及绝不在"美国完全放弃对朝敌视政策"之前交出其已有核武器的有保留原则。与此同时，为了确保有利的谈判地位，朝鲜也从未停止过"不断加强核遏制力"的努力。朝鲜认准美国的 CVID（意为全面、可核查、不可逆）弃核标准就是要完全解除朝鲜武装；同时，伊拉克战争的起因与结果也使朝鲜再次确认，萨达姆政权的覆灭是由于其不具备核威慑力，而美国不会对有核国动武。① 总之，在六方会谈艰难推进的数年中，每次由于朝美立场冲突导致僵局，都越发加大了朝鲜拥核的必要性和紧迫感。另外，僵局导致的对话中断，客观上也给了朝鲜断续推进核武器及其运载工具研发的机会。例如，2005 年 11 月 11 日第五轮六方会谈第一阶段会议结束后，由于受美国对朝鲜汇业银行实施金融制裁的影响，第二阶段会议直到一年后的 2006 年 12 月 18 日才得以举行。在此期间，朝鲜先后于 2006 年 7 月和 10 月分别进行了大浦洞导弹试射和第一次核试验。因而近 20 年来朝核问题解决进程的基本轨迹就是：美国因其在朝核问题上战略意图的矛盾性和非紧迫性，屡屡在对朝协商过程中贻误时机；朝鲜在屡屡不能实现初衷而需继续加大谈判筹码和自卫能力的情况下，逐步将核武器打造成形。

沿着上述轨迹，朝鲜调整核战略的动因和条件逐步积累，而奥巴马政府上台后，朝鲜内外形势的变化可能促使朝鲜最终调整核战略。第一，经过对美国新政府政策的观察评估，朝鲜认为"奥巴马政府上台 100 天的政策表明，美国对朝敌视政策丝毫没有变化"，"即使与继续采取敌视政策的对手进行会谈，也不会有任何结果"。② 第二，在美国仍然缺乏调整对朝政策战略紧迫感的同时，朝鲜寻求生存与发展出路的紧迫感却进一步加大：在经济困难长期未能根本改善的情况下，又出现关于领导人健康状况的传闻。虽然传闻迄今无法证实，且其中不乏恶意猜测，但从朝鲜的国情特点看，后继问题提上日程事关国家稳定，也属正常和可以理解，同时其紧要程度亦不会因美国不急于解决朝核问题而降低。第三，事实上，随着朝鲜核武器计划"修成正果"，朝鲜要保留它的愿望必然越

---

①　朝鲜外务省发言人声明，2003 年 4 月 6 日。
②　朝鲜外务省发言人声明，2009 年 5 月 8 日。

来越强烈。从目前情况看，金正日似已将对外关系先行的治国方略调整为重心放在国内，而为了给解决内部问题创造条件，包括为建立后继体制奠定基础，就必须继续推进核计划，从而对外加强核威慑力、对内借助由此加剧的紧张形势凝聚民心。

四

按上述分析解读美朝政策的变化，此次朝核问题紧张升级，已与以前多次发生的曲折与反复有所不同。首先，从朝鲜的核战略意图看，朝鲜判断短期内朝美对话难以取得突破，可能将在一定时间内更多关注国内，更多考虑如何利用核武器计划的不断进展，来提升政权威望和凝聚军心民心，以便顺利完成后继体制建设，以及实现在"2012年打开强盛大国之门"的目标。其次，从朝鲜的谈判目标与条件看，把重心放在国内的朝鲜虽不会彻底放弃和美国谈判意图，但会进一步抬高要价。朝鲜不再把"实现朝鲜半岛无核化是金日成主席的遗愿"、"一旦威胁朝鲜安全的问题得到解决，朝鲜一颗原子弹也不需要"之类的话挂在嘴边，已事实上抛弃了无核化承诺，必要时可能会更进一步明确宣称永远不放弃核武器及其核计划。朝鲜会坚持恢复谈判的前提是承认其有核国地位，谈判性质须是"敌对势力同时消除核武器的"裁军谈判。再次，从美国制定朝核问题政策的基础看，由于朝鲜连续升级和挑战底线的举动，美国国内舆论和政界声音中保守势力占据了话语权优势，形势更利于制定强硬政策，而不利于舒缓灵活的政策选择。另外，长期以来美国都在研判朝鲜弃核意愿是否属实，奥巴马政府上台后，也把摸清朝鲜真实想法作为制定政策的重要依据。现在朝鲜已明确亮出了拥核自保的意图与决心，使这一切都有了答案。奥巴马政府显然也必须有较其几位前任更为立场鲜明的应对方案，包括明确的底线和具体的解决计划，而这对课题堆积、班子初建的奥巴马来说确实是个挑战。最后，作为影响朝鲜对外政策的重要因素，日本与韩国的国内政治与对外姿态，也成为当前核形势发展的消极阻力。由于种种原因，近期的日本麻生政府和韩国李明博政府都颇受内政掣肘，或地位不稳，或支持率走低。这使本来就倾向保守的日韩当局更注重利用国民对朝鲜核武计划的担忧与反对，以强硬的对朝政策争取民意、巩固以保守势力为支撑的执政基础。

　　所有这些与前几次朝核问题僵局的不同之处，决定了此次危机的转圜会更加困难。奥巴马及其政府在朝鲜4月5日发射火箭和5月25日再次进行核试验后，都不断强调了"美国不会对恶行给予补偿"、[①] "永远不会承认朝鲜有核国家地位"[②] 的立场。虽然美国仍呼吁重开六方会谈，但几乎没有为重开会谈从现有立场上妥协退让的迹象。相反，美国通过向日韩再次承诺提供核保护伞，以及协同韩国跟踪朝鲜船只等言行，还表明了军事上的强硬态度。朝鲜面对国际社会的指责和联合国安理会的制裁，也坚持"以全面对抗应对对抗"的姿态。朝鲜宣布采取三项措施回应安理会1874号决议，包括要将新近提取的钚全部实现武器化、开始进行浓缩铀实验，以及将对其封锁视为战争和采取坚决军事对应措施。[③] 自4月起，朝鲜已多次强调"永远退出六方会谈"、"六方会谈已经永远结束"。未来一段时间内，朝鲜与有关国家间立场对峙、摩擦频繁的状态还可能持续。朝鲜会按照其宣示，继续推进核武器研制与导弹技术提升。美日韩也会在政治、外交、军事领域保持对朝压力。

　　但与此同时，有关各方也会谨慎避免危机失控。美国已排除了武力解决方式，从现实情况看，也不具备武力解决的可能。朝鲜的姿态虽咄咄逼人，但不会主动挑起全面战争。各方都还有回到对话轨道的准备，在最初的一轮激烈对抗后，目前已显示出一些回归对话的"探路"迹象。美国国务院东亚太事务助理国务卿坎贝尔近日透露，美国正在制定同时推进制裁和谋求对话的"双管齐下政策"。[④] 与此相应，朝鲜也在继续拒绝六方会谈的同时，意味深长地表示"解决当前事态另有其他对话方式"。[⑤] 由此看来，回归对话也许只是时间问题，且最初的对话形式也应有更开放的选择。但是，困难在于真正走出僵局还需要朝美双方有新的思维和战略决断，而即使在最近相关国家一系列令人瞩目的外交举动中——包括克林顿访朝、金正日放行美国女记者和韩国企业员工、李明博会见朝鲜吊唁团——也尚未有这方面的明显征兆。因此，如果没有朝美双方特别是美国的实质性战略调整，即使对话恢复也难以取得突破，并不排除再次破裂的前景。

---

① 《奥巴马批朝言论趋强硬》，新华社电，2009年6月8日。
② 《美国表示绝不承认朝鲜是核国家》，人民网，2009年5月30日。
③ 《朝鲜宣布将采取三项措施应对联合国安理会决议》，新华社平壤电，2009年6月13日。
④ 《坎贝尔称如朝采取不可逆措施将提供全方位补偿》，韩联社电，2009年7月19日。
⑤ 《朝鲜谋求其他对话方式》，2009年7月28日《人民日报》。

五

当前朝核问题与地区形势恶化的原因之一，是朝鲜错误判断形势、迷信核武威慑、试图用对抗的方式解决冷战遗留问题。导致朝鲜错误决策的一个重要因素，是其不对称的安全威胁感，而朝鲜的错误决策又进一步加深了朝鲜的外交孤立。在这种情况下，朝核问题的解决不能单纯着眼核问题本身，也很难期待处于孤立弱势的朝鲜首先采取缓和姿态。相反，国际社会与有关国家能否正确应对，某种意义上对形势的最初转圜更为关键。

决定未来形势能否向积极方向演变的主要因素有以下几方面。

第一，地区格局能否避免进一步失衡。在朝鲜连续采取强硬举措后，对朝鲜的谴责空前一致。但同时，美国、日本、韩国积极寻求军事合作以联合应对朝鲜的动向，也在进一步冲击地区格局的平衡。美国等在确信"朝鲜的军事实力对我们不构成威胁"[1] 的情况下，仍以朝核威胁为由，加强军事实力与应对准备：仅在 2009 年朝鲜进行核试验和导弹发射后，韩国修订《国防改革基本计划》，首次提出对朝进行"先发制人打击"，同时决定引进用于监视、侦查、精密打击、拦截朝鲜核武器和导弹的武器装备，并向南北有争议海域派遣了部署有导弹的军舰；日本通过的《防卫计划大纲》建议案中，也包括了要求日本拥有巡航导弹等"对敌方导弹基地的攻击能力"；美国在向日韩承诺提供"加强版"的"核保护伞"的同时，还决定对日本出售美军现役最先进的战机 F - 22 型"猛禽"。此外，一些国家还在积极呼吁和推动排除朝鲜的有关朝核问题的会谈，这也可能从政治外交角度加大地区格局的不平衡。朝鲜拥核的动因源自安全感缺失，而失衡的地区格局不仅无助于朝鲜从根本上放弃其错误思维和战略，只会坚定朝鲜按既定方针行事的决心，还可能诱发朝鲜不理智的报复行为，这又将为地区安全带来更大的威胁和破坏。一旦引发热战，区域内各国均难逃其患。从对国计民生的损害来讲，韩国、中国恐不小于朝鲜。为自身安全计，有关国家都应避免过激的应对行动，从营造共同安全的目标出发，探索现实可行的解决办法。

第二，美国能否做积极战略调整。鉴于形势变化，奥巴马政府很难不作任何战略和策略调整就吸引朝鲜回归对话轨道，即不能仅仅靠重复其竞选时

---

① 韩联社华盛顿电，2009 年 7 月 20 日。

的与朝对话承诺或套用布什的 CVID 与朝对话原则，就可以期待突破当前僵局。从目前披露的情况看，美国处理朝核问题的探索正由"阶段性接近"方式向"一揽子协商"方式转变。美韩最新诱朝弃核的"一揽子方案"，胡萝卜不可谓不大，也堪称明晰确切，包括一笔 400 亿美元的援助基金和许多具体的援建项目，但前提是朝鲜采取"重大、不可逆的弃核措施"①。笔者认为，美国的这一新方式依然未能跳出旧思路：一是仅就弃核本身寻求解决办法，有意无意地回避朝核问题根源所在的朝美关系问题；二是以自身的绝对安全为目标寻求问题解决，忽略朝鲜的安全关切甚至将自身绝对安全建立在他国的不安全之上。这种方式因不能减轻朝鲜的体制忧患和安全忧患，从而也不能改变朝鲜目前的错误战略思维，因此恐难免再次走入僵局。奥巴马任期是决定朝核问题走向的关键时期，随着朝鲜核战略的调整和核技术的推进，朝核问题会长期困扰地区安全还是可能通过对话解决而为东北亚带来新的局面，美国的战略决断至关重要。奥巴马需要决定，是接受一个无核的、与美国体制不同的朝鲜并与之和平共处，还是容忍一个有核的朝鲜并不断面对其挑衅；是要一个以朝核问题为支点而能确保美国主导支配的东北亚，还是要一个在解决朝核问题基础上实现朝美、朝日关系正常化的格局平衡的东北亚；是要维护以美国的敌人甚至盟友的相对不安全为基础的美国的绝对安全，还是要构建兼顾各方关切以共同安全为目标的地区新秩序。总之，如果美国能将自身战略利益与地区安全大局相向协调，而不是把前者置于后者之上，朝核问题进程有可能出现根本转折。

第三，朝鲜国内政治与经济局势能否保持稳定。目前看，朝鲜国内政治经济情况基本能保持稳定。金正日后继体制的建设似已提上日程，当前并没有因此引发政局不稳的迹象。虽然经济尚不具备根本改善的外部环境与政策基础，但从维持人民基本生活和安定民心的角度看，朝鲜正在摸索适合自身国情的经济运转模式，并已在近年实践中积累了一些经验。在经济非常困难的情况下，朝鲜并非外界想象得那么脆弱，而是具有一定的抗压和抗风险能力。但必须看到，长期的经济困难、相对的外交孤立以及高度集中的领导体制，使非正常因素对朝鲜可能造成的冲击也不容忽视。非正常因素包括各种可能的突发事件，也包括国际社会和周边国家的非理性施压。不论是哪种非正常因素作用，一旦引起朝鲜内部动荡，都有可能对地区局势产生负面影

---

① 《坎贝尔称如朝采取不可逆措施将提供全方位补偿》，韩联社电，2009 年 7 月 19 日。

响。值得注意的是，曾在 20 世纪末出现过的"朝鲜崩溃论"近来又被重提，甚至被一些人奉为朝核问题的解决前提。事实上，朝鲜内部稳定是通过对话解决朝核问题的前提，并符合周边国家利益，因此，有关各方都应现实地看待朝鲜的生存能力与领导体制传承，避免对朝鲜过当施压，也不应由于错误判断朝鲜内部情况而人为地贻误解决朝核问题的时机。

　　第四，有关行动计划能否做到合理可行。由于参与协商的有关方特别是主要当事国朝鲜与美国互不信任极深，有关行动计划的制定必须从这一现实出发，一方面要综合考虑各方的各种关切，以一揽子方式解决问题；另一方面要坚持同步和分阶段的原则，在阶段性进展并点滴积累信任的基础上，逐步实现"9·19 共同声明"提出的目标。

朝核问题肇始以来的韩中美关系

从朝核问题成为威胁东北亚及世界稳定与安全的核心问题时起，韩中美三国都在为解决此问题而进行着各种努力。2005 年 5 月 20 日，朝鲜正式宣布拥有核武器并无限期中止参加六方会谈，韩中美三国为避免朝鲜半岛事态恶化和恢复六方会谈进行了各种努力。韩国政府在解决朝核问题时，应与中国政府加强合作。同时，韩国政府也不能忽视包括美国等联合国成员对朝核问题的态度。也就是说，韩国政府在考虑本国安全时，一方面要加强与中国政府合作，另一方面要以外交手段说服美国政府，至少应避免在半岛发生战争的危机。

一 东北亚的朝核问题

1996 年，美国试图透过"2 + 2"，即韩国、朝鲜与美国、中国的四方会谈模式解决朝鲜半岛问题。对美国而言，朝鲜若果真拥有核武器，则日本和韩国极有可能也被迫发展核武器，如此一来，美国在东北亚地区以核武军事体制掌控的领导地位将受到削弱。[1] 2002 年，朝鲜宣布要发展核武器，希望和美国举行双边会谈。美国拒绝这个建议，觉得会谈应该包含所有有关的国家。两国最后同意六国方式，但也同意在会谈中间有朝鲜和美国直接会谈的可能。有很多分析者认为中国在六方会谈中具有很重要的地位。中国原来对朝鲜半岛局势的

---

[1] 参见《美国称霸全球的战略正逐步实现》，http://www.japanresearch.org.tw/scholar - 16. asp。

态度不很积极，但是在"六方会谈"中间，中国的态度明显地主动起来。①

朝核问题发生的主要原因是朝鲜长期面临严重的经济困难。更为严峻的是，1993 年 3 月，朝鲜退出防止核武器扩散条约，引起了国际社会对朝鲜已经开始进行的核武器研制的关切。这些问题的发生，造成了 90 年代中期朝鲜半岛紧张局势的再度加剧。朝鲜核计划问题使韩朝关系几乎断绝，直到金大中政府（1998～2003 年）采取了和解与合作的"阳光政策"，南北关系才开始逐渐得到改善。2000 年 6 月，朝韩在平壤举行了南北首脑会晤并发表《北南共同宣言》，改善南北关系的努力达到一个高峰。南北首脑会晤成为南北关系的分水岭，改变了朝鲜半岛南北双方 50 多年来的对立与敌视，建立了和解与合作关系。②

自 2000 年 6 月开始，朝鲜半岛南北关系取得了长足进展。各个领域开始对话，各阶层的交流也启动起来。此外，南北之间的人员与贸易交流也开始增加。但是，2002 年 10 月的第二次朝鲜核危机的爆发干扰了这一潮流，再次加剧了朝鲜半岛的紧张局势。

2003 年，卢武铉政府诞生后，在金大中政府建立的和解与合作的"阳光政策"的基础上，坚持不懈地执行和平与繁荣政策。这一政策的推行不仅有助于朝鲜半岛的和平，而且对于构筑东北亚地区和平框架也是非常重要的。韩国政府在这一政策指导下，采取多项措施极大地促进了朝鲜半岛南北双方在政治、经济、军事、社会以及文化领域的广泛交流与合作。这些措施在一定程度上促成了朝鲜态度的转变，为和平在朝鲜半岛生根以及南北双方共同努力争取繁荣奠定了基础。自从卢武铉政府执政以来，一直努力根据三个原则寻求解决朝鲜核问题的方案：①不能接受朝鲜核武化；②通过对话和平解决朝核问题；③韩国在解决朝核问题过程中发挥积极作用。③

二　朝鲜的政策："强盛大国"还是"改革开放"

2005 年 2 月 10 日，朝鲜承认拥有核武器并表示无限期推迟出席"六方

---

① 参见《六方会谈》，http：//zh. wikipedia. org/wiki/。2003 年 8 月 27 日成立的"六方会谈"是由朝鲜半岛与周边国家，即美国、朝鲜、中国、俄罗斯联邦、日本和韩国六国组成的，会谈组织的目的是解决朝鲜核危机。

② 参见《韩朝高峰会谈》，http：//www. fics. org. tw/publications/monthly/paper. php？paper_ id = 701&vol_ id = 45。

③ 参见 Dynamic Korea 韩国在线，http：//www. hanguo. net. cn/fact/？ mid = 33。

会谈"。随后,韩国政府提出一项"重要提议"以期尽早打破朝鲜核问题僵局。"重要提议"的核心是以向朝鲜提供电力供应为条件促使朝鲜放弃其核武器计划。①

2006年7月5日,朝鲜向日本海连续发射了七枚导弹。朝鲜一意孤行强行发射导弹,虽然可以说是为了与美国进行双边对话,逼迫美国停止对朝鲜的制裁,但部分朝鲜半岛问题的专家们认为,朝鲜最高领导人金正日为了掌控对军队的影响力,必须对军方高层尤其是革命第一世代的老将军们给予尊重和礼遇。此次强行发射导弹,可以视为朝鲜军队高层对美国展开的武力示威。因为,美国以朝鲜非法伪造美钞和洗钱等为由,封锁了澳门汇业等银行与朝鲜的交易,并对朝鲜进行金融制裁。朝鲜突然以试射导弹向美国等国表示抗议。此举震撼了国际社会,导致联合国安理会于7月15日一致通过谴责朝鲜的决议,甚至使缔结友好条约达几十年之久的北京与平壤之间也出现裂痕。②

从2002年7月起,朝鲜出台了一系列经济调整与改革的政策和措施。时隔四年,改革带来的进展和矛盾渐渐浮现,在经历了第二次朝鲜核危机之后,朝鲜经济改革的道路在内忧外患下走到了瓶颈期。封闭很久的朝鲜的改革开放需要在政权的稳定基础上才可实行。但是,从朝鲜的立场来看,只要它的政权一直被西方超级大国所威胁,平壤就无从积极推进开放之路。同时,西方给朝鲜的制裁也增加了朝鲜内部保守派的力量。虽然朝鲜政府已有推进改革开放的意愿,但在美国对平壤在中国的资金进行冻结制裁的情况下,朝鲜只能选择正面突破以稳定政权的路线。

朝鲜不具备解决自己难题的实力,而中朝之间的传统友谊也要面对国际政治现实。朝鲜连续试射多枚导弹,着实令北京震惊。中国事前应美国要求,冻结了朝鲜在中国银行的秘密账户。因此,已有舆论传出平壤批评昔日亲密盟友中国不可靠,称朝鲜必须独力解决自己的难题。

韩国总统卢武铉的访美,必然涉及朝鲜核问题,韩美同盟、推进韩美自由贸易协议等问题亦有望取得进展。遭美国围堵的朝鲜不会选择坐视,而借

---

① 当时的统一部部长郑东泳与朝鲜国防委员会委员长金正日2005年6月17日举行会谈并向他解释了这一提议。根据会谈结果,韩国在2005年6月24日举行的第15次南北部长级会议就"朝鲜半岛无核化为最终目标"与通过对话和平解决核问题取得一致意见。

② 参见《中朝友谊虽不牢但不可破》,《亚洲周刊》,http://www.yzzk.com/cfm/Content_Archive.cfm? Channel = af&Path = 2292449042/32AF1.cfm。

试射导弹的方式还以颜色的可能性极大。朝鲜导弹试射后，中国、俄罗斯在安理会主导通过对朝鲜的制裁案，令平壤大为不满，更确立了其"自力更生"的路向。[①]

韩国学者认为，朝鲜的改革开放的重要性，从平壤的立场来看仅次于政权巩固，因此朝鲜政府为了巩固其政权，以朝鲜政府跟世界各国的联系来寻找与美国的沟通渠道。从这种角度来看，2006年朝鲜政府发射导弹和即将实行核试验的最终目的也在于此。朝鲜认为，政权稳定第一，改革开放次之，强盛大国是稳定国内政权及推行对外战略的口号。

三　南北高峰会谈的意义

2007年10月2日至4日，平壤终于迎来了第二次朝鲜半岛南北高峰会议。令世人记忆犹新的是，七年前的2000年6月，朝鲜领导人金正日曾经与韩国前总统金大中在平壤举行朝鲜半岛分裂半世纪后的首次峰会。在第二次峰会的谈判桌上，卢武铉和金正日就南北共同繁荣、朝鲜半岛和平和解与统一大框架、建立朝鲜半岛和平机制的方案及经济合作等诸议题深入地交换了意见，并根据会谈成果签署了形式上类似于2000年《北南共同宣言》的《南北关系发展与和平繁荣宣言》。

实际上，自2006年朝鲜进行核试验并宣称拥核后，南北峰会的积极意义已不限于朝鲜半岛本身，而且有助于亚洲乃至全世界的和平与安全。朝鲜面临着各种经济困难，尤其是近年水灾严重，粮食歉收几成定局。经济困难也推动朝鲜不得不走向南北峰会。

从韩国政府的立场看，美国与朝鲜关系巨变，韩国内部政治格局逆转，青瓦台不希望被边缘化，尤其要消除本国民众与东北亚邻国对朝鲜拥核的担忧，于是，韩国最终作出了一定要实现南北第二次峰会的决定。韩国将于2007年12月举行新一届总统选举，南北峰会与日后谁执掌首尔新政权也有密切关系。朝鲜领袖金正日在慎重权衡利弊后，也同意举行南北第二次峰会。

可以说，南北双方的这次峰会既是首尔政治经济的需要，也是韩国权衡周边国际环境的结果。而平壤的预期是，目前任上的卢武铉仍可以把握局

---

① 参见《朝一意孤行中俄心意冷》，《亚洲周刊》，http://www.yzzk.com/cfm/Content_Archive.cfm? Channel = ac&Path = 225773391/37AC2A.cfm.

面，在无法预测大选结果的情况下，平壤先买下韩国今后支持朝鲜政策的保单。

金正日是有智慧的领导人，他在韩国大选前，推出以逸待劳、渔翁得利及奇货可居等策略。卢武铉政府执政近五年，政绩不明显，执政力量内部分合不定，凝聚力不强。在这一背景下，卢武铉能在金大中平壤之行的七年后，实现第二次南北首脑会晤，达成新协议并发表宣言，彰显了其政绩，从而在史册上留下光辉一页，更可为执政党总统候选人创造有利条件。所以，尽管南北峰会不是韩方热切希望的朝鲜领袖金正日符合情理的回访，而是让韩国元首再访平壤，首尔也愿意妥协迁就。事实上，卢武铉从平壤回来后，民调支持率即从 10% 上升为 55%。

韩国政府南北首脑会谈筹备企划团认为，《南北关系发展与和平繁荣宣言》为朝鲜半岛南北关系的发展制定了未来的目标，体现了南北首脑为实现朝鲜半岛和平与无核化的意志以及建立南北经济共同体的设想。韩国最大的经济团体——全国经济人联合会对南北第二次峰会所取得的成果表示欢迎，认为南北经济合作内容具体，具有较强的可操作性。

韩国联合通讯社则认为，2007 年南北首脑会谈后，双方将推进大规模的经济合作，为建立和平机制而采取具体行动。此次会谈有望成为朝鲜半岛大变革的一种象征。但是，对于南北首脑会谈中规划的经济协作事业拓展方案，政府与民间的看法却颇不一致。一些韩国民间企业认为，对朝鲜扩大投资应当慎重。南北高峰会谈结束之后，韩国经济界部分人士表示：我们的印象是，政府对朝鲜的经济协作尚无具体准备。因此，有些评论家指出，或许是韩国政府期望过高。每当韩国进行选举时，朝鲜都采取乐观其成的战略，谋取对朝鲜有利的战术。因此，南北高峰会议后留给韩国的课题是，韩国政府应该与美国、中国等有利益关联的国家合作，推行适合于东北亚国际格局的和平与发展的半岛和平政策。①

四　韩中美在朝核问题上的合作

2007 年 11 月 1 日，中国外交部就朝核六方会谈表示，中国同朝鲜和美国代表分别讨论了下一轮六方会谈的进行方案。中国外交部发言人刘建超当

---

① 《亚洲周刊》2007 年 10 月 21 日，21 卷 41 期。

天在例行记者会上表示，六方会谈中方代表团团长、中国外交部副部长武大伟10月31日先后同访华的六方会谈朝方代表团团长、朝鲜副外相金桂冠和美方代表团团长、美国国务院助理国务卿希尔举行会晤，商讨了六方会谈的日程。但刘建超并未谈及下一轮六方会谈的召开时间。他随后表示，金桂冠与希尔在北京举行了朝美双边会谈，并证实了美国工作组当天乘坐高丽航空的航班前往朝鲜。接着，韩国和美国的六方会谈代表团团长11月2日在首尔举行会晤，讨论了去功能化工作组前一天前往朝鲜后开始的朝核去功能化及申报阶段的履行计划。当天上午，朝鲜半岛和平交涉本部部长千英宇同美国国务院亚太事务助理国务卿希尔在韩国外交通商部大楼举行会晤，讨论了今后的无核化日程。此外，双方还就韩美决定与去功能化、申报等第二阶段履行措施共同推进的开始和平机制谈判的方案，以及六方外长会谈日程等问题交换了意见。会上，希尔介绍了与去功能化和申报等履行措施一同由美国推进的将朝鲜从支持恐怖主义名单中删除的进展情况。"六方会谈"美国代表团团长、助理国务卿希尔当天表示，美国没有与拥有核武器的朝鲜签署和平协定的计划。他重申了美国的"先无核化，后和平协定"原则。当天上午，希尔在首尔外交通商部大楼与朝鲜半岛和平交涉本部长千英宇举行会谈后，向媒体表示："在实现无核化之前，美国不会在和平协定上画上句号。在这一共识下进行的和平机制的相关讨论，正在顺利地进入准备阶段。"就促进高层会晤商讨和平机制的可能性，希尔表示："美国的立场是'先无核化，后和平协定'。美国计划待朝鲜去功能化措施结束后，在进入弃核阶段时，参加和平机制相关讨论。在已知的多套方案中，这是美方的立场。"韩国外交通商部部长宋旻淳在国会统一外交通商委员会的国政监察中表示："朝鲜半岛和平交涉本部长千英宇前往北京，预定同朝鲜外务省副相金桂冠接触。两人将从六方会谈团团长的角度，讨论目前正在进行的无核化进程。"千英宇和金桂冠将商讨无核化第二阶段履行计划，并就六方外长会谈等今后日程交换意见。

韩国政府表示，根据"第六轮六方会谈第二阶段共同文件"进行的韩国、朝鲜、中国专家会议，将于11月10~11日在中国沈阳举行。政府官员表示，在此次举行的专家会议中，韩中两国会就95万吨援朝重油中将约50万吨换成发电厂设备等问题展开讨论。据了解，韩国方面将派产业资源部、统一部和外交通商部等部门的官员参加此次会议。作为核去功能化措施的对应援助，韩美中俄等四国将向朝鲜提供相当于2亿美元（约合人民币15亿元）的发电站维修设备。根据"2·13 共同文件"，作为核申报和去功能化的相应措施，上述四国将提供相当于 95 万吨重油的对朝援助。根据朝鲜要求，四国将轮流提供 45 万吨重油，而其余 50 万吨则以翻修发电厂所需的设备进行援助。另一方面，随着国际油价的不断暴涨，"六方会谈"与会国就上述 50 万吨重油的价格，讨论了以签署"2·13 共同文件"时的油价还是以当前油价为基准的问题。其结果是，四国以韩国向朝鲜提供首批重油的今年 7 月份为基准，并以从此开始三至四个月期间的重油价格平均值与朝鲜大致达成了协议。根据该协议，计算 50 万吨重油的换算价和运送设备所需的费用，四国将负担 2 亿美元左右的发电站维修设备。

从南北高峰会议以后的韩美中为解决朝核问题的合作机制来看，韩国政府在解决朝鲜问题时一直在与中国政府加强合作。当然，韩国政府不能忽视包括美国等在内的联合国成员对朝核问题的看法及其所采取的战略。韩国政府基于对国家安全的考虑，一方面要加强与中国政府的合作，同时还必须以外交手段说服美国，以避免在朝鲜半岛出现战争的危机。

韩国外交的美国情结与现实抉择

——接近美国并不会疏远中国[*]

王　生[**]

2008 年 2 月 25 日韩国第 17 届总统李明博宣誓就职。李明博新政在政治、经济、外交等各个方面同前任卢武铉政府时期的政策相比都发生了微妙的引人注目的变化，尤其在外交领域，他以"实用主义"为外交理念，修正了卢武铉政府时期的"亲朝亲中疏美"政策，而转变为"寻求与朝鲜、美国、日本和中国的四边平衡"外交，但是对韩美同盟关系重要性的强调使其平衡的砝码更向美国倾斜，形成了一个以韩美同盟关系为核心的不规则的四边形。通过近期韩国舆论以及外交通商部的动向，人们可以体察到韩国外交政策的变化。这种变化也越来越引起国际社会的关注，特别是周边国家中也出现了对韩国外交的某种疑虑。如果说从金大中到卢武铉执行的是偏左的外交路线，那么李明博政府将外交路线的光谱右转了吗？李明博政府会亲近美国而冷却中国吗？

一　带有亲美色彩的新政府的登场

以 2008 年 2 月 18 日李明博公布新内阁名单为契机，韩国出现了"外交保守亲美"的舆论。韩国媒体分析认为，被任命的人员符合候任总统李明博加强"韩美同盟"的路线。韩国联合通讯社指出，外交通商部长官提名人选、原驻日大使柳明桓，就是主张将韩美关系作为外交轴心的外交部最典

＊　教育部留学回国人员科研启动资金项目"朝鲜半岛和平进程与中国的作用与对策研究"。

＊＊　王生，吉林大学行政学院国际政治系教授、韩国高丽大学政治学博士。

型的美国通。执掌国防部的李相熹曾担任前联合参谋部议长，曾在美国智囊团"布鲁金斯研究所"担任过一年的研究员，与美国的朝鲜半岛专家进行过广泛交流，是军队里首屈一指的美国通。而青瓦台外交安保首席秘书、高丽大学政治外交系教授金炳局，在美国念完高中和大学，并获得哈佛大学博士学位，也具有典型的美国背景。① 外交消息人士表示，新政府的外交安保班子主要由具有保守和实用主义倾向的美国通组成，而几乎没有熟悉朝韩问题的专家。2 月 29 日，韩国国会通过了国务总理韩升洙批准案，随后总统李明博正式任命其为国务总理。韩升洙曾任韩国驻美国大使、外交通商部长官等职务，也是韩国政界著名的"美国通"。②

李明博本人自当选之日起，就多次强调韩美关系的重要性。他在 2007 年 12 月 20 日表示："我不是说，韩美关系在过去五年里变得恶化，而是认为有必要增进相互之间的信赖关系。"③ 当天晚上，李明博在同美国总统布什互通电话时强调"即将成立的新政府将会进一步加强韩美关系发展……韩国人一向重视韩美之间的传统友谊"④。作为李明博的"四国外交特使"之一的郑梦准议员 2007 年 12 月 21 日在华盛顿向记者表示，要向美国总统布什转达期待强化韩美同盟关系的李明博的亲笔信。⑤ 2008 年 2 月 25 日，李明博在首尔与前来参加其总统就职仪式的美国国务卿赖斯会面时表示，韩国将加强韩美同盟的互信，并在韩美密切协调的基础上，以朝鲜半岛无核化为首要目标，通过实用主义原则推行对朝政策。赖斯表示，美国相信韩美两国将在六方会谈框架内实现有关目标。⑥ 而作为发挥对外政策指挥官作用的外交通商部长官柳明桓，3 月 12 日在就任后的首次记者会上表示，"通过与美方展开密切磋商，将制定包含 21 世纪韩美同盟的良好面貌和方向的未来构想"⑦。不仅在言论方面，新政府在行动方面也表现出了积极接近美国的姿态。据韩国媒体报道，韩国与美国于 3 月 2～7 日，在韩国及韩国周边海域举行大规模联合军事演习，驻扎在韩国的 1.2 万名美军和来自太平洋美军基地及美国本土的 6000 名美军也将参加演习。美海军"尼米兹"号核动力

① 《韩媒称韩国新政府外交安保班子的特点为保守亲美》，中国新闻网，2008 年 2 月 18 日。
② 《国会通过国务总理韩升洙任命动议案》，韩联社首尔，2008 年 2 月 29 日。
③ 《李明博称今后将加强韩美关系》，中国新闻网，2008 年 2 月 20 日。
④ 《布什致电祝贺李明博称美韩关系是美国优先选择》，韩国，2007 年 12 月 21 日《朝鲜日报》。
⑤ 《李明博亲笔信致布什要加强韩美同盟关系》，中国新闻网，2008 年 2 月 21 日。
⑥ 《李明博希望加强韩美合作》，新华网首尔，2008 年 2 月 25 日电。
⑦ 《柳明桓强调面向全球发展韩美同盟关系》，韩联社首尔，2008 年 3 月 12 日电。

航母战斗群也参加了这次演习。① 李明博近日多次表示，应该强化韩美军事同盟，并表示要强化韩国军队。李明博 3 月 12 日在京畿道某野战司令部举行的国防部业务报告中指出，加固国防、建立强大军事力量是为了在爆发战争时打胜仗，但其更重大的义务是预防战争。为预防战争，需具备坚固的国防和国民坚定的安保意识，韩美合作也非常重要。驻韩美军司令伯韦尔·贝尔曾在 3 月 11 日表态，美国想在李明博上台后将韩美同盟关系提升一个层次，其中包括在韩国建立导弹防御体系。而韩国反导系统一旦建立，就意味着美国已经将导弹防御系统设在了中国的"家门口"。② 与此同时，韩国外交通商部 3 月 11 日在《2008 年业务报告》中提出的核心政策课题包括"恢复韩美关系"、"优先解决北韩（朝鲜）弃核问题"和"资源外交"三项内容，并强调"将作为核心政策课题推进恢复韩美关系"。外交部表示，为了改善韩美关系，继李明博总统 4 月访美后，还将推进美国总统布什年内访韩等，积极推进两国领导人之间的各种对话。③ 李明博把美国作为他的首选出访国。他将于 4 月 15 日～19 日对美国进行访问，并在戴维营会见美国总统布什。韩美两国元首在戴维营会晤属 50 年来第一次，李明博希望这次会谈成为韩美同盟关系进一步发展的契机。④

综上所述，自李明博新政以来，无论是从言论上还是行动上，韩国确实都表现出一种积极与美国接近的外交姿态。韩国之所以会出现这种外交现象，绝不是偶然的，有其深刻的远源近因。

二　韩国接近美国的远源近因

第一，韩国人的美国情结为新政府制定亲美的外交政策奠定了某种民意基础。

事实上，在 1980 年以前，韩国社会的亲美性格非常强烈。首先，韩国人多数对美国参加朝鲜战争而避免被北方"吞并"的命运心存感激。⑤

---

① 《韩国与美国 2 日起在韩国及韩国周边海域举行大规模联合军事演习》，韩国，2008 年 3 月 2 日《朝鲜日报》。
② 《美反导系统有望覆盖韩国应对朝鲜导弹威胁》［N/OL］，新快报，2008 年 3 月 12 日，http://news.21cn.com/world/guojisaomiao/2008/03/15/4477467.shtml。
③ 《将作为核心政策课题推进恢复韩美关系》，韩国，2008 年 3 月 12 日《朝鲜日报》。
④ 《李明博总统将于 4 月 15 日启程访问美日》，韩国，2008 年 3 月 13 日《朝鲜日报》。
⑤ 王生：《韩国疏美亲中现象剖析》，《东北亚论坛》2006 年第 2 期，第 87 页。

1945 年从日本帝国主义殖民统治下光复之后，韩国人把美国视为解放者和自由、平等与人道主义的国家，把美国"理想化"的美国观占了绝大多数。1950 年朝鲜战争爆发之后，韩国人对美国的"友邦意识"与"血盟意识"更为高涨，传统的亲美意识因而更加强化。当时韩国人对美国文化的认知都来自于美军，尽管有识者批判美国文化已对韩国人的文化认同造成威胁，但大多数的韩国人都认为美国是西方世界最富强、最先进的现代化国家，因此不仅将美国理想化，也对美国充满向往而极力想要模仿。

其次，把美国看做是韩国经济起飞的恩人，认为大量的美援奠定了韩国经济发展的基础。朝鲜战争结束后，出于冷战的需要，美国甘愿背起援助韩国的包袱。美国"最大限度要把其造就成为亚洲实现自由世界理想的一面橱窗"。美援是韩国建国初期的重要财政收入来源，在最高年份达到了52.9%，到 1970 年美国共向韩国提供了 40.54 亿美元的直接援助。战后相当长的一个时期里，美国单方面向韩国开放市场，成为其主要的进出口市场，同时援建工业设施并无偿提供剩余农产品。有学者认为，除了李承晚和朴正熙经济发展第一的取向在韩国经济高速增长过程中所起的重要作用，还应看到如果离开 20 世纪 60 年代美国援助政策的介入，仅以内部积累自然发展，韩国不可能在 70 年代获得高速增长。所以，20 世纪六、七十年代韩国人的美国观基本上维持着肯定与善意的态度。他们也都知道，美国是以自身的利益与民意趋向来推动其对韩政策，因此也对美国有了比较客观与务实的认知。1965 年与 1981 年的两次民调显示，有 68% 与 60.6% 的韩国人最喜欢的国家是美国，可见当时韩国人有多么的亲美了。[①]

再次，自第二次世界大战结束以来，韩美关系一直是韩国对外关系的支柱，韩美两国自 1953 年签署《共同防御条约》至今已逾 50 年，在这长达半个多世纪的时间里，华盛顿与首尔之间一直维持着相对稳定的同盟关系。但是随着美国全球战略的调整和冷战后东北亚地区格局的新变化以及韩美两国国内政治的演变，特别是卢武铉政府在对朝鲜的态度上与美国的分歧很大，他们主张巩固南北和解合作的基础，建立南北方和平机制，与主张遏制朝鲜的美国总是发生龃龉。同时，韩美在对中国的利益和认识上也不一致。韩国新一代政治家认为中国的发展是韩国的机遇，中国在国际

---

① 朱立熙：《国家暴力与过去清算》，台北，允晨出版社，2007。

事务中已经成为负责任的一员，而美国则不断通过加强与传统盟友和新安全伙伴的关系来遏制中国日益扩大的影响，这将把韩美同盟推向一个尴尬的境地。卢武铉在总统任内，提倡自主外交，韩美关系合理地转变，导致韩美关系渐行渐远。就此，有些媒体甚至称，韩美关系像是离婚的夫妻关系。尽管如此，卢武铉政府也从未否认过韩美关系是攸关韩国生存与繁荣的重要基础。分析人士认为，尽管目前韩国的国防力量在增强，但由于朝鲜半岛仍处于分裂状态，而且朝鲜的军事力量强于韩国，并且掌握地形优势（北方多山，南方多平原），因此韩国不得不维护韩美军事同盟。而且，在目前朝鲜半岛核问题的解决陷入困境的情况下，短期内韩美军事同盟不可能发生质的变化。只要朝鲜半岛的分裂持续下去，韩国就会尽一切可能留住驻韩美军。而美国方面从全球和地区战略考虑，也不会将美军完全撤出韩国。

第二，国内政治的溢出效应为其外交政策深深打下了民族主义思想强烈、亲美重利的烙印。

从韩国国内政治结构来看，首先，左右当前韩国政局走向的主要是总统和国会。作为外交政策的制定者和最终决策者，李明博个人对外交政策的影响是最大的。李明博的成功，很大程度上得益于他的个人奋斗精神。他出身贫寒，能够在韩国社会崛起，前半段显然是依赖自由市场的竞争原则，才能在30多岁的时候就坐上了现代公司总裁宝座，后半段则依赖民主政治的运作规律，当选为国家首善之都的市长之职，长袖善舞，累积政绩，随后竞选总统，一次挑战就获得成功。因此，他对美国信仰的自由经济和民主政治的原则也相当推崇，亲美也就成了自然的选择。每个人信仰和价值观的形成，与他的成长经历或许有着千丝万缕的关系。李明博对日本的青睐，可能也与他在现代公司任职期间，经常与日本企业打交道，特别尊崇日本的经济奇迹不无关系。

韩国的国会对韩国政治影响很大，在一定程度上制约着韩国的外交政策走向。保守、亲美的执政党大国家党在2008年4月9日的议会选举中以绝对优势战胜在野的统合民主党，大国家党过半，获得153个议席，统合民主党获得81个议席，在国会中形成"巨大保守"体制。[①] 因此，可以预见在韩国的政治格局中韩中关系与韩美关系格局的重大改变。统合民主党，大部

---

① 《大国家党过半形成'巨大保守'体制》，韩国，2008年4月10日《京乡新闻》。

分议员为原开放国民党议员，"开放国民党"主轴是"386世代"，即80年代参加过民主化运动的一代，大部分是在60年代左右出生的，他们的成长基于反美背景。这一代人的总体倾向是更加重视与亚洲的关系而不是同美国的关系，对中国的亲近度也大于对美国的亲近度。而大国家党属于保守派，在经济上推崇西方式的自由主义，外交主张相对亲美。在民主派掌权的"失去10年"里，其作为在野党，对于卢武铉政府的对朝政策有着诸多批评的同时，其怀旧心理和对美国的崇拜依然萦绕在大国家党派议员的心中。在经历了金大中、卢武铉时代后，李明博恰如其分地满足了大国家党内老资格人士的心理需要。①

其次，近些年来，伴随着国力的不断增强，韩国人的内心里产生了一种极端民族主义倾向的"大国"心理，为摆脱韩国近年来面临的"赶不上日本，又被中国追赶"的"夹心三明治"局面，最快捷也最有效的方法就是维护和发展同美国的盟友关系。这种强烈的民族主义思想使得韩国更加亲美重利。4月15日，李明博在纽约表明了韩美关系的新的总体规划，提出了"21世纪韩美战略同盟"，强调"韩美同盟应该共享东亚地区乃至全世界层面的战略利益，并以此为基础为全球和平作出贡献。我们应该奔赴饱受恐怖袭击、环境污染、疾病和贫穷折磨的地区，为增进基于人道主义的人类安全共同努力"②。这充分表明了韩国要跟随美国走向"全球外交"的意图，比如说通过"海外派兵"等来有效地彰显韩国的"大国"地位。

第三，对中国迅速发展的认识偏差及困惑心态，要借助"第三种"力量，采取应对中国崛起的"对冲"策略，促使其靠近美国。

30年前启动的改革开放，造就了一个举世瞩目的"中国奇迹"——中国经济的长期高增长。中国国内生产总值从1978年的3645亿元，猛增到2007年的246619亿元，30年间增加了67倍。2007年中国经济增长11.4%，创造了近14年来的最大增幅。这意味着中国经济连续第五年保持10%以上的增速，继续成为世界经济发展的重要发动机之一。③中国改革开放不断深入的同时，经济发展水平大幅度提高，2007年中国人均GDP上升到2640美元，比改革开放前增长了17倍。④2007年，中国超越

---

① 《美朝外交寻"突围"　韩对朝政策有调整》，2008年3月2日（9）《广州日报》。
② 李明博：《韩美同盟正迈向新阶段》，韩国，2008年4月2日《朝鲜日报》。
③ 《中国经济增长率可望连续5年超过10%》[Z/OL]，新华网，北京，2007年10月3日电。
④ 国家统计局：2008年1月《中国经济景气月报》，卷首语。

美国成为世界经济需求的最重要驱动力。人们也普遍预测，中国将在 2008 年超过德国成为世界第三大经济体。① 由于中国经济持续高增长，加上人民币对美元不断升值，中国国内生产总值最有可能在 2009 年或 2010 年，最迟将在 2012 年超过日本。届时中国的经济规模将仅次于美国，居世界第二位。② 近些年来，俄罗斯、日本和美国在东北亚地区的影响与作用都在不断地减弱，与此相反，中国在国际政治舞台上，以后冷战时代强盛大国的面貌迅速浮现，北京的作用与影响急剧增加。

　　面对中国的崛起，韩国的心态是矛盾而复杂的。一方面，认为中国的崛起，是"机会"，可以发挥韩国和中国在地缘和文化上的优势，搭便车；另一方面，认为中国崛起是"威胁"，深感忧虑和担心。正如韩国总理办公室直属智囊机构——"国际经济政策研究所"的执行主任李昌玉所说："有人说中国崛起是对韩国的威胁。我承认，其中有些道理。在我看来，今后的几十年，中国很有可能发展成一个经济巨人，一个超级大国。对于我们韩国来说，问题在于如何同这个巨人共存。"李昌玉称，韩国有两个邻国——中国和日本，都是经济大国。韩国如同一块三明治一样被夹在中间。这就对韩国提出了一种更紧迫和更现实的挑战——如何在夹缝中发展壮大？③ 中韩建交以来，两国关系飞速发展，据海关总署公布的数据显示，中韩两国 2007 年双边贸易总额达 1598.9 亿美元，中韩贸易已接近韩国对美日贸易的总和。④ 韩国已是中国仅次于美国和日本的第三大贸易伙伴国。中国也连续 4 年成为韩国的第一大贸易国和第一大出口市场，2007 年又成为第一大进口市场。照此速度，2012 年双边年贸易额 2000 亿美元的目标可以如期甚至提前实现。可以说韩国更多地获益于中国的经济崛起，分享了中国崛起的成果。如今，已经有 3 万多家韩国企业在中国注册，4.5 万名留学生在中国学习，常住中国的韩国人已经达到 50 万。⑤ 由于双方经贸合作的飞速发展，韩国对中国的经济依赖度增加了 3.6 倍，目前，有近 500 万人在中韩贸易中得到工作岗位，也就是说，在韩国有 1/8 左右的人依靠中韩贸易"吃饭"。中国是

① 《2008，新超级强国的诞生之年》[N]，英国，2008 年 1 月 1 日《独立报》。
② 《日本机构预测中国经济规模将超过日本》[Z/OL]，日本，新华网东京，日本共同社，2008 年 4 月 7 日电。
③ 《外电称中国崛起让韩国变成"三明治"》，《青年参考》，2006 年 11 月 1 日。
④ 《2007 年中韩双边贸易额首次突破 1500 亿美元》，2008 年 4 月 7 日《中国经济时报》。
⑤ 《50 万韩国人住中国》，《瞭望东方周刊》2006 年第 38 期。

韩国最大的贸易逆差国，从 2001 到 2005 年的 5 年间，中国对日总贸易量达到 6796 亿美元的情况下，对日总逆差不过 551 亿美元，逆差率 8%；同期中国对韩总贸易仅 3452 亿美元，而逆差却高达 1231 亿美元，逆差率高达 36%。2006 年，韩国对华贸易顺差 371 亿美元。[①] 然而，注重现实利益的韩国人却切实感受到"现实的冲击"。一些韩国人对中国心存芥蒂，除了对历史的不同解读外，朝鲜战争以来形成的一段时期的冷战情结是另外一个重要思想根源。这种冷战情结往往与亲美情结交织在一起，认为与中国不能太近也不能太远：太近怕被同化，失去自我；太远则怕惹恼了中国，既躲不开中国的影响，又无法借助中国的力量。偏见和误解导致韩国人对中国的长远意图充满怀疑和不安，他们担心中国崛起后会恢复朝贡体系，寻求亚洲大陆的霸权，韩民族再次失去其独立性和安全感。2008 年 3 月中旬的韩国《中央日报》引述韩国防卫分析报告说，37.7% 的受访者担心中国在 10 年后会成为国家的最大威胁。美国智库詹姆斯顿基金会 2008 年 2 月曾刊文称，随着中国在关键技术领域赶上韩国，韩国越来越把中国视为经济威胁。在此背景下，韩国与美国新的安全结盟可以作为韩国的一种对冲以及与中国加深经济政治接触的平台，而韩国单独与中国交往时不具备这样的优势。日本人海上霸权与陆上霸权对抗的逻辑，韩国人在龙（中国）与鹰（美国）之间抉择的心态，东盟的大国平衡战略，都将中国作为防范的对象，于是拉着美国来"对冲"中国崛起的风险。[②]

三　韩国不会疏远中国

李明博新政府的外交走向早已引起了我国各界的高度关注，如何巩固和发展健康的中韩关系成为两国共同面对的新课题。

李明博政府真的会亲近美国而疏远中国吗？笔者认为应冷静看待这股热潮，韩国新政府可能将面临一个外交上的过渡性的"混乱期"。韩国外交在理想和现实中"挣扎"。在理想方面，韩国的大国家党，特别是党内老资格人士有着浓厚的怀旧心理和对美国的崇拜的心理需要，他们崇尚美国的市场经济，认可美国半个多世纪以来，在韩国安保方面的"贡献"；在现实方

---

① 王宜胜：《中韩安全关系的现状及前景展望》，《东北亚论坛》2007 年第 4 期，第 52 页。
② 王义桅：《韩国人对中国崛起为何不安》，2007 年 2 月 28 日《联合早报》。

面，中韩经贸关系越来越密切，韩国对中国的经济依赖程度也越来越高，尤其是在地缘政治上韩国无法摆脱中国的影响，而在施政方向上把重振国家经济视为首要任务的李明博，自然也不会与成为世界经济火车头的中国交恶。短期来说，因为需要重新评价对美政策、对朝政策和对华政策等，中韩两国可能发生一定程度的矛盾和冲突。但从长期来说，中韩关系不会变得疏远，中韩在经济和政治上都要接近。CEO 出身的李明博是一位实用主义的总统，韩国经济的高速增长离不开中韩经济合作，中韩全方位合作关系，将会牵制和制约李明博的亲美政策。4 月 9 日韩国举行的第 18 届国会议员补选的结果，也确实对李明博政府起到了一定的警示作用。保守亲美的大国家党未能实现真心期待的"稳定的过半数（168 席）"议员席位，这与大选时期的"民心所向"相比较，不能不看做是国民对大国家党的责难，也促使李明博政府在对外政策方面深刻反思。李明博总结近两个月的新政及国会补选的教训，度过韩国外交的"混乱期"以后，会使对外政策逐渐定型，从而制定出顺应大势、符合韩国国情和民意的正确抉择。

　　中韩友好合作的成果需要双方共同的巩固和呵护，中韩友好符合双方的国家利益。正如胡锦涛主席 2008 年 1 月 17 日下午在人民大会堂会见韩国候任总统李明博特使朴槿惠时所阐明的："实践证明，建立和发展面向新世纪的中韩全面合作伙伴关系符合时代潮流，反映了两国人民的共同愿望和要求，不仅给两国和两国人民带来了实实在在的好处，也为维护和促进本地区乃至世界的和平、稳定与发展作出了积极贡献。发展长期稳定、全面合作、平等互利的中韩关系是中国政府的既定方针。无论两国国内情况和国际形势发生什么变化，我们的这一方针都不会改变。中方愿与韩方共同努力，保持两国关系发展的连续性和稳定性，提升中韩关系的水平，推动中韩全面合作伙伴关系更好更快向前发展。"① 而李明博在就任前后也多次强调中韩关系的重要性。就任前，为了消除北京的疑虑，他接受了《亚洲周刊》的专访，特别澄清了有关"强韩抗华"及"新保守"的传闻，并表示韩中与韩美关系一样重要；目前形势下，韩国和朝鲜必须"靠中国方面的帮助，只有靠中国的多方面帮助，才能让朝鲜半岛南北稳定并繁荣起来"②。1 月 14 日在

---

① 《胡锦涛主席会见韩国候任总统李明博特使朴槿惠》[Z/OL]，新华社，北京，2008 年 1 月 17 日电。

② 李明博：《朝鲜半岛稳定繁荣，需靠中国帮助》，中评社香港，2007 年 12 月 18 日《文汇报》。

与中国政府特使、外交部副部长王毅会晤时李明博表示，韩国绝不会忽视中国。他表示说，希望不仅在经济方面，还在各方面进一步升级中韩合作关系。在就任后，将"中国通"、韩国驻中国大使金夏中提名为统一部长官，希望能够加强中国在南北关系发展中的推动作用。① 为了加强同中国的沟通，外交通商部长官柳明桓将中国选为上任后第一个访问的国家。这背后可能隐藏着"外交战略上的关怀"。实际上，新政府制定加强韩美日同盟的基调，这令人担心对华关系是否相对萎缩，甚至出现了"慢待中国"的言论。也就是说，柳明桓可能也是考虑到这一点，所以从"外交均衡"的层面出发，选择中国作为第一个出访国家。②

李明博当选总统之后的对华外交变化，也引起了一些专家和学者、媒体和经济界人士的高度重视。韩国外交安全研究院教授金兴圭在 3 月 5 日发布的《关于韩中关系的评价和新政府对华政策》报告中指出，韩中关系具有战略价值，不能通过加强同其他国家的关系来代替。金兴圭表示："在解决朝核等问题的过程中，如果过分追求以韩美同盟为主的方式，可能会引发不必要的摩擦。""为了拓宽韩中之间的沟通幅度，除了政府之间的对话外，还应该促进国策研究机构等半官半民机构之间的对话，就历史问题等可能在两国政府之间引发矛盾的敏感悬案事前充分交换意见。"③ 事实上，中国对韩国的影响已超越美国。据统计，2007 年中韩贸易额突破 1500 亿美元，中国现为韩国最大的投资伙伴，曾做过现代集团 CEO（首席执行官）的李明博深知中国经济对韩的重要性。韩国知识经济部 2008 年 4 月 1 日公布，3月份的出口额为 362 亿美元，比上年同期增长 19.1%，进口额为 368.7 亿美元，同比增长 25.9%，出现了 6.7 亿美元的逆差。这是自 1997 年以后 11 年来首次连续 4 个月出现逆差，④ 已引起韩国媒体和经济界人士惊呼，强调未来政府必须重视中韩关系。

"中韩睦邻友好符合两国人民的根本利益，是双方唯一正确的选择。"双方领导者应该站在全局和国家战略的高度，审时度势，把握好中韩关系发展的主流脉搏，引导两国关系朝着健康、稳定的方向发展。对暂时的外交变

---

① 《统一部长官提名人驻华大使金夏中何许人也？》［Z/OL］，韩联社，北京，2007 年 3 月 3 日电。
② 《柳明桓上任后首先访问中国》，韩国，2008 年 3 月 13 日《朝鲜日报》。
③ 《安全外交专家：对华政策应追求"联美通中"》，韩国，2008 年 3 月 5 日《朝鲜日报》。
④ 《韩国对外贸易收支连续四个月出现逆差》，韩国，2008 年 4 月 2 日《朝鲜日报》。

化，要冷静观察，不要采取过激的言行，避免出现前些年中日关系发展过程中出现的"政冷经热"的局面。中国如何以安邻、富邻的实际行动，来消除韩国人的"历史情结"以及"中国竞争论"，充分发挥东北亚地区负责任大国的"稳定器"作用，韩国如何以开放、自信的心态接受中国的崛起，更好地发挥"东北亚地区平衡者"的作用，乃是促使中韩关系长远、健康、稳定发展的关键。

绑架问题与日朝关系

鲁 义[*]

绑架问题是近年来日朝关系中出现频率最高的词汇。2007 年 10 月 1
日，日本新首相福田康夫在国会发表施政演说时又一次提到了绑架问题。福
田表示，他将尽最大限度的努力，争取使所有的被绑架者能早日回国，同时
清算日朝两国间"不幸的历史"，实现关系正常化。[①] 绑架问题对日朝关系
有什么影响，日朝两国围绕绑架问题如何斗争，解决绑架问题的前景如何，
笔者将就此进行探讨。

一 小泉访朝与《平壤宣言》

20 世纪七八十年代，在日本海沿岸地区居住的日本居民，先后有多人
突然失踪。失踪者有男有女，年龄不等，最大的 52 岁，最小的 13 岁。他们
中既有母女，也有情侣。日本方面经过多年的调查和相关线索分析，怀疑这
些人是被绑架去了朝鲜。1991 年日方正式向朝鲜提出，要求归还被绑架的
日本人，朝鲜方面断然否认。在此后的双边会晤中，日方不断提出这一问
题，朝方则始终立场坚定，态度如故。由于没有确凿的证据，日本方面虽然
心中不满，但是束手无策。

时间到了 2002 年 9 月 17 日，情况出现了转机。这一天，日本首相小泉
纯一郎访问朝鲜。小泉行色匆匆，实际上在平壤仅仅逗留了几个小时。在首

---

* 鲁义，国际关系学院国际政治系教授。
① 2007 年 10 月 1 日《每日新闻》，日本。

脑会谈中，小泉直接向金正日提出了绑架问题。然而，朝方的态度出乎小泉和日方人员的预料。金正日坦率地承认，这种事情"发生在两国关系不正常的年代"，系朝"特殊部门"所为。金正日对此表示道歉，并保证"今后绝不会再度发生"。① 小泉向朝方提出强烈抗议。随后，两国首脑就共同关心的问题进行了会谈。

日朝两国积怨甚深，在两国相互敌视的氛围中，小泉决定访问朝鲜，应当说需要相当的勇气和决心。首脑会谈形势的险峻、复杂姑且不论，如果访问没有成果，小泉本人及其内阁的政治生命将会受到严重影响。小泉决定在这样的时刻访问朝鲜，自然是经过一番认真、慎重的考虑的。小泉上台一年来，依靠其特立独行的方式和"剧场式政治"的运作，高举"改革无禁区"的大旗推进国内政治，为泡沫经济崩溃后苦苦寻找出路的日本社会吹进一丝新风，因此赢得了不少民众的好感与支持。一时间，与小泉有关的纪念物件在日本畅销，甚至还出现了人们难以想象的"小泉热"现象。但是，在对外关系特别是同周边国家的关系方面，小泉的推进并不顺利。2001 年 8 月小泉参拜供奉有甲级战犯的靖国神社，中韩等国强烈反对。2002 年 4 月，小泉无视国内外的呼声，再一次参拜靖国神社。小泉的行为严重破坏了中日关系的政治基础。中方决定，推迟中日两国原定的一系列互访计划。韩国方面也作出了相应的决定。由于小泉一意孤行，坚持参拜靖国神社，在以后的几年间，中日高层互访被迫中断，中日韩首脑会晤也不得不取消。

在同中国、韩国外交关系搞坏弄僵的情况下，小泉将打开外交僵局的突破口选择在了朝鲜。对日本来说，朝鲜是一个可恶可气但是又没有很好办法对付的国家。长期以来，日本追随美国对朝鲜实行高压政策，不见效果。1993 年朝鲜试射导弹落入日本海，1998 年朝鲜又一颗导弹飞跃日本上空打到太平洋，日本舆论大哗，称感受到来自朝鲜的"实实在在的威胁"。1991年日朝两国就开始了建交谈判，其间谈谈停停，持续了十多年，但是毫无进展。小泉决定亲赴平壤与金正日对话，希望日朝外交能有所突破。因为在10 几年的建交谈判中，彼此已经摸清了对方的想法和底牌，这为通过高层对话解决问题提供了可能。如果建交问题谈成，小泉便可身价陡增，青史留名。解决日朝关系问题无疑是日本外交的一个重大突破。它既可消除朝鲜对日本的安全威胁，又可以弱化日本民众对当前非常糟糕的日中、日韩关系的

---

① 《小泉总理会见要旨》，http：//www.mofa.go.jp，2007 – 06 – 18。

不满。退一步说，如果建交问题谈不妥，哪怕只是一件事例如绑架问题、朝核问题，朝方只要能给出个说法，也是一个不小的收获。小泉对此有一定的把握。

从朝鲜方面看，金正日同意小泉来，在自己国家与战后首次来访的日本首相直接会谈，其政治彰显意义可能比实际作用还要大。朝方希望通过会谈改善两国关系，进而改变因被美国定性为"邪恶轴心"、"无赖国家"而面临的国际压力；更希望通过会谈甚至是承认绑架，来获得日方的经济援助，以缓解国内连续多年的能源不足和经济困境。金正日对绑架问题作出的上述表示，极为明确地反映出朝方的意图和想法。

尽管会谈时双方表情严肃，气氛紧张，但会后发表的《平壤宣言》明确记载了本次会谈的成果。《宣言》指出：①双方同意，为早日实现两国关系正常化而竭尽努力，以真诚的态度解决两国间存在的所有问题；②日方就过去对朝鲜半岛的殖民统治和对朝鲜人民的伤害表示深刻反省和真诚的道歉，在两国建交后，日本将向朝鲜提供经济援助；③朝方表示，将采取适当的措施，避免再次发生威胁到日本国民生命和安全的遗憾事件；④两国确认，为维护东北亚地区的安全与稳定进行合作，遵守所有与朝鲜半岛核问题有关的国际协议，通过对话全面解决该问题；⑤两国同意举行安全会谈，朝鲜表示，将冻结导弹试验的期限在 2003 年以后进一步延长。①

《平壤宣言》是迄今为止日朝两国领导人签署的最高级别的文件。它解决了两国间长期以来的一些悬案，为实现两国邦交正常化明确了方向。会谈结束后，小泉在平壤举行新闻发布会称，只要双方诚实地遵守《平壤宣言》的原则与精神，日朝关系就会由敌对向协调方向迈进。②

日朝首脑会谈受到国际社会的高度关注。日本媒体和国际舆论对此给以好评。日本共产党、社民党发表声明，对宣言给以肯定，称"日朝关系向前迈出了一大步"。③ 中国媒体认为，朝日首脑会谈具有十分重要的积极意义。从《平壤宣言》达成的有关共识来看，日朝双方都充分考虑到了对方的立场，是一个双赢的结果，更为今后最终解决日朝间的所有问题并实现两国邦交正常化奠定了坚实的基础。④ 日本一些研究者甚至乐观地预测，在小

① 《朝日首脑首次举行会谈》，2006 年 9 月 18 日《人民日报》。

② 《小泉总理会见要旨》，http://www.mofa.go.jp，2007 – 06 – 18。

③ 《赤旗》，日本，2002 年 7 月 18 日《社会新报》。

④ 《朝日关系新转机（热点对话）》，2006 年 9 月 18 日《人民日报》。

泉任内，日朝两国邦交正常化这一悬案可以解决了。

然而，日朝关系的发展并非预想的那样顺利，其中最主要的障碍之一就是绑架问题。

二　日朝两国关于绑架问题的交涉

根据双方达成的协议，2002 年 9 月 28 日，日本政府派遣调查组就绑架问题赴朝鲜进行调查。在朝期间，调查组除与朝方确认的几名被绑架人员会面外，还针对其他绑架悬案和疑点问题进一步调查，以便了解是否还有被绑架的其他日本人生活在朝鲜。10 月 1 日调查组回国。日本政府称，朝方提供的信息极为有限，而且前后不一致，有很多可疑之处。本次调查没有取得什么进展。

10 月 14 日朝鲜方面宣布，基于人道主义考虑，同意被绑架的 5 名日本人回国探亲，但两周后要返回朝鲜。当天，这 5 名日本人回到了阔别 24 年的祖国，与家人团聚。就在朝方规定的时限到来之前，日本方面宣布，日方尊重这 5 名日本人的意愿，他们将不再返回朝鲜，同时强烈要求朝方确保这些人在朝亲属的安全，并使他们也能早日回到日本。朝方对此极为不满，谴责日本"背信弃义"的行为。

10 月 29 日，日本与朝鲜在吉隆坡重开建交谈判。虽然双方表示，除了关系正常化问题外，还将同时讨论绑架问题和包括核武器、导弹等在内的安全问题，但实际上是各有打算。日方希望通过谈判解决绑架问题。日方代表依据上次的调查结果，提出 150 多个相关问题要求朝方作出解释。朝方回应道，朝鲜对"绑架问题已经作过认真调查了，结果就是如此"。朝方在会谈中强调"清算历史问题"，在此基础上推动双方的"经济合作"，而日本则坚持首先解决绑架问题。会谈不欢而散。

2003 年 8 月朝核问题六方会谈开始后，日本始终要求将绑架问题纳入会谈日程，希望在多边框架内解决该问题。朝鲜对此坚决反对。

2004 年 5 月 22 日小泉再度访问朝鲜，与金正日举行会谈。两国领导人重点讨论了绑架问题和朝核问题。日方再次要求朝方对绑架日本人事件进行彻底调查，公布事实真相。会谈结束后，小泉专门抽出时间会见被绑架者的亲属，甚至亲自动员其中一人的美籍丈夫去日本。作为本次访朝的重要成果，朝方同意，一年前回国的 5 名被绑架者的在朝亲属当天跟随小泉一同回国。

2004 年 8 ~ 11 月，朝鲜和日本先后 3 次举行事务级会谈。日方指责朝方在绑架问题上"隐瞒"、"捏造"事实，要求其进行认真调查，并对已经死亡者提出可信的、具体的证据和资料。此后，针对朝方提交的被绑架死亡者遗骨，双方认识严重分歧。日方提出，根据 DNA 鉴定结果比对，朝方提交的并非是被绑架者的遗骨。而朝方则认为，日方的鉴定机构有问题，鉴定结果不可信。双方争执到目前还没有结束。

2005 年 9 月，在中国的积极努力下，第四轮朝核问题六方会谈取得重要成果，通过了《共同声明》。声明指出，朝方和日方承诺，根据日朝《平壤宣言》，在清算不幸历史和妥善处理有关悬案基础上，采取步骤实现关系正常化。在这里，朝方和日方的主张都得以体现，并被作为实现关系正常化的基础，这无疑是双方会谈达成的一项重要成果。但是后来的事态发展证明，双方对"基础"的认识分歧依旧，基础的问题始终没能解决。

2006 年 2 月，日朝在北京举行"一揽子会谈"。所谓"一揽子会谈"包括三个方面的议题，即绑架问题、安全保障问题和建交谈判，三个议题同时进行。关于绑架问题，日朝双方谈了 11 个多小时。日本方面要求：允许其他的被绑架者回国，朝方进一步调查事件真相，并将绑架案疑犯引渡给日本。朝鲜方面强调：被绑架者已经全部返回了日本；朝方已对该事件进行了认真的调查，没有发现新问题；鉴于政治方面的原因，朝方不能引渡有关人员。与此同时，朝方则提出，有 7 名日本人因支持"脱北者"活动，违反了朝鲜法律，日本应将其引渡给朝鲜。双方依然是各持己见，谈判陷入僵局。

2007 年 3 月 7 日，根据六方会谈达成的《落实共同声明起步行动》，日朝邦交正常化工作组第一次会议在越南首都河内举行。日方再次提出了和上次同样的绑架问题。朝方回应：绑架问题已经解决；日本是以绑架问题为借口，回避对历史问题的清算；朝方要求日本解除因核爆而对其实施的经济制裁。日本指责朝鲜没有诚意。会谈无果而终。

同年 7 月，在北京举行的朝核问题六方会谈团长会上，日方仍然坚持不解决绑架问题，就不参与对朝能源援助，就不能实现日朝邦交正常化。朝鲜中央通讯社发表评论说，日本必须对历史罪行进行诚恳的赔礼道歉和补偿，这是日本对国际社会应该承担的法律和道德义务。①

---

① 《朝中社说日本必须对历史罪行道歉和补偿》，http：//www. xinhua. net. cn，2007 - 04 - 26。

由上可见，日本和朝鲜在绑架问题上坚持各自立场，而且都极为强硬，表现出没有妥协的余地。日朝双方的上述立场，不仅仅表现为对绑架问题重要性的认识不同，最根本的是双方在政治、安全和战略利益方面的巨大差异。在双方利益难以协调的情况下，谈判结果可想而知。

三 绑架问题与日本的对应

日本政府将绑架问题定性为"关系到日本国家主权及国民的生命与安全的重大问题"，^① 对其非常重视。综合近年来日本方面的大量活动分析，日本政府在绑架问题上的处理与应对措施主要表现在以下几个方面。

1. 制定相关法律，设置专门机构，将处理绑架问题提升到空前的高度

小泉首次访朝后，日本方面为了尽快解决绑架问题，以政府为中心，迅速启动了相关立法程序。当年 12 月，日本国会通过了关于应对绑架问题的首部立法，即《关于对被朝鲜当局绑架受害者提供援助的法律》。该法规定，国家为绑架受害者及其家属提供归国费用和生活援助金，并在住房、就业、教育、医疗、办理户籍和国民年金等方面提供特别援助。随后，日本政府据此制定了"为绑架受害者及其亲属提供综合支援的对策"的文件，对法律规定事项进行详细解释和具体落实。2006 年 6 月，日本又发布了《关于应对绑架问题与其他朝鲜当局侵害人权问题的法律》。日本方面称，制定该法的目的是使国民深刻认识朝鲜实施的包括绑架问题在内的一系列侵害人权的问题，日本将与国际社会合作，早日、全面搞清绑架事件真相。该法的主要内容包括，规定了国家和各级地方政府在解决绑架问题上的责任，国家和地方要大力开展宣传活动，提高民众对绑架问题的认识，对参与宣传活动的民间团体给以财力和信息等方面的支持，政府每年要向国会报告开展活动的情况。

安倍上台后，在处理绑架问题上调门更高，摆出了一副"不解决绑架问题誓不罢休"的姿态。他在组阁时特意增设了一名大臣级的"绑架问题担当"首相辅佐官，专门负责绑架问题和对朝交涉。2006 年 9 月，日本政府设置"绑架问题对策本部"，安倍亲自担任本部长，内阁官房长官和担当大臣任副本部长，政府阁僚全部参加，形成本部与政府互为表里的体制。同

---

① 《小泉总理会见要旨》，http：//www. mofa. go. jp，2007 - 06 - 18。

年 10 月，对策本部召开首次会议，通过了"关于绑架问题的对应方针"，决定今后要在六个方面，即确保被害人安全与及时回国、对疑案和相关线索继续调查、进一步研讨应对措施、提高国民认识、强化舆论宣传以及加强国际合作等方面开展工作。福田内阁成立后，内阁官房长官兼任绑架问题担当大臣。日本方面颁布多项专门法律，又在政府内设置专任大臣和如此高规格的政府阁僚全员参加的对策机构，其对绑架问题的重视程度可见一斑。

2. 调动一切舆论机器，大肆宣传朝鲜的"恶行"，为政府出台对朝高压政策作铺垫

本来，日本媒体对朝鲜的报道就是负面内容多。在日本官方排定的"危险国家"序列中，朝鲜始终位列第一，是构成"对日开展有害活动"的最为危险的国家。① 5 名被绑架者回国后，日本以绑架问题为中心，在宣传和谴责"朝鲜国家的犯罪行为"方面迅速升级，可谓竭尽全力。日本将每年的 12 月 10 ~ 16 日定为"北朝鲜侵害人权宣传周"，规定在这一时段国家和地方要开展各种宣传和广报活动，"启发国民对绑架问题的认识"。在2006 年 12 月的首个宣传周期间，日本媒体的相关报道、评论、访谈、受害者家属演讲等内容从早到晚，格外密集，使原本就是媒体报道热点的绑架问题被炒得"热上加热"。一位叫横田滋的被绑架者的父亲，尽管早已从工作岗位上退休了，但每天的日程都是排得满满的，除了要出席各地的演讲会、座谈会和接受专访外，每天还要回复大量的问询电话和接待众多的来访者，成为媒体追逐的明星。他坚持不懈找寻女儿的经历和对朝鲜声泪俱下的控诉，赢得了许多日本人的同情。到目前为止，日本官方正式认定的被朝鲜绑架的日本人事件 12 起，人数为 17 人。日本政府表示，还有一些事件和疑案在调查中，朝鲜方面的绑架行为肯定比上述情况严重。② 除了绑架日本人，日本还大肆宣传朝鲜的其他"恶行"，例如向日本沿海派遣间谍船只收集情报、发射导弹、试爆核弹、扩散大规模杀伤性武器、制造假币、从事洗钱活动等。在这些铺天盖地的宣传中，朝鲜简直就是一个无恶不作并对日本安全构成严重威胁的国家。在政府的支持和鼓动下，日本国内批评和谴责朝鲜的舆论近年来一直在升温，日本民众的对朝认识也随之发生了急剧变化，几乎是一边倒的声讨朝鲜，清一色的对朝负面认识。日本全国几乎笼罩在"谁

---

① 《警察白皮书》，日本警察厅，2003 ~ 2006 年。

② 徐文吉：《朝鲜的核、导战略态势及其影响》，《东北亚论坛》2007 年第 1 期。

不谴责朝鲜，谁就不是日本人"的氛围之中。在这样的背景下，日本政府对朝坚持强硬立场，一系列制裁措施也相继出台，自然不会遇到什么阻力。

3. 借朝核危机制裁朝鲜，为解决绑架问题助力

朝核问题由来已久。由于日朝双方积怨甚深，朝核问题不断升级，双方甚至一度剑拔弩张，周边国家和国际社会对此极为关注。日本虽然不是朝核问题的主要当事国，但却是对朝核问题最为敏感、最为关注的国家。在六方会谈中，日本坚定地站在美国一方，与美联手，对朝坚持强硬主张和高压政策，逼迫朝鲜无条件弃核。日本的战略考虑是：借助国际社会普遍要求朝鲜弃核的大背景，逼迫朝鲜无条件弃核，同时将在日朝双边关系中难以解决的绑架问题也塞进会谈日程，迫使朝鲜就范。因此，在六方会谈一开始，日本就提出了绑架问题，遭到朝鲜拒绝。在以后的几轮谈判中，日本还是一而再，再而三地提出这一问题。由于绑架问题与弃核无关，不是六方会谈的主题，日方的做法引起其他国家的不满，甚至美国也认为日本的行为"干扰"了会谈。

眼见绑架问题纳入六方会谈的打算不可能实现，日本便全力以赴打压和制裁朝鲜。2006 年 10 月 9 日，朝鲜宣布进行了核试爆，国际社会感到震惊。[①] 美国总统布什发表声明，口气强硬，称"朝鲜的行动令人无法接受"，"是对国际和平与安全的威胁"。在安理会的紧急磋商会议上，美国代表一口气提出了包括限制人员往来、武器禁运、金融制裁等 13 项对朝制裁议案。日本表现得更为激烈。内阁官房长官发表谈话，对朝予以"强烈谴责"。正在韩国访问的安倍首相与卢武铉总统会谈时强调，朝核试验"对日、韩以及周边国家造成重大威胁，应予以坚决回应"。随后安倍又与布什通电话，商定在对朝制裁问题上携手一致。在联合国，日本是当月安理会轮值主席国，积极推动对朝实施制裁。在美方提出对朝制裁议案后，日本还附加了自己的强化制裁措施。随后，日本政府迅速发布了对朝制裁方案，例如限制在日朝侨向国内汇款、禁止朝鲜船只靠港、停止对朝贸易、禁止朝鲜人入境，等等。日本政府称，这只是初步制裁措施，今后还要根据事态的发展情况进一步加大制裁力度。

与此同时，日本与美国等国举行"防扩散安全演习"，并以朝鲜为对象举行海上拦截演练。更有甚者，日本还有人扬言，要效仿美国的做法，对朝

---

① 《北朝鲜绑架日本人问题》　［J/OL］，http：//www. kantei. go. jp/jp/singi/ratimondai/dai1/housin. html，2007 － 04 － 01。

鲜实施"先发制人"的军事打击。日方的目的很明显：借助朝核危机整治朝鲜，同时迫使其在绑架问题上作出让步。

4. 在国际社会寻求理解与支持，联手其他国家彻底解决绑架问题

基于多年和朝鲜打交道的经验，日本认为，要彻底解决绑架问题仅仅凭借自身的努力还不够，必须引起国际社会的关注，乃至得到联合国的理解与支持。因此，日本在加强国内对策的同时，强烈要求国际社会和联合国有关机构赴日调查，了解绑架事实和被害者家属的实际感受，以推动绑架问题早日解决。为了使绑架问题引起国际社会的关注，日本根据其掌握的线索还提出，绑架的受害者绝不仅仅是日本人，朝鲜还可能绑架了泰国、罗马尼亚、黎巴嫩、韩国等国的公民。[①] 日本呼吁被害国家携起手来，共同弄清绑架事件真相。

在日本方面的工作下，从 2003 年起，联合国人权委员会历年发布的《朝鲜的人权状况》报告中，均有尽早解决被朝鲜绑架的外国人问题。2006年 5 月联合国秘书长安南访问韩国。他在谈到绑架问题时表示，为了消除被害者的痛苦，朝鲜方面应该作出解释。这是联合国秘书长首次就绑架问题作出的表态。同年 7 月，在俄罗斯圣彼得堡召开的 8 国峰会上，日本再提绑架问题，希望国际社会携手合作。与会国对日本的立场表示理解。

2006 年 4 月，日本受害者家属组团访美。在美期间，受害者家属多次参加各种形式的演讲会和报告会，还出席了国会下院关于绑架问题的听证会。美国总统布什专门与他们会面，并对日方的立场表示理解和支持。2006年 6 月，日本政府邀请 19 个国家的驻日大使举行座谈会，呼吁国际社会对绑架问题采取共同应对措施，并对日本的行动给以支持。据日方事后发表的消息称，与会者对日本的做法表示理解和支持。[②] 2006 年 12 月"北朝鲜侵害人权宣传周"期间，应日方邀请，世界各国的绑架受害者家属和支持团体负责人齐聚东京。他们多次召开家属会、救援会和国际研讨会，并商定今后要进一步交流信息，相互支持。一位英国电影导演以日本被绑架者为原型拍了一部纪实片。该片在日本举行首映式，并先后在欧洲一些国家上映，引起了不小的轰动。日本政府就绑架问题专门设立了宣传网站，除日语外，还制作了英、韩、法、中和西班牙文的网页。

---

① 徐文吉：《朝鲜的核、导战略态势及其影响》，《东北亚论坛》2007 年第 1 期。

② 徐文吉：《朝鲜的核、导战略态势及其影响》，《东北亚论坛》2007 年第 1 期。

由于日本方面的着力宣传，目前绑架问题已经为国际社会所知晓，不少国家和国际组织已经对此明确表态。2007 年 4 月温家宝总理在日本访问时表示，中方对日本国民有关人道主义关切表示理解和同情，希望这一问题早日得到解决，期待日朝关系取得进展，愿为此提供必要的协助。①

四　绑架问题与日朝关系

日本方面热炒绑架问题，可谓是一石两鸟。从大的方面看，日本以防范"来自朝鲜的威胁"为由，不断强化日美同盟和增加军事实力，使军事能力在国家发展战略中的位置和作用不断提升，同时对中俄两国构成牵制。就日朝关系现状分析，绑架问题是日方手中最为重要的筹码，在日朝关系正常化谈判中可以借此与朝方抗衡，甚至可以对冲朝方提出的"清算殖民统治的历史，进行赔偿"的要求，争取谈判主导权。

诚然，解决绑架问题与实现日朝关系正常化，最终取决于日朝两国，取决于两国的利益取向与外交智慧。同时，国际环境的影响也是不容忽视的。笔者认为，就当前情况看，分析绑架问题与日朝关系，以下三个方面值得关注。

其一，绑架问题的作用已经远远超出绑架问题本身，成为日本当政者随时可以打出的一张牌。众所周知，安倍在出任首相之前，作为小泉的左右手，两次陪同小泉访问朝鲜。在改善对朝关系问题上，安倍的态度极为消极，一直主张对朝实行严厉制裁，声称不解决绑架问题，日朝关系正常化就没有可能。由于在对朝问题上的强硬态度和小泉的"速成式栽培"，安倍在日本的人气急升，进而成为接替小泉的最热门人选。安倍内阁成立后，他在各种场合多次表示，绑架问题不解决，在他任内绝不会与朝鲜实现关系正常化。2007 年 9 月安倍辞职后，争夺自民党总裁的福田康夫和麻生太郎在竞选演说中都提到了日朝关系。福田表示，他将考虑解决棘手的绑架问题。但是，朝鲜如果不完全弃核，就不能实现关系正常化。麻生则主张，对朝不能"总是强调对话、对话，没有压力就没办法对话"。现在，绑架问题已经失去了最初人们认识的那种单纯的所谓绑架日本人质事件的原状，而变得越来越复杂，成为日本当政者高高举起的对内赢得民意支持、对外进一步打压朝鲜的一张牌。它被举得越高，其上述作用也就越大。因此，不在特殊情况

① 《中日联合新闻公报》[N]，2007 年 4 月 12 日《人民日报》。

下，日本当政者是不会轻易地将它放下，即以一种向前看、平和的心态来解决绑架问题的。

其二，日本民众情绪已经被调动起来，政府决策回旋余地受限。如前所述，由于日本方面对绑架问题的大肆宣传，日本民众的情绪已经被充分调动起来了，而且形成了空前的一致。早在1997年，绑架受害者家属就成立了"被北朝鲜绑架受害者家属联络会"，他们经常举行活动向政府施压。近年来，日本民众的上述活动更加频繁，规模越来越大，已经有许多民间团体和600多万人签名表示支持，其要求已经从解救人质转为要求政府对朝实施更加严厉的制裁措施。福田内阁刚刚成立，该团体便要求面见内阁官房长官直至福田首相本人，强烈要求政府继续执行安倍时期的对朝强硬路线。另一方面，值得注意的是，在近几年的国政选举中，一贯与执政党针锋相对、大唱反调的在野党和反对派在对待绑架问题上没有新意，在对朝问题上也是随声附和，随波逐流。日本政府通过舆论调动民众情绪，民众情绪推动政府对朝措施升级，两者相互影响，相互推动。在这种情况下，日本政府的对朝措施只能是强化，不会削弱，政策调整的余地会大大地受到限制。

其三，要考虑美国的态度变化对日朝关系的影响。美国是当今世界最强大的国家，在东北亚区域有着重大的经济、安全和战略利益。美国将朝鲜定为对其全球利益构成威胁的"恐怖主义国家"，始终采取各种办法对其打压，试图将其完全制服、彻底打垮。美国从最初的拒绝与朝鲜单独会谈，到六方会谈朝美双方坐在一起讨论朝核问题，以至于现在"朝美关系正常化工作组"已经举行过两轮会谈，讨论朝鲜核设施的去功能化问题。美国策略的调整，并不意味着美方基本想法的改变。它只是想通过另一种办法来实现它既定的目的。美国不希望日朝两国在朝核问题解决之前改善关系。最近有报道称，朝美关系工作组第二轮会谈进展顺利。朝方表示，要采取各种实质性措施，在年内完成核设施去功能化，同时要求美方解除制裁。美方则表示，能否将朝鲜从恐怖主义国家名单中删除，取决于其去功能化的进展情况。[1] 如果美朝关系能够改善，将会推动绑架问题的解决和日朝关系的改善。反之，如果美朝关系没有进展，日朝关系则很难有大的变化。

---

① 《美朝日内瓦会谈第一天谈得还行》，2007年9月3日《北京青年报》；《美否认朝脱离"恐怖名单"》，2007年9月5日《北京青年报》。

朝鲜经济转型中的资源开发与
产业发展特点分析[*]

保建云[**]

一　引言

朝鲜作为东北亚地区的重要国家，是中国的重要邻国，朝鲜经济的发展变化对东北亚地区甚至整个亚太地区的政治、经济格局都会产生重要影响。朝鲜从 20 世纪 90 年代以来对经济发展的某些领域和方面的理论和政策进行调整，在 2002 年发布了"经济管理改革措施"，先后设立了"罗津—先锋经济区"、新义州特别行政区、金冈山旅游区、开城工业区等对外开放地区，取得了较为显著的效果。朝鲜的最高领导人和决策层的某些重要成员都相继访问过中国的珠江三角洲、长江三角洲和环渤海地区的一些重要经济特区、对外开放城市和对外开放企业。同时，中国的一些企业也已经在朝鲜开展业务，彼此之间的经济合作特别是边境地区之间的双边区域经济合作也逐渐开展起来。朝鲜的经济转型和对外开放是在中国、俄罗斯等经济转型国家的影响下进

[*] 本文是作者主持的国家社科基金青年项目"中国经济转型期地方利益冲突与政府统筹区域研究"（项目批准号：05CJL027）、中国人民大学亚洲研究中心（The Asia Research Center in Renmin University of China）资助项目"中国与亚洲转型国家区域经济合作研究"［项目批准文号：亚研字（2005002）］和中国人民大学"985"自由探索项目"中国经济转型期面临的新贸易保护主义与开放经济部门发展战略与选择研究"（项目编号：01458230）的阶段性成果，同时得到国家社科基金青年项目（项目批准号：06CJY025）的资助。本文也是作者在比利时安特卫普大学经济学系做 Erasmus Mundus 访问学者（2006～2007 年）期间的研究成果，感谢合作教授 Wim Meeusen 博士和项目主任 Mieke Vermeire 女士的关心和支持，同时也感谢欧盟委员会和欧洲议会提供的研究经费资助。
[**] 保建云，中国人民大学国际关系学院国际政治经济学系副教授。

行的。当然，朝鲜的经济转型同时受国内因素①与国际环境②的影响。因此，分析经济转型过程中朝鲜的资源禀赋和产业发展问题，具有理论价值和现实意义。

朝鲜经济的发展问题始终为学术界所关注，但公开发表和可以查阅到的研究文献较少，分布也较为零散，中文研究文献则更多的关注朝鲜的经济转型、区域开发、中国与朝鲜之间的经贸关系③。少数研究文献还渗透着某些意识形态偏见（CM Swaan and L Blok，1999，pp. 503 – 504），难于对朝鲜经济转型和经济发展进行更为合理的经济解释。为了弥补现有研究文献的某些不足，本文以经济转型和发展为背景，利用相关统计数据，从实证角度分析朝鲜经济发展的资源禀赋条件和产业发展问题。本文共分四个部分，第二节分析朝鲜发展经济的资源禀赋条件与资源开发特点，第三节分析朝鲜产业结构与产业发展特点，第四节是结论。

二　朝鲜经济转型中的资源开发特点

在前社会主义中央计划经济国家中，朝鲜是较晚推动经济体制改革和对外开放的国家，该国经济转型是在特殊而复杂的国际政治经济环境和国内政治经济背景下进行的，表现出其他经济转型国家所没有的特征。朝鲜发展经济的自然资源和人力资源条件具有如下几个方面的特点。

首先，朝鲜国土面积狭窄，但地理区位条件优越，资源丰富，矿产资源品种多，石墨、菱镁矿储量居世界前列。朝鲜民主主义人民共和国（The Democratic People's Republic of Korea）位于亚洲大陆东部，国土面积为12.1万平方公里，东、西、南三面环海。全国划分为2个直辖市（平壤、开城）；1个经济贸易区（罗津—先锋市）；9个道（平安南道、平安北道、黄海南道、黄海北道、咸镜南道、咸镜北道、两江道、慈江道、江原道）④。朝鲜半岛北部与中国和俄罗斯接壤，东邻日本，面积123138平方公里。地势东北高、西南低。境内山地多（约占总面积的80%）、平原少，平均海拔440米。工业主要以采矿、冶金、机械、电力、纺织、化工等为主，机械设备的国内自给率

① 主要是由自然灾害引起的粮食和日用消费品短缺问题。
② 朝核问题、以美国和日本为首的西方国家对其实施的经济封锁和制裁问题。
③ 参见文后的参考文献。
④ http：//dprk. cistc. gov. cn/embassymember/browse. asp？ id = 61182&site = 5566&column = 5571（中国驻朝鲜使馆科技组网站，2006年8月20日访问）。

相对较高。铁矿、铝、锌、铜、金、银等有色金属和煤、石灰石、云母、石棉等非金属矿物储量丰富。水资源和森林资源也较丰富，如表1所示。

表 1　亚洲部分国家国土面积和人口分布对比

国家和地区	国土面积 （万平方公里）	2003 年人口数 （万人）	2003 年人口增长率 （%）	2003 年人口密度 （人／平方公里）
亚　　洲	3187.0	382339	1.3	120
中　　国	960.0	129227	0.6	135
日　　本	37.8	12765	0.1	338
印　　度	328.7	106546	1.5	324
印度尼西亚	190.5	21988	1.3	115
菲 律 宾	30.0	8000	1.8	267
泰　　国	51.3	6283	1.0	122
马来西亚	33.0	2443	1.9	74
新 加 坡	0.1	425	1.7	6860
巴基斯坦	79.6	15358	2.4	193
缅　　甸	67.7	4949	1.3	73
孟加拉国	14.4	14674	2.0	1019
土 耳 其	77.5	7133	1.4	92
蒙　　古	156.7	259	1.4	2
朝　　鲜	12.1	2266	0.5	188
韩　　国	9.9	4770	0.6	481
越　　南	33.2	8138	1.4	245
世界总计	13427.9	630146	1.2	47

注：世界人口是指有定居人口的各大洲面积，未包括尚无定居人口的南极洲。如包括南极洲，全世界陆地面积为 14950 万平方公里。中国为年底总人口。印度人口不包括查谟、克什米尔和锡金等地区。

资料来源：《2005 中国年鉴》。

其次，从国土面积和人口规模方面看，与东亚和南亚的大多数国家相比，朝鲜发展经济的土地资源和人力规模并不具有比较优势。在表1所表示的亚洲国家中，朝鲜的国土面积只比韩国和新加坡大，人口数只是比蒙古和新加坡多，表明该国在国土面积和人口方面并不是一个大国。该国国土面积只相当于亚洲的 0.38%，世界总面积的 0.85%，人口只相当于亚洲的 0.59%，世界的 0.3596%。从 2003 年的数据分析，朝鲜的人口增长率较低，在表1所列出的国家中只比日本高 0.4 个百分点，比同处朝鲜半岛的韩国还低 0.1 个百分点。

再次，朝鲜发展经济的人力资源较为丰富，但仍然面临人口压力。亚洲地区的中国、印度和印度尼西亚在发展经济方面具有土地资源与人口规模的比较优势，朝鲜、蒙古、新加坡三国在人口规模方面并不占有比较优势，朝鲜、韩国和新加坡的国土面积方面也不具有比较优势。从 2003 年的数据分析，朝鲜的人口密度高于中国、印度尼西亚、泰国、马来西亚、缅甸、土耳其、蒙古，表明其经济发展中所面临的人口压力并不低。朝鲜 2003 年年中人口为 2266 万，2003 年的人口增长率为 0.5%，人口密度为每平方公里 188 人①。2005 年全国人口为 2248 万，首都平壤（Pyongyang）人口 260 万。如图 1 所示。

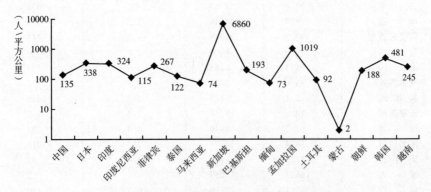

图 1　朝鲜与部分亚洲国家人口分布密度比较

简言之，朝鲜虽然国土面积狭小且境内多山，但地理区位条件优越，自然资源和人力资源都较为丰富，但发展经济的环境承载容量有限，同样面临着人口压力。

三　朝鲜经济转型中的产业结构与产业发展特点

朝鲜计划经济体制的建立和发展、经济体制改革和对外开放都具有显著的特点。朝鲜的经济发展是在第二次世界大战结束后摆脱了日本的长期殖民统治，获得国家独立的基础上发展起来的。朝鲜民主主义人民共和国成立于 1948 年，但在 1950 年爆发了朝鲜战争，直到 1953 年朝鲜战争才结束并签订了停战协定。此后，朝鲜才开始在和平条件下恢复和重建受到战争破坏的国家经济。1958 年朝鲜宣布完成城市、农村生产关系的社会主义改造，建立社会主义经济制度，不允许私人经济存在，从此，朝鲜的

---

① 《2005 年中国统计年鉴》。

社会主义计划经济开始形成和发展。1970 年朝鲜宣布实现了社会主义工业化。自从 1958 年建立社会主义经济制度以来，朝鲜的经济发展经历了多个发展阶段，在原殖民地经济的基础上，朝鲜的经济发展取得了一定的成就。朝鲜在 1961 年开始改革管理体制，建立了大安工作体系、新的农业领导体系和计划的一元化体系。第 1 个 7 年计划始于 1967 年，中间过渡过一个 6 年计划（1971～1976 年），第 2 个、第 3 个 7 年计划分别始于 1978 年和 1987 年。① 20 世纪 80 年代中期以来，朝鲜在某些经济领域开始推行改革和对外开放政策。朝鲜经济发展中的产业结构具有如下两个方面的特点。

第一，朝鲜产业结构较为封闭，产业结构调整面临多种压力和制度约束。在计划经济时期，由于受到美国、日本等西方资本主义国家的封锁和制裁，朝鲜与西方资本主义市场经济国家之间经济联系较少，主要与社会主义国家和一些发展中国家进行进出口贸易。冷战结束后，由于受"朝核问题"等的影响，以美国、日本为代表的西方资本主义市场经济国家仍然对朝鲜进行封锁和制裁，使得朝鲜在推动经济体制改革和对外开放过程中仍然面临复杂而严峻的国际政治经济环境。外部国际政治经济环境的这些特点，不可避免地对朝鲜经济结构产生影响，使得计划经济体制下形成的相对较为封闭的产业结构，较难被打破，对朝鲜经济发展中的产业结构调整和变迁产生阻碍作用，如表 2 所示。

第二，朝鲜经济中，采矿业和制造业比重较高，第二产业占国民经济的主导地位。但 2001 年以后，制造业占国内生产总值的比重大幅度下降，农业、狩猎、森林业和渔业占国内生产总值的比重上升到第一位，第一产业成为国民经济的主导产业部门。1970～2003 年间，按当年价格计算的国内生产总值及各产业的产出水平都有不同程度的增长，农业、狩猎、森林业和渔业的产出水平从 1970 年的 6.32 亿美元增加到 2003 年的 43.81 亿美元，采矿、制造业和公用事业的产出水平则从 1970 年的 10.90 亿美元增加到 2003 年的 40.62 亿美元，批发、零售、餐饮和酒店业的产出水平从 1970 年的 2.27 亿美元增加到 2003 年的 11.25 亿美元，交通、仓储和通信业则从 1970 年的 6.16 亿美元增加到 2003 年的 8.80 亿美元。1970～2002 年间，朝鲜的采矿、制造业和公用事业占国内生产总值的比重最高，基本维持在 38% 左

---

① http：//www.6532.net/world/economy/kp.html（2006 年 8 月 20 日访问）。

表 2　朝鲜按当年价格计算的国内生产总值构成（1970~2003）

单位：百万美元

年份	GDP	农业、狩猎、森林业和渔业	采矿、制造业和公用事业	制造业	建筑业	批发、零售、餐饮和酒店业	交通、仓储和通信业	其他行业
1970	2900	632	1090	703	183	227	152	616
1971	3251	709	1222	789	205	254	171	690
1972	3690	804	1387	895	232	288	193	784
1973	4129	900	1553	1002	260	323	217	877
1974	4569	996	1718	1108	288	357	240	971
1975	5096	1111	1916	1236	321	398	267	1083
1976	5711	1245	2147	1385	360	517	357	1084
1977	6414	1398	2412	1556	404	557	340	1303
1978	7204	1571	2709	1747	454	773	468	1231
1979	7995	1743	3006	1939	504	729	460	1553
1980	8786	1915	3303	2131	554	814	544	1655
1981	9664	2107	3634	2344	609	863	539	1913
1982	10631	2318	3997	2579	670	988	713	1946
1983	11685	2547	4394	2834	736	1237	900	1871
1984	12827	2796	4823	3111	808	1407	1019	1975
1985	14057	3064	5286	3410	886	1471	1057	2294
1986	14584	3179	5484	3537	919	1459	1115	2428
1987	15551	3390	5847	3772	980	1786	1256	2292
1988	16429	3582	6177	3985	1035	1665	1290	2681
1989	17396	3792	6541	4219	1096	1515	1214	3238
1990	16752	3652	6299	4063	1055	1521	1175	3050
1991	15898	3466	5978	3856	1002	1453	1137	2863
1992	14674	3199	5517	3559	924	1341	1049	2643
1993	14160	3087	5324	3435	892	1294	1013	2550
1994	13877	3025	5218	3366	874	1268	992	2499
1995	13294	2898	4999	3225	838	1215	951	2394
1996	12816	2794	4819	3108	807	1171	917	2308
1997	12008	2618	4515	2913	757	1097	859	2163
1998	11876	2589	4465	2881	748	1085	849	2139
1999	12612	2750	4742	3059	795	1153	902	2271
2000	12776	2785	4804	3099	805	1168	914	2301
2001	13249	2888	4982	3214	835	1211	948	2386
2002	13410	4258	3979	2501	898	1139	891	2244
2003	13648	4381	4062	2541	984	1125	880	2217

资料来源：联合国统计署网站数据（http：//unstats. un. org/unsd/default. htm，2006 年 8 月 20 日访问）。

右，制造业则基本维持在 24% 左右。整体而言，虽然各个行业都有不同程度的增长，不同产业之间关系则保持相对稳定，如图 2 所示。

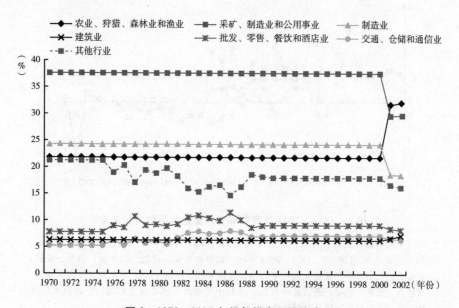

图 2　1970～2002 年间朝鲜产业结构变化

可见，受特殊的国际和国内政治经济环境的影响，朝鲜的产业结构较为封闭，产业结构调整面临多方面的约束，第二产业长期处于国民经济的主导地位，但存在下降的趋势，交通、仓储和通信、批发、零售、餐饮和酒店业占国民经济的比重保持相对稳定，其他产业占国民收入的比重则呈现波动式下降态势。服务业在国民经济中的比例保持相对稳定，新型产业发展相对较为缓慢。产业结构升级困难、新型行业发展缓慢甚至可能存在某种衰退现象。20 世纪 80 年代中期以来，朝鲜开始推进有朝鲜特色的经济体制改革和对外开放政策，经济增长成效明显，对外开放程度逐渐提高，各产业都有不同程度的发展，表现出如下几方面的特点。

第一，朝鲜经济增长的一个特点是各产业部门的不平衡性，经济发展的波动性在批发、零售、餐饮、酒店业与交通、仓储和通信业表现较为明显，制造业年平均增长速度的波动幅度相对较小。1971～2003 年间，朝鲜的批发、零售、餐饮和酒店业的平均增长速度波动幅度最大，如图 3 所示。

第二，朝鲜经济发展过程中，制造业发展相对平稳，但与世界和亚洲

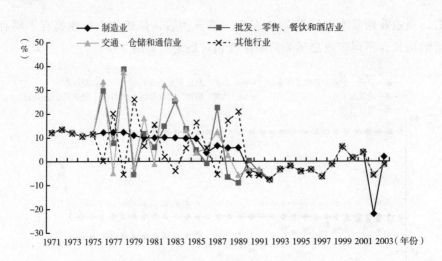

图3 1971～2003 年间朝鲜各产业的年平均增长速度[*]

* 根据联合国统计部门网站发布的数据（http://unstats.un.org/unsd/default.htm，2006 年 8 月 20 日访问），1971～2003 年间，朝鲜的农业、狩猎、森林业、渔业、采矿、制造业、公用事业和建筑业的年平均增长速度相同，1992～2003 年批发、零售、餐饮、酒店业，交通、仓储、通信业和其他行业的年平均增长速度完全相同。估计是统计方法、统计变量分解和统计数据收集困难所致。

相比，朝鲜的制造业和商品流通业产出水平的增长表现出新的特点。1971～1987 年间，朝鲜的制造业年平均增长速度不仅高于世界平均水平，而且高于亚洲平均水平，这表明在计划经济体制下，朝鲜存在着发展制造业和各种公用事业的内在激励机制。但 1990～1997 年，朝鲜制造业呈负增长，发展水平不仅低于亚洲平均水平，也低于世界平均水平，只是到了 1998 年才开始波动式回升。这表明，20 世纪 90 年代以来的国际政治经济环境变化，以及朝鲜国内政治经济环境变化对制造业的冲击较大，如图4 所示。

第三，朝鲜的商品流通业、餐饮业和酒店业的年平均增长速度也表现出与全球和亚洲地区不同的特点。1971～1987 年间，除了 1978 年呈负增长并低于全球和亚洲平均水平以外，朝鲜的商品流通业、餐饮和酒店业的年平均增长速度都高于世界和亚洲平均水平，但是波动性较高，具有较高的不确定性和不可预见性。1988～1997 年间，除了 1990 年的增长速度为 0.4%，高于世界平均水平以外，其他年份都是负增长，表明从 20 世纪 80 年代末期以来的国际政治经济环境变化以及苏联、东欧和中国的政治经济转型对朝鲜商

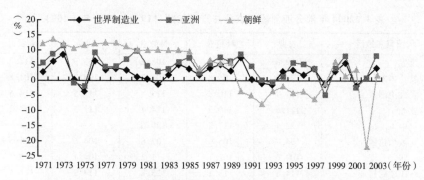

图 4　世界、亚洲和朝鲜制造业年平均增长速度比较（1971～2003）

业的冲击较大，但波动幅度较苏联、东欧剧变以前的波动幅度要小。商业的萎缩必然对朝鲜宏观国民经济运行和居民带来负面冲击和影响，如图 5 所示。

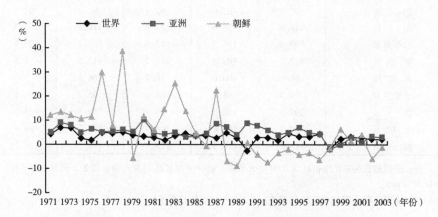

图 5　世界、亚洲和朝鲜商品流通业、餐饮与酒店业
年平均增长速度比较（1971～2003）

　　第四，21 世纪以来，与东亚大多数发展中国家和转型国家相比，朝鲜的农业经济发展仍然面临诸多困难。联合国统计部门所提供的朝鲜经济发展数据中，1971～2003 年间，朝鲜的农业、狩猎、森林业、渔业、采矿、制造业、公用事业和建筑业的年平均增长速度相同，使我们难以对朝鲜农业与制造业发展状态进行比较分析。但是通过由世界粮农组织提供的相关统计数据（见表 3），我们可以对朝鲜农业经济发展状况进行比较分析。

表3 2004 年部分亚洲国家农业总产出指数（1999～2001 年 = 100）

国家和地区	农业	种植业	畜牧业	食品	非食品
世界	109.0	109.5	108.2	108.9	111.2
发达国家	104.2	106.8	101.9	104.3	101.8
发展中国家	111.7	110.8	113.8	111.5	114.6
亚洲	111.6	110.5	114.4	111.5	113.2
中　国	122.1	117.2	129.6	—	—
孟加拉国	104.7	105.0	102.6	104.6	105.5
印　度	104.6	102.1	111.2	104.1	115.2
印度尼西亚	114.6	113.1	125.8	114.8	111.4
伊　朗	111.1	116.6	103.1	111.9	87.8
以色列	103.0	94.2	117.2	103.2	96.0
日　本	97.8	95.8	99.6	97.9	94.2
哈萨克斯坦	100.8	98.0	112.0	98.8	143.2
朝　鲜	109.0	110.0	113.6	109.3	102.8
韩　国	92.2	90.5	98.7	92.5	77.2
马来西亚	116.9	117.1	116.7	116.9	116.8
蒙　古	92.3	105.0	92.1	92.3	92.3
缅　甸	116.6	116.6	122.8	116.6	113.5
巴基斯坦	109.0	105.2	112.5	109.3	107.3
菲律宾	113.2	109.5	123.2	113.5	98.6
新加坡	66.6	100.0	70.7	66.6	—
斯里兰卡	96.5	94.4	106.0	95.2	101.6
泰　国	102.4	105.3	89.4	99.8	125.8
土耳其	104.7	104.6	106.8	105.2	99.8
越　南	118.6	118.3	118.9	118.7	116.5

注：中国的农业总产出指数以 2000 年为基期，缺少中国食品和非食品业数据，其他国家 1999～2001 年 = 100。

资料来源：联合国粮农组织数据库；《2005 年中国统计年鉴》。

　　通过表 3 的农业生产指数可以看出，在 2004 年，朝鲜农业发展指数不仅低于其他亚洲国家农业总产出指数的平均水平，而且低于全球发展中国家的平均水平，但比较接近世界农业总产出指数，高于韩国、日本、新加坡等市场经济较为发达的经济体，同时也高于同属于转型中的内陆国家蒙古和哈萨克斯坦。2004 年，朝鲜农业总产出指数高于南亚地区的印度、孟加拉国、斯里兰卡和东南亚地区的泰国，与巴基斯坦较为接近，但低于转型国家中国和越南，也低于处于转型中的发展中国家缅甸，如图 6 所示。

　　简言之，在朝鲜经济的发展过程中，各产业部分发展不平衡，经济发展的波动性在批发、零售、餐饮、酒店业、交通、仓储和通信业表现得较为明

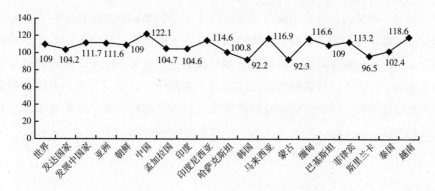

图 6 2004 年朝鲜与其他国家农业总产出指数比较

显，制造业年平均增长速度的波动幅度相对较小。与世界和亚洲相比，朝鲜的制造业和商品流通业产出水平的增长表现出新的特点，商品流通业、餐饮业和酒店业的年平均增长速度也表现出与全球和亚洲地区不同的特点。与东亚大多数发展中国家和转型国家相比，朝鲜农业经济发展仍然面临诸多困难。

四 结论与建议

朝鲜是东北亚地区具有特殊地位和特殊影响的国家，也是中国在东北亚地区的重要邻国，朝鲜经济发展对东北亚地区的政治经济格局甚至整个亚太地区的政治经济格局都会产生重要影响，朝鲜经济发展的资源禀赋条件、产业结构和产业发展表现出独有的特点。朝鲜虽然国土面积狭小且境内多山，但地理区位条件优越，自然资源和人力资源都较为丰富。但是，其发展经济的环境承载容量有限，同样面临着人口压力。受特殊的国际和国内政治经济环境影响，朝鲜的产业结构较为封闭，产业结构调整面临多方面的约束，第二产业长期处于国民经济的主导地位，但存在下降的趋势，交通、仓储和通信业，批发、零售、餐饮和酒店业占国民经济的比重保持相对稳定，其他产业占国民收入的比重则呈现波动式下降态势。服务业在国民经济中的比例保持相对稳定，新型产业发展相对较为缓慢。产业结构升级困难，新型行业发展缓慢甚至可能存在某种衰退现象。在朝鲜经济的发展过程中，各产业部分发展不平衡，经济发展的波动性在批发、零售、餐饮、酒店业，交通、仓储和通信业表现得较为明显，制造业年平均增长速度的波动幅度相对较小。与世界和亚洲相比，朝鲜的制造业和商品流通业产出水平的增长表现出新的特点，商品流通业、餐饮业和酒店业的年平均增长速度也表现出与全球和亚洲地区不同的特点。与东亚大多数发展中国家和转型国家相比，朝鲜农业经济发展仍然面临诸多困难。加强中国与朝鲜之间的经贸关系和跨国区域经济合作，不仅有利于朝鲜的资源开发、产业结构调整和产业发展转型，还有利于中国企业和产品开拓海外市场。

参考文献

CM Swaan and L Blok, "Privation and injustice in North Korea," *The Lancet*, Volume 353, Issue 9151, 6 February 1999, pp. 503 – 504.

〔韩〕金容男：《中国积极体制改革对朝鲜积极体制改革的启示》，中国人民大学博士学位论文，2001。

安永万：《朝鲜经济改革措施的分析及展望》，《东北亚论坛》2003 年第 3 期。陈龙山：《中朝积极合作对朝鲜经济的影响》，《当代亚太》2006 年第 1 期。

董付君：《朝鲜新义州经济特区解读》，《国际经贸探索》2004 年第 2 期。

冯亦斐、宋海雷：《朝鲜经济改革能否化解核危机》，《中国新闻周刊》2006 年第 5 期。

金光日：《朝鲜经济改革所需国际环境分析》，延边大学硕士学位论文，2005。

南颖：《朝鲜罗津—先锋经贸区的发展与环境变迁研究》，《延边大学学报（社会科学版）》2006 年第 2 期。

朴承宪：《图们江开发所面临的新形势与新课题》，《延边大学学报（社会科学版）》2006 年第 1 期。

孙永：《东北三省对朝鲜经贸合作与展望》，《边疆经济与文化》2004 年第 4 期。

汪亭友：《朝鲜农村政策调整回顾与思考》，《学术探索》2005 年第 4 期。

魏厚清：《开城工业园区及其对朝鲜经济改革的影响》，《边疆经济与文化》2005 年第 10 期。

张宝仁、王新刚：《浅析近来朝鲜经济发展理论与政策出现的新变化及其走势》，《东北亚论坛》2004 年第 3 期。

张玉山：《中朝经贸发展的现状及未来走势分析》，《东北亚论坛》2006 年第 1 期。

赵传君、孙永：《加强中朝经贸合作的战略思考》，《求是学刊》2006 年第 2 期。

周松兰、刘栋：《朝鲜改革开放发展战略研究》，《东北亚论坛》2004 年第 2 期。

第五部分

东亚一体化与美国

美国与东亚一体化的关系析论

林利民*

近年来，东亚一体化进程取得了巨大进展。"东盟＋1"、"东盟＋3"、"东盟＋6"、东亚峰会等进程，无疑都是东亚一体化进程加速推进的重要标志，在东亚一体化编年史上落下了重重的一笔。然而，东亚一体化要继续大步推进直至完成，仍有许多难题有待解决。如何处理好与美国的关系，对东亚一体化进程的速度、方向、模式甚至性质，尤其具有关键性影响，甚至直接关系其成败。

一 美国：东亚特殊的"域外国家"

根据传统的地理和地缘政治概念，东亚指马六甲海峡及其以东的亚洲国家，包括东南亚及东北亚的日本、朝鲜、蒙古、俄罗斯的东西伯利亚部分以及中国，① 美国不在东亚国家的地理范畴之内。有人称美国相对于东亚是"域外国家"。然而，鉴于美国与东亚关系的特殊性，至少可以认为，美国对东亚而言，是特殊的"域外国家"。这种特殊性决定了东亚在推进一体化进程中，不能简单地把美国作为一般的"域外国家"来对待，美国也不能简单地以"域外国家"的态度而自外于东亚一体化进程。

也有人把美国与东亚的关系比作英国与欧洲大陆的关系，② 这恰恰说明

---

* 林利民，中国现代国际关系研究院战略研究中心主任、研究员，主要从事国际战略及中国国家安全与外交等问题研究。

① 〔美〕马士、宓亨利：《远东国际关系史》，姚曾廙译，上海书店出版社，1998，第1~11页。

② 牛海彬：《东亚地区主义的建构主义解读》，《现代国际关系》2005年12期，第5页。

美国与东亚关系的特殊性。地理上，美国与东亚隔太平洋相望。太平洋广有万里，从上海到旧金山的海上最短航线是 9995 公里，天津抵达檀香山的海上距离则为 8597 公里。如要由天津经檀香山抵达美国西海岸的旧金山，总距离更是超过 12000 公里。尽管如此，现代交通和通信工具的发展已使"天堑变通途"。万里太平洋已从美国与东亚交往的巨大水障变成了便捷的通道，两地的经济、政治、文化交融未因太平洋而稍有阻隔。

在发展阶段上，20 世纪的美国在经济、政治、文化和技术等方面长期领先于东亚国家。然而，第二次世界大战后东亚经过三波大发展，包括"1955～1975 年"日本的第一波发展、"1965～1985 年"东亚"四小虎"的第二波发展、"1978 年"以后中国以"改革开放"为旗帜的第三波发展，[①]其综合实力和政治、经济、文化与科技发展水平及能力与美国的差距已大大缩小。2002 年，东亚的总产出约为 9 万亿美元，大约相当于美国总产出的 90%。[②] 东亚的日本在现代化指标的不少方面堪与美国比肩，中国甚至被认为在二三十年内有希望超过美国而成为世界最大的经济体。

在利益层次上，美国与东亚之间在政治、经济与安全利益上的捆绑和互补程度也进入到俱损俱荣阶段。当 19 世纪末美国崛起为世界强国，走出孤立主义，从美洲走向世界时，第一步不是跨越大西洋，而是跨越太平洋进入东亚。一个多世纪以来，美国已经深深介入东亚事务，包括因东亚而投入过四场战争（美西战争、太平洋战争、朝鲜战争、越南战争），介入中国内战，第二次世界大战后扶植日本、韩国和中国台湾地区的国民党政府，帮助东南亚国家的独立与发展等。如今东亚已成为美国头号贸易伙伴，美国与东亚的贸易额超过了美国与世界上包括欧洲、北美、拉美等在内的任何一个区域经济集团的贸易额。2006年美国 10 大出口对象中，有 4 个在东亚，包括中国、日本、新加坡、韩国；美国 2006 年 10 大进口对象中也有 4 个在东亚，包括中国、日本、韩国和中国台湾。其中中国 2006 年与美国的贸易额高达 3430 亿美元。中国超过加拿大成为美国的头号贸易伙伴和头号进口来源国，中国也成为美国的第三大出口对象国。[③]

① Lovell Dittmer, "Assessing American Asian Policy," *Asian Survey*, Vol. 47, No. 4, July/August 2007, p. 521.

② Lovell Dittmer, "Assessing American Asian Policy," *Asian Survey*, Vol. 47, No. 4, July/August 2007, p. 521.

③ 中华人民共和国商务部综合司、商务部国际贸易经济合作研究院编《国别贸易报告》，总第 129 期，第 3～5 页。

不仅如此，美国也是东亚各国的主要出口市场，东亚多数国家都以美国为第一或第二大出口市场。美国也是东亚国家主要的贸易顺差来源。东亚各国每年从美国获得的贸易顺差数达 3000 亿美元以上，并以之返还美国，用于购买美国国债和各种有价证券及投资于美国。由是，美国又成为东亚国家的主要投资场所。东亚各国中央银行拥有的美国资产超过 2 万亿美元。[①]　此外，在战略上，美国与东亚一些国家的双边军事同盟关系对美在东亚以及全球的战略地位具有关键影响。

二　美国对东亚一体化的立场：复杂性与微妙性

尽管美国与东亚的政治、经济和安全利益的捆绑及历史联系极为密切，极为特殊，但是美国对东亚一体化的立场却与当年英国对欧洲一体化的立场极为相似，即"观望、回避、若即若离甚至不惜或明或暗地加以阻挠"。笼统地说美国对东亚一体化持反对立场无疑有把复杂问题简单化之嫌。把美国目前对东亚一体化的总体立场概括为"观望、回避、若即若离甚至不惜或明或暗地加以阻挠"，是就其实质而论。在不同时期和不同条件下，美国这一立场的表现形式不尽相同，有时甚至会以在东亚地区扶持、倡导一体化的面目出现。

第二次世界大战结束后，美国的全球战略从反苏冷战大目标出发，沿用"二战"时期"先欧后亚"的战略模式，以欧洲为战略重点。然而，美国在东亚的战略投入却远远超出其早期计划。美国冷战时期从事的两场主要战争——朝鲜战争和越南战争也以东亚为战场。

越南战争结束后，美国一度从东亚收缩。但 20 世纪 70 年代末 80 年代初，随着日本的第一波发展、"四小虎"的第二波发展及中国开始"改革开放"，东亚崛起势头迅猛，美国在东亚的政治、经济与安全利益不断增大，东亚对美国的战略重要性有赶超欧洲之势。1980 年，美国与东亚太平洋地区的贸易额第一次超过其与欧洲的贸易额，达 1140 亿美元。1983 年，美国对东亚的出口额增至其出口总额的 34.8%，比其对欧洲出口额所占比重的 25.7% 高出近 10 个百分点。[②]　有鉴于此，美国重新加大对东亚的战略关注，

---

① *Asian Survey*, Vol. 47, No. 4, July/August 2007, p. 521.
② 赵学功：《战后美国对东亚的政策》，天津人民出版社，2002，第 338 页。

并重新定位其与东亚的关系。1981 年里根上台后，多次发表重要讲话，宣称"美国是太平洋国家"。里根政府的国务卿舒尔茨则宣称"美国仍然是一个太平洋强国，要在这一地区发挥更大的作用"。正是在这一背景下，里根政府推出了建立"太平洋经济共同体"的计划，并以其为当时美国外交"刻不容缓的任务"。美国的意图是要通过推进太平洋经济一体化，使美日经济关系、美国与亚洲发展中国家的利益及美国在太平洋地区的战略利益结合起来，保障其对苏战略的有效实施。① 所以，里根政府的"太平洋经济共同体"计划与其说是一个经济一体化计划，不如说是一个安全计划。

1989 年 1 月老布什上台后，较之里根时期更加重视美国与东亚的关系。布什政府认为东亚对美是"利益攸关的地区"，并于 1989 年 6 月提出建立一个包括美国、日本在内的"泛太平洋经济联盟"。稍后，美又在 1991 年 11 月正式提出建立一个以北美为基点，包括日本、韩国和东盟在内，呈"扇形结构"的"太平洋共同体"的战略构想。较之里根政府的"太平洋经济共同体"，布什政府的"太平洋共同体"计划更明确，也更具有操作性。正是在布什政府的大力推动下，亚太经合组织在 1989 年得以成立。

老布什下台后，民主党入主白宫，继任总统克林顿对东亚的重视较共和党的两任总统有过之而无不及。此时东亚不但发展进一步加速，在全球的战略重要性进一步上升，其对美国的经济政治与安全重要性也上升至新的高度。据统计，1992 年，美国与东亚太平洋地区的双边贸易额已增至 3480 亿美元，大大超过美欧贸易额，也高于美国与北美国家及其与拉美国家的贸易额。这一年，美国在东亚的投资额超过 780 亿美元，且每年保持两位数的增长率。② 克林顿表示，美国与东亚关系密切，必须同这一地区"加深关系"。克林顿政府负责东亚事务的助理国务卿洛德更直言："对美国来说，世界上没有一个地区比亚太更重要。明天，在 21 世纪，也没有一个地区像亚太那样重要。"1994 年出台的克林顿政府的第一份《国家安全战略报告》明确指出："东亚是一个对美国的安全和繁荣越来越重要的地区；我们三管齐下的战略在其他任何地区都没有像这一地区那样紧密相连，要求美国继续参与的需要也没有像这一地区那样明显。"③

---

① 赵学功：《战后美国对东亚的政策》，天津人民出版社，2002，第 338 页。
② 赵学功：《战后美国对东亚的政策》，天津人民出版社，2002，第 388 页。
③ 梅孜编译《美国国家安全战略报告汇编》，时事出版社，1996，第 284 页。

鉴于亚太及东亚的重要性，克林顿政府在全面评估的基础上，于 1993 年 7 月系统提出了构建"新太平洋共同体"的计划。克林顿的"新太平洋共同体"计划体现了美国《国家安全战略报告》中提出的"三管齐下"方针，其要旨，要而言之，就是经济上积极参与和领导东亚太平洋地区的经济合作，谋求在该地区建立一个更加开放的经济贸易体系，主导并推进亚太经济一体化；安全上继续保持美国在东亚的前沿军事存在和 10 万驻军，维持并加强其在东亚的各对双边军事同盟；政治上则要积极向东亚各国输出美国的民主体制、价值观和人权观。综观从里根经老布什到克林顿三任、五届美国总统 20 年间对东亚及东亚一体化的立场，可以发现若干值得注意的特点：第一，从里根到老布什再到克林顿的 20 年间，美国对东亚的关注度呈直线上扬，这与东亚加速发展及其在全球重要性上升的步伐具有同步性；第二，里根、老布什和克林顿分属不同的党派，这可以说明这一时期美国对东亚关注度的上升及对东亚一体化的立场具有超党派性；第三，从里根的"太平洋经济共同体"计划到老布什的"太平洋共同体"，再到克林顿的"新太平洋共同体"，说明美国一以贯之的立场是谋求建立一个把东亚国家融入其中的、由美国主导的泛太平洋一体化组织，或者是一个亚太一体化组织，而不是一个纯粹的东亚一体化组织；第四，美国谋求的泛太平洋一体化组织，其职能不但涉及经济一体化，还包括安全目标和价值观目标，[①] 其中安全目标与价值观目标又居于主导地位。即是说，美国倡导的泛太平洋一体化组织或说泛亚太一体化组织不但"大而无当"，而且在议程上"杂而无当"，这就不能不令人怀疑美国的真实动机！事实上，美追求的不是亚太经济一体化，而是要在经济一体化旗号下，使亚太成为贯彻美国安全目标与价值观目标的工具，进而使之成为美"领导"世界的重要一环。

还要指出的是，在术语上，"东亚"这一概念源出于欧洲人，可以说是一个"欧洲概念"；"亚太"一词源出于美国人，因而可以说是一个"美国概念"。美国人从 20 世纪七八十年代开始轰炸式地反复使用亚太概念，并使之为东亚国家普遍接受，而东亚概念则一度几乎被国际社会遗忘。亚太概念最初主要由美国人频繁使用于太平洋战争时期，其原意是指太平洋沿岸的亚洲，是美国人战争年代对东亚的另一种称谓。当美国人在 20 世纪七八十

---

① 〔德〕海因里希·克雷夫特：《美国——亚洲稳定的关键》，刘可扬译，《世界经济与政治》，2004 年 12 月，第 50 页。

年代热炒亚太概念时，亚太不再单指太平洋沿岸的亚洲或指代古典的东亚，而是指亚洲加太平洋地区，其涵盖范围囊括东亚（即太平洋沿岸的亚洲）、北美、太平洋沿岸的拉美国家以及太平洋各岛屿国家，亦即亚太实际上被偷换成环太平洋地区。这样一个亚太概念，既不是亚洲的，又不是太平洋的，也不是完整意义上的亚洲加太平洋，因而是个"四不像"概念。亚太概念原意被偷换后，美国与东亚同处于亚太这一新的地理概念中，原来的东亚概念则在偷换过程中被湮没，这是不利于东亚认同的，因而也不利于东亚一体化的推进。

综而述之，美国频频使用亚太概念，积极倡导建立泛亚太或者说泛太平洋的一体化组织，并以政治安全目标和价值观目标为其主要使命，对东亚一体化进程尤其是对东亚一体化的初级阶段，肯定不是福音。当东亚一体化加速推进时，美国对东亚一体化的复杂与微妙心态也就一览无余。

东亚一体化加速推进直接源起于 1997 年的东亚金融危机。在突如其来的危机面前，东南亚国家束手无策，美欧或者隔岸观火，或者不负责任地"瞎指手画脚"，或者干脆落井下石，趁机收购危机受害国的资产，倒是东亚的中日等国尤其是中国知难而上，勇于承担责任，为东亚国家走出危机作出了巨大贡献，进而使东亚国家普遍认识到区域互助的必要性和可能性，东亚国家的地区认同意识由此大幅上扬。[①]此后，东亚一体化以东盟为依托，由"东盟＋1"到"东盟＋3"，再到"东盟＋6"，再到东亚峰会，终于大踏步推进，取得了实质性进展。显而易见，这种东亚一体化模式，即使不是对美国主张的泛太平洋一体化或说泛亚太一体化的否定，其实质及其后果也是要脱离泛太平洋一体化或说脱离泛亚太一体化进程，与之并立。

面对东亚一体化的加速推进，美国表现出了明显的"不适应症"和无可奈何，既不肯积极支持，又难以直接阻止，更难下决心参与其中。首先，美国担心东亚一体化的空间范围有多大？会不会把美国划在圈外，形成欧盟之外又一个排他性的尤其是排斥美国的巨大区域集团？美国是亚太国家，但不是东亚国家，这种地理界定使美不得不忧虑东亚一体化从一开始就是一个把美排除在外的区域集团，或者说会发展成为一个把美排除在外的区域集

---

① David Mardin Jones and Michael L. R. Smith, " Making Process Not Progress," *International Security*, Vol. 32, No. 1, Summer 2007, pp. 148 – 149.

团。在东亚峰会成员限于"10 + 3"时，美国的忧虑尤其加重了。美国在东亚确实存在巨大的经济、政治与安全利益，也有巨大的感情投资。美国不可能轻易接受一个把美国排除在外的东亚区域集团。

其次，美国担心如果出现一个东亚一体化组织在所难免、不可阻挡的话，则该由谁领导或主导才有利于保证美国不被排斥在外、至少有利于保障美国在东亚的利益又是关键。美国当然希望由日本主导东亚一体化进程，但日本在东亚的政治形象欠佳。在中国加速崛起的背景下，其相对实力也大幅下降，难以肩负这一大任。美国也不愿意由中国来主导东亚一体化进程。美国围绕东亚一体化问题而进行的政策调整，在很大程度上是围绕着如何应对中国崛起和牵制中国在东亚不断增长的影响力而展开的，这包括 2002 年把反恐问题引进 APEC 峰会以及 2006 年提出要与东盟签订 FTA 条约。[①]既然日本难当大任，而中国又不是美国中意的东亚一体化领导者，于是，美国属意于东盟担当此任。由实力较弱的东盟主导东亚一体化进程虽然差强人意，但比由中国主导更有希望保障美国的利益，也更有利于美国从东亚一体化进程之外影响这一进程。

再次，东亚一体化进程对美国在东亚的同盟体系及现有亚太区域组织的关系将有何影响？美国担心东亚一体化的实质进展最终会冲垮美国在东亚的这些同盟关系网，进而影响其在东亚苦心经营半个多世纪的战略地位。[②]

美国作为世界唯一超强国家，本来就天生不喜欢其他国家因弱小而结成区域集团，形成"合纵以抗秦"的局面，尤其不愿意东亚出现这种"合纵以抗美"的局面。如果认为美国倡导亚太经济一体化是一种多边主义行为的话，那也是一种如同理查德·哈斯（Richard Haass）所描述的有选择的"菜单式多边主义"（àla carte multilateralism），甚至是要东亚国家"连横以事秦"。2004 年 8 月，时任美国国务卿的鲍威尔在谈及东亚共同体时宣称，美国不认为存在构建东亚共同体的必要性，并警告拟议中的东亚共同体"不应损害美国与其亚洲朋友的长期友好关系"。2006 年 1 月，美国 APEC 高官麦克尔发表评论说，美国不认为东亚峰会会损害美国的利益，美国也不必参加亚洲国家间的每一次会议和对话，他并强调泛太平洋伙伴关系的重要性。[③] 质言

---

① *Asian Survey*, Vol. 47, No. 4, July/August 2007, p. 526.

② 吴心伯：《美国与东亚一体化》，《国际问题研究》2007 年第 5 期，第 47 ~ 49 页。

③ Michael Michalak, U. S. Senior Official for APEC, "Remarks at International Institute of Monetary Affairs," Tokyo, Japan, January 25, 2006, http://www. State. Gov/p/eap/rls/rm/60355. htm.

之，麦克尔的意思是要警告东亚一体化进程不可损害美国在东亚的利益，美国目前暂不参加东亚峰会及东亚一体化进程，美国更属意于建立一个泛太平洋一体化组织而不是一个东亚一体化组织。一些美国学者也从不同角度撰文表示对东亚一体化的反对立场。

不仅如此，美国对东亚一体化的"不适应症"还体现在具体政策实施层面。一方面，美国力图通过重振 APEC，强调包括东亚在内的泛亚洲与泛太平洋的大范围合作，以一个既非东亚的或亚洲的，也非太平洋的，虚多实少、硕大无朋的论坛性组织，从外缘销蚀、溶解东亚一体化的地理合法性与地理认同。2006 年 APEC 会议前夕，布什总统发表谈话称，APEC 是亚太首要的经济论坛，具有在太平洋地区扩展自由贸易的巨大潜力，美国将致力于使之成为推动太平洋地区经济增长更强有力的组织。[①]

另一方面，美国也力图通过进一步强化美国在东亚固有的双边军事同盟体系以及拓展与东亚国家的双边 FTA 关系，消解东亚一体化对东亚国家的磁吸力，从东亚内部找到牵制东亚一体化进程的力量，使东亚一体化空心化。为此，美国采取一系列措施进一步加强美与日本、韩国、菲律宾、新加坡等国的军事同盟与合作关系，同时还企图拉日本、韩国、澳大利亚、印度与美国一道建立一个"亚洲版北约"和"价值观同盟"。此外，美国还加紧与东亚一些国家建立双边 FTA 关系。2007 年 10 月，美韩排除障碍，出人意料地达成了 FTA 协议。美国与新加坡及澳大利亚也达成了 FTA 协议。美国与东亚的泰国、马来西亚、印度尼西亚、日本等国的 FTA 谈判已提上了日程，并在加速进行。美国尤其将大力促成与日本达成 FTA 协议，以之为牵制东亚一体化进程和中国地区影响不断扩大的一张王牌。

三　东亚一体化的空间定位："小"还是"大"？

鉴于美国与东亚关系的特殊性，包括其与东亚长期的历史联系及其在东亚具有巨大政治、经济与战略利益和巨大影响力的特殊的"域外国家"地位，其有部分领土——如阿留申群岛——是在东亚地理范围内，美国对东亚一体化进程怀有巨大关切甚至疑虑是在情理之中的。东亚国家对美国的正当

① Remarks by the President at National Singapore University, Novermber 16, 2006, http：//www. State. Gov/p/eap/rls/rm/76071. htm.

关切也不能视而不见，否则，东亚一体化即使不会胎死腹中，也必定会增加诸多不必要的曲折。

就东亚国家而言，首先要明确，东亚一体化不但要进一步保持深入发展势头，还应保持开放性，尤其不应排除美国加入的可能性。随着东亚一体化进程的深入发展，有关东亚一体化的模式、路径、议程等的争议还会持续不断，但有关东亚一体化的空间模式或者说空间范围，无非是"小东亚"范围的一体化还是"大东亚"范围的一体化之争。

所谓"小东亚"范围的一体化，也就是纯粹囿于地理学意义的东亚国家之间搞一体化，即东亚一体化的成员限于东盟各国与东北亚各国，具体而论就是现在的"10＋3"再加上蒙古、朝鲜等。纯地理学意义的"东亚一体化"有其优点自不待言，但其缺点也是显而易见的。东亚国家的内部经济联系尤其是区域内贸易量和相互投资规模的确很大，按不同的口径统计大约在50%左右。① 但与此同时，东亚国家与美国的经济联系也密不可分，这不但指东亚国家与美国巨大的贸易额和巨大的相互投资规模，而且指东亚与美国之间实质上已形成了从金融、投资到商贸，从生产、运输到销售，从低端、中端到高端，近似于一体化的、相互间依存度极高、环环相扣的产业链。以中国为例，中国与东亚各国的经贸关系只是这个巨大产业链的一部分。中国从东亚各国进口的数额巨大的产品中，重头是半成品。这些半成品在中国经过组装加工，最终以美国为销售市场。简言之，没有美国市场巨大的吞吐量，中国就不会从东亚各国进口为数甚巨的半成品，东亚各国经贸活动的区内循环即使不被打断，也会受严重影响，区内国家50%左右的贸易量就难以实现。一体化的起点固然是地理认同，但其本质则是经贸联系的密不可分以至合作出现质的飞跃，最终走向融合。今天，东亚与美国之间经贸与投资利益的捆绑与互补之深、之广前所未有，已经到了密不可分的程度，二者合则两利，分则俱伤。东亚一体化囿于地理概念有可能是画地为牢，作茧自缚。事实上，东亚一体化进程从"东盟＋3"走向"东盟＋6"，已经是对纯东亚地理认同的超越。下一步，从"东盟＋6"向融入美国或半融入美国迈进，亦即走向"东盟＋7"也是顺理成章的。

还要看到，美国包括经济、贸易、金融及军事等在内的综合实力依然非常强大，聚东亚全力也不足以与美国正面抗衡。例如，美国2006年的

① 参见徐长文《亚洲地区一体化步伐加快》，《和平与发展》2007年第3期，第28～29页。

GDP 总量达 131850 亿美元，是东亚首富日本的 3 倍，是韩国的 15 倍，相当于中国的 5 倍①，依然高于东亚各国 GDP 之和甚多。在军事领域，美国 2005 年度的军费开支达 5079 亿美元，约相当于东亚各国军费开支总和（接近 1400 亿美元）的 3.6 倍。② 美国的全能军事优势更是远远超过东亚各国。东亚在一体化问题上与美国正面对抗，其结局只能是两败俱伤。

既然纯地理意义的东亚一体化因代价巨大而不可行，东亚国家就应调整思路，按照"东盟 + 1"、"东盟 + 3"、"东盟 + 6"，而后是"东盟 + 7"，即"纳美入亚"的路径，接纳美国融入或半融入东亚一体化进程，使之成为东亚一体化的成员或半成员，或者使之成为东亚共同体的"特殊成员"。

2005 年 12 月首届东亚峰会发表的《吉隆坡宣言》强调东亚峰会"将是一个开放、包容、透明和外向型的论坛"，这无疑是正确的路径。但仅此并不够。下一步，可考虑接受、邀请美国以观察员身份参加东亚一体化进程的一些活动，通过不断沟通消弭美国对东亚一体化的顾忌及双方的分歧。当然，讲合作也不能不讲斗争。比如，在考虑美国加入东亚一体化进程时，要求美国接受必要的条件，如签署《东南亚友好合作条约》等是必不可少的。无论如何，在东亚一体化进程中，东亚国家既不要"合纵以抗秦（美）"，也不会"连横以事秦（美）"。

"纳美入亚"可使东亚国家在推进一体化进程中，"合纵"而不必"抗秦"，"连横"而不会"事秦"。

就美国而言，应该认识到东亚一体化是东亚内部政治、经济情势发展的必然产物，也是全球化和区域化在东亚不断推进的产物，因而是大势所趋。不论东亚一体化进程是否完全符合美国的利益，美国都难以阻挡。尽管美国综合实力强大，仍处于"霸权"的"峰值"阶段，但随着亚洲及第三世界新兴国家的崛起，美国的相对实力优势不断下滑也是大势所趋。美国如强力阻止东亚一体化进程，固然有可能在一定时段内迟滞东亚一体化的速度，但美国在东亚的利益与威望也将损失惨重。更何况美国的强力阻拦也只能暂时迟滞东亚一体化进程，不可能从根本上达到取消这一进程或影响其方向、性质的目标。因此，对美国而言，明智的选择是接受现实，顺势而为，做东亚

---

① OECD, *Main Economic Indicators*, Volume 2007 /7, p. 281.

② 斯德哥尔摩国际和平研究所编《SIPRI 年鉴 2006》，中国军控与裁军协会译，时事出版社，2007，第 426～428 页。

一体化的支持者、"利益攸关方"和参与方。目前，美国可以观察员身份参与东亚一体化的某些活动，条件成熟时，则可考虑逐步加入东亚一体化进程，成为其中负责任的一员。

根据目前的观察，美国对东亚一体化的政策处于十字路口上，其立场正在发生微妙变化，转向全面支持东亚一体化的可能性在增大。对东亚国家而言，有必要、也应该坚持使东亚一体化进程对美国保持开放性。如美国与东亚国家均能保持明智大度的相互开放和相互理解立场，则美国与东亚一体化进程的磨合期有可能大大缩短，美国与包括中国在内的广大东亚国家可以在东亚一体化进程中通过加强合作实现共赢，进而为建立"和谐世界"作出应有的贡献。

美国与东亚国际体系的变迁[*]

张小明[**]

    自 1784 年美国商船"中国皇后"号抵达中国广州，美国与东亚便开始日益密切的交往，迄今已经有 200 多年的历史了。在过去的 200 多年里，作为一个地区国际体系的东亚发生了很大变化，东亚国际体系的变迁是在很多因素推动下进行的，而美国无疑是其中一个重要的推动力。与此同时，东亚国际体系的变迁也反过来对美国产生了影响。本文力图从一个比较宏观的角度，也就是从国际体系或者国家体系变迁的角度，来描述与分析美国与东亚关系的历史演变过程。

一

    在论述美国与东亚国际体系变迁的时候，需要阐明三个基本概念，即"美国"、"东亚"和"国际体系"。这三个概念的含义始终是处于变化过程之中的，了解它们的变化过程，可以在很大程度上帮助我们认识和理解美国与东亚之间互动关系的历史。这是因为，美国和东亚互动关系的历史，实际上也就是美国和东亚自身都发生重大变革的过程。

    "美国"即"美利坚合众国"的简称，它是"世界主要大国中历史最短的"一个国家。[①] 英国在北美的 13 个殖民地 1775 年发动独立战争，1776 年

---

[*] 本文主要内容来自作者 2006 年底完成的书稿《美国与东亚国际体系变迁》（教育部人文社会科学研究博士点基金项目"美国与东亚关系的历史演变"的最终成果，项目批准号 03JB810005）之导言部分。

[**] 张小明，北京大学国际关系学院国际关系研究所教授。

① 资中筠主编《冷眼向洋：百年风云启示录》（上卷），三联书店，2001，第 6 页。

发表《独立宣言》，1783 年和英国签署《巴黎条约》，从而正式取得独立地位，它至今只有 200 多年的历史。尽管历史不长，美国却是世界上发展变化速度最快的国家之一。自独立建国以来，美国这个国家在领土范围、综合实力以及国际地位等诸多方面，发生了很大的变化。虽然美国从国家名称到国家属性，迄今并没有发生变更，而且一直是作为现代国际体系中的一个行为体、国际法的一个主体而存在着，但是它的领土范围及其在国际舞台上的实力地位却是在不断发生变化的。美国独立后的领土扩张和"西进运动"，使得其领土范围由最初的 13 个州扩展到了 51 个州，成为一个濒临大西洋和太平洋的幅员辽阔的大国。更为重要的是，美国从一个年青、弱小的国家，很快于 19 世纪末、20 世纪初崛起为世界强国之一，并在第二次世界大战结束后一跃而为世界上两个超级大国之一，更借冷战结束而成为世界上唯一的超级大国。伴随这种实力地位变化的，正是美国对东亚地区国际体系变迁的推动力由弱到强的转变。不了解美国的上述变化，我们就无法理解美国与东亚国际体系的变迁。

相对于美国来说，东亚的变化则更大。东亚作为一个地理区域自古就存在，并产生了一个独具特色的、以中国为中心的地区国际体系。但是"东亚"概念和"远东"概念一样，本身便属于外来词语，是由欧洲人最早使用的。有人考证，1897 年一位欧洲学者出版的一部有关东亚美术史的书首先使用了"东亚"这个概念，此后它逐渐流行开来。西方人所说的东亚和远东一般包括如下地区：东部西伯利亚、中国、蒙古、朝鲜半岛、日本、东南亚。[①] 这也就是我们今天通常所理解的东亚地理范围，它包括东北亚和东南亚两个部分。奥地利学者魏格林教授认为，"东亚"是欧洲人以与自己距离远近为标准，在没有意识到不同国家之间巨大社会文化差异的前提下，对远东地区所下的定义，并且错误地以为所有东亚国家都是建立在儒教文明的基础之上的。[②] 近代以来，随着西方殖民扩张浪潮的东进，东亚地区发生了巨大的变迁，以中国为中心的东亚朝贡体系逐渐瓦解，该地区内的国家不同程度地卷入了殖民化和现代化浪潮之中，并最终先后成为现代国际体系中的成员，东亚地区国际体系也因此完成了从古代到现代的变迁。冷战后的东亚

---

① 〔美〕马士、宓亨利：《远东国际关系史》，姚曾廙译，上海书店出版社，1998，第 1～11 页。

② 贾子建：《东亚需要共同的话语——访奥地利学者魏格林》，2006 年 4 月 30 日《北京大学校报》，第 4 版。

似乎正处于重新塑造的过程之中，这体现在东亚地区国际体系结构、进程变迁等诸多方面。今天，从某种意义上说，"东亚"已经从一个外来概念，变成了一个代表地区意识和认同符号的本土概念。或者说，"东亚"这个概念已经成为被本地区的人所普遍接受和使用的概念了。

东亚的变化（不管是主动还是被动），在很大程度上是对外部世界冲击的反应，其中来自美国的冲击特别引人注目。东亚的变化，集中表现在东亚作为一个地区国际体系一直处于变动之中。美国与东亚互动关系的历史，在很大程度上就是美国与东亚国际体系变迁的过程。

所以，在论述东亚国际体系变迁的时候，我们首先有必要界定国际体系概念的含义。实际上，有关国际体系概念的定义多种多样，迄今学者们对此并未达成共识。① 一般认为，国际体系就是"相互之间有一些交往与互动关系的国家所构成的一个集合体"，或者说是"国家间关系的格局"。② 从这个意义上说，所谓的国际体系便等同于国家体系，其存在的前提就是两个或两个以上的国家之间有足够的交往，而且一个国家可以对其他国家的决策产生足够的影响，从而促成某种行为。国际关系理论英国学派的重要代表人物赫德利·布尔把国际体系和国际社会或国家社会两个概念加以严格的区分，认为只要国与国之间进行经常性的交往，而且它们之间的互动足以影响各自的行为时，国际体系就产生了，而国际社会的形成还需要国际体系中的一系列国家为一套共同行为规范所制约，即"如果一群国家意识到它们具有共同利益和价值观念，从而组成一个社会，也就是说，这些国家认为它们相互之间的关系受到一套共同规则的制约，而且它们一起构建共同的制度，那么国家社会（或国际社会）就出现了"③。

笔者接受国际体系主要是由相互交往的国家所组成的一个集合体之定义，或者说国家是国际体系的主要成员，但认为国际体系成员应该不能仅限于国家，更不能仅限于现代主权国家。与此同时，我也认为，国际体系和国际社会这两个概念有时难以进行严格区分，因为实际上只要两个或两个以上的国家进行交往，它们或多或少会受某种共同的行为规范的约束，从而构成

---

① 刘鸣：《国际体系：历史演进与理论的解读》，中共中央党校出版社，2006，第1~6页。
② 〔英〕赫德利·布尔：《无政府社会：世界政治秩序研究》，张小明译，世界知识出版社，2003，第10页；〔美〕小约瑟夫·奈：《理解国际冲突：理论与历史》（第五版），张小明译，上海人民出版社，2005，第41页。
③ 〔英〕赫德利·布尔：《无政府社会：世界政治秩序研究》，第10~11页。

一个社会，只是程度有所不同而已。① 因此，我倾向于这样来界定国际体系这个概念：国际体系是在一定地理范围内的、由一系列行为体所组成的、具有某种行为体排列结构和互动方式的集合体。也就是说，在我看来，国际体系的存在应该同时具备以下几个基本要素，即体系范围、体系单位、体系结构和体系进程。体系范围大致可以分为全球的、地区的和次地区的三大类（地区和次地区国际体系也可以统称为地区国际体系）。本文所要论述的无疑是地区国际体系，也就是东亚地区国际体系。体系单位，也就是国际体系中的行为体，包括国家行为体和非国家行为体，其中国家行为体始终是国际体系中的主要单位，正是在这个意义上说，国际体系也可以被称为国家体系。因此，本文在分析东亚国际体系变迁的时候，主要关注对象自然是国家行为体，在相当程度上坚持国家中心主义原则。然而，这里所说的国家，不只是指我们通常所认为的现代主权国家，也包括非主权国家，即主权国家形成之前的各种国家形态，比如古代东亚的中国及其周边朝贡国家。体系结构，也就是国际体系行为体在相互交往中所形成的关系格局或者排列格局，它决定着单位在体系中的地位。我们可以从两个层面上来理解国际体系结构。从单位之间的关系是平等还是不平等这个层面来理解，可以把国际体系结构分为非等级结构和等级结构。前一种结构就是我们通常所说的无政府结构，它属于现代主权国家体系结构，即主权国家之上没有更高的权威。后一种结构存在于主权国家产生之前的地区国际体系之中，比如古代中国与其周边国家形成的朝贡体系，体系单位之间的关系不是平等的、平行的关系，而是不平等的、垂直的关系。从单位之间的权力对比（或者权力分布）这个层面来理解，体系的结构也可表现为单极、两极、多极等多种形式。在这个层面上，"极"成为一个关键概念，而所谓的极主要指的便是大国的数目，"无论它的缺陷是什么，极被充分确立为是理解国际权力结构的一种理论取向，也被确立为是有关世界政治的公共辩论中的一个社会事实"②。有的学者（如国际关系理论新现实主义主要代表人物肯尼思·华尔兹）就完全是从权力对比这个层面来界定和分析国际体系结构的。③ 体系进程指的是体系

---

① 这个看法来自巴里·布赞，参考 Barry Buzan, *From International to World Society*? Cambridge, UK: Cambridge University Press, 2004。

② 〔英〕巴里·布赞：《美国和诸大国：21世纪的世界政治》，刘永涛译，上海人民出版社，2007，第31～32、46页。

③ 〔美〕肯尼思·华尔兹：《国际政治理论》，信强译，苏长和校，上海人民出版社，2003。

单位之间的互动方式和类型，特别是互动过程中形成和受到遵守的各种行为规范与制度，包括国际法、外交、国际组织、均势原则等。在任何一种国际体系中，行为体之间都在一定程度上保持着互动关系，并且受到某些行为规范和制度的约束。

上述国际体系的几个基本要素都不是一成不变的，而是始终处于变化过程之中，从而使得国际体系变迁成为一种常态。当然，某些要素（比如体系进程）变化相对快，某些要素（比如体系结构）变化相对慢。从国际体系范围或规模来看，国际体系是从孤立的、地区性的国际体系逐步发展为相互依存的、全球性的国际体系的。① 具体来说，古代东亚国际体系是和当时世界上其他地区的国际体系相互孤立的地区国际体系，而今天的东亚国际体系已经成为全球性的现代国际体系的组成部分。从国际体系的单元或者行为体来看，这里所说的国际体系，不仅仅指我们通常所理解的现代主权国家所组成的国际体系，也包括现代国家形成之前的国际体系，也就是说，本文作者从历史的视野来使用国际体系这个概念，而国际体系始终因为行为体的变化而处于演变过程之中。在当今现代国际体系中，虽然主权国家一直是最主要的行为体，但国家的属性和数量是在发生变化的，不仅如此，非国家行为体在国际舞台上的作用日益凸显。② 因此，从历史发展的过程来看，国际体系是从非主权国家体系演变成主权国家体系的，尽管学者们对于国际体系中是否存在着某些一成不变的东西（或者"永恒的逻辑"）有很大争议。③ 从国际体系结构层面的权力对比（或权力分布）来看，不管是在地区性国际体系，还是在全球性国际体系中，都出现过所谓的"单极"、"两极"以及"多极"权力分布状态。但是对于哪种权力对比的国际体系结构比较稳定这个问

---

① 〔英〕巴里·布赞、理查德·利特尔：《世界历史中的国际体系——国际关系研究的再构建》，刘德斌主译，高等教育出版社，2004。

② 〔美〕拉西特、斯塔尔：《世界政治》，王玉珍等译，华夏出版社，2001，第41~65页；Joseph S. Nye, J r., *Understanding International Conflicts: An Introduction to Theory and History*, 5 th ed., New York: Pearson Education, Inc., 2005, pp. 1225-1238。

③ 比如新现实主义代表人物肯尼思·华尔兹认为无政府状态是国际政治经久未变的状态，而建构主义代表人物亚历山大·温特则认为无政府状态是国家相互建构起来的文化，而且它不是一成不变的。参见〔美〕肯尼思·华尔兹《国际政治理论》；〔美〕亚历山大·温特《国际政治的社会理论》，秦亚青译，上海人民出版社，2000。另外，有关"永恒逻辑"的论述，见 Joseph S. Nye, J r., *Understanding International Conflicts: An Introduction to Theory and History*, 5 th ed., pp. 11-32。

题，学者们却有着很不相同的认识。① 此外，国际体系的进程，包括国家之间互动方式的国际制度和国际规范，也是国际体系的重要内容，而国际制度和国际规范也是逐步建立、发展与变化的。② 本文正是试图从东亚地区国际体系的变迁及其和美国的关系这个分析框架，来解释、分析和理解美国与东亚之间互动关系之历史轨迹。

二

美国与东亚关系的开启，在很大程度上说，就是两种原先相互独立、性质不同的国际体系之间交往和冲突的过程。我们知道，在 18 世纪末美国人来到东亚地区之前，美国已经成为发源于欧洲的现代国际体系（即主权国家组成的国际体系③）的一员，或者说北美 13 个殖民地的独立，意味着现代国际体系从欧洲扩展到了北美，从欧洲国际体系演变成了西方国际体系。而此时的东亚则属于一个以中国为中心的地区国际体系，这种地区国际体系的性质和特征与发源于欧洲的现代国际体系截然不同。在当时的东亚地区国际体系中，尚不存在相互平等的主权国家，而且实际上，东亚的大多数国家长期以来和中国保持着不平等的朝贡关系。正因为如此，这个时候的东亚国际体系也被冠以"朝贡体系"的称谓。④ 也就是说，东亚国际体系不是由独立的主权国家所组成的、非等级制的无政府国家体系，而是一种不平等的、等级制的国家体系，在体系单位、结构以及行为规范和制度等诸多方面，同源于欧洲的现代国际体系有着极大的区别。这种独具特色的地区国际体系之形成，显然比现代国际体系要早得多，并且保持相当长时间的稳定性，维持秩序的主要行为规范与制度是朝贡制度，其思想基础是儒家文化。

在西方殖民扩张的浪潮波及东亚地区之前，这两种国际体系之间是相互

---

① 〔美〕詹姆斯·多尔蒂、小罗伯特·普法尔茨格拉夫：《争论中的国际关系理论》，第五版，阎学通、陈寒溪等译，世界知识出版社，2003，第 129 ~ 143 页；William C. Wohlforth, "The Stability of aUnipolarWorld", *International Security*, Vol. 124, No. 11（Summer 1999）, pp. 15 – 41.

② 有关国际制度的论述见〔英〕赫德利·布尔《无政府社会：世界政治秩序研究》第二版，张小明译，世界知识出版社，2003；〔美〕罗伯特·基欧汉《霸权之后：世界政治经济中的合作与纷争》，苏长和等译，上海人民出版社，2001。

③ 〔英〕巴里·布赞、理查德·利特尔：《世界历史中的国际体系——国际关系研究的再构建》，第 22 页。

④ 〔美〕费正清：《美国与中国》，张理京译，世界知识出版社，1999，第 156 ~ 147 页。

孤立的。然而，随着西方的殖民扩张和西方现代国际体系的向外扩展，以中国为中心的东亚地区国际体系面临着外来的巨大挑战与冲击，并且在 1840 年鸦片战争后逐渐走向瓦解。美国作为现代国际体系的新兴一员，在独立后不久即加入了西方国际体系冲击东亚朝贡体系这一历史进程。也就是说，美国与东亚关系的开启，可以被看做是现代国际体系冲击古代东亚朝贡体系的重要组成部分。

从 1784 年美国商船"中国皇后"号抵达中国广州一直到 19 世纪末，正值西方列强对中国为中心的东亚国际体系进行猛烈冲击的时期。美国的商人、传教士以及军人充当了在东亚扩张和冲击东亚朝贡体系的主要力量，①为美国在该地区获取商业利益、传播价值理念等目标而进行着不懈努力，其中包括在中国、日本和朝鲜半岛使用武力或武力威胁。然而总的来看，由于当时的美国尚属西方国际体系的后来者，没有获得大国俱乐部成员的资格，所以在西方国际体系冲击东亚朝贡体系的历史进程中，美国只是扮演着相对次要的角色（美国对日本的冲击是个例外），而且在 1898 年美西战争之前也没有在东亚占领领土和建立自己的殖民地。

与此同时，这个时期美国对东亚的政策也明显表现出了比较浓厚的理想主义色彩，众多美国传教士在东亚传教、兴办西学等便能说明这一特点，对东亚（尤其是中国）的社会变迁产生了意义深远的影响。

三

美国与东亚关系的发展，也是东亚被逐渐纳入现代国际体系和美国塑造东亚地区国际体系的过程。

19 世纪末，面对包括美国在内的西方列强的巨大冲击，以中国为中心的东亚朝贡体系走向瓦解，并逐渐为源于西方的现代国际体系所取代。此后，东亚不再是单一的行为体，而是分裂为众多的行为体，而且这些行为体中的绝大多数成员在很长时期里未能享有现代主权国家的地位，而是沦落为西方国家的殖民地或半殖民地，并为争取成为现代国际体系中的平等一员而进行了艰苦的努力与斗争。在东亚地区，泰国和日本的情况有点例外。泰国

---

① Foster Rhea Dulles, *America in the Pacific: A Century of Expansion*, Cambridge, MA: The Riverside Press, 1938, p. 12; Akira Iriye, *Across the Pacific: An Inner History of American - East Asian Relations*, revised edition, Chicago, Illinois: Imprint Publication, Inc., 1992, pp. 16 - 17, 16;〔美〕马士、宓亨利:《远东国际关系史》，第 48 页。

由于地处法属印度支那和英属缅甸之间，作为英法妥协的结果，它在西方国家主导东亚国际体系的时期，在形式上保持了独立国家的地位。而日本则是在 1868 年明治维新之后迅速增强国力，很快成为和西方国家平起平坐的一个现代主权国家，并且参与了侵略和奴役东亚邻国的过程。在以中国为中心的东亚朝贡体系瓦解之后，美国与东亚的关系也就演变为美国同当地各个行为体（包括殖民地、半殖民地和独立国家）之间的交往，并且随着其自身实力的增长，美国逐渐成为东亚地区国际政治舞台上一个举足轻重的角色，对该地区国际体系的塑造，发挥了日益重要的作用。

从 1898 年美西战争开始，美国在东亚建立了自己的殖民地——菲律宾，并且多次介入东亚地区的冲突之中。特别是在第二次世界大战期间，美国加入了太平洋战场的对日作战，这使得它成为东亚地区政治舞台上一个至关重要的角色。第二次世界大战后，美国更成为影响东亚国际关系发展的一个最为重要的国家，冷战时期它在东亚所构筑起来的同盟体系一直维持到冷战结束之后。随着美国的崛起和日益深入地卷入东亚事务之中，美国就和东亚地区国际体系的变迁发生了十分密切的关系，或者说美国在东亚地区国际体系的变迁过程中扮演了一个十分重要的推动者角色。

美国在崛起之后，便在东亚扩张其势力。在其西进和占领菲律宾、夏威夷之后，美国与东亚的距离拉近了，而且占领菲律宾，从某种意义上说，也使得美国本身成为一个东亚国家。第二次世界大战后，美国更深地卷入了东亚地区事务当中，使得它同东亚的关系变得更加密切。美国从第二次世界大战结束直到今天，在关岛、日本和韩国驻军，同日、韩保持着军事同盟关系，与许多东亚国家签有共同防务条约。美国在冷战结束前在东南亚一直有军事基地，冷战后同一些东南亚国家也保持着军事合作关系。自第二次世界大战以来，美国多次卷入在东亚的战争之中，如太平洋战争、朝鲜战争、越南战争等。珍珠港事件、朝鲜战争和越南战争，是美国与东亚关系中的标志性事件，也是美国人心中忘不了的隐痛或伤疤。实际上，正如一个中国学者所说，"东亚在地理上距离美国最遥远。但是东亚也是 19 世纪末至今美国在国外进行战争最多的地方——美西战争、太平洋战争、朝鲜战争、越南战争，其中除了太平洋战争是反侵略正义战争外，其余三场战争都属于美国侵略、干涉战争"①。在东亚发生的多次危机中，美国也是主角，如台湾海峡

---

① 霍世亮：《美国理想主义与东亚》，《美国研究》1992 年第 2 期。

危机、朝核危机。

今天，美国对东亚的影响是全方位的。除了上述在安全和军事方面的介入与合作，美国在东亚政治变革过程中同样扮演了十分重要的角色，比如冷战时期，美国改造日本、扶持中国台湾地区的国民党政府、支持大韩民国和影响其政治变革、为美在东亚的盟友提供大量的经济与技术援助等。另外，美国与东亚在经济上也有着极为密切的关系，包括贸易、金融和投资等诸多方面。最后，还有美国的思想文化对东亚持久而深远的影响。

可以说，美国是冷战后主导东亚地区事务的一个国家，在该地区有着十分重要的利益，包括阻止一个地区霸权的崛起、防止地区核扩散、打击恐怖主义、扩展民主国家共同体以及维护经济利益。美国在东亚地区这种举足轻重的地位，从19世纪末、20世纪初一直延续至今，它是塑造过去、现在以及未来东亚地区国际体系的一个重要因素。

四

东亚国际体系的变迁，反过来也对美国产生影响。这是美国与东亚互动关系的另一面。从国际体系结构变迁的角度来看，东亚大国的崛起，无疑严重挑战了美国在东亚的地位，影响了美国与东亚的关系。在这方面，有三个典型的例子，即日本、苏联和中国在东亚的崛起，均对美国在本地区的利益构成了挑战。在20世纪上半叶，日本在东亚的崛起，使东亚国际体系结构发生重大变迁，美日两国逐渐成为东亚国际舞台上的主要竞争对手，最终导致1941年太平洋战争的爆发。在20世纪下半叶，苏联成为东亚国际舞台上的大国，也引起美苏两个超级大国及其盟友在该地区的冷战，朝鲜战争和越南战争都不乏美苏在东亚冷战的深刻背景。进入21世纪初，中国的和平崛起，也让一些美国人产生了"中国威胁论"的偏见和焦虑。

从国际体系进程变迁的角度来看，冷战后东亚地区多边主义的发展，似乎正在挑战美国在东亚所构筑的双边军事同盟体系，可能影响美国与东亚关系发展的未来。冷战结束后，东亚地区国际体系进程方面的变迁有一个特别令人瞩目的方面，就是本地区多边合作趋势的产生和强势发展。一些地区多边组织、论坛、会议等地区多边合作形式，在本地区的政治、安全和经济等诸多领域中扮演着日益重要的角色。包括中国在内的东亚国家，都已经不同程度地介入地区多边合作的进程中，其对外行为乃至国内的发展，都难以摆脱这一进程的影响。东亚地区多边合作，是东亚地区通过多边国际制度处理地区内事务的思想与实践，通常也被称为东亚地区主义（区域主义）或者东亚地区多边主义。这一属于地区国际体系进程方面发生的变革，从根本上说，其宗旨是通过确立新的行为规范和制度，构建起一个新的地区秩序，最高目标是建立一个制度化的、有地区意识的地区共同体。东亚地区多边主义尚属新生事物，其发展前景尚不明朗，特别是东亚共同体建设的障碍很多，难度极大。有的学者就因此提出东亚共同体是"想象的共同体"的观点。①但可以肯定的是，这种趋势的发展势头很强劲，已经对美国构成了很大的挑战。它很可能对未来的美国与东亚关系产生巨大的影响。

这是因为，东亚地区多边主义的产生，意味着东亚地区国际体系（即体系的进程）正处于变迁的过程之中，增强了地区内国家之间的联系，似乎正在塑造一个比国家更大的行为体。东亚正在重新寻找自我、发现自我。从根本上说这是一个地区认同问题，一定程度上是在找回西方进入本地区后早已丧失的地区意识。这一过程不可避免地会对未来美国与东亚的关系产生重大影响，甚至改变美国与东亚互动关系的性质。如果有朝一日东亚共同体成为现实的话，那么它不仅对本地区的国际关系，而且对本地区与地区外国家的关系，包括美国与东亚的关系，都将产生深远的影响。或者说，美国与东亚之间关系的性质会发生根本性的变化。也就是说，到时美国要面对的不再是东亚各自独立的多个行为体，而是一个可以在很多事情上用一个声音说话的区域组织。当然，这需要很长的时间才可能成为现实，也可能难以成为现实。

从逻辑上分析，东亚地区多边合作对美国在东亚构建并努力维持的双边同盟体系是个挑战，它会影响美国在本地区充当"离岸平衡手"的角色，也为自己制造了一个对手（东亚地区行为体）。因此，不少人认为，东亚一体化挑战美国利益。一位美国学者就指出，"东亚地区主义对美国的对外政策构成了挑战"②。因为美国要在世界上建立自己领导的世界新秩序，不允许任何地区作为一个整体对自己提出挑战。地区经济一体化也会造成东亚和美国的相互竞争关系。此外，东亚地区一体化也会损害美国在本地区构建的

---

① Amitav Acharya, "The Imagined Community of East Asia," *Korea Observer*, Vol. 137, No. 13, Autumn 2006, pp. 1407 – 1421.

② Ellen L. Frost, "U. S. Policy Responses to East Asian Regionalism," in Zhang Yunling, ed., *Emerging East Asian Regionalism: Trend and Response*, Beijing: World Affairs Press, 2005, p. 1333.

双边军事同盟体系。尤其是随着中国的崛起，美国一些官员十分担心东亚区域合作进程，可能导致一个中国为中心的地区国家集团。今天，东亚区域一体化在一定程度上增强了中国在该地区的作用，中国也有意在本地区提升自身文化的影响力，在中国的某些周边国家，"中国热"取代了对中国的恐惧。

总的来看，鉴于地区多边合作必然挑战美国在东亚构筑的双边同盟体系，不利于抵制中国的和平崛起，也不利于美国主导的西方价值理念的传播，美国对东亚地区合作的态度是不太积极的。但随着东亚地区多边合作的深入发展，美国人的态度似乎也在发生一些变化。比如，有的美国战略分析人士就提出："美国应该大力支持东亚地区合作的进一步深化，包括最终建立东亚共同体。但是，我们应该坚持把东亚看做一个全球性的或者跨太平洋的伙伴，东亚合作的深化必须符合国际自由经济秩序的基本原则，包括要和国际货币基金组织和世界贸易组织相吻合。我们也应该明确表明，美国将继续深深地介入该地区事务之中，发展紧密的双边关系，承担安全义务，与所有现存的东亚地区组织进行经常性的交往。"①

不管未来东亚地区多边主义发展的前景如何，东亚国际体系变迁的过程都将继续下去，其对美国的挑战也会持续存在。

简言之，美国和东亚地区国际体系的变迁有着很密切的关系，美国是东亚国际体系变迁的重要推动力。美国和东亚关系的开启，在很大程度上，就是两种原先相互独立、性质不同的国际体系之间交往和冲突的过程。美国与东亚关系的发展，也是东亚被逐渐纳入现代国际体系和美国塑造东亚地区国际体系的过程。反过来，东亚国际体系的变迁也对美国产生了极大的影响，特别是冷战结束以后东亚地区多边主义的发展，有可能从根本上改变美国与东亚之间关系的性质。

---

① Morton Abramowitz and Stephen Bosworth, *Chasing the Sun: Rethinking East Asian Policy*, New York: The Century Foundation Press, 2006, p. 1136.

东亚与美国关系的政治经济学分析

〔韩〕权万学*

东亚地区的繁荣发展使其对于一体化建设的需求日益增加，但是这条道路上仍然有着许多障碍，比如历史遗留问题和潜在的中美竞争等。本文将以中国为侧重点分析东亚与美国关系中的诸多关键问题。

一 东亚的两难困境

自冷战结束以来，东亚（尤其是东北亚）地区充满着权力和财富相互交织的各种矛盾。从地缘政治和经济层面上来看，该地区的独特性在于，存在着世界上的三个主要核国家（美国、俄罗斯和中国）以及两个最大的经济体（美国和日本）。他们的利益在朝鲜半岛上交织着。正是在这里，半个世纪前历时三年的朝鲜战争使得冷战局面得已形成，而且过度消耗的军备竞赛在后冷战时代仍在继续。

与此同时，这一地区作为世界经济中心之一，以增长最快且最强大的经济体为特征。在日本和韩国分别成为资本主义发展的第二代和第三代的同时，中国和东南亚国家也成了高速现代化的第四代。现在，中国经济正在奇迹般地以每年9%的速度增长，加之其重要的政治影响力，中国正像"黑洞"一样，在贸易、投资及能源需求领域强烈地影响着周边和世界范围内的其他经济体。

经济领域日益加深的相互依赖，正在改变着这一地区的相关参数。因为在冷战期间，"东北亚"大多数情况下仍然只是一个地区上的名称而已，缺

---

* 〔韩〕权万学，韩国庆熙大学国际关系学院教授。

乏相应的地区认同感，"邻居"的概念也大多暗含着侵略与征服。冷战在"苏联—朝鲜—中国"的北三角和"韩国—美国—日本"的南三角间展开。自1978年改革开放之后，中国便开始融入日韩地缘经济网中。冷战的结束使得俄罗斯也选择了同样的战略。由日本领头支援周边经济体的"雁行发展模式"正在逐渐被由中国需求拉动的"飞龙模式"①所取代，区域内的经济相互依赖正在加速深化。

特别是2007年金融危机爆发以来，东亚的区域化进程已被"点燃"。然而，区域内的历史以及中美权力转移问题已经使得这一趋势陷入两难境地。

二 东亚的民族主义和区域主义

尽管东北亚是东亚地区经济增长和相互依赖的主要推动者，但是东盟国家才是推动区域主义发展的先驱。东盟以文化和宗教的高度多元化为特征，因而无论是从国家间层面还是国内层面上来看都缺少地区融合的客观前提。然而随着20世纪80年代发展主义的兴起，东南亚国家越来越深地进入到了地区经济相互依赖之中，这也就促使这种经济相互依赖的加强和制度化成为必要。1989年，他们主动提出创建亚太经合组织（APEC）。然而，直到1997年金融危机发生，"东亚地区主义"才成型。危机期间，更多的国家赞同马来西亚的地区主义主张，只有美国强烈要求亚洲国家紧缩财政并进行激烈的自由化改革。通过创立各种地区制度安排，诸如建立东盟"10＋3"、签订清迈协定、2005年底召开东亚峰会等，东盟国家有效地抵制了美国主导的"亚太主义"。自2004年开始，东盟"10＋3"便启动了一项关于东亚地区自由贸易协定可行性的研究计划。

亚太主义和东亚主义之间的核心差别在于不同的经济发展模式，而这种区别也反映了不同的发展水平。我们在华盛顿共识的表述中能够发现，美国从20世纪初便开始面临贸易逆差，所以着重强调"公平竞争"。它经历了从70年代的"公平贸易"到80年代的"公平市场开放"，再到90年代开始的"公平竞争"。随着冷战的结束，克林顿政府开始在国际化战略下强硬地将所谓公平竞争推广至全球范围。当然，发展中国家对此采取了拒绝的态度，中国作为发展中国家的模范，其发展模式被西方学者总结为"北京共

---

① 原文为 galloping dragons model。——译者注

识"。这被一些美国人看做是"异端"和对华盛顿共识的挑战和威胁。[①] 北京共识和华盛顿共识是亚太主义和东亚主义之间竞争的一种表现。

与地区主义的新趋势相对立，一些新的和旧的障碍仍然存在，这其中包括领土争端、历史问题、民族主义倾向、争夺霸权的冒险行动等。日本与这一地区所有的临国都有着领土纠纷，包括日韩竹岛争端、中日钓鱼岛争端以及日俄北方四岛争端。此外，其他的一些争议，如中国东海油气资源开发、中韩反对日本加入联合国常任理事国也使得它们之间的关系变冷。这些未解决的紧张关系是日本帝国主义带来的后果，虽然它曾被其国内保守主义政客所美化，但与已经偿付了纳粹德国所犯历史错误的西德还是形成了鲜明的对比。这表现在日本前首相小泉纯一郎参拜靖国神社，以及"新的历史教科书"等问题上。

与从前的历史遗产不同的是，东北亚"继承性的经济发展"[②] 正在从根本上改变着势力均衡的状态。在现代，资本主义的过渡对一个发展中国家来说是其实现现代化和经济发展的关键。1867 年日本成功推行明治维新后，不仅享受着快速的经济增长，并且通过殖民化朝鲜和侵略中国而成了不折不扣的帝国主义者。之后，韩国在 60 年代走上了发展之路，并且在 80 年代早期成为一个成功的后来居上的典范。中国在 1978 年改革开放之后也成了"后后来居上者"[③]，其经济持续增长并可能挑战现有的国际秩序。更为复杂的是，该地区的现实情况不仅是韩国和中国可能会挑战现状，日本也觊觎获得与其经济实力相当的"正常国家"地位。这样看来，由冷战的开始和苏联撤退带来的权力真空使得三个国家都成了一些人所谓的"修正主义国家"。更加糟糕的是，三个国家内部的民族主义情绪正在不断高涨。

三　大胆的"美国鹰"

美国在该地区的政治、经济格局中扮演着重要的角色。从二战结束时

---

① Yoichi Funabashi, "Power of Ideas: The US is Losing its Edge," *Global Asia*, Vol. 2, No. 2 (Fall, 2007), p. 41.

② 所谓"继承性的经济发展"指的是各国按照前后相继的顺序发展而非是同时，先发展的国家可以获得最多的发达国家"外溢"的收益，在早期发展最快。而随着国家发达程度的逐渐提高，其只能凭借技术和管理上的创新取得增长，因而在经济发展上将会越来越不景气。因此，在这个时候对于先发展国家有利的国际秩序就将受到后来居上者的挑战。

③ 原文为 late-late comer。——译者注

起，美国便维持着其在东北亚地区的势力，并且其进一步扩大部署的理由也逐渐从安全领域过渡到经济领域。该地区的经济发展已使三个国家位列世界七大贸易体之内，它们分别是中国（第三）、日本（第四）和韩国（第七）。现在，东北亚不论在亚太层面上还是在全球层面上都对美国利益至关重要。因此，美国需要继续维持在该地区的广泛存在。① 从 80 年代中期美国的跨太平洋贸易超过了跨大西洋贸易开始，其经济福利便更加依赖于亚洲。问题是美国在这一地区是否面临着安全和经济利益方面的威胁。二战结束的时候，美国在亚洲势力存在的目的基本上是为了遏制共产主义；重建日本，使其成为一个坚实的反共威慑基地；通过经济方面的援助使亚太地区的其他国家不落入共产主义阵营。现在，这三个目标在东亚地区都已经实现，同时也引发一些美国人去思考"为什么我们在亚洲和西太平洋地区似乎对我们并没有威胁的时候，还维持了大量的军事部署呢"②。

　　冷战的突然结束使得美国的相对实力远远超过了一个世纪以前的英国。至少从现在来看，欧洲被拉拢进来了，俄罗斯与美国建立了准安全伙伴关系，中国也将自己置于美国主导的框架之下。美国是让人敬畏的超强大国，相比之下，英国只是个无影响的小国。③ 而这些与 70 年代和 80 年代期间布雷顿森林体系瓦解，日本和西德的经济迅速崛起引发的关于美国实力的下降和"霸权稳定论"的讨论形成了鲜明的对比。虽然在其他领域世界已经多极化了，但是军事领域仍然是美国独霸的单极世界。美国力量的来源不仅多元化而且有持久性，这使得其在对外政策中的灵活性比现代历史上的任何国家都大。

　　美国一直在试图调整其对外政策及国家战略以适应新的现实。老布什和克林顿政府都尝试着按照传统阐释一个世界秩序。老布什曾提到跨大西洋共同体的重要性，并且推进亚太地区的一体化进一步全面发展。按照以主权和均势为基础建立的"经典现实主义"观点来看，美国将成功地把解体后的苏联纳入国际体系。由于苏联在经济重建领域依赖于西方，这将迫使它在全

---

① 援引美国负责东亚及太平洋事务的助理国务卿克里斯托弗·希尔（Christopher Hill）华盛顿的文件："North East Asia Vital to U. S. Regional and Global Interests: State's Hill Cites Critical Challenges and Opportunities in the Region," May 26, 2005, p. 1。

② Clyde Prestowitz, "The Purpose of American Power in Asia," *Global Asia*, Vol. 2, No. 2（Fall, 2007）, p. 13.

③ Niall Ferguson, "Hegemony or Empire," *Foreign Affairs*, Vol. 82, Iss. 5, Sep/Oct 2003, p. 4.

球政治中的某些领域保持沉默。克林顿政府试图通过民主和自由市场的扩张来重建冷战后的世界秩序，并按照"自由主义传统"将其温和的新目标及"扩大和接触"的政策机制化，从而清理冷战的遗产。随着大威胁的消失，以前的遏制战略已经成为了历史。由于国防预算跌至历史新低，国防工业的既得利益受到影响，使其转而倾向于支持在野的共和党。克林顿政府的确看到越来越多的恐怖主义威胁，但是危险并不是"即时的和明确的"，这种不对称的潜在威胁能构成增加国防预算的理由。两届政府都维持着美国尊重主权、建立国际共识、势力均衡、推进民主和自由市场的传统。

小布什在"先发制人"和"预防战争"的战略下，于其第二任期内发动了阿富汗和伊拉克战争，大大扩展了军备预算。2002 年颇具争议的国家安全战略公开后，关于帝国的辩论又开始了。这样的政策令许多地方深感不安，美国超越了以往维持均势的传统，试图将"单极世界"发展成为美国的绝对统治。全球政治的本质属性问题——谁命令，谁受益，成为第一届布什政府的主要话题。

小布什在竞选中强调了现实主义导向，并且将其外交政策描述为"新现实主义"，强调改变克林顿在国家建设方面的外交路线，着重发展大国关系及重建国家军事实力。[①] 作为里根的弟子，布什希望高高在上地手持大棒捍卫"优秀的美国价值观"。"9·11 事件"使得新保守主义派和布什政府看到了他们所面临的巨大威胁，从而开始重新设计美国大战略[②]，并从根本上改变了罗斯福总统以来的美国外交传统，使其变成了一只"大胆的老鹰"。

面临着来自恐怖分子和支持恐怖主义的"无赖国家"的威胁，布什主义的回应是以普世价值为特征的大战略。在这一新的范式下，外交政策目标包括物质利益、对霸权的垄断、反对恐怖主义、反对大规模杀伤性武器扩散以及对民主和自由市场的扩展。"先发制人战略"、"预防战争战略"、对武力依赖的增加、有条件的主权、预期的行动以及对国际机构和同盟蔑视都成为了实现这些目标的手段。大战略中最有争议的问题是"先发制人"和"预防战争"。"先发制人"是指对一个侵略行为采取的军事行动。"预防战争"则是指对一个迟早有可能对外侵略的国家发动战争。这两种战略的区

---

① 他的"ABC"战略（Anything But Clinton）和克林顿的国际主义相比可能已经带有了单边主义的性质。

② John Lewis Gaddis, "Grand Strategy in the Second Term," *Foreign Affairs*, Vol. 84, Iss. 1, Jan/Feb 2005, p. 2.

别，也是"9·11"事件造成众多伤亡的主要原因之一。① 由于恐怖组织既不能被姑息也不能被阻止，他们必须被先发制人地加以处理。如果这些行动能够清楚地预测并且立即应对当前的危机，那么便是为国际法和国际惯例所接受的。

然而，布什政府将这些条款混为一谈，采用"先发制人"的战略在所谓可疑地区对萨达姆政权开展预防性战争。拉姆斯菲尔德还进一步地陈述其理由："对证据的缺乏并不是不存在大规模杀伤性武器的证据。"前述的军事革命也在一定程度上为这种"战争新方式"提供了便利。②

这种暗示是很可怕的。由于恐怖组织并不能被有效阻止，美国必须准备在任何时间和任何地点都能够先发制人地将这种威胁除掉。此外，那些为恐怖主义提供庇护的国家，无论是由于默许还是由于其并不能在领土范围内加强立法，都丧失了行使主权的权力。因此，华盛顿将保有为美国军方寻找靶子的权力。布什政府倾向于在全球范围内推行"有条件的主权"或者"暂时主权"这一概念。这使得美国能够在一国主权丧失后，根据预期行使其在该国的主导权。美国的霸权为威斯特伐利亚秩序的转折提供了基础。进一步来说，由于世界上的多边机制和机构正在被蚕食和制约，只有美国有武力投射能力来应对恐怖主义和流氓国家，因而美国需要发挥"直接与不受约束的作用"，应对威胁。③ 显然，美国对多边主义及安全伙伴关系的承诺在退步，威慑和权力均势的概念也过时了。在这里起决定作用的是，这个国家是"支持还是背叛"美国。

以目标最大化和单边行动为特色的大战略构成了美国傲视全球的"新帝国主义"。这使得美国自认为在全球扮演了设定目标和相关方法的角色。主权概念对于美国来说更加绝对，而对其他国家而言则是更加有条件的了。世界正在回到原来的帝国主义时代。当时，威斯特伐利亚准则和主权

---

① John Lewis Gaddis, "Grand Strategy in the Second Term," *Foreign Affairs*, Vol. 84, Iss. 1, Jan/Feb 2005, p. 5.

② 战争没有想象中的那么"震惊和恐怖"，因为它是一场巨人和侏儒之间的战争（Kenneth Waltz, "Giants and Pygmies," *Foreign Affairs*, Vol. 82, Iss. 5, Sep/Oct 2003.）。20 世纪 80 年代的两伊战争使得伊拉克已经精疲力竭，1991 年的海湾战争又是彻底失败，伊拉克 10 多年来遭受国际制裁，并且受到美英联军时不时地军事打击，它的 GDP 仅仅相当于美国的 0.15%。

③ John Ikenberry, "America's Imperial Ambition," *Foreign Affairs*, Vol. 81, Special issue, Sep 1, 2002, p. 53.

概念是从由白人主导的"世界上的野蛮地区"诞生起来的，在那里，霍布斯所谓的对野蛮人的帝国战争是常态。新帝国主义是由其国内的新保守派倡导的，他们是一个有凝聚力而又独特的团队，而且能够在一些如伊拉克战争之类的重大问题上"决定性地施加影响"，这在美国历史上相当罕见。①

新的大战略并不是对"霸权的困境"的一种回应，其中霸权的问题是，能否继续为公共利益牺牲或和普通国家一样只关注于国家利益。这一新的范式并没有降低，而是凸显了美国的首要地位。它不是出于绝望，而是出于自信和傲慢。不管美国是否将自己视为一个"帝国"，也不管布什政府外交政策的支持者们如何尽量回避使用"帝国"一词，对于外国人来说，美国的外部形态、行为方式和言辞表达都变得越来越像一个帝国，于是他们就把对美国的这种印象反馈给华盛顿。②

四 东亚与美国

"布什政府发现对美国及其盟友有两个潜在威胁地区……包括朝鲜和台湾海峡……"③ 换句话说，布什政府早期的亚洲战略的主导目标就是既要防止中国挑战美国霸权并顺便解决台湾问题，又要解决朝鲜核问题。面对崛起的中国，美国是防御性的维持现状的国家，但是在朝鲜问题上布什政府就成了一个修正主义或者说试图颠覆"残暴政权"的国家。这两个威胁的存在，为美国政府导弹防御系统的研发和部署提供了合法性基础。

20 世纪 70 年代以来，几乎没有国家像中国一样如此迅速地发展。④ 由于有着庞大的人口基础，中国的 GDP 总量已经超过韩国，并且将在 2007 年超过德国，2010 年超过第二大经济体日本。⑤ 在今后的 30 年时间里，中国

---

① Joshua Marshall, "Remaking the World: Bush and the Neoconservatives," *Foreign Affairs*, Vol. 82, Iss. 6, Nov/Dec 2003, p. 146.

② Dimitri Simes, "America's Imperial Dilemma," *Foreign Affairs*, Vol. 82, Iss. 6, Nov/Dec 2003, p. 93.

③ Washington File (U. S. State Department), "North East Asia Vital to U. S. Regional and Global Interests," 26 May 2005, pp. 2 - 3.

④ David Hale and Lyric Hale, "China Takes Off," *Foreign Affairs*, Vol. 82, Iss. 6, Nov/Dec 2003, p. 36.

⑤ 从 GDP 上来看，当前日本、中国、韩国和东盟的比例大约是 6∶4∶1∶1。然而，按照购买力平价计算中国的 GDP 预估已经是日本的两倍。

很有可能赶上美国。东北亚经济崛起会使得该地区对美国的重要性增加，但却相对削弱了美国的实力。东北亚地区的六个国家中的国内生产总值相对分配比率揭示了一个有趣的趋势。① 美国的国内生产总值分配比率在1999 年达到59.3% 的顶峰，日本在1991 达到34.2% 的顶峰，而1990 年该指标在俄罗斯只有3.1%。在这六个国家中，尽管中国的国内生产总值分配比率在2004 年只有9.3%，但这一指数一直在不断增长。在地区经济增长迅速的同时，该地区的流动性也在增加，并且面临着地缘政治方面的挑战。

因此，毫无疑问，中国作为经济大国的出现正在导致全球权力转移，并对现存国际秩序带来巨大冲击。② 中国一定会成为亚洲地区新的权力秩序中心。过去，这样一种权力的转移以及与之相伴的霸权不稳定大多都是通过战争的方式解决的。③ 在当今世界市场经济相互依赖和大规模杀伤性武器存在的情况下，更加实际的问题不在于是否会发生"强权之间的冲突"，而在于是否可以减少这种冲突。④ 中国的崛起必然要求与之相伴随的国际地位的提升。

虽然中国是布什新现实主义的战略竞争者，但是布什政府的当务之急是反恐战争，中国是其在反恐、贸易和投资领域的主要伙伴。这种针对中国政策的变化，在美国政府"9·11 事件"一年之后公布的国家安全战略中能够反映出来。在该国家安全战略中，美国的头号战略威胁被认定为是"恐怖主义"而不是中国的崛起。当中国面临着其国内包括西藏在内的西部省份的分裂主义活动时，突然间发现了与美国存在着相同的重要利益。这种伙伴关系也被扩展到朝核问题上来。然而这也存在着一定的限制，比如反恐合作

---

① Duckhyun Kim, "Northeast Asian Power Dynamics and Its Strategic Implications: National Power in a World of Information Revolution," Ph. D. Dissertation, Graduate School of International Studies, Korea University, December 2006, quoted in Sung Chul Yang, "Arbitrator or Antagonist: A New American Dilemma," *Global Asia*, Vol. 2, No. 2 (Fall, 2007), p. 30.

② James Hoge, Jr., "A Global Power Shift in the Making: Is the United States Ready?" *Foreign Affairs*, Vol. 83, Iss. 4, Jul/Aug 2004.

③ A. F. K. Organski, *World Politics* (N. Y.: Alfred Knoph, 1958) and Robert Gilpin, *War and Change in World Politics* (N. Y.: Cambridge University Press). 有关东亚地区问题的实证研究，参见 Woosang Kim, "Power Transition and East Asian Security Order" (in Korean), *Korean Political Science Review*, Vol. 35, No. 4, 2001。

④ 布热津斯基和约翰·米尔斯海默围绕该问题展开三轮辩论，"Debate: Clash of The Titans," *Foreign Policy*, Jan/Feb 2005。

是联合性的，而权力的转移是结构性的。曾经的遏制政策的支持者在"反恐"合作背后的立场也具有结构性。

从 20 世纪 90 年代中期开始，崛起中的中国开始表现出新的外交方针，他试图排解邻国的担忧，塑造一个良好的外部形象。① 中国已经开始推动广泛的区域贸易合作倡议，并带头设立项目以促进区域自由贸易区的建立，扩大并深入双边关系的发展，加入各种贸易和安全协定，深化其在重要的多边组织中的参与，并帮助解决全球安全问题。事实证明，中国的"软实力外交"行之有效，并且"特别得到了欠发达国家的尊重"。②

然而不论美国是否有意为之，"反恐"战争导致了对中国的"软遏制"。③ 从军事上来看，美国经历了半个世纪以来最广泛的实力调整。突然间，东南亚国家面临着美国的重大参与，而美国也是突然"发现中亚地区"对其战略和能源方面有着非常重要的意义，可以成为一个偏僻的基地。④ 布什政府强烈支持日本重新武装，意在使其成为亚洲的英国来制衡中国。为了使中国陷入包围之中，美国进一步加强了其新军事合作，并对印度拥有核武器采取了默认的态度。当前，印度和中国还没有解决历时 42 年的边界争端，并且仍然互不信任对方。印度在经济和军事实力方面的增强刚好可以抗衡中国，并从自身角度出发成为民主制度的坚定捍卫者。与新大战略的因素一起，垄断霸权、拥有大规模杀伤性武器、对均势概念的背离，以及战略灵活性等，都使中国分析家怀疑这些美国的新立场背后不言自明的是对中国的遏制。⑤

由于许多中国领导人对美国力量有着强烈的怀疑，美国保守派同样也不信任中国，而台湾当局则强调其面临着来自大众的"宣布独立"的要求，

① Evan Medeiros and M. Taylor Fravel, "China's New Diplomacy," *Foreign Affairs*, Vol. 82, Iss. 6, Nov/Dec 2003.

② Yoichi Funabashi, "Power of Ideas: The US is Losing its Edge," *Global Asia*, Vol. 2, No. 2 (Fall, 2007), p. 39.

③ James Hoge, Jr., "A Global Power Shift in the Making: Is the United States Ready?" *Foreign Affairs*, Vol. 83, Iss. 4, Jul/Aug 2004, p. 5.

④ Charles Maynes, "America Discovers Central Asia," *Foreign Affairs*, Vol. 82, Iss. 2, Mar/Apr 2003.

⑤ 五角大楼的报告认为在没有外部威胁的情况下"中国人民解放军正在进行现代化……从长远来看，如果保持这样的趋势解放军的战斗力会威胁到该地区活动的其他军队"。因此，美国需要调整新的遏制政策。中国对该报告作出了强烈反应，认为其内容过于夸张。A Pentagon Report (U.S. Office of the Secretary of Defense, The Military Power of the People's Republic of China 2005, Jul 19, 2005)。

中国并没有能够明确说明这意味着什么。① "因此,中美关系的列车很有可能又一次运行脱轨。"② 中国仍然"担心美国硬实力和软实力的影响"。③

美国对霸权的垄断和东北亚地区民族主义的兴起使得该地区恢复了势力均衡的政治。随着美国大战略越来越趋向于与中国抗衡、七个昔日的东欧国家加入北约、油价飞涨产生暴利、俄罗斯正在重新成为一股决定性力量,它的国防预算在 2004～2005 年间从 140 亿美元增加到了 188 亿美元。2005 年 8 月俄罗斯与中国举行联合军事演习,并在同年 9 月和 10 月,分别与乌兹别克斯坦和印度举行联合军演。中俄代号为"和平使命 - 2005"的大型演习,似乎对美国的优势地位形成了明显的挑战。一些报道认为演习的地形与台湾很相似,也有一些报道将其比作朝鲜西海岸。作为回应,美国和日本在 2006 年 1 月举行了联合军事演习,为防止中国对钓鱼岛的入侵做准备。中国的外交战略正在从邓小平时期强调的"韬光养晦"向"和平崛起"转变。2005 年,由中国、俄罗斯和中亚国家组成的上海合作组织要求美军从中亚地区撤出。

五 回到未来

近年来,针对"布什主义"和美国入侵伊拉克的"反美情绪"在全世界范围内呈现明显的增长势头,④ 美国失去了其政策的合法性,陷入了孤立的地位,而且其"软实力"被削弱了。⑤ 它处在国际支持和尊重空前消失的情况下,几乎沦为了"国际弃儿"。刚刚上台的布什政府以为,美国推翻伊拉克萨达姆的暴政会受到世界各国的欢迎,结果却是世界都惧怕而不再尊敬

---

① 从另一个方面来说,台湾在经济上越来越依赖大陆,大陆在台湾问题上的筹码明显增加。(Morton Abramowitz and Stephen Bosworth, "Adjusting to the New Asia," *Foreign Affairs*, Vol. 82; Kenneth Lieberthal, "Preventing a War Over Taiwan," *Foreign Affairs*, Vol. 84, Iss. 2, Mar/Apr 2005, p. 53.)

② Morton Abramowitz and Stephen Bosworth, "Adjusting to the New Asia," *Foreign Affairs*, Vol. 82, Iss. 4, Jul/Aug 2003, p. 128.

③ Wang Jisi, "America in Asia: How much does China care?" *Global Asia*, Vol. 2, No. 2 (Fall, 2007), p. 27.

④ Following polls are also quoted in Joseph Nye, Jr., "The Decline of America's Soft Power," *Foreign Affairs*, Vol. 83, Iss. 3, May/Jun 2004, p. 16.

⑤ 美国的"软权力"被定义为"借助美国政策和价值观的合法性来吸引他者的能力",借助软权力可以有效地达成目标,而不是诉诸于强权和金钱。

美国。在这样的大战略下，美国越是加强"反恐"也就越被恐怖分子所拖累。美国从一个充满自信与希望的国家变成了绝望的国家。与以前相比，很少有国家青睐和尊重美国。"新帝国主义"战略的可持续性和其成本问题逐渐暴露出来。

判断大战略是否具有持续性的标准应该是看它是否可以实现美国利益并达到既定目标。过去，美国依赖其硬实力和软实力赢得了冷战。从冷战结束到 90 年代末，全球的民主国家通过市场、国际机制以及安全伙伴关系彼此联系到了一起。①

这样的国际秩序包含两个方面的交易：一方面，美国向其盟友提供安全保护的承诺，并使其可以在一个开放的世界经济体系中进入美国市场，使用美国技术；另一方面，各国通过自由谈判接受美国的领导，美国同意遵守游戏规则并且协同决策。这种政策不仅使美国的伙伴有自愿接受的权利，同时也保证了美国霸权的稳定性。从葛兰西的文化霸权层面上来看，霸权只是一种相对的稳定，因为它不是建立在赤裸裸的武力基础上的，而是需要合作伙伴的自愿参加。

如果一直保持"新帝国主义"战略不变，就会造成资源消耗巨大并且难以持续。第一，该战略明显降低了美国的合法性。之前国际社会承认美国权力是必要的、正义的，现在这种承认业已不复存在。第二，该战略破坏了国际社会的多边协定、制度安排、政治伙伴关系和合作精神，而上述的这些对于防扩散和"反恐"都是不可或缺的，而且该战略会使美国行动的成本更高。2007 年，全世界军费总开支预估超过 1 万亿美元，其中美国的开支就达到 5328.0 亿美元，约占全世界总量的 53% 左右。在缺乏法律依据和传统盟国支持的情况下，美国贸然发动伊拉克战争，致使来之不易的国际尊重丧失殆尽，信誉扫地。问题在于，美国是否有值得为其花费更大成本的特殊目标。在"反恐"的过程中，对病因的治疗往往比对症状的治疗更为必要。第三，该战略会激起针对美国的反抗和抵制，造成世界范围的敌意和分裂，并且有可能伤及美国的国家利益。打着"预防性战争"的旗号，执行"先发制人"的战略，这些都将导致美国本身变成一个"明显的现时的威胁"。②

---

① John Ikenberry, "America's Imperial Ambition," *Foreign Affairs*, Vol. 81 Special issue, Sep 1, 2002, p. 47.

② John Lewis Gaddis, "Grand Strategy in the Second Term," *Foreign Affairs*, Vol. 84, Iss. 1, Jan/Feb 2005, p. 7.

因此，这些反抗不仅会增加美国的战略成本，而且会招致战略本身的失败。美国的影响力能够在冷战中保存下来，是源于其他国家对美国的认同和赞许，而苏联的影响力则由于其内部不团结而消失。第四，这一战略将腐蚀民主制度，因为民主永远不可能与帝国主义相伴，不是民主扼杀新帝国主义，就是后者阻碍民主的进程。

最后，伊拉克的泥潭还暴露出了许多其他重要的问题。布什发动的战争既没有合法性也缺少证据。现在人们普遍认识到，布什政府误判、夸大和歪曲情报数据来为其入侵伊拉克提供合法性。布什政府没有找到萨达姆和基地组织有联系的确凿证据，也没有可信的证据表明萨达姆确实拥有大规模杀伤性武器。如果说入侵伊拉克是为了保护美国的国土安全，那么美国政府便是错误地推翻了一个对美国安全没有威胁的无辜政权。因此，政府的信誉和情报都受到了质疑。如果美国的目标是推行民主化，那么这是一个建立在过于简化的理论基础上的自以为是的帝国主义行径。在伊拉克问题上的糟糕表现正在不断地证明着这一点。伊拉克人有了互相残杀的自由，但并没能体现出民主之所在。与萨达姆统治时期相比，更多的伊拉克人丧生。通常来说，民主需要中等阶级、公民文化等先决条件。这就是为什么从外部强加的民主制度"水土不服"的原因。伊拉克人也有两派利益相互冲突的政治集团，基于民主利益他们将美国人视为"解放者"，基于国家利益他们又将把美国人视为"侵略者"。类似的逻辑也适用于人权和市场开放等领域。如果伊拉克战争背后的真正意图是石油，那么这就是伪善的帝国主义。① 最后帝国将会面临"帝国过度扩张"和"自我封锁"的问题，逐渐丧失效率直至死亡。布什政府在第二任期内便已经开始放弃新保守主义和新帝国的战略了。

随着"新帝国主义"战略的瓦解，我们需要在大战略与地区性战略彼此冲突的领域重新思考美国与东北亚地区的关系。当该地区国家行为体变得更加强大和自立的时候，美国在东北亚的外交政策和经济政策将受到更加严峻的考验。

总之，美国和东北亚国家间需要多边和平机制，这是该地区实现和平与

---

① 1917 年英国占领巴格达与 2003 年初美国遇到的情形类似。对于巴格达的军事占领比加强法治和维护秩序更难（1920 年美国曾经用空袭的方法镇压一次大规模的叛乱）。在这两个案例中，虽然有不同意见，但是实际的石油储备（已经得到 1927 年英波石油公司证明）并不是不相关的参数。（Niall Ferguson，"Hegemony or Empire," *Foreign Affairs*，Vol. 82，Iss. 5，Sep/Oct 2003，p. 155.）

可持续发展的前提条件。成功与否则取决于美国采取"接触"政策还是"遏制"政策。尽管获得美国保守主义的支持，但孤立中国已经成为不可能成功的策略。① 虽然从长期来看，中国对美国构成战略威胁，但是在近期内没有美国的盟友会组成反华联盟。由于没有明显的侵略倾向，当前情况下没有国家愿意破坏与中国的关系。事实证明，将中国纳入国际制度被证明是富有成效的，如中国加入世界贸易组织。在过去 10 年推行"新外交"的过程中，中国作为国际社会的一员负有越来越大的责任。虽然这种参与可能也不成功，但是很值得一试，即使失败了，也会有充裕的时间来扭转。② 目前，布什政府的首要任务是重建将中国融入其中的国际社会。与中国在战略上敌对的"自我实现"的预言并不能满足美国整体的国家利益，只是迎合了美国国内军工集团的利益。

与欧洲有所不同的是，亚洲缺乏共同的认同和强有力的多边政治制度。金融危机促使东亚国家更乐于建立区域一体化，并朝着经济高速发展方向迈进。然而，由于缺乏稳定的和平机制，美国和东亚、中国和日本之间都有可能出现裂痕。到目前为止，东北亚安全并不是由多边条约保证的，而是由以华盛顿为中心的一系列双边关系所维系的，特别是《日美安保条约》和《韩美共同防卫条约》。因此，该地区安全关系呈现"辐射型网状结构"。在此结构中，华盛顿发挥着核心的平衡作用。③ 这种差异是由不同的历史发展过程决定的。1945 年以后，德国和日本都需要向它们的邻居证明其不再是威胁。为了做到这一点，西德将主权中的重要部分让渡给包括欧盟在内的一系列多边组织，而日本则是将安全事务的部分主权让渡给美国。④ 一个多边安全框架能通过地区成员国间的对话和论坛代替双边的直接对抗，化解对霸权的敌对，也能消除民族主义的野心和误解。

美国在亚洲地区多边主义问题上的立场一直是"奇怪而又矛盾的"。⑤

---

① Francis Fukuyama, "Re-Envisioning Asia," *Foreign Affairs*, Vol. 84, Iss. 1, Jan/Feb 2005, p. 79.

② Stephen G. Brooks and William C. Wohlforth, "American Primacy in Perspective," *Foreign Affairs*, Vol. 81, Iss. 4, Jul/Aug 2002, p. 32.

③ Morton Abramowitz and Stephen Bosworth, "Adjusting to the New Asia," *Foreign Affairs*, Vol. 82, Iss. 4, Jul/Aug 2003, p. 120.

④ Francis Fukuyama, "Re-Envisioning Asia," *Foreign Affairs*, Vol. 84, Iss. 1, Jan/Feb 2005, p. 76.

⑤ Francis Fukuyama, "Re-Envisioning Asia," *Foreign Affairs*, Vol. 84, Iss. 1, Jan/Feb 2005, p. 82.

由于当前没有主要的反对者，东北亚当前有机会创建一个地区性的多边安全组织。为了解决朝鲜核问题，东北亚目前已经有了第一个多边安全论坛——六方会谈机制。普遍的不信任和敌对使得通过多边框架解决问题的可能性比双边协商的可能性要大一些。有些人提出了将朝鲜排除在外的"五常机制"①，这项建议既与以往的原则不一致，也不可取。我们的假设是：六方会谈能够在朝鲜核威胁排除之后，成功地转变成为一个永久性的多边机构。当朝鲜核问题的威胁没有了以后，我们就没有什么理由抛弃平壤。此外，在核问题解决之后，有必要将朝鲜像当年的中国一样纳入多边框架中来。在核问题没有解决的情况下，进行这种转变的时机还不成熟。东北亚多边主义将不仅可以协调区域经济发展，而且对缓和民族主义情绪和防止东亚在中国和日本两派之间造成摩擦的问题上都是至关重要的。

与这种区域多边机制相关，美国需要处理两个重要政策问题。第一，美国要在遏制中国的同时支持日本和台湾地区的重新武装化。在这里，美国需要采取适应地区情况的外交政策，支持日本的再武装化，并且提高其在国际上的作用。这些做法的目的虽然是为了防范该地区不确定的威胁与恐怖主义行动，然而，这却对中国产生了实实在在的影响。此外，地理上的距离可能使其缺乏对日本民族主义情绪的认知，而将其简单地看成是选举政治诱导的国家主义。然而，中国和韩国则看到了一个"有武装的且危险的"日本，对日充满恐惧。虽然日本民族主义的复兴并不是肯定的事，但至少有一点是明确的，即"美国最坏的反应是对此置之不理"。② 参拜甲级战犯灵位的行径不仅对东北亚邻国构成威胁，而且对曾经给战犯定罪的美国来说也是一种挑战。对于台湾问题而言，和平解决矛盾是必须的。但是，台湾当局呼吁在所谓"尊重民意"的基础上正式"宣布独立"，这看起来就像是该地区的一条摇尾巴的狗。可以肯定的是，台湾将进一步随着中国的迅速崛起被边缘化，而"台独"言论又将使美国增加对台湾武器装备的支持力度。这也将意味着对中国构成更大的威胁。这一连串的事件将会对东北亚地区造成严重的后果。

美国对外政策中的第二个挑战是其过分强调自由开放的市场经济已经引发了东南亚发展中国家的反感，导致他们走上一条没有美国参与的东亚主义道路。如果美国侧重的亚太主义能够取得结果，那么美国就需要以一个真实

① Francis Fukuyama, "Re-Envisioning Asia," *Foreign Affairs*, Vol. 84, Iss. 1, Jan/Feb 2005, p. 82.
② Eugene Matthews, "Japan's New Nationalism," Vol. 82, Iss. 6, Nov/Dec 2003, p. 75.

的伙伴身份而不是像帝国主义分子一样参与到地区性事务中来。① 由于中日两国之间的对峙，东亚自由贸易区有可能进一步一体化，也有可能分裂。与此同时，韩国与日本将成为区域一体化初期发展的很好的桥梁。美国将有时间去考虑是否会接受类似东盟的机构在东亚地区出现，以及如何在这种结构性状态下实现平衡。这需要美国在维持开放的国际经济体制中发挥先锋作用，并且渐进地推行自由化政策。美国可能会认真地考虑从渐进式转向激进式，即像老帝国主义国家一个世纪之前所做的一样，强迫欠发达国家实行新的"门户开放"。

　　另外，所有朝鲜的邻邦在反对朝鲜拥有核武器的问题上有共同利益。但是，有关其马上要进行核武装化的证据并不充足，这一地区的国家并不能接受通过很大的让步与妥协达成协议。韩国和日本都已准备为其提供经济援助，并且韩国将继续保持与朝鲜的往来，日本则准备以"补偿或赔偿的形式"弥补它在殖民和战争时期的罪行。美国新保守主义对朝鲜的不信任不是源于朝鲜不可靠的行为方式，而是源于朝鲜的共产主义性质。因而在布什当政之后美国对朝鲜采取了激进的措施。"新帝国主义"战略的批评者们则不希望看到美国借助朝鲜问题控制其在该地区的盟国，并且被用来遏制中国，他们也不希望看到朝鲜问题以妥协的方式解决。中国和韩国在这一问题上则认为，与其否认朝鲜拥有国际公认的和平使用核能的权利，不如更加理性地在原则上予以承认，但在执行前，考虑到使各方满意，需要要求朝鲜增加透明度并建立互信。如果美国坚持其"原来的不信任"，那就有可能是美国根本无意解决危机，并为了其他目的在利用这次危机。最重要的是，解决方案是无核化进程的核查。即使拆除是"可逆"的，并且平壤成功地测试了核弹，朝鲜核问题对韩国的威胁也远远超过了美国。此外，这也使得韩国非常难以反对"其他选择"。在同样的地理资源条件下，朝鲜能源短缺而韩国依靠核能，因此朝鲜很自然地选择走自给自足的道路，而非依赖于韩国的直接输电，也不可能愿意或者让朝鲜这个"历史上屡遭践踏"的国家再次依赖于外国的能源。

　　韩国新外交政策的自信并不仅是国内政治变化的结果，而且也是对美国

---

① 从助理国务卿讲话中可以看出布什政府对于亚太地区重要性的持续性关注："它们（东亚）的成功需要借助跨太平洋的伙伴关系和机制"。（Washington File, "U. S. Seeks to Strengthen Its Partnerships in Asia-Pacific Region: Revere sees major economic success, military threats in the region," May 18, 2005, p. 7）.

"新帝国主义"的反应，其传统上信奉"依赖自己"。这一概念与"平衡者"都被错误地表达了，但仍反映了韩国对美国外交政策的看法。韩国人担心，美国新的范式可能会把东北亚推入一个大国之间的对抗之中。历史上韩国已成为第一个受害者，现在夸大了的朝鲜核威胁，可能被用来在该地区制造新的强权政治。只要朝鲜的威胁真实存在，韩国便将向美国寻求安全方面的保证。这是金大中政府努力改变对外政策的原因之一。如果没有这种合作安全，韩国将永远困在由高层权力政治产生的安全困境中。卢武铉政府则希望减少剥夺"依赖自己"的因素，并扮演和平"推动者"或"调解人"的角色。显然，与中国相比，韩国与美国在包括民主和市场经济的结构性因素在内的重要价值观上有着更多的共同之处。然而，美国"新帝国主义"的目标和战略使这两个盟国出现了利益的分歧。对美国而言，韩国作为一个中等强国不仅非常重要，而且还是东北亚地区的"晴雨表"。如果韩国出现问题，那么整个区域也将出现不稳定的态势，即便在东亚一体化过程中也会有所体现。东盟国家担心中国和日本过度的影响力。对他们来说，韩国是一个很好的调解者，否则东亚区域化的整个构思会变得一团糟。在这方面，尽管韩国在国内面临着避免发生"帝国战争"的阻力，但它依然是美国驻伊拉克联军的第三大合作伙伴。

半个多世纪以来，美国一直维护着该地区的稳定。以前，美国通过遏制共产主义的影响使得韩国和日本变富、变强。在后冷战时代，美国的利益并不是分裂该地区，而是将重要的地区行为体吸纳在地区和国际舞台上。中国的 GDP 注定会超越日本和世界其他大国。[①] 在这种情况下，最好是驾驭老虎而非打败老虎。尽管在历史、地缘和文化等方面存在着巨大的差异，但是美韩同盟依然很持久，并且使两国都受益。然而，即便有共同价值观的存在，韩美两国依然不能避免观点的分歧，在诸如日本民族主义、对朝鲜强硬、对中国遏制等问题上，韩国还是更倾向于倒向中国一边。

六　结束语

"9·11"事件之后全世界对美国十分同情。然而，令人恐怖的是，美

---

① 中国经济增长的前景基本上取决于中国政治参与的方式。问题包括中国如何维持 55 个少数民族的团结，以及中国不可避免的多元化趋势会对中国以经济建设为中心的政治体制构成何种影响。

国在单边主义的立场上命令世界各国在美国和恐怖主义之间划清界限，进行选择。这种新的"帝国"大战略的核心是运用单边主义的手段实现美国的目标最大化，这种新战略仿佛让人感觉美国已经倒退到了20世纪初的时代。

布什政府在其第二任期内对外交政策进行了部分调整。尽管有人曾经预测其政策和第一任期相比不会发生较大变化，但事实是的确发生了很多转变，最明显的就是有关朝鲜核问题政策的调整。此时的布什总统不再像第一任期时那样为他的连任而操心，他更加关心的是以后历史对他的评价，以及思考如何应对由于他最初的决策而引来的大量负面影响。美国大战略中的"新帝国主义"色彩淡化了。尽管对中国崛起的遏制仍然存在，但美国在2005年9月9日发表的一份文件中对中国的多边主义行动表示赞赏。这些变化也反映了信奉现实主义的共和党人的要求。包括东北亚国家在内，世界各国都希望看到美国成为昔日的那个"仁慈的霸权"，而不搞所谓的"新帝国主义"。美国的孤立主义和"势力均衡"战略只会带来其他国家的不安。美国"回到未来"并且有所突破的时机已经成熟，世界仅仅需要一个旧范式下的重新合作。

旧范式在新现实中需要更加重视合法性、国际合作与协商一致的决策。美国应该尊重国际法、国际机制、国际组织以及伙伴关系，而且不会受到这些因素的限制。这种尊重并非仅仅出于理想主义的原则，更是一种为了维护美国国家利益的稳定性和有效性而作出的现实主义判断。就东北亚来说，新范式需要美国对其全球战略和政策根据该地区的特点进行调整，这样做并非出于同情，而是出于对其自身利益的考量。美国的行动将决定东北亚发展的方向：到底是无政府状态下的权力政治，还是有秩序的共同体。首要任务就是，如何在互惠互让、透明公平、无附加条件的前提下和平解决朝鲜核问题。解决该问题的过程中形成的一套行之有效的多边框架将转化为长期性的地区安全结构，其他的双边矛盾和争端同样可以利用这套机制加以解决。该框架将会成为未来地区一体化发展进程中的一个跳板。

历史会惩罚行动缓慢者。布什总统在他第二任期内遭遇了几十年来最低的支持率。2008年的美国总统大选会告诉我们他的变革到底是否及时，是否有效。

（马妍　译）

美国与东北亚地区安全：
困境、动因及影响[*]

李庆四[**]

东北亚地区国际关系是千变万化的。在韩国因亲美的李明博保守政府上台而疏远中国并恶化了与朝鲜关系的同时，这里固有的两大矛盾却向着缓解方向发展：美朝关系因美国宣布把朝鲜从支持恐怖活动国家名单上删除而得到改善；持续多年的中日东海油气田之争近日也以双方签署合作开发协定而缓解。号称东亚地区"巴尔干"的朝鲜半岛从此是否能够摆脱冷战后的危机怪圈，从而走上和解、和平、合作的地区一体化道路并构建新的安全格局，人们将拭目以待。

一 冷战后东北亚地区的安全困境

冷战结束后冷战遗产仍然在东北亚地区继续发酵。东北亚可谓是当今世界各种矛盾的集聚地，这里既有冷战遗留问题（朝鲜半岛分裂），又有现实的大国利益冲突；既有传统上的陆权国家与海权势力竞争，又有东西方社会制度对立。这些危机根源看似彼此孤立，实则盘根错节地纠缠在一起。总之，世界上很少有什么地方比东北亚的安全形势更为复杂和困难了。这里的冷战还未结束，而新的冷战表面上披着旧冷战的外衣，实则是新旧冷战在这里交替。

---

[*] 2007 年度国家社科基金项目"美国意识形态国际化与'民主联盟'战略理论研究"（07BGJ025）。

[**] 李庆四，中国人民大学国际关系学院副教授，博士。

　　东亚的核心地带是被称为非军事化地区的朝鲜半岛，然而这个非军事化地区却是地球上最危险的地方。与冷战后国际局势的整体缓和相反，朝鲜半岛已成危机频发的"火药桶"。考虑到半岛南北军事对立、朝鲜随时可能面临的制裁、核扩散的危险以及缺乏正式外交沟通途径等，东北亚当前的冷和平成为世界不稳定的根源。朝鲜在20世纪90年代以来采取的相对开放态度有利于缓解冷战遗留下来的军事对峙和敌对状态。朝鲜认识到，首先需要解决的是来自美国的压力，只有与美国改变关系才能根本缓解自己在地区和国际上的被动孤立局面。但是面对美国的敌视和美日、美韩军事同盟的挑战，朝鲜坚持发展国防力量，以提高其在与美国谈判中的地位。尽管外界对朝鲜发展核武器的动机存在不同观点，美国的敌对立场显然是其诱因之一。因此，朝鲜发展核武器实际上是与美国东北亚政策的调整相联系的，布什政府的强硬立场愈发坚定了朝鲜发展核武器的决心，特别是20世纪90年代中后期韩国在某种程度上逐渐脱离同盟轨道的倾向，更是鼓舞了朝鲜。朝核问题引发的一系列危机成为具有较为广泛认同的地区标志性事件，促成了虽然动机不一但具有一定目标意识的周边国家共同推动的六方会谈，并取得阶段性成果。

　　朝鲜核问题作为地区安全的焦点，实际上反映了大国关系特别是美国卷入本地区安全问题的实质。这个世界上少有的几个大国利益复杂交错的敏感地区，历史上是、今天是、将来仍然可能是大国力量角逐的核心之一，特别表现在中俄陆权国家与美日海权国家之间的竞争。就目前而言，中俄韩三国都希望看到更密切的半岛南北关系，如美国、日本对朝鲜的外交承认，和平条约取代停火军控安排等。但鉴于东北亚地区内部特殊的国际关系现状，作为对东北亚地区安全具有重要影响的国家，美国其实是本地区和平与安全秩序的主要羁绊。东北亚的安全困境本来就是美国政策（特别是布什政府）造成的，正是其所追求的战略目标使这里的安全形势从未走出冷战阴影。同时，东亚国家也明白迅速的国力增长能够产生冲突而不是合作的动力。中国的崛起自然挑战华盛顿保护其在该地区利益的能力，不仅对美国构成一系列挑战，对全球体系也将产生影响。随着中国越来越繁荣和强大，美国有关中国的辩论已从过去的中国是否将持续改革开放转向了崛起的中国是否会成为美国在经济和军事上的威胁，正如中国战略家担心被美国主宰一样。对美国而言，中国构成的挑战是不同的秩序问题。中国力量和影响的增长必将挑战美国在东北亚的地位。

　　所以，必须考虑的是美国的战略理论能否接受一个强大而更有影响力的中国的崛起，这涉及地区内国家的外交政策方向。尽管美国可能被认为是个较少威胁的国家而且也扮演东北亚安全现状维护者角色，但是地区内多数国家希望能同时与中美两个大国维持良好关系。① 由于成功的战略立足于与其他国家的共同利益之上，所以从狭隘的美国利益立场界定的美国安全目标不会有多少追随者。如果美国的目标是持久维持其超级地位不受挑战，那将不可避免地产生严重后果。因为无论中国的行动如何，美国迟早将采取遏制中国的政策。美国的政策歧义表现在一方面要求中国在国际事务上做负责任的大国并欢迎一个和平繁荣的中国崛起，另一方面，美国国防部的中国军力年度报告又认为中国的军事扩张已改变了地区军事力量平衡，中国长期的军事现代化目标将对地区军事构成潜在挑战等。其他国家对中国的崛起如何反应也同样重要，因为中国是否能以不破坏地区平衡的和平方式崛起并不仅仅取决于其自身的战略意图。如果其他大国（如日本）对于中国的崛起感到了威胁，那么它们的反应同样可以导致冲突。

虽然是区域外国家，但美国在东北亚地区的安全影响毫无争议地居于首位，它主要通过地区内国家发挥作用以期平衡中国的力量。在发挥地区安全作用方面，只有日本具有能力而且也倾向于平衡中国的影响。如果美国希望在东亚维持优势地位，那它就会支持日本成为一个与其经济地位相匹配的正常大国。日本同样反对达成某种地区安全机制。与美国一样，日本发现朝鲜这个敌人形象同样是好使的工具。日本军事和外交的再定义完全需要一个威胁。尽管一定程度上中国能够满足这一威胁要求，然而在不少日本人看来朝鲜的威胁不可替代。② 因此，日本成为六方会谈中小题大做地抓住"绑架事件"不放的最具疑心的参与者，对于美国把朝鲜从支持恐怖活动国家名单上抹掉惴惴不安。这正是日本对待历史的态度仍然不能令周边国家满意的原因，因而它无法发挥德国在欧洲一体化过程中发挥的作用。布什政府的决定对日本影响重大，一方面使日本人在朝鲜问题上被美国抛弃的感受更强烈；另一方面，使其更加担心追随美国全球战略的不利后果。③ 这或许是一度见

① Roger Cliff, "China's Challenge: U.S., European Strategymust Adjust to Confront" [Z], The San Diego Union Tribune, July 29, 2007.

② John Feffer, "The Paradox of East Asian Peace" [J], *Asia Times*, Dec. 14, 2007, http://atimes.com/atimes/Korea/IL14Dg01.html.

③ Koji Murata, "Managing Crisis and Expectations in the Alliance" [EB/OL], AJ ISS-Commentary, No. 48, http://www.jiia.or.jp/en_commentary/200810/21 - 1.html.

证了日美联盟黄金时期的小泉宣布不再参政的原因。同时，这也证明了由于美国坚持轴心—辐条战略的结果，无论日本多重要，也只能是美日联盟的一根辐条。

日本要扮演德国那样的角色，就必须根本改变其对待历史和邻国的立场。日本政府和好战分子为主组成的政治主导层越是回避东京审判事实，那么其在亚洲的战争受害者以及世界各地的人民就越能团结一致地对抗这种态度。例如，日本政府通过批准有意歪曲其第二次世界大战期间侵略行径的历史教科书而经常引起亚洲邻国抗议。但目前在日本仍然存在着想要修改禁止日本发动另一场战争并为核武装扫清道路的和平宪法的沙文主义冲动。对于这种蔑视国际舆论的行径，中国应该与国际社会一道予以谴责和抵制。这些行为之所以值得关注，不是由于它们只是政治战术，而是因为这是右翼政客对待战争的内心表白。由于这些政客都是战后出生的而且是富裕的战后时代产物，这个事实更加表明了问题的严重性。他们就是所谓麦克阿瑟宪法主导下日本最优秀学校教育出来的民主公民精英。在这些精英主导下，日本公众也具有同样的民族主义情绪。这不是因其属于个别政客或非正式的意见表达而可以忽视的现象，而是涉及战后以来日本主流政客被如何改造的大问题。为什么尽管有高水平的教育、社会自由以及高科技带来的富裕生活，但是日本仍然不能摆脱极右势力、民族主义以及"武士道"抱负？为什么战后的一代甚至比他们的父辈更具叛逆心理？[①] 这不能不令人警醒。

尽管日本的地缘政治地位在亚洲，亨廷顿却把它描绘为非亚洲国家，而是"一个独具特点的社会和文明"。[②] 日本自明治维新以来追求的脱亚入欧战略使其成为东西方之间的特殊角色，在亚洲普遍复兴的今天它似乎陷入了身份认同的两难，但在外交上仍然习惯性地追随美国。在安倍政府时期日本推行立足于普世价值之上的外交政策是其朝着战略性地追求国家利益目标迈出的一步，其实是与中国竞争对东南亚地区影响力的具体举措。然而，日本在争取入常时的孤立窘境表明，它在亚洲的地位并不牢靠（甚至美国的支持也三心二意）。把自己的价值观国际化的做法必将使其他国家也同样这样

---

① Kim J Hyun, "Globalization of 'Gaiatsu' Network" [EB /OL], Pacific Forum CSIS, March 16, 2007, http: //www. csis. org/media/csis/pubs/pac0712b. pdf.

② Brendan Taylor, "The Australia-Japan Security Agreement: Between a Rock and a Hard Place?" [Z/OL], Pacific Forum CSIS, March 19, 2007, http: //www. csis. org/media/csis/pubs/pac0713. pdf.

要求它，这显然是违背其在战后早期奉行的致力于在东西两种意识形态之间发挥桥梁作用的初衷的。与其说日本的外交政策转变是由其新发现的价值观驱动的，不如说是由于近来在经济发展过程中被中国超越的失落感造成的。① 福田首相的北大演讲正是这种心理的侧面反映：日方对于在很短时间内取得长足发展的中国一下子显现在眼前还没有做好心理准备。

综上所述，东北亚地区的安全困境显然是根深蒂固的。一方面，随着两极结构的瓦解以及中国力量的崛起而出现了权力结构的重组；另一方面，区域内经济依赖程度的日益加深又产生了区域化合作进程。但一切矛盾的根源在于美国的霸权利益要求与地区内国家安全追求发生的冲突。所以，由朝核问题引发的危机只是美国霸权战略与全球缓和趋势的内在矛盾冲突的表现之一。简言之，冷战的传统遗产、美国在该地区的特殊地位、中日之间的竞争关系以及大国与小国之间的利益分歧等导致了东北亚的安全两难。

二　美国卷入东北亚安全建构的动因

尽管美国也不希望东北亚地区出现大规模的动荡，但是它也在借助这里的矛盾使自己的利益最大化。美国重视东北亚的战略利益并成为地区安全的核心部分，多数亚洲国家也欢迎它作为力量平衡者的角色而存在，原因主要在于它没有领土方面的分歧。虽然美国并不是东北亚国家，但是它与东北亚各国自第二次世界大战以来的历史纠葛及错综复杂的经济、政治与安全关系特别是其强大的军事存在，使它成为东北亚地区安全建构中的关键角色，并要确保和增强其在亚洲霸权的战略乃至全球领导地位。② 正如美国负责亚太事务的助理国务卿希尔所说，东北亚"不仅对美国的亚太地区而且在全球范围内也具有至关重要的利益"③。

推行制度霸权的美国十分重视联盟关系。美国的国际关系——以及其他主要权力中心与它保持紧密联盟关系的事实——与美国被认为具有军事优势

---

① David Fouse, "Japan's New 'Values-Oriented Diplomacy': A Double Edged Sword" [J], *International Herald Tribune*, March 21, 2007.

② 扎勒米·哈利勒扎德：《美国与亚洲——美国新战略和兵力态势》，藤建群等译，新华出版社，2001，第41～43页。

③ "The United States-South Korea FTA: The Foreign Policy Implications" [Z], Statement of Christopher Hill, Assistant Secretary of State, before the House Committee on Foreign Affairs, June 13, 2007.

同样重要。① 如果说美国全球战略的两个支柱分别是北约组织和美日联盟，那么亚太地区的美国安全构想就是以双边军事联盟为基础组成的轴心—辐条体系（hub-and-spoke system）。冷战后美国在东亚需要解决的问题一是东北亚地区稳定与安全问题，二是朝鲜核问题。在韩国庆南大学极东问题研究所的韩献栋看来，朝鲜半岛的安全结构是一种由战争状态演变出来的极不稳定的冲突结构，对这个不稳定的冲突结构美国缺乏将其转化为稳定结构的长远综合思路，只是从眼前利益出发希望依靠既有同盟应对事态变化，而不是根本改变对朝关系。② 因为美国担心对朝政策的改变可能削弱其在东北亚地区的联盟关系基础。考虑到这样的背景特别是自克林顿时期已走上缓和的美国对朝政策，起初美国解决朝核问题的动机和诚意是值得怀疑的，甚至可以认为布什政府突然改变前任的对朝政策是有意恶化那里的局势。正如有美国人提出的疑问："为什么我们要在亚洲和西太平洋维持庞大的军事存在而那里却很少或没有对我们的威胁？"③ 所以，对美国来说，东北亚地区保持一定程度的紧张关系特别是地区国家之间相互猜疑，正是发挥同盟领导作用和控制其盟友日本、韩国尤其是日本的天赐良机。如果美国同意与朝鲜签订停战协定并与其建立外交关系以彻底缓解东北亚安全困境，那么在东北亚地区缺乏威胁情况下的美国驻韩、驻日军事基地就会丧失正当借口；一旦从这里撤军，那么美国在东北亚这个战略敏感地区牵制中国和俄罗斯的力量必将削弱。

所以，朝鲜半岛的紧张不仅是美国控制东亚盟国日本、韩国的绝好借口，而且是瞄准大国竞争的战略需要。在地区稳定问题上，由于美国从冷战后极其短暂地关注日本构成的经济威胁迅速转而认为经济快速发展的中国才是真正对手，因而很快重新强化其在该地区的军事同盟。④ 在中国迅速崛起的挑战面前，美国加强了其冷战时期的两个地区安全支柱：它的轴心—辐条体系以及进攻性军事部署，由此强化了与日本、韩国的军队驻扎关系。同

① 〔英〕巴里·布赞：《中国崛起过程中的中日关系与中美关系》，《世界经济与政治》2006年第7期，第3页。

② 2006年11月25日韩献栋在北京中国人民大学国际关系学院"构建和谐东亚——中国、日本、韩国的责任与作用"国际学术研讨会上的发言。

③ Clyde Prestowitz, "The Purpose of American Power in Asia"［J］, *Global Asia*, Vol. 2, No. 2 (Fall 2007), p. 13.

④ Morton Abramowitz and Stephen Bosworth, "Adjusting to the New Asia"［J］, *Foreign Affairs*, Vol. 82, No. 4, July/August 2003, p. 119.

时，五角大楼在关岛拥有强大的新型武器投送能力，使其成为世界最大的军火库和进攻西太平洋的桥头堡。为防范中国在亚洲可能的霸权威胁，即限制和疏导中国的地区抱负美国还增加了第三根支柱：美国寻求推动有潜力也有野心制衡中国主宰地区的亚洲国家在经济和军事上的崛起。日本就是一个现成的候选。美国前副国务卿阿米蒂奇反复要求日本废除宪法第九条，鲍威尔也曾说，放弃和平宪法将增强美国支持日本入常的努力。① 美国政府要员还成功地劝说日本参加美国战区导弹防御系统的联合研发，以期把日本打造成为"远东的英国"。当有人对美国帮助日本成为积极的地区安全角色是否会打破亚洲力量平衡怀有疑问时，美国的反应是：中国的军事力量增长已经威胁了平衡，鼓励日本新的安全角色正是确保力量平衡的途径。② 美国还欲盖弥彰地声称这一战略并非是要遏制中国，而是为了影响处于"战略十字路口"的中国的地缘政治选择。③

迄今为止，美国的大多数精英都没有认可实现统一是中国的合法权益，而是认为实现统一将是中国挑战美国亚太地位的开始。仅在"9·11"发生3周后美国国防部发表的四年防卫评估报告，仍警告具有强大资源基础的东亚国家崛起成为军事竞争对手，从东南亚到日本海的广大范围内阻止美国的存在。④ 所以当布什政府和五角大楼的决策者希望为最先进的当然也最昂贵的武器系统（尤其是海军和空军）提供资金支持时，它们就瞄准中国作为潜在对手。⑤ 可以毫不夸张地说，美国在东北亚的整个地位——以及就它声称全球唯一超级大国而言——取决于中日紧张关系的维持。这种紧张关系可以为美国在日本保留军事基地以及日本死心塌地地做美国对外政策的附属伙伴而正名。虽然日本明知被利用，但也乐意而为之，因为借助美国是实现全球正常大国抱负的捷径。强化后的美日联盟还试图介入台海事务。但即使五角大楼报告也同意多数分析家的观点，即美国承诺防御台湾将成为中美军事

---

① Tony Barber and Barney Jop son, "Koizumi to Step Up Campaign for Permanent Security Council Seat" [J], *Financial Times*, August 25, 2004, p. 7.

② Daniel Twining, "America's Grand Design in Asia" [J], *The Washington Quarterly*, Summer 2007, p. 81.

③ U. S. Department of Defense, "Quadrennial Defense Review Report 2006" [EB /OL], February 6, 2006, http: / /www. defenselink. mil/pubs/pdfs/QDR20060203. pdf.

④ Joanthan D. Pollack, *China and the United States Post - 9 /11* [M], Orbis, Fall 2003, p. 617.

⑤ James H. Nolt, "The Pentagon Plays Its China Card" [J], *World Policy Journal*, New York, Fall 2005, Vol. 22, Iss. 3.

冲突的潜在威胁。① 过去 10 几年紧张的中日对抗迫使美日联盟关系走得更近。但同样的美日联盟在北京也有不同解读：当中美关系紧张时，北京就把美日联盟看做遏制中国的工具；当中美关系和好时，又倾向于把它看做对日本地区野心的制约。② 它究竟是什么，只有美日两国的战略家最清楚。

无论美国政府官员如何强调，正如鲍威尔近来在美国就韩日围绕海岛主权争端上的暧昧立场表明的，它也希望这两个亚洲盟友之间保持一定的紧张。2004 年，约翰·费弗在《外交》杂志撰文指出，华盛顿都不会把东亚安全看做多边的机制安排。③ 美国是通过双边联盟而存在于这里——与日本、韩国以及一定程度上与中国台湾都是这样。这种双边安排使得美国——很大程度上也包括其盟友——更容易控制安全局势。④ 这种双边联盟对于美国新的灵活反应战略再方便不过了，即在本地区以新技术武器快速应对危机。灵活反应战略要求一个或两个政府最高领导之间迅速作出决定，而不是漫长的多边磋商过程。2008 年 6 月 18 日，国务卿赖斯在美国传统基金会的讲话证明了这一点："我们巩固并发展了同日本和韩国之间传统的盟友关系。我们同这两个盟友之间的关系仍是地区稳定的支柱。"现在"美国与日本和韩国的同盟关系为我们共同应对现时代的全球性挑战构筑了一个战略平台"⑤。为了巩固联盟关系，美国与韩国签订了自 NAFTA 以来最大的也是与亚洲国家的第一个自由贸易协定。韩国也是地区安全机制的最大推动者，实现统一是其国家（及民族主义）的迫切目标。由此看来，美国劝说中国牵头举办的六方会谈，与其说是美国推动东北亚地区多边安全模式的表现，不如说是它试图把朝核问题的包袱甩给中国。⑥ 这一与美国一贯追求的轴心—辐条安全体制相冲突的安全诉求体现出的是美国的无奈选择。

然而，地区多边机制在美国政界各派并不是没有支持者，如颇具影响的

① James H. Nolt, "The Pentagon Plays Its China Card" [J], *World Policy Journal*, New York, Fall 2005, Vol. 22, Iss. 3.

② Victor D. Cha, "Winning Asia: Washington's Untold Success Story" [J], *Foreign Affairs*, Nov/Dec 2007.

③ John Feffer, "The Paradox of East Asian Peace" [J], *Asia Times*, Dec. 14, 2007, http://atimes. com/atimes/Korea/IL14Dg01. html.

④ Colin Powell, "A Strategy of Partnerships" [J], *Foreign Affairs*, January/February 2004.

⑤ Condoleezza Rice, "Diplomacy is Working on North Korea" [J], *The Wall Street Journal*, June 26, 2008.

⑥ Victor D. Cha, "Winning Asia: Washington's Untold Success Story" [J], *Foreign Affairs*, Nov/Dec 2007.

学者福山就支持建立解决地区安全事务的常设性论坛。在其新书《失败的外交》中，前布什政府主管朝鲜事务的官员普里查得就用了整整一章内容详述这一论坛能如何发挥作用。① 这表明，布什政府在东北亚特别是在朝核问题上的政策并没有广泛的国内政治基础，意味着 2009 年初上任的新政府改变对朝政策具有一定的回旋空间。但一旦涉及这样一个论坛的形式就发生了分歧。有人提出参照 CSCE 即欧安会模式作为替代性方案。然而，美国和朝鲜对于这样的安全安排都不热心。对美国而言，这一安全机制一定是个威胁其现存双边联盟、妨碍其灵活反应战略或削弱其霸权地位也即其在该地区压倒性军事存在的多边机制。对朝鲜而言，难以接受与那个曾经削弱东欧和苏联共产党政权的赫尔辛基模式有关的任何制度安排。与安全讨论有关的人权问题介绍即使只是以附带的方式进行，也是对朝鲜坚持的传统主权观念的严重挑战。换句话说，美国将反对任何足以挑战其在该地区权威的地区模式，而朝鲜则反对足以威胁其国内稳定的安全安排。即使能够为建立地区和平机制而达成妥协，强者和弱者的不同利益意味着这样一个机制只能是个空谈馆，或至少远比东盟和上合组织弱得多，而不是真正具有任何决策能力的机构。

尽管布什政府在对付中国崛起的"威胁"方面扮演着现状大国防御者角色，但在朝鲜核问题上却充当改变"独裁"政权的修正主义者。美朝之间固然存在冷战延续下来的传统安全两难困境，但是美国和日本肆意拔高朝核威胁的幕后动机是要借机遏制和平衡中俄两大国的力量崛起，毕竟直接扬言中国和俄罗斯威胁的后果将导致与两强的迎头相撞。并不希望看到这一后果的美国只有炒作朝核问题。

三　美国对东北亚安全构建的影响

尽管美国在东北亚安全构建中处于核心地位，但它的影响已经下降，这不是由于布什政府的政策，而是由于亚洲经济增长的积极结果。亚洲国家不仅是经济竞争者，也是美国跨国公司的投资地，相互关系变得更具依赖性。这种权力分散也要求美国致力于其竞争能力，并在能源和安全、经济一体化

---

① Charles Pritchard, *Failed Diplomacy: The Tragic Story of How North Korea Got the Bomb* [M], Brookings Institution Press, 2007.

等问题上采取互利互惠立场。但传统安全困境仍是东北亚合作的羁绊，甚至地区内主要国家之间的安全对话也得通过东盟国家搭建平台。尽管具有突发性影响的朝核问题难以得到根本缓解，而作为"东北亚安全方程式中关键变量"[①] 的美国的影响无处不在，但区域内经济逐步一体化的现实表明，传统零和游戏规则难以大行其道。

近期看，由于美朝对立和中日竞争的结果，东北亚地区安全机制难以形成。尽管东亚爆发战争不可想象，但它可能由于误判而擦枪走火。如果出现成本过高、难以速战速决的胶着状态，那么战争就可能被遏制。但历史证明，有时候战争是由那些希望速战速决的领导人发动，最后却以代价高昂的僵局甚至失败而告终。[②] 长期看，不同国家之间的谈判以及日益紧密的经济和地缘政治利益将不可避免地要求实现地区稳定。美国就反复强调要在反恐和推动朝鲜半岛稳定方面加强中美合作。怀疑论者认为美国紧抓双边联盟不放是与建立亚洲多边机制的努力背道而驰的。鉴于美国在东北亚地区的特殊影响以及地区内大国关系的复杂性，东北亚安全机制只能通过大国协调。自90 年代起，中国就成为多边机制的重要推动者，对于六方会谈所作的重要贡献与其在核危机早期的置身其外的态度形成鲜明对比。正如美国负责朝核会谈的助理国务卿希尔所说："六方会谈的进程不仅已开始在无核化问题上显现某些成果，我们还看到了另一成果，即有关国家更紧密地联系在一起。"[③] 中国当务之急的安全利益是避免风险和防止冲突，尤其是与美国的冲突，[④] 积极推动朝鲜参加谈判并与美国协调立场，力争把谈判变成解决地区安全的长期安排。地区和平和安全体系在理论上可以给朝鲜提供免受攻击的机制保障。[⑤]

无论东北亚出现什么安全结构，大国之间的互信才是关键。东北亚的安全前景首先取决于大国关系，很大程度上取决于中美日三国之间的关系。[⑥]

---

① Joser Joffe, "Europe's American Pacificer" [J], *Foreign Policy*, No. 54 （Spring 1984）, pp. 64 - 82.

② Stephen G. Brooks and William C. Wohlforth, "American Primacy in Perspective" [J], *Foreign Affairs*, New York, Jul/Aug 2002.

③ David I. McKeeby, 美国国务院国际信息局，美国参考，2008 年 7 月 7 日.

④ Joanthan D. Pollack, "China and the United States Post - 9/11" [Z], Orbis, Fall 2003, pp. 618 - 621.

⑤ John Feffer, The Paradox of East Asian Peace [J], *Asia Times*, Dec. 14, 2007, http: // atimes. com/atimes/Korea/IL14Dg01. html.

⑥ 刘清才、戴慧：《超越冷战思维，构建和谐的东北亚地区新秩序》，《东北亚论坛》2008 年第 1 期，第 6 ~ 7 页。

如果没有中美之间的谅解，没有中日之间的默契，任何安全安排都将难以担当起稳定的角色。密切的经济依赖关系显然成为维系中日以及中美关系的重要支柱。如果这些关系处理得好，那么东亚地区就没有处理不了的威胁。2007 年 1 月，日本防卫大学校长五百旗头真在《朝日新闻》上撰文主张："如果放眼未来，考虑亚洲太平洋的国际秩序，建立日美中三国家重要问题进行协商的框架是必不可少的，没有日美中这三极的合作，21 世纪的亚太地区就不会稳定。"① 但布什政府 2008 年 10 月 11 日在证实朝鲜承诺之前就宣布把它从支持恐怖活动国家名单上删除的决定表明，即使美日协调也很有限。但中日关系近来已得到了改善，中美热线电话接连不断，毕竟真正的挑战是由新的非传统安全威胁构成的。这也是为什么需要有磋商机制而且是中美日三边机制，以讨论朝核之外的其他议题。

尽管美日两国都把中国看做地区稳定、安全和繁荣的重要角色，然而确保这一关切不会影响美日合作和妨碍三边关系就很困难了。美国和日本都把中国的发展看做危机和机遇，双方都在试图减少前者并充分利用后者。所以应对中国挑战仍是其联盟关系的首要任务。尽管美方一再辩解其在亚洲扶植新的权力中心不是为了遏制中国，那也只能表明即使美国希望遏制也力不从心。但是美国的企图必将对中美安全互信造成更严重的消极影响。导弹防御、东京讨论如何取得军事投送能力、日澳安全宣言、美国与蒙古的军事演习以及美印核交易和日印安全协定等，在北京看来无疑都是包围中国的具体行动。日本把美日联盟主导下的地区安全角色称为向所有亚洲国家提供的公共产品。② 作为岛国，日本的繁荣和稳定完全取决于其在公海自由航行的能力，因此它过去 10 年来采取一系列措施积极强化日美联盟关系。③ 小泉纯一郎还认为，在美国联盟内发展日本力量事实上可以改善日中关系。④ 但随着时间的流逝，这将可能在东北亚地区造成美日安全联盟针对中国的对立局面，结果必将削弱美国在一系列其他问题上寻求中国合作的能力。

---

① 夏立平：《中美日战略关系：争取共赢和避免安全困境》，《世界经济与政治》2007 年第 9 期。

② Ralph Cossa and Brad Glosserman, "U. S. -Japan Defense Cooperation: Has Japan Become the Great Britain of Asia?" [J], *Issues and Insights*, Vol. 5, no. 3 (March 2005), pp. 14 – 15.

③ Yukio Okamoto, "Japan Needs to Talk About What It Will Do for Itself" [EB/OL], AJ ISS-Commentary, No. 49, http://www.jiia.or.jp/en_commentary/200810/22 – 1. htm.

④ Brad Glosserman, "U. S. - Japan Relations: The Alliance Transformed?" [J], *Comparative Connections*, Vol. 7, No. 4 (January 2006), p. 22.

　　随着中国全球地位的进一步上升，它当然希望在东亚和西太平洋发挥更大影响，增强保护自身利益的能力，并确保美国强大的军事力量不能轻易用来对付中国。然而，无论这样的目标在中国看来多么合乎情理，在美国看来显然都是致力于削弱其在西太平洋军事主宰地位的举动。这在日本引起了同样的担忧。由于中日竞争而使得东亚地区政治经济一体化进程陷入难产。除非中日摩擦能得到遏制，中国的崛起将不可避免地引起冲突。当一个国家认为自然和审慎的行动被其他国家看做具有挑衅性的危险动作时，显然是一种危险的局面。尽管中国反对美国充当台湾的保护神，但却看重美国东亚的军事存在有助于防范日本寻求更具侵略性的军事政策。[①]　中韩两国都认为，严重损害美日联盟的结果将迫使日本加速其军事化和"正常国家"进程。北京和首尔都把美日联盟看做防止或至少限制日本军事化目标的有效机制。对于不断崛起的日本军国主义威胁而言，至少一件事是清楚的，即"美国最糟糕的反应就是对它的无视"。[②]

　　日本仍然需要界定其全球角色。鉴于日本是美国东亚地区力量的追随者，它将难以成为地区领导。日本对第二次世界大战的态度已不再是一个地区问题，而是一个国际问题。通过不再带头批评东京，北京和首尔就可以把这个本来的地区历史争议上升为国际社会的人权问题。首先，双方可以联合起来共同劝说美国对日施压，或者把人权问题与历史问题捆绑。2007年美国众议院121号决议就是一个很好的例子，国会对日本在第二次世界大战期间慰安妇问题组织的听证，极大地触动了日本右翼的神经。作为日本的最大盟友、亚太地区的主宰力量以及战后国际秩序的设计师，华盛顿在引导日本方面发挥着至关重要的作用。其次，从犹太社团谴责纳粹战争罪行的努力看，北京和首尔可以通过支持NGO使慰安妇问题、南京大屠杀以及日本其他战争罪行在国际上尤其是西方变得臭名昭著。通过使用电影、展览、受害者的巡回演讲、社会名流、视觉冲击等手段引起人们对日本侵犯人权的关注，NGO可以在国际社会造成足够的负面印象来防止这些历史问题被日本政客再次利用，同时避免中韩两国政府陷入与日本的全面对抗。

　　中俄关系是保持东北亚地区大国关系不对称平衡的战略力量，特别是两

---

①　Michael Mandelbaum, "David's Friend Goliath" [J]. *Foreign Policy*, Jan/Feb 2006, p. 56.

②　Eugene Matthews, "Japans' New Nationalism" [J]. *Foreign Affairs*, Vol. 82, Iss. 6, Nov/Dec 2003, p. 75.

国倡导的上海合作组织对日美在东北亚的霸权野心起到了有力的制衡作用。作为反恐合作机制的上海合作组织是否可能成为不断寻求东扩的北约的克星，有待于形势的进一步发展。毕竟上海合作组织的快速发展与其说是对有关各国面临的恐怖威胁的反应，不如说是对大国挑战的反击。① 特别是其所宣传的反对单边主义和双重标准的口号，明显与布什政府的外交原则针锋相对。用英国《经济时报》编者的话说，上海合作组织显然是"试图分裂俄、中两国的美国前总统尼克松和前国务卿基辛格最不希望看到的"。

　　总之，朝鲜半岛由于其地缘政治地位可以说与中国唇齿相依，并由此成为中国国家安全的前沿阵地，为此新中国诞生不久就不惜与世界最强大的国家兵戎相见。中国认识到朝核问题能真正演变为地区扩散的安全威胁，因为它有可能触发连锁反应。特别是美日、美韩同盟与朝鲜对峙的结果可能引发的冲突以及这些同盟强化可能进一步加强美国在东北亚地区的影响力。美国赞扬中国在加强国际体系方面作出的积极贡献，特别是在朝核问题的六方会谈上，但对中国的要求更多。所以，中国对朝鲜的影响也就比华盛顿希望的少，但比朝鲜想要的多。然而，尽管美国迫使朝鲜弃核的借口颇多，中美稳定东北亚的目标至少暂时是一致的。

---

① M. K. Bhadrakumar, "The New 'NATO of the East' Takes Shape" [J], *Asia Times*.

韩国 FTA 政策与东亚区域主义的未来

〔韩〕文 燉*

一 引言

韩美自由贸易协定（以下表示为：KORUS FTA）带来的震动余波未平，韩国又加快了与欧盟之间自由贸易谈判的步伐。另外，韩国还同加拿大、墨西哥展开了自由贸易协定（FTA）谈判，并期待能够早日扫清障碍，尘埃落定。然而在另一方面，已持续多年的韩日 FTA 谈判却陷入僵局，难以在短期内取得突破性进展。韩中之间关于自由贸易安排的讨论尚处于初始阶段，主要以两国政府、企业以及学术界之间的共同研究为主。当前，韩国正在极力寻求与更多的国家开展特惠贸易安排，不仅仅局限于东亚内部，也包括非东亚国家。这似乎表明，韩国在选择合作者的时候，地域上的临近并不构成其主要利益考虑。

难道韩国的 FTA 政策已经彻底地从区域内转向了跨区域政策？如果答案是肯定的，那么是什么动机使韩国 FTA 政策扭转方向，从内视型转向外视型？韩国跨区域型的 FTA 政策又会对韩美、韩欧之间的自由贸易协定以及东亚区域主义的未来产生怎样的影响？本文将对这些问题进行分析。主要论点概括为以下几点。

（1）从 2005 年起，伴随着由区域内向跨区域的转移，韩国 FTA 政策也正在实现从追随者政策向引领者政策转型。

（2）转型的基本动机在于：第一，国际贸易体系环境的改变，例如跨

---

* 文燉，庆熙大学国际关系学院教授。

区域 FTA 的激增；第二，东亚贸易安排进程的延迟与停滞，与日本的 FTA
谈判就是最好的例子；第三，出于国内政治的考虑，希望通过此 FTA 政策
使韩国走出经济改革的困境，进一步开放经济。

（3）韩国 FTA 的跨区域性将对东亚区域主义的未来发展产生复杂的影响。
短期内，由于动机的减少，可能会对东亚区域共同体的发展造成消极影响；但
是从长期来看具有积极意义，有利于促进区域内与区域外国家间的竞争。

本文将首先阐述韩国过去与现在的贸易政策，以及 2005 年的极大转变
（第二部分）；第三部分将分别从国际、区域、国内三个层面分析转变的原
因；第四部分，也就是文章的总结部分，将探讨韩国的新 FTA 政策是如何
影响东亚区域一体化进程的。

二　韩国 FTA 政策的转变：从区域内的FTA 到跨区域的 FTA

2006 年初，韩国总统卢武铉宣布韩国将与美国展开 FTA 谈判。这一消
息一经公布立刻震惊了国内民众和相邻国家。韩国的 FTA 政策一直落后于
国际大趋势，这一转变实属意料之外。即使在 2005 年底，韩国都没有公开
地将美国作为其最优先考虑的合作伙伴。韩国一直将 KORUS FTA 视为其长
期或中期目标，认为只有在与美国的近邻加拿大和墨西哥达成 FTA 合作之
后才能考虑与美国的合作。另外，卢武铉总统在 2003 年的就职演说中强调
促进 "东北亚共同体的和平与繁荣"，表明韩国将在区域之外选择一个庞大
的合作伙伴。卢武铉的这一论调被视为过分野心勃勃，并且与韩国一贯奉行
的 FTA 政策相背离。

为了探究这一急剧转变的背后动机，首先有必要对韩国贸易协定政策的
转变进行一下简单的回顾。简单来看，主要分为以下四个阶段：①1997～1998
年的金融危机之前，持续寻求多边主义；②1998～2002 年金大中时期，加
强对区域主义在世界范围内广泛扩展的关注，首次提出追随者 FTA 政策；
③2003～2004 年，卢武铉掌权的第一阶段，扩大对 FTA 的寻求，主要关注
于东亚国家和一些小国；④2005 年至今，卢武铉政权的第二阶段，由追随
型的 FTA 政策向跨区域的引领型的 FTA 政策转变。每一阶段的主要特点概
括于表 1。

在 1997～1998 年的金融危机席卷东亚之前，韩国像日本一样，是多边

表 1　韩国 FTA 政策的转变

政权（年）	主要政策导向	对 FTA 的态度	FTA 对象
1997/98 金融危机前	多边主义	忽视	亚太经合组织（公开的区域主义）
金大中政权（1998～2002）	对 FTA 的第一次努力（区域导向）	追随	智利、日本（共同研究）
卢武铉政权第一阶段（2003～2004）	东亚和平与繁荣（区域导向）	以东亚国家、小国作为合作伙伴	日本（谈判） 新加坡 东盟 欧洲自由贸易协会
卢武铉政权第二阶段（2005～今）	跨区域的双边 FTA	引领型的跨区域 FTA 寻求与大国的合作	加拿大、墨西哥、美国、印度、欧盟、南方共同市场（共同研究） 中国（共同研究）

主义贸易体系最坚定的提倡者，并对以欧洲和美国为中心的世界经济所体现的排他性的区域主义表示严重关切。当一些东南亚国家（如马来西亚）在为其提倡的东亚经济体（如东亚经济集团）努力时，韩国却对这些倡议给予了冷淡的回应。在世界贸易组织的多边体系领导之下，加强贸易自由化、抑制紧密的区域主义是韩国贸易政策的首要考虑。而对于区域特惠贸易方案，只有体制化松散微弱的组织形式才能被视为次要机制，作为多边体系的补充，如亚太经合组织。[①]

1997～1998 年爆发的金融危机使东亚国家从睡梦中惊醒，大多数国家意识到它们之间紧密的依附性以及建构一个包括韩国、日本、中国、中国台湾、东盟国家在内的合作性方案的必要性。[②] 金大中总统上任伊始便面临着克服经济危机的艰巨任务，并立即展开由国际货币基金组织推动的各种经济改革项目。这一时期，韩国开始尝试与智利进行合作，将其作为试验 FTA 框架的首次尝试。比起韩智 FTA 带来的相对较小的经济收益，日本作为特惠贸易方案合作者的作用明显要大得多。1998 年日本提出倡议，作为回应，韩国与日本同意在两国最终达成 FTA 可能性的基础上组成共同研究的机制。至此，韩国开始将 FTA 作为其今后长期奉行的重要贸易政策。

---

① 关于亚太经合组织公开的区域主义以及自发的单边贸易自由化政策（更重要的是它的惨败），见 Bergstein，2000，2001。

② 见 Dobson，2001；Cai，2001。

在这一阶段，韩国首次采取积极的 FTA 措施出于以下动机。首先，由于 FTA 或类似的自由贸易方案引进了外部的刺激因素，因此被视为促进国内经济改革的有效工具。韩国希望韩日 FTA 能够为供求失衡的韩国市场注入竞争力，并促进韩国经济的结构改革。① 其次，避免区域主义趋势的增长。区域主义仅仅为区域内部而非外部国家提供特惠待遇，孤立于或是落后于区域主义趋势都是对韩国出口导向的贸易政策严重的威胁，这是韩国走出 1997 ~ 1998 年经济危机的关键。但是，作为向 FTA 迈出的第一步，从其对伙伴的选择及其追随措施可以看出，韩国 FTA 政策在这一时期尚处于初级试验阶段。

在第二阶段，韩国的 FTA 政策有所改进，但其依然表现为被动防御的基本特征。继任总统卢武铉与其前任拥有相似的政治背景，他提出"东北亚的和平与繁荣"作为其外交政策的定位。尽管对此定位的真正含义争论不断，但外界普遍认为，韩国把强化东亚区域合作作为其主要外交政策目标。除了正在进行的韩日 FTA 谈判外，韩国、日本、中国三国争相接触东盟以寻求制定特惠贸易方案，这一努力已取得了一些进展。基于这一时期东亚区域主义的乐观环境，当时存在一种关于区域 FTA 的不切实际的说法——在第一阶段，韩国、日本、中国可以围绕东盟分别创建起一个多层 FTA 网络；在第二阶段，这一网络将发展成为包括东盟和三国在内的东亚自由贸易区（EAFTA）。

然而，这一乐观的构想很快失去了动力。韩日谈判在自由化（尤其在农业领域）问题上出现了很大分歧，同时区域中的三大经济体也没有表露出足够的意愿推动自由贸易的制度化进程。如表 2 所示，在这一时期的所有 FTA 谈判，除了欧洲自由贸易协会外，都集中在东亚国家。

自 2005 年开始的卢武铉执政的第二阶段，韩国的 FTA 政策开始急剧转变。全新的政策相当具有野心和挑战性，被定义为"多途径、同步的措施"。其内容如下："第一，韩国旨在寻求与发达经济大国或经济集团、有潜力的正在崛起的市场展开 FTA 合作；第二，韩国旨在寻求自由化程度高、覆盖范围广泛的 FTA；第三，韩国采取多途径的 FTA 谈判措施，意义在于必要时候可以与多国同步展开谈判。"②

表 3 显示出，在这一时期，韩国已开始与新伙伴展开 FTA 谈判，韩国

① 这一逻辑称为 FTA 的"闭锁效应"，强调利用外部承诺来加强国内经济改革的可持续性。

② 《韩国 FTA 政策》，外交与贸易部网站（http：//sub. mofat. go. kr/english/econtrade/fta/issues/index. jsp）。

表 2　韩国在东亚地区的 FTA 伙伴

国　家	过程和结果
新 加 坡	2003 年 10 月谈判开始 2005 年 8 月签署 2006 年 3 月生效
日　本	2003 年 10 月谈判开始 第六轮谈判后陷入僵局(2004 年 11 月)
东　盟	2004 年 11 月谈判开始 2006 年 8 月签署商品合作(2007 年 6 月生效) 在服务上展开谈判
中　国	2007 年 3 月关于 FTA 可行性的第一轮共同研究

的 FTA 政策伴随着由区域内向跨区域的转移，也正在实现着从追随者政策向引领者政策的转型。韩国摒弃了之前渐进的被动的措施，开始直接寻求与主要贸易体的广泛的 FTA，如美国、欧盟。更重要的是，韩国将 FTA 合作伙伴的视角投向了区域之外。地域因素不再构成其选择合作者的主要利益考虑。那么，为什么韩国的 FTA 政策转变的如此彻底、迅速？文章的下一部分将试图回答这个问题。

表 3　韩国跨区域的 FTA 伙伴

国　家	过程和结果
智　利	1999 年 9 月谈判开始 2003 年 2 月签署 2004 年 4 月生效
欧洲自由贸易协会	2004 年 12 月谈判开始 2005 年 12 月签署 2006 年 9 月生效
加拿大	2005 年 7 月谈判开始 2007 年 4 月第十轮谈判
墨西哥	2005 年 9 月谈判开始 2006 年 3 月第三轮谈判
美　国	2006 年 2 月谈判开始 2007 年 4 月达成
印　度	2006 年 2 月谈判开始 2007 年 4 月第六轮谈判
欧　盟	2007 年 5 月谈判开始 2007 年 7 月第二轮谈判
南方共同市场	2006 年 10 月关于 FTA 可行性的第四轮共同研究

三 韩国 FTA 政策为何转变?

韩国 FTA 政策转变的原因应分别从国际、区域、国内层面进行探究。每个层面上的多种因素复杂地相互影响着，促使韩国自 2005 年起开始采用更加主动的跨区域 FTA 措施。在这些因素中，最重要的是国际贸易体系的急速转变，区域贸易协定已在全世界广泛扩散。

（1）国际层面：跨区域 FTA 的扩散

当前国际贸易体系的一大特点是区域贸易安排（RTAs）的迅速涌现。区域贸易安排的数量从 20 世纪 80 年代后期开始逐渐增多，从 WTO 体系确立的 1995 年起增长加剧。RTAs 的激增表明，众多国家已采用 RTAs 作为其重要的贸易政策工具，这是一种分离且独立的政策而非对多边主义的补充辅助政策。

在跨区域的双边基础之上，产生了 RTAs 的新形式。与传统的 RTAs（区域内安排）相比，跨区域 FTAs（TRFTAs）在其前提条件、动机、扩散机制、长期目标上都具有其显著特征。经济领域和国际政治经济领域已有的大多数研究认为，所有特惠安排都在区域主义的类别之下，因此没有分析 TRFTAs 的独有特点。[①] 如表 4 所示，WTO 提供的数据表明，跨区域 FTAs 在所有 RTAs 中所占比重最大，其快速的增长是导致 RTAs 激增的主要因素。

表 4 区域内 FTA 和跨区域 FTA 数量（1995～2004 年）

区域内和跨区域 FTA	数量（个）	百分比（%）
转轨经济	37	30.3
欧盟东扩 & 欧洲自由贸易联盟	20	16.4
亚洲（包括东南亚、中东、南亚、东北亚）	12	9.8
非洲	4	3.3
加勒比共同体	1	0.8
跨区域 FTA	48	39.3
总　　计	122	100

资料来源：世界贸易组织（WTO）。

[①] 见 Frankel，1998；Mansfield，1998；Perroni and Whalley，2000；Pomfret，1997；Srinivasan，1998；Crawford and Fiorentino，2005。

对比区域内安排和跨区域安排，二者间存在两方面的明显差异。就前提条件而言，TRFTAs 不同于区域内 FTAs，并不考虑成员间地理上的临近、经济流动的自然集中以及经济、社会、文化倾向。另外，在建立 TRFTAs 时，普遍认同并不重要，最重要的是相互开放特惠市场，从中获得相互均衡的收益。

关于加入安排的动机，TRFTAs 主要关注从特惠市场中获得的经济贸易利益，而非区域安全或是成员间更深入的一体化。在扩散机制上两种安排也存在区别。当邻国加入现有的区域集团（攀比机制，如欧盟东扩机制）或是集团外的其他国家冲击现有集团（均衡机制，如北美自由贸易区与欧盟），传统的区域内安排将得到扩展，从而避免孤立带来的麻烦。[①] 另外，当国家在其伙伴市场寻求利益时正面临着强悍的竞争对手（先行者机制），或是其他国家试图在竞争市场赶上第一推动者从而避免处于不利地位时，TRFTAs 将增多。因此，一旦 TRFTA 建立起来，TRFTA 市场中那些具有相当大的出口利益的国家必须考虑加入 TFRTA，从而避免被歧视，并且它们会倾向于形成一个多层次的 FTA 网络，在其中含有复杂的中心和辐射线。

表 5 概括了区域内安排和跨区域安排的不同。

表 5　区域内安排与跨区域双边安排的比较

不 同	区域内安排	跨区域双边安排
先 决 条 件	地理临近 经济流动集中 相似的经济发展、政治、社会、文化倾向 共同的区域身份	经济收益的期待均衡（通过相互开放特惠市场）
参 与 者 动 机	区域一体化 区域和平与安全 增强多边谈判的讨价还价能力 享受经济规模 促进国内经济改革 提高国内工业竞争力	出口市场中的先行者优势 出口市场中的后起者追随 吸引外资 享受区域中心地位 享受经济规模 促进国内经济改革 提高国内工业竞争力
扩 散 机 制	攀比，均衡	先行者和追随者 全球和区域中心—辐射结构
长 期 目 标	具有普遍认同的区域共同体 区域一体化	高层次 FTA 对一体化无展望

---

① 见 Baldwin, 1995；Sapir, 2001；Mansfield and Milner, 1999。

（2）区域层面：东亚区域主义发展陷入僵局

尽管东亚地区贸易和投资高度集中，但是许多学者（Coleman，1998；Kahler，1995；Katzenstein，1996；等等）将其分析的重点集中于东亚地区的制度化僵局。即使在 20 世纪 90 年代到 21 世纪头 10 年间在区域经济合作上已取得了一些成绩（例如金融合作领域的厘米交换系统），但是，以东盟＋3 国为中心的区域贸易合作依然继续无组织地发展着，表露出了严重的局限性。

为了理解韩国 FTA 政策近期的转变，我们有必要探寻一下亚太经合组织在单一自发基础上的贸易自由化的失败。① 更重要的是，韩日 FTA 谈判的延迟和停滞，以及在不远的将来建立东亚自由贸易区的低期望，这些都应当被看做导致韩国转变对 TRFTAs 态度的直接原因。东盟国家在贸易自由化承诺上的低层次一体化、所有区域内主体中存留的重商主义倾向、日本对保护其农业领域的固执态度、区域内两大国之间的历史敌对，所有这些都是造成东亚区域主义僵化延迟的因素。

由于区域一体化的低向心力，国家倾向于被指向 TRFTA 的离心力所影响，东亚现状恰恰证明了这一点。因为不满足于在东盟和亚太经合组织下的贸易自由化的速度与范围，新加坡已成为了 TRFTAs 的领跑者。同样，泰国、澳大利亚、新西兰也将其政策定位在相似的方向。现在，韩国就正在试图与它们一道主动积极地寻求 TRFTAs。

（3）国内层面：经济改革的闭锁与开放经济

最难解释韩国 TRFTA 政策的就是，促使卢武铉总统从渐进措施到激进措施政策急转的国内因素。众所周知，卢武铉政权核心选区和政治支持者来自低、中产阶级群体，他们对与贸易大国的 FTA 持反对，或至少冷淡的态度。因此，尽管政治资产预先解除，卢武铉寻求与美国、欧盟展开 TRFTA 的原因是理解韩国政策转变十分有意思的问题。

三种相互交织的因素需要进一步剖析。第一，正如广泛提到的，新 TRFTA 政策是用来促进政府"开放贸易国"政策和经济改革项目的制度化（FTAs 的闭锁效应）。通过与发达经济体间开展 FTAs，能够刺激竞争，促进韩国在医疗、娱乐、教育和金融服务领域的生产力和竞争力。

第二，卢武铉对让人印象并不十分深刻的经济表现提出了严厉的批评，

---

① 见 Dent，2003。

如低经济增长率、高失业率、经济急剧分裂。另外，夹在高度发达的日本经济和急速增长的中国经济之间（被称为"三明治经济"）造成的恐惧感，在韩国商业集团和普通民众间广泛传播。所有这些因素都促使韩国的政策选择转向冒险与激进。

第三，由于卢武铉总统的政治支持主要来自低、中产阶级群体，因此这一点也可能会影响其新 FTA 政策的选择。即使卢武铉总统已然预见到了来自工人、农民、中小型企业的大量反对，但是他依然对说服这些群体保有一定的信心，毕竟他们是其政权的核心选区。

四　韩国 FTA 政策对东亚区域主义的影响

韩国的 TRFTA 政策究竟会对东亚区域主义的未来产生怎样的影响？考虑到韩国的跨区域 FTA 政策正处于初步发展阶段，因此目前回答这个问题还为时过早。另外，既有研究主要讨论在多边主义之上区域主义的影响（反之亦然），并不区分区域内安排和跨区域安排。因而，这一问题为分析两者关系提供了很多有价值的研究课题。

为了激起进一步的讨论，有关 TRFTAs 和东亚区域主义未来的许多改进措施已经展开。首先，考虑到 TRFTAs 的发展势头在短期内不会削减，我们期待看到 TRFTAs 在区域间持续急速的增长，那就是，更多的亚洲国家将在东亚区域内外参与多层次的双边安排。其次，一个复杂交织在一起的跨区域双边安排网络将发展起来，并对东亚区域主义的未来具有双重影响（有些方面甚至是冲突的）。短期来看，通过将能源和资源从区域内合作转向跨区域合作，它可能会减少区域合作安排的动机。但是从中长期来看，TRFTAs 能够促进区域内外国家间的竞争，从而对区域经济一体化产生积极影响。TRFTAs 的扩散机制将迫使东亚国家在东亚地区更激烈地寻求先进的制度化，从而避免由于 TRFTAs 在区域内的竞争和扩展造成的外部市场的落后者劣势。

因此，跨区域 FTAs 的扩散趋势中面临的最大挑战是，东亚国家是否有能力共同协调相互间的利益。更重要的是，它们是否有能力管理并引导国内的反对利益转向开放经济和更深入的一体化的方向上来。

（姚帅　译）

蒙古国参与区域经济合作和
发展与大国关系

〔蒙〕那·图木尔*

世界经济发展与区域经济合作具有密切关系。当今世界经济发展的主要势头趋向亚洲。亚洲是世界人口最多、自然资源非常丰富的地区——矿物种类繁多，储量丰富，主要有石油、煤、铁、铜、锡、铅、锌、钨、锑、锰、铝土等，其中石油、铁、锡等储量均居各大洲之首。东北亚又是亚洲自然资源最丰富的地区。东北亚各国在自然资源、劳动力和其他社会经济要素上有很强的互补性，这正是东北亚开展经济合作的良好基础。蒙古国属东北亚国家，它同东北亚其他国家的经济合作不仅对地区经济合作具有重要意义，也有利于自身的经济发展。蒙古国一直重视区域经济合作，并积极参与东北亚区域经济合作。

蒙古国是一个很有发展前途的国家，目前经济发展以畜牧业为基础，它的牧场在世界上很有名气。蒙古国幅员辽阔，资源丰富，现已查明的矿藏有80余种，其中包括黑色金属、有色金属、贵金属、磷、萤石、煤炭、石油等。石油储量尤为可观，仅与中国接壤的东、南、西部地区就有10多个较大的油田，而且储量大、油质好，可与阿拉伯国家出产的原油质量相媲美。这就决定了蒙古国可以走以"开发为主"的发展道路。蒙古国的开发不仅指自然资源的开发，也包括产业开发、产品开发、科技开发、市场开发、信息开发等。蒙古国必须依靠开发本国自然资源来积累资本，而这需要大量资金和长期的勘探、开发过程，以及大规模的基础设施建设，这对蒙古国来说是个难题。蒙古国地广人稀，且地区差异明显，资源分布不均衡，这些因素增加了开发难度和开发成本。为此，蒙古国在保证国家利益和安全的前提

---

* 〔蒙〕那·图木尔，蒙古国科学院国际问题研究所高级研究员，蒙古国立大学教授。

下，采取优惠政策吸引外国资本。对蒙古国来说，确立开发重点，聚集资源优势，选择资源匹配良好的经济中心设立特区，以及在靠近邻国的边境城市建立自由贸易区，实行自由贸易，以强化对外竞争能力，是谋求更大规模和更深层次的国际合作所必不可少的条件。

　　蒙古国与中国的经贸合作在平等互利原则基础上稳定发展，而经贸合作的稳定发展进一步巩固了两国的政治关系。在促进蒙古国与中国各方面关系稳定发展的过程中，高层次互访具有重要意义。中华人民共和国主席胡锦涛于2003年6月对蒙古国进行了访问。两国发表的联合声明指出，双方对近年来两国经贸合作取得的进展感到满意；同意大力发展互惠互利的经济关系，开展多渠道、多领域、形式多样的合作；同意鼓励扩大贸易和投资，深化矿业和加工业合作，把资源开发和基础建设作为今后两国合作的重点领域。蒙古国总统那·恩赫巴亚尔应中国主席胡锦涛的邀请，于2005年11月对华进行了国事访问。两国发表的联合声明指出，双方对两国经贸合作取得的进展表示满意，一致同意继续共同努力，推动以资源开发和基础设施为重点的互利合作，共同探讨深化两国经贸合作的新途径和新方式，实现共同发展；双方将继续鼓励和支持两国地方政府和企业扩大经贸合作，重点落实业已确定或正在商谈的大型合作项目；双方同意从两国实际情况出发，加强能源、交通、通信等领域的合作。蒙古国总理米·恩赫包勒德应中国总理温家宝邀请，于2006年11月对华进行了正式访问，两国就继续将基础设施建设和能源开发作为经贸合作的重点领域，尽快制定两国经贸关系发展的中期规划，统筹双边经贸安排，拓展两国在自然保护、防灾救灾等方面的合作等达成共识。

　　近几年，世界各国都在对蒙古国进行投资，中国是对蒙古国直接投资最多的国家。中国投资的主要项目是矿山业、食品加工业、畜产品加工业、小电器设备制造业、木制家具制造业、日用品制造业、卫生保健与化妆品制造业、餐饮服务业等。其中最大项目之一是苏赫巴托省的图木尔廷敖包锌矿区的建筑工程，中国政府为此工程提供了2亿元人民币的优惠贷款。该锌矿区已于2005年正式投产。在蒙古国投资开发矿产资源，中国有着得天独厚的综合优势，即山水相连的地缘优势，特别是经济上的互补互利，以及中国拥有开发矿产资源的先进技术、设备、管理经验和世界上最丰富的劳动力资源等。蒙中合作开发蒙古国矿产资源是双方的需要，其利益的共同性和需求的互补性决定这种合作具有长远的发展前景，必将成为21世纪蒙中经贸合作关系的主旋律。蒙古国和中国的经贸关系在不断发展，中国是蒙古国的最大贸易伙伴之一, 蒙中贸易额从 2003 年的 4.83 亿美元增至 2006 年的 14.65 亿美元。

人类的健康在很大程度上取决于没有污染的自然环境和食品等因素, 所以当今蒙中两国经济合作的另一个非常重要的组成部分是自然环境的保护。例如, 蒙古国在治理荒漠化和防治沙尘暴方面就需要与中国进行合作。沙尘暴可称得上是现今最重大的气象和环境灾害之一, 其危害非同小可。它除了一般大风破坏, 大面积迅速刮走农田沃土, 吹折吹死幼苗, 打落瓜果和经济作物花朵之外, 还大面积沙化牧场、农田。幸存植物(牧草)的叶片蒙尘之后, 其光合作用和呼吸作用都大大减弱, 严重影响植物(牧草)的生长。发生强沙尘暴时交通事故大量增加, 飞机、火车、汽车常被迫停开。沙尘暴对人体的伤害也很大, 特别有损呼吸器官、眼睛和皮肤。每年进入春季, 蒙古国的一些地方会连续出现几次沙尘天气, 有些地区还会发生强沙尘暴。中国的内蒙古自治区在春季也同样经常发生沙尘暴。近年来肆虐的沙尘暴给蒙古国、中国的一些地区带来了巨大的危害, 破坏了生态环境, 不利于该地区人民的身体健康。

蒙古国的森林面积由于种种原因近年来不断减少, 草原荒漠化速度也在加快。由于干旱和荒漠化, 地表水资源也不断下降。这一切都成为沙尘暴频发的主要原因。治理荒漠化对蒙古国来说是一个迫切的问题。蒙古国近年来一直在采取措施防治荒漠化, 政府于 2005 年制定并通过了 "绿色城墙" 防护林带建设计划, 即从 2005 年开始在 30 年里建成长 3000 公里、宽 0.5 公里~1 公里的林带。这条林带将横跨蒙古国的 12 个省份, 其中包括与中国接壤的 8 个省份。蒙中两国有 4600 多公里的边界线, 边界两侧多是沙地, 两国都受到沙尘暴的危害, 需要联合起来防治沙尘暴。蒙古国需要在这方面与中国开展合作, 特别是需要中国的专家前来指导造林工程。中国在防沙治沙、退牧还草等方面积累了丰富的经验, 有先进的治沙技术, 这对蒙古国来说非常重要。"绿色城墙" 计划面临的最大问题就是该地区的水源缺乏, 因而需要从中国学习先进的蓄水灌溉技术。

水是人类生存必不可少的条件, 特别是水质优良的饮用水对人民的身体健康具有重大意义。蒙古国的河流总长为 6.7 万公里, 有大小湖泊 4000 多个, 泉源 7000 多个, 此外还有丰富的地下水资源。蒙古国境内最大的淡水湖库苏古尔湖也是中亚最深的湖泊, 其水质与贝加尔湖相同。色楞格河是蒙古国最大的河流, 注入贝加尔湖。蒙古国北部的水资源水质好且没有任何污染, 因此是理想的饮用水。蒙古国的一些水利专家建议北水南调, 因为蒙古北部的水资源比南部丰富得多。中国目前正在实施南水北调的宏伟计划, 蒙古国如果实施北水南调计划，也需要与中国进行合作。蒙古国的北水南调计划完成后，不仅可以解决其南部各省的用水问题，还可以把优质的水出口给中国北部需要水的地区。

蒙古国是世界上完全保留了游牧文化的少数地区之一。畜牧业在蒙古国国民经济中占有非常重要的地位，它不仅是蒙古国的传统基础产业，也是保证国家经济安全的战略产业。未受工业污染的草地、森林、湖泊、河流是生产完全天然的肉类食品的有利条件。这些绿色产品无疑对人民的身体健康是有益的。蒙中两国除了在发展牧业方面进行合作外，中国还可以投资或与蒙古国合资建立肉类食品（冷冻鲜肉、肉类罐头等）、乳制品（鲜牛奶、鲜马奶酒、奶油、奶粉、奶酪等）等畜产品加工厂，其产品除了在蒙古国国内销售外还可以出口到中国。这些产品一定会受到中国消费者的欢迎。蒙古国与中国在种植业方面也有广阔的合作前景。适合于种植业（没有被工业污染且不需要化肥）的肥沃土壤主要分布于蒙古国草原地带，海拔 1000 ~ 1400 公尺的杭盖、肯特地区和蒙古阿尔泰、鄂尔珲、色楞格、鄂嫩、乌勒兹河谷。这些土壤的腐殖质含量为 6% ~12%、厚度为 40 ~70 厘米。另外，还有栗钙土壤分布于海拔 1000 ~1200 公尺的森林草原、草原地带。栗钙土壤分为腐殖质含量为 3% ~5% 的黑栗钙土壤和腐殖质含量为 2% ~3% 的淡栗钙土壤。栗钙土壤可以种植各种农作物，不需要人工灌溉，雨水充沛的年份还可以获得丰收，这是发展种植业，特别是对人体健康有益的没有污染、不用化肥的蔬菜种植业的有利条件。中国可以投资或与蒙古国合资建立蔬菜种植场，进行目前在蒙古国还没有开始种植的高级蔬菜的生产。中国的蔬菜种植专家可以帮助蒙古国培训种植蔬菜的技术人员。

在蒙中经济合作中，东方省和苏赫巴托省具有重要意义。东方省位于蒙古国的最东部，其东北部与中国内蒙古自治区接壤。该省开展对外经济联系具有优越的地理条件——地势平坦，北部有肯特山脉支脉，东部有大兴安岭山脉支脉延伸，草原土壤植被几乎遍及全境，有良好的牧场；克鲁伦河、鄂嫩河、乌勒吉河提供了水利灌溉的保证；该省有外国游客喜欢的美丽风景区、一望无际的大草原、水量丰沛的河流湖泊和享有盛名的飞禽走兽，如马鹿、褐熊、野猪、旱獭、猞猁、沙狐、麝等。此外，东方省已探明有混合金属、金、银、萤石、煤、石油等矿产资源。苏赫巴托省位于蒙古国的东南部，与中国内蒙古自治区接壤。该省有湖泊 16 个，河流 4条，多处具有疗效的温泉，盛产牧草和药材；有狼、狐狸、兔、短尾黄羊、旱獭等丰富的动物资源；矿产资源有铁、钨、铜、钼、锌、煤、萤石、水晶、绿松石、玛瑙、大理石等。我们应尽可能利用以上地区的有利条件，促使蒙中两国在该地区合资，合作发展矿山业，建立自由贸易区、旅游基地和疗养院等。任何一个设施投入使用的重要条件之一是畅通的道路交通，因此我们首先需要改善该地区的道路交通状况。例如，把蒙古国东方省省会乔巴山市同中国内蒙古自治区阿尔山市用铁路连接起来，这样蒙古国东部地区便能同图们江地区直接联系起来，从而为蒙古国创造增加外国投资和吸引更多外国游客的条件。这一切不仅有利于蒙古国的旅游业发展，也有利于其他领域经济的发展。

蒙古国同俄罗斯联邦的经济合作关系随着普京总统 2000 年 11 月对蒙古国的访问得到了进一步加强。蒙俄双方发表的《乌兰巴托宣言》确立了新世纪全面发展两国关系的方针，奠定了两国互利合作的政治基础。普京表示，在俄罗斯对外关系的优先方向中蒙古国占有特殊地位。2002 年 3 月俄罗斯联邦政府总理卡西亚诺夫访问蒙古国时也表示，在俄罗斯与亚洲国家关系中将把发展对蒙古国的关系放在首位。在蒙古国现有的合资企业中，蒙俄合资企业的产品出口约占蒙古国出口总额的 60%，其产值占蒙古国国内生产总值的近 40%。蒙俄合资共同经营的额尔敦尼特铜钼矿、蒙俄有色金属联合工业公司和蒙俄合营乌兰巴托铁路股份公司，目前是蒙古国的三大骨干企业。在对外贸易方面，俄罗斯对蒙古国的出口迄今仍居各国之首。2006 年俄罗斯对蒙古国的出口额为 5.47 亿美元，蒙古国所需要的几乎全部石油产品都从俄罗斯进口，每年为 40 万~50 万吨。另外，俄罗斯还向蒙古国提供一定数量的电力。蒙俄两国在旅游业方面的合作最近几年也得到可喜发展。蒙古国和俄罗斯联邦的经贸关系在不断发展与扩大，俄罗斯联邦是蒙古国的最大贸易伙伴之一，蒙俄贸易额从 2003 年的 3.06 亿美元增至 2006 年的 5.92 亿美元就是一个很好的例子。

蒙古国与美国于 1987 年正式建立外交关系，这更加拓展了蒙古国在国际舞台上的活动空间，提高了蒙古国的国际地位，扩大了蒙古国的国际影响。蒙美建交后，两国关系迅速发展，经济合作不断加强。在加深蒙美两国间各方面关系中，高层互访具有重大意义。2004 年 7 月蒙古国总统那·巴嘎迪对美国进行了正式访问，两国确立了全面伙伴关系。两国发表的联合声明指出，双方同意为达到所有级别水平上的定期磋商而共同努力；双方对两国不断发展和加强的合作关系表示满意。双方认为，一个民主、安全、繁荣并促进睦邻友好关系以及积极参与地区及国际性经济、政治与安全论坛的蒙古国，对确保亚洲的和平与稳定是至关重要的。两国还签署了"蒙古国—美利坚合众国贸易与投资框架协议"，希望该协议能适时实现更紧密的双边经贸关系。美国总统布什于 2005 年对蒙古国进行了正式访问。两国在联合发表的声明中指出，双方商定将深化两国 2004 年 7 月确立的具有共享价值和共同战略利益的全面伙伴关系；双方决定为蒙古国参加国际和地区政治、经济合作体系创造条件，进行合作；双方商定将共同积极打击贩卖人口、伪造货币、洗钱、资助恐怖主义活动等一切有组织的跨国犯罪行为。在经济方面，声明指出，双方相信在贸易投资协定范围内对贸易投资采取的鼓励、支持措施将进一步增强双边的经济贸易合作关系。2007 年 10 月，蒙古国总统那·恩赫巴亚尔对美国进行了正式访问，两国元首就双边关系和经贸、投资合作等问题交换了意见，并签署了"千年挑战基金会"向蒙古国提供 2.85 亿美元援助的协议。援助将主要用于蒙古国的铁路、教育、保健等领域。两国发表了《蒙古国和美利坚合众国密切合作原则宣言》。

蒙美经济贸易合作关系迅速发展。目前，美国是蒙古国的第四大贸易伙伴，仅次于中国、俄罗斯、加拿大。2006 年蒙美贸易总额为 1.63 亿美元。美国是蒙古国的第三大出口对象国，仅次于中国、加拿大。蒙古国对美出口产品主要是矿产品和成衣制品，从美国进口的主要产品为矿山机械设备及其零配件和载重汽车、小轿车等工业产品。在投资方面，美国对蒙古国投资的企业数量和投资额目前不多，投资项目主要是以矿山开采部门为主。

蒙古国于 1972 年同日本正式建立外交关系。近几年来，两国经济合作关系快速发展。2004 年日本政府外相川口顺子访问蒙古国，双方就加强"全面伙伴关系"达成一致意见，并强调日本将继续支持蒙古国发展经济。1990 年后由日本主导、世界银行组织的援蒙国际会议成为蒙古国获取贷款和援助的一个渠道。迄今，蒙古国从中获取了几十亿美元的贷款援助，而日本是所有对蒙古国援助国家中提供援助和贷款最多的国家。据统计，2004 年在蒙古国投资的日本企业达 170 多家，投资额达 6360 万美元，在外国对蒙古国投资的国家中排第五位。日本对蒙古国无偿援建了一些基础设施，如投资 1600 万美元改善首都乌兰巴托的公路项目；投资 13.99 亿日元实施铁路设施复兴项目；合资建立蒙古国最大的移动通信公司；在乌兰巴托的近郊建立污水净化（污水处理）系统；向蒙古国较大的希维敖包煤矿提供 77 亿日元的技术和设备援助等。从 1991 年起，日本向蒙古国提供粮食食品援助。2006 年蒙古国与日本的贸易额为 1.04 亿美元，仅次于中国、俄罗斯、加拿大和美国。

后　记

　　"东亚合作论坛丛书"由中国人民大学东亚研究中心主持编写，主要收录由该研究中心主办的"东亚合作论坛"与会者提交的文章。

　　中国人民大学东亚研究中心依托于中国人民大学国际关系学院。其宗旨是协调和组织学院以及学校的东亚问题研究；加强同国内外学者及相关研究机构等的交流与合作；推进东亚地区政治、经济、外交、军事等领域的研究。经过多年的努力奋斗，在业界同仁的关怀和支持下，目前东亚研究中心已发展成为在国内外具有一定影响的东亚问题研究机构。

　　东亚是当今世界最具发展活力和最引人注目的地区之一。伴随东亚地区经济的发展，特别是在经历东亚金融危机之后，东亚各国的区域意识增强，东亚合作进程加快。求和平、求发展、求合作已经成为东亚地区不可抗拒的时代潮流。当然，东亚在面临着前所未有的发展机遇的同时，也面临各种挑战与难题。如何应对这些挑战、破解这些难题，成为摆在东亚各国政府和各方有识之士面前的一项重要课题。有鉴于此，中国人民大学东亚研究中心经过认真研究，在国际关系学院领导的大力支持下，决定为国内外相关领域的专家学者探讨东亚和平、发展、合作问题搭建一个高层次、机制化的学术交流平台——"东亚合作论坛"。

　　中国人民大学东亚研究中心在成功举办"东亚合作论坛2005"和"东亚合作论坛2006"之后，2007年10月10～11日主题为"变化中的东亚与美国"的第三届东亚合作论坛在中国人民大学隆重举行。本届论坛邀请了近百名来自欧美、日本、韩国、蒙古、新加坡以及国内相关领域的知名专家学者和政府官员。在为期两天的会议中，与会专家学者围绕"中国的和平发展与中美关系"、"日本的亚洲外交和日美关系"、"朝鲜半岛形势新变化与韩（朝）美关系"及"东亚区域一体化与美国"等议题进行了广泛、深入的交流，提出了许多颇有见地的观点和建设性的建议。本届论坛由日本国际交流基金、韩国庆熙大学、未来亚洲研究会协办，搜狐网新闻中心、香港《大公报》、新加坡《联合早报》、《世界新闻报》等为论坛合作媒体。

本届论坛收到了与会专家学者提交的数十篇文章。本书所收文章主要就是从这些文章中精选出来的。尽管这些文章多数为当年论坛的原稿，但观点判断依然鲜活，仍具有说服力，故未经作者重新修改，这样也好存当时之真。

"东亚合作论坛"的成功举办，与国内外各个方面的支持与合作是分不开的。借本书出版之机，正好可以表达我们由衷的谢意。首先要感谢国际关系学院的诸位领导、全体同仁以及学校各级领导及有关部门的多方支持；感谢莅临本届论坛的国内外专家学者们的良好合作与珍贵智力奉献；感谢日本国际交流基金、韩国庆熙大学、未来亚洲研究会等机构的通力协办；感谢搜狐网新闻中心等中外多家媒体对本论坛的积极宣传报道。当然，还要感谢那些为本届论坛的成功举办而默默奉献的国关学子们。

最后，要感谢社会科学文献出版社领导的大力支持，以及责任编辑为本书出版付出的心血。

经过艰辛的努力，"东亚合作论坛丛书"终于可以与读者见面，这是值得欣慰的。但同时也有一些不安，那就是囿于我们的学术水平和外语能力，有些文章在翻译整理过程中一定存在词不达意，甚至疏漏谬误之处，祈请文章作者及广大读者谅解与批评指正。

主编谨记

2009 年 11 月

图书在版编目（CIP）数据

变化中的东亚与美国：东亚的崛起及其秩序建构／黄大
慧主编．—北京：社会科学文献出版社，2010.2
（东亚合作论坛．第2辑）
ISBN 978 - 7 - 5097 - 1318 - 1

Ⅰ.①变… Ⅱ.①黄… Ⅲ.①国际关系 - 研究 - 东亚
②美国 - 对外关系 - 东亚 - 研究　Ⅳ.①D831 ②D871.22

中国版本图书馆 CIP 数据核字（2010）第 019191 号

中国人民大学国际关系学院东亚研究中心
东亚合作论坛·第二辑

变化中的东亚与美国
——东亚的崛起及其秩序建构

主　　编／黄大慧

出 版 人／谢寿光
总 编 辑／邹东涛
出 版 者／社会科学文献出版社
地　　址／北京市西城区北三环中路甲 29 号院 3 号楼华龙大厦
邮政编码／100029
网　　址／http：//www. ssap. com. cn
网站支持／（010）59367077
责任部门／编译中心（010）59367139
电子信箱／bianyibu@ ssap. cn
项目经理／高明秀
责任编辑／刘　娟　段其刚
责任校对／甄　飞
责任印制／董　然　蔡　静　米　扬

总 经 销／社会科学文献出版社发行部
　　　　　（010）59367080　59367097
经　　销／各地书店
读者服务／读者服务中心（010）59367028
排　　版／北京中文天地文化艺术有限公司
印　　刷／北京季蜂印刷有限公司

开　　本／787mm×1092mm　1/16
印　　张／22.5
字　　数／382 千字
版　　次／2010 年 2 月第 1 版
印　　次／2010 年 2 月第 1 次印刷

书　　号／ISBN 978 - 7 - 5097 - 1318 - 1
定　　价／59.00 元

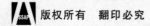